»Wonderful Berlin«

In Berlin-Prenzlauer Berg aufgewachsen, ist Michaela Beck (1959) in ihrem Leben nicht gerade weit gekommen: Im Ballhaus-Ost, wo früher ihre Schulspeisung untergebracht war, geht sie heute zu Theateraufführungen. Zwei Kilometer weiter, im angrenzenden Berlin-Mitte, wohnt die diplomierte Architektin und Drehbuchautorin nun schon seit über dreißig Jahren und gehört dort, wie der Held ihres Krimis, zu den sehr selten gewordenen echten Berlinern.

MICHAELA BECK

»Wonderful Berlin«

KRIMINALROMAN

emons:

Bibliografische Information der Deutschen Nationalbibliothek
Die Deutsche Nationalbibliothek verzeichnet diese Publikation in der Deutschen Nationalbibliografie; detaillierte bibliografische Daten sind im Internet über http://dnb.d-nb.de abrufbar.

FSC MIX
Papier aus verantwortungsvollen Quellen
FSC® C083411
www.fsc.org

Umschlagmotiv: photocase.com/lichtsicht
Umschlaggestaltung: Tobias Doetsch
Gestaltung Innenteil: César Satz & Grafik GmbH, Köln
Druck und Bindung: CPI – Clausen & Bosse, Leck
Printed in Germany 2014
ISBN 978-3-95451-245-4
Originalausgabe

Für Olaf. In Gedenken.

Sind Sie schon einmal ausgerastet?
Haben Sie schon einmal vor Wut weder aus noch ein gewusst?
Und haben Sie dann Ihre Wut an einem Unschuldigen ausgelassen?
Hatten Sie dabei das Gefühl, nicht mehr zu wissen, was Sie tun?
War es Ihnen egal, ob Sie jemanden dabei verletzen?
Oder haben Sie sich das alles nur vorgestellt?

PROLOG

Als Norbert Fröhlich die Augen wieder aufschlug, hatte sich sein ganzes Leben verändert. Obwohl er nur einen Wimpernschlag, so schien es ihm später, von seinem alten Leben entfernt war, würde er nie wieder in sein altes Leben zurückkönnen. Nie wieder der sein, der er eben noch gewesen war, selbst wenn er es wollte. Etwas war während des Wimpernschlags passiert. Was, daran konnte er sich nicht erinnern. Er wollte es wohl auch nicht. Noch nicht.

Deshalb versuchten ihm andere auf die Sprünge zu helfen. Erst Maiendörfer, dann diese Zeugin. Doch beide waren in dem Moment, als er die Augen für den Bruchteil einer Sekunde geschlossen hatte, nicht anwesend. Die Zeugin konnte nur berichten, was Fröhlich getan hatte, bevor er die Augen schloss. Und Maiendörfer war erst hinzugekommen, als er die Augen wieder geöffnet hatte. Deshalb hatte Maiendörfer dann auch diese junge Psychologin gebeten, Fröhlichs verpasste Lebenszeit von einem Wimpernschlag professionell zurückzuholen. Es sei wichtig, dass er sich erinnere, sagte Maiendörfer, für die Opfer, für deren Angehörige und auch für Norbert Fröhlich selbst.

EINS

Als Norbert Fröhlich die Augen wieder aufschlug, lag er auf dem Rücken und schaute direkt in das sirrende Licht von Neonleuchten. Es war so grell, dass es alles überflutete und in den Augen schmerzte. Wo war er? Blinzelnd versuchte er, sich an das Licht zu gewöhnen, und bemerkte schließlich neben den Leuchtstoffröhren quadratische Deckenplatten, die an den Rändern dunkler waren als in der Mitte. Das kommt durch den Luftzug entlang der Fugen, hatte er einmal in einer Heimwerkerzeitschrift gelesen. Der Luftzug zieht den Dreck an.

Luft. Irgendetwas zwängte seine Brust zusammen. Etwas Schweres. Fühlte sich so ein Herzinfarkt an? Er war im passenden Alter. Etwas früh vielleicht, aber bei seinem Lebenswandel? Magda hatte es vorausgesagt. Weil er alles in sich reinfraß und nie über etwas redete.

Wenn er nur atmen könnte.

Fröhlich versuchte, sich zu bewegen, was nicht ging, und schaute auf seinen Brustkorb hinunter. Dort lag ein Mann und schlief, seinen kahlen Schädel direkt auf Fröhlichs Brust gebettet. Seinetwegen bekam er keine Luft. Ihm kam der Gedanke, dass er selbst der Mann auf seiner Brust war. Schädelform, Haaransatz, Lederjacke – das war er. Er schaute sich beim Sterben zu. Deshalb hatte er keine Schmerzen, nur das Atmen fiel ihm schwer. Panik erfasste ihn. Er wollte nicht sterben, nicht jetzt. Mit einem Stoß schubste er sein Selbst von seiner Brust, was schwerer ging, als er gedacht hatte. Der leblose Körper rollte von ihm herunter und gab das Gesicht frei: Das war nicht er. Er war nicht tot. Und plötzlich wusste Fröhlich, wo er sich befand: Er war auf der siebten Etage des Jobcenters, der Abteilung für die Anfangsbuchstaben F bis K. Dort hatte er einen Termin. Dorthin war er durch die Schwingtür gelangt. Das wusste er noch. Warum er aber jetzt rücklings auf dem Fußboden lag und dieser Mann neben ihm, wusste er nicht. Er musste einen Moment lang nicht aufgepasst haben und hatte wohl deshalb den Boden unter den Füßen verloren.

Ein Gesicht beugte sich über ihn. Ein fleischiges, aufgedunsenes Gesicht, das ihn an jemanden erinnerte und das ihn besorgt betrachtete. »Was machst du denn hier?«, sagte der Mund erstaunt, und Fröhlich hatte das unbestimmte Gefühl, dass es sich bei dem Gesicht um das von Maiendörfer handeln könnte, auch wenn er es ganz anders in Erinnerung hatte. Gesichter verändern sich, wenn sie sich über einen beugen, verlieren all ihre Spannkraft. Bekannte Gesichtszüge wirken weich und schlaff. Das hatte er oft beobachtet, selbst Magda war kaum wiederzuerkennen, wenn sie sich über ihn beugte und küsste.

»Ich weiß nicht«, antwortete er wahrheitsgemäß und fühlte sich verpflichtet, auch etwas zu fragen: »Und du, Christoph? Was machst du hier?«

Warum es ihn in diesem Augenblick, als er rücklings auf dem Flur lag, interessierte, was Maiendörfer im Jobcenter tat, hätte er nicht sagen können. Vielleicht hatte er für einen winzigen Moment gehofft, dass den immer erfolgreichen, den immer vom Glück verfolgten Maiendörfer nun auch das Pech ereilt hatte, ihm der Glücksfaden endlich einmal gerissen war und sie nun beide wieder ein bisschen gleicher waren, nur ein bisschen, so wie früher.

»Bist du verletzt?«, fragte Maiendörfer, ohne auf Fröhlichs Frage einzugehen, und begann, ihn von Kopf bis Fuß abzutasten.

Fröhlich ließ es geschehen, worüber er sich wunderte. Gleichzeitig empfand er Mitleid mit Maiendörfer, der das hier nie verkraften würde. Nicht die Gehässigkeiten der Sachbearbeiterinnen und nicht diesen Gestank nach Angst und Schweiß und armen Leuten. Nie könnte Maiendörfer das ertragen, und eine große Traurigkeit stieg in Fröhlich hoch, die sich völlig unerwartet in einem Schluchzer tief in seiner Brust und dann in einem ganz unmännlichen Flennen entlud, für das er sich vor Maiendörfer sofort zu schämen begann. Noch mehr als für seinen niederträchtigen Wunsch, Maiendörfer mit sich gleichmachen zu wollen. Maiendörfer war nicht wie er, würde nie sein wie er, der war immer auf der richtigen Seite, der hatte immer Glück.

Deshalb heulte Fröhlich, heulte so, wie er es seit seiner Kindheit nicht mehr getan hatte, heulte »Rotzblasen und Wasser«, wie es bei ihm zu Hause geheißen hatte, und konnte sich überhaupt nicht mehr beruhigen. Ein richtiger Weinkrampf schüttelte ihn, längst kamen schon keine Tränen mehr, und wie seine Oma damals ließ ihn auch Maiendörfer nicht nur einfach heulen, sondern hielt dabei seine Hand und machte wie seine Oma damals dieses beruhigende »tsch, tsch«. Das tat unendlich gut, und langsam wurde er still, ganz still, bis er vor Erschöpfung einschlief.

Als er wieder zu sich kam, hatte er den unangenehmen Geruch nach Desinfektionsmittel in der Nase. Der schien von der groben braunen Decke zu kommen, die nun über ihm ausgebreitet lag. Erst dann nahm er die Geräusche um sich wahr: Hinter sich hörte er Maiendörfer Anweisungen geben, und jemand in grünen Hosen stieg über ihn hinweg. Zwei Meter von ihm entfernt hockten zwischen umgeworfenen Stühlen drei Männer in weißen Kitteln um einen Mann herum und bellten sich Kommandos zu. Einer von ihnen setzte Metallplatten in kurzen Abständen auf die nackte Brust des Mannes, wodurch sein Oberkörper jedes Mal einen Hüpfer machte.

Rechts von Fröhlich lag Frau Bernhardt in einer, wie er fand, ganz unschicklichen Pose. Der Rock war ihr über die Schenkel nach oben gerutscht, und ein Bein war auf seltsam verrenkte Weise abgespreizt, sodass er nicht nur die Farbe von Frau Bernhardts Slip erkennen konnte, sondern auch, dass sich darauf in der Höhe ihrer Scham ein kleiner goldener Schlüssel befand. Er würde sich bei seinem nächsten Termin – wenn Frau Mehnert wieder ihre bohrenden Fragen stellte, ob er sich denn auch ausreichend nach Arbeit umgesehen habe – zusammenreißen müssen, um nicht zu Frau Bernhardt hinüberzuschauen und zu grinsen. Er würde versuchen müssen, nicht an den kleinen Schlüssel auf ihrem Slip zu denken und ernst zu bleiben. Frau Bernhardt, die Frau Mehnerts Vorgesetzte war, mochte es nicht, wenn man lachte. Sie fühlte sich immer sofort angegriffen, auch wenn man sie nur anlächelte. Sie wurde regelrecht unberechenbar, wenn sie sich verscheißert fühlte, womöglich forderte sie fürs nächste Mal noch mehr Bewerbungsnachweise oder verlegte gar »aus Versehen« seinen nächsten Antrag auf Weiterführung des Leistungsbezugs.

»Ist das nicht der Fröhlich?«, hörte er plötzlich hinter sich jemand sagen. Er drehte seinen Kopf nach hinten und sah Uwe

Stübner mit seiner Kiste vor der Schwingtür stehen, flankiert von zwei Polizisten, die unbeteiligt geradeaus schauten, obwohl vor ihren Füßen ein zusammengekrümmter Mann lag. Wollten sie dem Mann denn nicht aufhelfen, wunderte sich Fröhlich, aber da kam Maiendörfer ins Bild und begann, mit Stübner zu flüstern. Maiendörfer war nicht aufgedunsen, das hatte nur so ausgesehen, er war rank und schlank wie früher, seine Gesichtszüge waren straff, sein immer noch volles Haar fiel knapp bis auf die Schultern, die breit und muskulös waren. Er war kaum gealtert in den Jahren und hatte immer noch dieses jungenhafte Aussehen, das ihnen damals so manche Türen geöffnet hatte. Dabei war Maiendörfer nur ein Jahr jünger als Fröhlich, achtundvierzig.

»Du machst ja Sachen«, rief ihm Stübner kopfschüttelnd über die Distanz zu und grinste. Fröhlich war sofort klar, was Maiendörfer ihm erzählt hatte: nämlich dass er geflennt hatte wie ein kleines Kind. Immer schon hatte Maiendörfer Momente der Vertrautheit zwischen ihnen verraten. Er konnte einfach nichts für sich behalten. Und genau deshalb war ihre Freundschaft damals in die Brüche gegangen. Fröhlich drehte sich angewidert um und setzte sich auf: Er musste hier weg.

»He, leg dich wieder hin!«

»Lass mich!« Fröhlich schob Maiendörfers Hand fort und wollte aufstehen.

»Norbert, du hast einen Schock, aber du bist nicht verletzt. Die Ärzte müssen sich erst um den da drüben kümmern, dann schaffen wir dich weg. Versprochen.« Damit drückte er Fröhlichs Schultern zurück auf den Boden, sanft, aber bestimmt. Fröhlich wollte sich dagegen wehren, er konnte es jedoch nicht, seine Knochen schienen mit einem Mal wie aus Gummi. Plötzlich überkam ihn ein heftiges Zittern, und im nächsten Moment kotzte er auch schon auf Maiendörfers italienische Schuhe.

»Doktor?!« Maiendörfers Stimme klang panisch. »Ich glaube, er kollabiert! Norbert?«

»Gehen Sie zur Seite! Hafmann? Vierhundert Milliliter Kochsalz.«

»Wo bleibt der andere Krankenwagen?«

»Der stirbt uns hier unter den Händen.«

Als Fröhlich das nächste Mal erwachte, war er auf eine Trage geschnallt, und ihm war kalt, obwohl ihn eine dieser golden glänzenden Wärmedecken umhüllte. Frau Bernhardt lag nun zu seiner Linken und war mit seiner braunen Decke zugedeckt, die sich an den Rändern mit einer dunklen Flüssigkeit vollgesogen hatte. Klar, dass sie seine Decke hatte. Sie war hier die Chefin, sie kam zuerst. Neben ihr stand ein kleines schwarzes Schild mit einer Zwei darauf. Es war eines von Uwe Stübners Zahlenkärtchen, die er in seiner Kiste aufbewahrte und für die nur er zuständig war. Ausgerechnet Stübner war Herr über die Zahlenkärtchen, musste Fröhlich unwillkürlich denken. Stübner, den alle nur Fünfundvierzig nannten. Er verdankte seinen Spitznamen dem Umstand, dass er nicht einmal das kleine Einmaleins beherrschte. Das hatte sich bereits auf der Polizeischule bei ihren abendlichen Trinkgelagen herausgestellt, bei denen sie immer »Bums« gespielt hatten. Bei diesem Spiel wurde, während sie am Tisch saßen und sich unterhielten, reihum gezählt, wobei man bei jeder Zahl, die durch sieben teilbar war oder eine sieben enthielt, »Bums« sagen musste. Wer das nicht tat, es vergaß oder bei einer falschen Zahl »Bums« sagte, musste die nächste Runde zahlen. So kam Fünfundvierzig zu seinem Spitznamen: weil er wieder und wieder bei fünfundvierzig »Bums« gerufen hatte und immer wieder aufs Neue vergaß, dass fünfundvierzig nicht durch sieben teilbar ist. An einem dieser Abende hatten sie auch einander versprochen, immer zusammenzubleiben, füreinander einzustehen, egal in welche Scheiße einer von ihnen geraten würde. Was daraus geworden war, sah man ja: Maiendörfer gab Anweisungen, Fünfundvierzig stellte seine Kärtchen auf, und er, Fröhlich? Er lag auf der Trage und durfte nicht nach Hause.

»Lassen Sie mich, lassen Sie mich durch!«

Fröhlich sah, wie sich eine junge Frau erst durch die Absperrung, dann vorbei an den Polizisten bis hin zu den Männern in den weißen Kitteln kämpfte und sich schließlich auf den Mann mit dem hüpfenden Brustkorb stürzte.

»Jan? Jan?«, schrie sie verzweifelt, während Maiendörfer versuchte, sie von dem Mann fernzuhalten.

»Er hört Sie nicht. Die Ärzte haben ihn in ein künstliches Koma versetzt, damit sie ihn transportieren können«, erklärte ihr Maiendörfer, nahm sie bei den Schultern und führte sie zur Seite, damit die Sanitäter den Mann hinaustragen konnten.

»Wird er es überleben?«, fragte die junge Frau voller Angst und schaute Maiendörfer fest in die Augen, als würde sie in keinem Fall nur seinen Worten trauen wollen. Maiendörfer hielt ihrem Blick stand.

Sie kann nicht wissen, dachte Fröhlich, dass Maiendörfer diesen Blick perfekt beherrscht, wartete aber trotzdem gespannt auf ihre Reaktion. Sie glaubte ihm, so wie ihm immer alle glaubten. Fröhlich hatte das noch nie verstanden. Wie machte Maiendörfer das nur? Was war sein Trick?

Plötzlich fühlte er, wie die junge Frau ihn fixierte. Helle, klare Augen, wahrscheinlich blau, die von dunklen Wimpern umsäumt waren. Ohne ihn aus den Augen zu lassen, wandte sie sich ganz nebenbei an Maiendörfer und fragte ihn flüsternd etwas. Maiendörfer bejahte, und sofort sog sich ihr Blick an Fröhlich fest, wobei sich ihre Augen zu Schlitzen verengten. Dann machte sie einen Schritt in Richtung Fröhlich, aber da hatte Maiendörfer sie schon am Handgelenk, riss sie zurück und begann, auf sie einzureden.

Fröhlich schlug instinktiv die Augen nieder und bekam deshalb nicht mit, was Maiendörfer der jungen Frau zuflüsterte. Aber es musste etwas Schreckliches sein, denn als Fröhlich wieder aufschaute, hatte die junge Frau ihre Hände beschämt vors Gesicht geschlagen und fing an zu weinen. Maiendörfer legte tröstend den Arm um sie und führte sie hinaus. Maiendörfer, der Frauentröster. Er hatte sich kein bisschen verändert. Auch Magda hatte er getröstet, das hatte sie Fröhlich Jahre später erzählt, aber noch jetzt überkam Fröhlich beim bloßen Gedanken daran die kalte Wut.

Kurz darauf kamen die Weißkittel zurück und trugen Fröhlich von der Etage. Er wollte selbst gehen, aber sie erlaubten es ihm nicht. Auch seine Frage, was eigentlich passiert sei, beantworteten sie nicht.

»Sie werden sich noch früh genug daran erinnern«, sagte der Größere von ihnen und wechselte mit seinem Kollegen einen mitleidigen Blick. »Jetzt genießen Sie erst mal Ihren Schock.«

Der Fahrstuhl, auf den man sonst Stunden warten musste, stand bereits geöffnet da. Auch stieg niemand auf dem Weg zum Erdgeschoss zu. Überhaupt empfand Fröhlich das Haus als ungewöhnlich still, wie an einem Ruhetag. Und da musste er wieder an Frau Bernhardt denken und den Schlüssel auf ihrem Slip. Wie sie da so lag und sich ausruhte.

Mit einem »Kling« kamen sie im Erdgeschoss an. Die Fahrstuhltüren surrten zur Seite. Dann brach die Hölle über Fröhlich herein.

***

Es hätte nicht so weit kommen müssen, dachte Maiendörfer, als er ein letztes Mal, bevor die Leichenbestatter den Deckel des Metallsargs schlossen, auf Klaus Hempler schaute. Maiendörfer hatte den Mann im Foyer gesehen und war ihm instinktiv ausgewichen. Wie man das eben so machte, wenn man Leuten begegnete, die schlechte Luft verbreiteten, deren Aura einem verriet, dass man sie bloß nicht reizen sollte. Hätte er ihn in diesem Falle doch nur gereizt.

Maiendörfer war am Morgen zum Jobcenter Mitte gefahren und hatte schon auf der Fahrt dorthin die Aggressivität gespürt, die überall in der Stadt in der Luft zu liegen schien. Es gab solche Tage. Besonders in Berlin. Da boxten sich plötzlich Rentner in der S-Bahn mit Typen, denen sie vom Aussehen schon unterlegen waren. Da traten unbescholtene Familienväter anscheinend ohne Grund nach Obdachlosen. Da schubsten Jugendliche aus einer Laune heraus ihnen völlig unbekannte Menschen einfach vor die U-Bahn. Die Stadt machte sie aggressiv und erlaubte ihnen durch ihre Anonymität, ihre Aggressionen gegen jede und jeden auszuleben. Und heute war anscheinend wieder so ein Tag. Schon beim Einordnen am Alex hatte jemand Maiendörfer wild angehupt, ihm beim anschließenden Überholen einen Vogel gezeigt, und als Maiendörfer kurz darauf in der Karl-Marx-Allee auf einen frei werdenden Parkplatz zugesteuert war, hatte derselbe Mann ihm den Parkplatz weggeschnappt. War einfach von der anderen Seite in die Parklücke gefahren und hatte ihn frech und herausfordernd angegrinst. Vielleicht wäre der Mann, ebenso wie dieser Hempler, der nun in dem Metallsarg lag, ausgerastet, wenn Maiendörfer den Kampf um den Parkplatz gewonnen hätte. Vielleicht hätte er Maiendörfer zuerst brutal zusammengeschlagen, nur um sich ein bisschen Luft zu machen, und wäre dann, eine breite Blutspur hinter sich lassend, marodierend weitergezogen. Vielleicht.

Auch im Foyer des Jobcenters hatte an diesem Morgen eine aggressive Stimmung geherrscht. Genervte Leute, die versuchten, sich in dem Schilderwald zurechtzufinden, dazu eine überforderte Pförtnerin, die die immer gleichen Fragen nach dem Weg zu den verschiedenen Sachbearbeitern wie ein Automat beantwortete. Maiendörfer hatte das zweifelhafte Glück gehabt, sie nach einer Sachbearbeiterin zu fragen, nach der offensichtlich schon kurz vor ihm jemand gefragt hatte. Sie herrschte ihn sofort im Berliner Kasernenton an: »617, hab ick gesagt.«

Als er dann die überfüllte sechste Etage betrat und zum Raum 617 ging, ohne sich eine Wartenummer zu ziehen, brach im Wartebereich ein Tumult los. Eine aufgebrachte Mutter mit zwei Kleinkindern schrie, ob er sich vorstellen könne, warum sie hier alle warten würden, und da Maiendörfer sie ignorierte, fühlte sich ein bärenhafter Typ bemüßigt, sich ihm in den Weg zu stellen. Bevor der Bär handgreiflich werden konnte, hatte ihm Maiendörfer seinen Ausweis unter die Nase gehalten, was ihn sofort stoppte. Trotzdem half der Ausweis Maiendörfer nicht, in den Raum 617 zu gelangen, wo er eine Sachbearbeiterin zu einem Alibi befragen wollte. Jedenfalls vorläufig nicht: Nach seinem ersten Klopfen hatte jemand hinter der Tür sofort »Nein!« gebrüllt, und als Maiendörfer trotzdem versucht hatte, die Tür zu öffnen, da war die Tür von der anderen Seite wieder zugedrückt und einfach abgeschlossen worden. Da half kein Klopfen und kein Hämmern, auch als er rief, dass er von der Polizei sei und sie sofort zu öffnen hätten, tat sich nichts. Beschämt musste er abziehen und erntete obendrein ein kollektives hämisches Grinsen aus dem Wartebereich, was ihn davon abhielt zu warten, bis er dran war, oder sich gar eine Nummer zu ziehen. Stattdessen rauschte er wutentbrannt zurück ins Foyer, knallte der Pförtnerin seinen Ausweis unter die Nase und befahl ihr, ihn mit der Sachbearbeiterin aus 617 zu verbinden. Wenn man hier nur diesen Ton verstand, dann bitte, er konnte auch anders. Ein Missverständnis sei das, flötete die Sachbearbeiterin durch den Hörer entschuldigend und erzählte Maiendörfer, mit was für Tricks die Leute arbeiteten, nur um eher dranzukommen; ihn ließe sie natürlich sofort herein.

Etwas abgekühlt, hatte er dann vor dem Fahrstuhl gestanden, um zurück auf die sechste Etage zu fahren, als hinter ihm Stimmen laut wurden. Eine Frau schimpfte einem Mann hinterher, der steif und breitbeinig, als würde er unter Strom stehen, mit versteinerter Miene vom Eingang kam und offenbar nach ihrem Kinderwagen getreten hatte, wie dem Geschrei der Mutter zu entnehmen war. Das war Hempler gewesen. Doch niemand hatte etwas unternommen. Niemand hatte ihn gestoppt. Im Gegenteil. Als Hempler, der nun in einem Metallsarg lag, unverdrossen auf den Fahrstuhl zugesteuert war, hatten alle einschließlich Maiendörfer einen Schritt zur Seite gemacht, und Hempler stieg ein, obwohl noch nicht alle ausgestiegen waren. Auch die ankommenden Leute verkniffen sich, etwas zu sagen. Hemplers aggressiver Gesichtsausdruck ließ sie alle verstummen.

Hätte Maiendörfer doch da nur etwas unternommen, diesen Hempler angesprochen. Selbst wenn er dabei seine Zähne riskiert hätte. Was war schon ein fehlender Schneidezahn gegen vier Menschenleben? In jedem Fall wäre dann dieser Hempler nicht bis auf die siebte Etage gelangt und hätte dort seinen Frust abgeladen. Maiendörfer hatte es in der Hand gehabt, diesen Mann zu stoppen, und hatte es nicht getan. Stattdessen war er wieder auf die sechste Etage gegangen, hatte selbst hämisch in den Warteraum gegrinst und sich im Raum 617 zwischen Kuchenplatte und Familienfotos – auch Sachbearbeiterinnen in einem Jobcenter stand eine Pause zu – das Alibi eines Verdächtigen bestätigen lassen.

ZWEI

»Ist er das? Ist er das?«

Als Fröhlich in der Nacht in seinem Krankenzimmer schweißgebadet erwachte, brauchte er einen Moment, um sich zurechtzufinden. Noch immer klangen ihm die Worte der Reportermeute in den Ohren, vor der ihn die Sanitäter und die vor dem Jobcenter stehenden Polizisten zu schützen versucht hatten. Einem dieser Typen war es dennoch gelungen, ihm sein Mikrofon direkt unter die Nase zu halten.

»Wie fühlt man sich, so ein Massaker überlebt zu haben?«

Selbst wenn Fröhlich gewollt oder gar Zeit dazu gehabt hätte, ihm wäre auf diese Frage keine Antwort eingefallen.

»Massaker.« Er formte das Wort lautlos mit den Lippen. Es kam ihm bekannt vor. Er hatte das Wort schon einmal gehört. Nur die Bedeutung dazu wollte ihm nicht einfallen. Das war der Fehler der meisten Reporter. Sie benutzten zu viele Fremdwörter, die kein Mensch verstand, und wunderten sich dann, wenn sie keine Antwort bekamen. Auf der Polizeischule hatte Fröhlich gelernt, sich in Wort und Ton auf die zu Befragenden einzustellen. Damit hatte er am Anfang seiner Karriere großen Erfolg gehabt. Selbst Maiendörfer war ihm darin unterlegen gewesen. Leider hatte Fröhlich diese Technik bei Magda aus irgendeinem Grund nie zur Verfügung gestanden. Zu Beginn schon, aber später redeten sie nur noch aneinander vorbei, konnten nicht einmal mehr die Fragen des anderen verstehen.

Magda. Massaker.

Fröhlichs Mund war trocken, und seine Lippen fühlten sich spröde an. Er beschloss, sich bei der Nachtschwester etwas zu trinken zu holen. Das verwarf er gleich wieder, als er bemerkte, dass sie ihn in eines dieser Krankenhaushemden gesteckt hatten, die hinten offen waren. Die Schwestern sahen zwar sicher täglich Männer wie ihn in diesen demütigenden Hemden, aber er würde sich ganz bestimmt nicht absichtlich solch einer Situation aussetzen.

Er schaute in den Schrank. Da waren nur seine Lederjacke und die Schuhe, alles andere fehlte. Sie hatten ihm seine Sachen genommen, damit er ihnen in diesem Hemd vor die Augen treten musste, dachte er finster. Aber nicht mit ihm. Er ging zum Waschbecken und füllte den Zahnputzbecher mit Wasser. Als er ihn mit einem Zug geleert hatte und nachfüllen wollte, fiel sein Blick auf einen Eimer, in dem er seine Jeans sah. Jemand musste sie da hineingeworfen haben. Er zog sie heraus und verzog angewidert das Gesicht. Der Gestank von Pisse stach ihm in die Nase.

»Na, du machst ja Sachen.«

Fünfundvierzigs Satz dröhnte ihm plötzlich in den Ohren. Er hatte im Jobcenter nicht nur wie ein Kind geflennt, sondern sich auch noch eingepisst. Schon bei dem Gedanken an diese Schmach wurde ihm schwindlig. Er sah es geradezu vor sich, wie Fünfundvierzig auf dem Kommissariat herumging und allen, die es wissen oder nicht wissen wollten, genüsslich erzählte, dass sich Fröhlich in die Hosen gemacht hatte.

»Na, kann unser Held nicht schlafen?«

Fröhlich wirbelte herum und sah, wie die Nachtschwester, eine kräftige Person um die dreißig, gerade ihren Blick von seinem Hintern nahm und ein Lächeln unterdrückte, das aber sofort verschwand.

»Entschuldigung, ich wollte Sie nicht erschrecken. Ich bin Schwester Evelin.« Wieder dieses Lächeln, während Fröhlich versuchte, die Hose hinter seinem Rücken zu verstecken. Schon streckte Schwester Evelin ihre flinken Hände aus und griff danach.

»Nein.«

»Geben Sie her«, rief sie resolut und war schon hinter seinem Rücken. In seiner Not, seinen blanken Arsch vor ihr bedecken zu wollen, ließ er von der Hose ab und zog sich das Hemd fest um die Hüften. Einen Moment schien sie verblüfft, dann marschierte sie kopfschüttelnd mit der Hose zur Tür, warf sie in den Flur, kam wieder zurück und begann, sein Kopfkissen aufzuschütteln. Fröhlich stand immer noch vor dem Waschbecken, das Hemdchen auf dem Rücken fest zusammengekrallt, unfähig, einen Schritt zu tun.

»Tut mir leid«, sagte sie, nachdem sie dem Kissen einen Karateschlag versetzt hatte. »Ihre Hose könnte längst gewaschen sein.

Ich hab's vergessen.« Sie zuckte mit den Schultern, als wär's eine Lappalie, und hielt ihm die Bettdecke auf. Wieder ein Lächeln, ein anderes. Wie viele hatte sie davon?

Schwester Evelin klopfte auffordernd auf das Bett und sah ihn erwartungsvoll an. Fehlte noch, dass sie »hopp, hopp« rief, dachte er grimmig. Erwartete sie wirklich, dass er jetzt wie ein Kind ins Bett hüpfen würde? Sollte er ihr vielleicht noch einen Gutenachtkuss geben? Warum ging sie nicht einfach?

Als hätte sie seine Gedanken gehört, kam sie hinter seinem Bett hervor, bedachte ihn erneut mit einem Lächeln und sagte: »Ich werd mal sehen, ob ich für Sie was finde.«

Dumm war sie jedenfalls nicht, dachte Fröhlich, als sie endlich raus war, er bereits im Bett lag und sich die kalten Füße rieb. Was war das nur für ein Tag? Und vor allem: Was war nur mit ihm geschehen, dass Maiendörfer ihn flennen gesehen hatte, Fünfundvierzig nun von seiner eingepissten Hose wusste und er hier übernachten musste, wo jederzeit eine Krankenschwester seinen nackten Arsch sehen durfte? Was hatte er getan, und warum kam Magda nicht, um ihn hier rauszuholen?

Er musste wieder eingeschlafen sein. Jetzt aber war er wach, hellwach. Das Licht auf seinem Nachttisch brannte noch, daneben lag fein säuberlich zusammengefaltet eine hellblaue Schlafanzughose, die er sofort überzog. Es war ihm unangenehm, dass ihn Schwester Evelin hatte schlafen sehen, vielleicht mit offenem Mund und schnarchend. Die hat noch viel mehr gesehen, dachte Fröhlich plötzlich grinsend und fand, dass er sich unmöglich benommen hatte. So einen Aufriss wegen seines nackten Arsches zu machen. Die Kleine war doch nett. Und wie sie gelächelt hatte. Belustigt schaute er sich im Zimmer um. Ein Krankenzimmer der mieseren Art, nicht wie das neue Polizeikrankenhaus, in dem er damals seine Schussverletzung auskuriert hatte. Abgewetzte Möbel, unmoderne Bilder an den Wänden, immerhin ein Fernseher. Und er war allein. Fröhlich suchte nach der Fernbedienung und fand sie im Schubfach seines Nachttisches. Dort lag auch sein Portemonnaie. Er zählte die Scheine nach, was keine große Mühe kostete. Er wusste, dass er noch einen Fünfer und zwei Zwanziger hatte, und die waren da. Er vermied es, einen Blick auf das Foto von Magda zu werfen, schaute es dann aber doch an – viel zu lange –, steckte anschließend das Portemonnaie unter sein Kopfkissen und schaltete den Fernseher ein: Serienmist aus dem Vorabendprogramm. Die Wiederholungen der Abendsendungen waren vorüber, jetzt kamen die Nachmittagssendungen, dazwischen Call-Werbung, die viel zu lang war. Es musste nach drei sein. Er kannte sich aus im Nachtprogramm.

Fröhlich zappte durch die Kanäle, um den Nachrichtenkanal zu finden, doch plötzlich versagte die Fernbedienung. Die Batterie war wohl am Ende, jedenfalls konnte er drücken, so viel er wollte, es passierte nichts mehr. Er war gefangen in dieser Dauerwerbesendung: Ein muskulöser Winzling um die achtzig und eine magersüchtige, allerdings vollbusige Dame versuchten zusammen, einen Saftautomaten an das nächtliche Publikum zu bringen, indem sie sich rhythmisch gesprochene Lobpreisungen über den Saftautomaten zuschrien und jeweils die Sätze des anderen aufnahmen und wiederholten.

Fröhlich stand auf, langte zum Fernseher hoch, der über seinem Kopf auf einer Teleskopschiene in den Raum ragte, und betätigte die Programmtaste, bis das Zeichen des Nachrichtensenders am oberen Bildrand erschien. Er war schon wieder auf dem Weg zum Bett, als er heute zum zweiten Mal die Stimme von Maiendörfer vernahm.

»Das sind unsere bisherigen Erkenntnisse. Ich danke Ihnen.«

Fröhlich sah gerade noch, wie Maiendörfer hinter einem Pult aufstand, das mit Mikrofonen der verschiedensten Sender bestückt war, und sofort mit Berger, Fröhlichs ehemaligem Chef, flüsterte. Staatsanwalt Gruner war auch da. Dann wurde ins Studio zurückgeschaltet, und der Moderator ging zu den Börsenberichten über.

In Fröhlich begann es zu pochen: Früher war er es gewesen, der die Pressekonferenzen gehalten, die Ergebnisse für die Medien zusammengefasst, anschließend mit Berger geflüstert und mit dem Staatsanwalt Hand in Hand gearbeitet hatte. Er war nicht so fotogen wie Maiendörfer, hatte aber die unangenehmen und besonders die hinterfotzigen Reporterfragen besser durchschaut und abgebügelt. Natürlich kam Maiendörfer besser bei den Medien an, schließlich wollte er ja auch immer mit allen lieb Kind sein. Aber aus demselben Grund gab er auch oft mehr preis, als ihrer Ermittlungsarbeit zuträglich war. In einem Fall hatte er sogar den Medien indirekte Hinweise auf den Hauptverdächtigen gegeben. Dabei hatten sie gerade diesen Mann in dem Glauben lassen wollen, dass er nicht zu den Verdächtigen gehörte, um ihn bei seiner Eitelkeit zu packen oder ihn vielleicht unvorsichtiger werden zu lassen. Maiendörfer hatte es vermasselt. Der Fall konnte nie aufgeklärt werden, und deswegen hatte Fröhlich dann die Pressekonferenzen übernommen, bis ... ja bis Maiendörfer ihn und ihre Freundschaft verriet.

Fröhlich tippte sich per Hand durch die Sender und suchte Nachrichten. Sein Arm wurde lahm, und sein Nacken begann vom Hochschauen zu schmerzen. Wieder zogen halb nackte Mädchen, die die Augen verdrehten und sich unterwürfig die Lippen leckten, an ihm vorbei, aber nirgendwo gab es Nachrichten. Er musste zurück auf den Nachrichtensender. Sicher würden sie den Beitrag wiederholen. Er wollte unbedingt Maiendörfer noch einmal sehen. Als das BBC-Zeichen erschien, schaltete er weiter, aber gleich wieder zurück. Das Gebäude, das bei der BBC über den Bildschirm flimmerte, war das Jobcenter. Wo er heute einen Termin gehabt hatte. Nein, er täuschte sich nicht. Er versuchte, den englischen Kommentar zu verstehen, aber so gut war sein Englisch nicht. Außer »Detektiv« und »Massaker« verstand er kein Wort. Da war es wieder, dieses Wort. Massaker. Was hatte es nur zu bedeuten, und warum war er im englischen Fernsehen? Denn das da auf der Trage war er. Ein Mann hielt ihm ein Mikro vor die Nase, ein Polizist zwängte sich dazwischen und verdeckte den Blick auf ihn. Wieder ein Schnitt, und die Studiomoderatorin redete weiter, während in ihrem Rücken ein Bild von Maiendörfer auf der Pressekonferenz erschien und ein Foto von einem Mann, von dem Fröhlich im ersten Augenblick glaubte, das wäre auch er selbst: die breite, hohe Stirn, die in eine Halbglatze überging, und die wenigen grauen Haare, die wie bei ihm auf wenige Millimeter zusammengestutzt waren. Aber das war nicht er, das war ... das war der Mann, der im Jobcenter auf seiner Brust gelegen und ihm die Luft genommen hatte. Der Anblick dieses Mannes machte ihn unruhig, trotzdem konnte er seinen Blick nicht abwenden. Und dann war der Beitrag zu Ende. Auch diese Moderatorin ging nun zu den Börsenberichten über, was Fröhlich an den Fieberkurven in ihrem Rücken erkannte. Verstehen konnte er sie nicht.

Er wühlte sich per Knopfdruck zurück zu dem deutschen Nachrichtensender, wo zwar immer noch Wirtschaftsnachrichten liefen, aber am unteren Bildrand der Ticker lief: »… Kommissar, der zufällig wegen einer Zeugenaussage vor Ort war.« Das musste es sein. »Dinslaken: Wirtschaftsminister Sigmar Gabriel sagte auf der Versammlung der …« Fröhlich wartete fieberhaft auf die Wiederholung der Jobcenter-Nachricht. Schließlich war es so weit. »Berlin: Amoklauf im Jobcenter Mitte/Tiergarten. Vier Tote, ein Schwerverletzter. Hartz-IV-Empfänger stellt sich mutig dem Amokläufer entgegen, berichtet Kommissar, der zufällig wegen einer Zeugenaussage vor Ort war. Dinslaken: Wirtschaftsminister Sigmar Gabriel …« Fröhlich begriff kein Wort, wartete wieder und wieder auf die Wiederholung der Zeilen, weil er sie verstehen wollte, bis er … bis er plötzlich seinen Vornamen hörte. Er wandte seinen Blick vom Ticker am unteren Bildrand ab und richtete ihn auf den vollen Bildschirm, wo nun eine Moderatorin saß und etwas über ihn, »Norbert F.«, sagte, was sich ihm aber nicht erschloss. Dann erschien das ihm bereits bekannte Foto vom Jobcenter auf dem Bildschirm, ging an derselben Stelle wie in dem BBC-Beitrag über zu den Bildern vom Eingang, wo ihn die Sanitäter auf einer Krankenbahre durch die Glastür schoben. Mit einem Mal überkam ihn ein seltsames, heftiges Zittern …

»Sind Sie verrückt?«, kreischte Schwester Evelin in seinem Rücken, während er immer noch zitternd unter dem Fernseher stand, zur Salzsäule erstarrt, trotz des Zitterns unfähig, sich auch nur einen Millimeter zu bewegen. Sie langte nach oben, schaltete den Fernseher aus, zog das Antennenkabel heraus und steckte es in die Tasche ihres Kittels.

»Sie dürfen das nicht sehen, noch nicht«, sagte Evelin überraschend freundlich, nahm ihn bei der Hand und führte ihn zum Bett. Er wollte etwas erwidern, aber dann stieg er ohne jeden Widerspruch unter die Bettdecke und ließ sich sogar von Schwester Evelin zudecken. Jetzt hätte er nichts gegen einen Gutenachtkuss gehabt, aber sie knipste nur das Licht aus und klapperte auf ihren Pantoletten hinaus.

Er lag da und starrte in die Dunkelheit. Von draußen fiel das Licht einer Laterne herein, bildete das Fensterkreuz an der gegenüberliegenden Wand ab und konnte doch nicht verhindern, dass er wieder und wieder die Bilder aus den Nachrichten vor sich sah. Besonders ein Bild beunruhigte ihn: Es war ein Blick auf die Schwingtür der siebenten Etage, die Abteilung für die Anfangsbuchstaben F bis K, »wo sich das Grauenvolle abgespielt hatte«, wie die Moderatorin sagte, kurz bevor Schwester Evelin den Fernseher abschaltete. Das Grauenvolle. Wieder überkam ihn dieses Zittern, gegen das er völlig machtlos zu sein schien. Er versuchte sich vorzustellen, was das Grauenvolle gewesen sein könnte. Fragte sich, warum er es noch nicht sehen durfte. Aber ihm fiel nichts ein, absolut nichts. In seinem Kopf stand ihm kein einziges Bild zur Verfügung, das etwas bei ihm auslöste. Ihm einen Hinweis gab. Nur das Zittern hörte nicht auf. Er brauchte eine Zigarette. Ganz unbedingt. Hatte er nicht im Foyer des Krankenhauses einen Automaten gesehen?

Er griff nach seinem Portemonnaie, schlich zur Tür und spähte hinaus. Der Flur war still und leer, aber hell erleuchtet. Draußen vor den großen Fenstern begann es zu dämmern. Zwanzig Meter vor ihm, kurz vor der Glastür zum Treppenhaus, stand die Tür zu einem der Zimmer offen. Von dort kam Schwester Evelins Stimme. Das war bestimmt das Schwesternzimmer, daran musste er vorbei. Anscheinend telefonierte Schwester Evelin, denn niemand sonst war zu hören, nur ihre knappen Fragen und Einwürfe und ihr Lachen, das diesmal verliebt klang.

Als er beim Schwesternzimmer ankam, linste er verstohlen hinein: Schwester Evelin saß, mit dem Rücken zu ihm, auf einem Drehsessel und hatte die Beine bequem auf den Schreibtisch gelegt. Schöne, wohlgeformte Beine, wie er sofort bemerkte, die in den Pantoletten und dem zu langen Kittel kaum zur Geltung kamen. Während Schwester Evelin in den Hörer gurrte, drehte sie selbstvergessen eine Haarsträhne um die Finger ihrer freien Hand und schaute auf den stumm geschalteten Fernseher, der vor ihr auf dem Schreibtisch stand. Dort versuchten der Muskelmann und die bis auf den falschen Busen abgemagerte Barbie immer noch, ihren

Saftautomaten zu verhökern. Wieso schaute sie keine Nachrichten, dachte Fröhlich verärgert und war einen Moment versucht, einfach hineinzugehen und umzuschalten. Doch stattdessen lief er am Schwesternzimmer vorbei, ohne dass Evelin ihn bemerkte, öffnete vorsichtig die Glastür und stand im Treppenhaus. Ihm gegenüber lag die Intensivstation. Auch da war alles ruhig und still, bis auf ein monotones Piepen, das wohl von den dort verwendeten Apparaten kam.

Die Pförtnerloge im Foyer war nicht besetzt, trotzdem fühlte er sich irgendwie beobachtet, als seine Münzen überlaut in den Zigarettenautomaten fielen und die Schachtel schließlich in das Ausgabefach plumpste. Er riss sofort die Packung auf, steckte sich eine Kippe in den Mund und bemerkte erst jetzt, dass er kein Feuer dabeihatte. Scheiße, verdammte Scheiße noch mal, wo sollte er jetzt Feuer herbekommen? Er wollte schon vor Wut die Schachtel zerquetschen, als er draußen vor den Fenstern ein vertrautes Licht aufglimmen sah. Dort stand ein älterer Mann, ebenso wie er nur im Schlafanzug, aber immerhin mit einem Bademantel darüber, und zog an einer Zigarette. Fröhlich ging hinaus und bat um Feuer.

Der erste Zug schmeckte widerlich, erst da fiel ihm auch ein, dass er vor zwei Monaten mit dem Rauchen aufgehört hatte. Wie konnte er das nur vergessen haben! Magda hatte jahrelang auf ihn eingeredet, dieses stinkende Laster endlich aufzugeben. Aber je mehr sie ihn damit genervt hatte, umso süchtiger war er geworden. Erst als es ihr auf einmal egal schien, konnte er das Rauchen plötzlich sein lassen. Von einem Tag auf den anderen. Er hatte einfach eines Tages aufgehört und war dabei geblieben. Magda hatte es nicht einmal bemerkt. Zwei Stunden hatten sie sich in einem Café gegenübergesessen. Um sie herum rannten die Leute hinaus zum Rauchen, er blieb sitzen, ließ seine Hände still und ruhig auf dem Tisch liegen, geradezu demonstrativ. Er wartete, wartete darauf, dass sie es bemerkte. Sie bemerkte nichts, gar nichts, und auch als er schließlich gefragt hatte, ob ihr etwas an ihm auffiele, hatte sie ihn nur kurz betrachtet und abwesend den Kopf geschüttelt. Am liebsten hätte er sich in diesem Moment zu den Rauchern gesellt und eine Zigarette angesteckt.

»Sie sind neu hier, was?«, fragte der ältere Mann, der ihm Feuer gegeben hatte. Er nickte und saugte an seiner Zigarette, als hinge sein Leben davon ab. Sie schmeckte schon besser. Das Zittern ließ langsam nach.

»Ich kenne sie alle, die Raucher«, redete der Mann weiter. »Wie damals in der Schule müssen wir uns bei jedem Wetter hinausschleichen, nur um mal eine durchzuziehen. Wie soll man da gesund werden?« Er schaute Fröhlich vorwurfsvoll an, als erwartete er eine Antwort. Doch Fröhlich war nicht in der Stimmung zu reden. Also nahm er einen letzten Zug, schnippte die Kippe mit zwei Fingern fort und ließ den Alten stehen.

»Ja, das macht schlechte Laune, was?«, rief der Alte ihm hinterher, als er schon ins Foyer getreten war und sich anschickte, die große, breite Treppe hinaufzugehen. Doch kaum hatte Fröhlich seinen Fuß auf die erste Stufe gesetzt, da tauchte auf dem oberen Absatz die junge Frau auf, die ihm im Jobcenter wegen irgendwas an den Kragen gewollt hatte. Er hatte den kurzen Impuls umzukehren, und auch sie schien für einen Moment die Luft anzuhalten. Dann gingen sie beide weiter, er aufwärts, den Blick vorsichtshalber gesenkt, sie abwärts, wahrscheinlich wieder, ohne den Blick von ihm zu wenden. Als er endlich an ihr vorbei war, atmete er fast hörbar auf.

»Entschuldigen Sie?«, hörte er sie plötzlich in seinem Rücken sagen. »Bitte, warten Sie doch.«

Sie stand etwa einen halben Meter von ihm entfernt, drei Stufen unter ihm, und schaute gequält zu ihm hoch.

»Mein Name ist Stefanie Kleinert.« Sie machte eine Geste, als wollte sie ihm die Hand geben, ließ aber davon ab. »Es tut mir leid, dass ich Sie heute früh verwechselt habe«, hauchte sie und berichtigte sich sofort: »Gestern früh.«

»Verwechselt?«, fragte Fröhlich harscher zurück, als er wollte.

Sie nickte und zögerte. »Na, Sie wissen schon …«

Fröhlich wusste nicht.

»… mit diesem …« Sofort traten ihr die Tränen in die Augen, was ihn ganz hilflos machte. Sie versuchte weiterzusprechen: »… mit diesem, diesem …« Sie schluchzte, ließ sich plötzlich auf die Stufen nieder und weinte, weinte wie ein kleines Mädchen, hemmungslos und herzzerreißend, das Gesicht zwischen den Händen versteckt.

»Tsch, tsch«, machte Fröhlich und legte ihr sanft eine Hand auf den Rücken, bis sie sich langsam beruhigte.

»Könnten Sie mir unten am Automaten einen Kaffee holen?«, schniefte sie, ohne den Kopf zu heben, zwischen den Händen hervor und suchte in ihren Taschen nach Münzen.

»Lassen Sie, ich hab. Weiß?«, fragte Fröhlich.

»Bunt«, kam ihre prompte Antwort, und dann heulte sie wieder los. Fröhlich stand trotzdem auf und ging hinunter ins Foyer. Sie wollte ganz sicher allein sein.

Neben der geschlossenen Cafeteria stand der Automat. Er nahm für sich einen »Weißen« und für sie einen »komplett«. Als er aber mit den Plastikbechern zurück zur Treppe wollte, war sie nicht mehr da.

»Hier bin ich.« Er drehte sich um und sah sie still und aufrecht auf der Wartebank neben der Pförtnerloge sitzen. Er setzte sich neben sie, und eine Weile saßen sie nur so da, pusteten in ihren heißen Kaffee.

»Haben Sie noch mit Jan gesprochen?«, begann sie zaghaft.

Fröhlich erinnerte sich, wie sie sich auf den Mann mit dem hüpfenden Brustkorb hatte werfen wollen und immer »Jan, Jan« gerufen hatte.

»Ihr Mann?«

»Mein Bruder. Er liegt oben auf der Intensivstation ...« Ihre Stimme wurde brüchig, doch diesmal hatte sie sich im Griff und sprach weiter: »Ich mache mir solche Vorwürfe. Ich habe nämlich diesen Termin für ihn gemacht. Seinen ersten Termin. Jan hat sich monatelang dagegen gewehrt. Er will kein Hartz IV, hat er immer gesagt, aber seine Schulden wurden immer größer. Nicht mal mehr die Miete konnte er zahlen ... Es war doch richtig, ihn anzumelden, oder nicht?«

Obwohl sie keine Antwort von ihm zu erwarten schien, stimmte Fröhlich ihr sofort zu. Nicht nur um sie zu beruhigen, sondern weil er wirklich davon überzeugt war. Auch er hatte sich vor zwei Jahren monatelang um den Gang zum Jobcenter gedrückt, hatte sich lieber Geld geborgt, als sich einzugestehen, dass seine kleine

Detektei am Ende war. An den Schulden knabberte er noch heute, die übernahm das Jobcenter nämlich nicht, nur die Kosten für die laufende Miete, die Krankenversicherung und die Rentenkasse.

»Haben Sie zufällig noch mit Jan gesprochen, bevor dieser … Mann … auf ihn schoss?«

»Jemand hat auf ihn geschossen?« Fröhlich schaute sie erstaunt an, doch ihr Blick sagte ihm, dass er gerade etwas Falsches gesagt hatte.

»Sie waren doch dabei!«, rief Stefanie Kleinert plötzlich entrüstet, »Sie haben doch dieses … dieses Monster überwältigt.« Sie gab ihm einen empörten Blick, aber dann schien sie plötzlich vor etwas zu erschrecken: »Sie wissen gar nicht, was passiert ist«, sagte sie kaum hörbar, und Fröhlich spürte, dass ihm das Blut aus dem Gesicht wich. »Sie haben einen Schock. Das haben sie in den Nachrichten gesagt.«

Sie griff nach seinen Händen, die wieder unkontrolliert zu zittern begonnen hatten: Zum Glück war sein Kaffeebecher schon leer.

»Mein Gott, was mache ich. Anstatt zu fragen, wie es Ihnen geht, überfalle ich Sie mit meinen Fragen. Ich hätte Ihnen das gar nicht erzählen dürfen.« Ihr Griff um seine Hände wurde fester, konnte aber sein Zittern nicht wirklich unterdrücken. Er riss sich los.

»Erzählen Sie!«, schrie er, »ich will endlich wissen, was passiert ist, und nicht dauernd wie ein Idiot behandelt werden.«

Stefanie Kleinert erzählte ihm, was sie aus den Nachrichten und von Maiendörfer wusste: Demnach hatte Fröhlich auf der Etage des Jobcenters einen Amokläufer überwältigt und mit dessen eigener Pistole erschossen. Vier Leute hatte der Amokläufer zuvor brutal hingerichtet und ihren Bruder Jan angeschossen. Maiendörfer, der wegen der Überprüfung einer Alibiaussage zufällig eine Etage tiefer gewesen war, hatte die Schüsse gehört und war in dem Augenblick dazugekommen, als sich Fröhlich auf diesen Klaus Hempler gestürzt hatte und den Kampf um die Waffe gewann.

»Können Sie sich jetzt erinnern?« Sie schaute ihn besorgt an. Er starrte weiter vor sich hin.

»Ich habe Frau Bernhardts Slip gesehen«, sagte er tonlos. »Da war ein Schlüssel drauf.« Ein Kichern kam aus seinem Hals, dann schüttelte ihn wieder ein Weinkrampf, und kurz darauf schimpfte Schwester Evelin mit Stefanie Kleinert.

Später, als Fröhlich wieder auf seinem Zimmer im Bett lag und sich das Erzählte wieder und wieder vorzustellen versuchte, fand er in seinem Gedächtnis keine Bilder dazu. Da war nichts. Nur ein schwarzes Loch. Er hatte einen Mann erschossen und es ganz einfach vergessen.

***

»Du hättest ihnen sagen müssen, dass er mal bei der Polizei war«, sagte Fünfundvierzig nun wohl schon zum fünfundvierzigsten Mal, und Maiendörfer hasste ihn dafür. Er konnte einen wirklich auf die Palme bringen mit seiner sturen, monotonen Art. Die hatte in ihrem Beruf zwar auch ihre Vorteile, aber im privaten Umgang war sie unerträglich, besonders wenn Fünfundvierzig wie jetzt einen zu viel getrunken hatte. Dann war er wie ein Roboter mit Systemfehler, der mit seinen monotonen Sätzen erst aufhörte, wenn seine Batterie leer war. Fünfundvierzig war ganz offensichtlich die Strafe dafür, dass Maiendörfer es nie geschafft hatte, auch nur eine einzige Frau auf längere Zeit an sich zu binden. Sie blieben immer nur so lange, bis es Probleme gab und er nicht mehr nur der gut aussehende, smarte Sonnyboy sein konnte. Wie sollte man auch souverän und witzig, intelligent und charmant bleiben, wenn solche Dinge passierten, mit denen er laufend zu tun hatte: Kinder wurden verscharrt, Frauen zerstückelt oder Menschen einfach nur zufällig erschossen, weil sie zur falschen Zeit am falschen Ort waren. Solch eine Sinnlosigkeit machte ihn fertig, dann hing er durch. Nicht sofort. Am Tatort war er immer professionell, behielt einen kühlen Kopf und war organisiert, aber dann, wenn die ersten Spuren gesichert, die ersten Zeugen befragt waren, dann holten ihn die Bilder ein. Sie ließen sich einfach nicht mehr vertreiben und nahmen ihm jedwede Lust auf Vergnügungen oder Zerstreuungen, nicht mal Sex interessierte ihn dann. Das konnten die Frauen, die er hatte, natürlich nur schwer verstehen. Im schlimmsten Fall nahmen sie es persönlich, im besten Fall machten sie es einmal mit, standen es mit ihm durch, rechneten es sich aber persönlich an, wenn es ihm wieder besser ging und er wieder aus seinem Schneckenhaus hervorgekrochen kam. Sie kratzten erst die Kurve, wenn sich seine Niedergeschlagenheit mit einem neuen Fall zu wiederholen begann und sie erkennen mussten, dass es nichts mit ihnen zu tun hatte, sondern »nur« mit seinem Beruf. Das nahmen die Frauen dann natürlich doch persönlich. Fünfundvierzig nahm es nie persönlich, der verstand, was in ihm vorging, der hatte dieselben ekelhaften Bilder gesehen und zog dann nach Tagen wie diesen mit ihm durch die Kneipen, wo sie beinahe stumm in sich hineintranken: Fünfundvierzig sein Bier und er seine Obstsäfte, bis sie überall rausflogen und am Ende im »Nemo« in der Oderberger landeten, wo man früh um sechs noch Kaffee bekam und, wenn man wollte, auch bis um acht bleiben konnte, bis der Dienst begann. Nur durch solche durchwachten Nächte gelang es ihm, die schrecklichen Bilder des Tages in den Hintergrund zu drängen, den Brechreiz im Hals gar nicht erst hochkommen zu lassen. Fünfundvierzigs Sturheit und seine monotone Art waren dabei der zu zahlende Preis oder eben die Strafe dafür, dass er nach solchen Tagen nicht allein sein konnte und niemand anders hatte, weil er auf die falschen Frauen flog und eben nicht wie sein Kollege auf den Typ verständnisvolle Krankenschwester.

Fünfundvierzigs Kopf neigte sich gefährlich dem Tisch zu. Maiendörfer rückte unauffällig das vor ihm stehende Bierglas zur Seite, damit er es nicht umwarf, aber da schnellte der Kopf seines Kollegen schon wieder hoch. Aus glasigen Augen glotzte er ihn an. »Du hättest ihnen sagen müssen, dass er mal bei der Polizei war.«

Maiendörfer nickte ergeben und bestellte für Fünfundvierzig noch ein Bier, damit er nur nicht auf die Idee kam, heim zu seiner Trudi zu wollen, und für sich einen weiteren Möhrensaft, den sie hier im »Nemo« nur für ihn einkauften.

Klar hätte Maiendörfer auf der Pressekonferenz erwähnen können, dass Fröhlich ein ehemaliger Polizist, sogar einmal sein Partner gewesen war, aber wozu? Maiendörfer kannte die Journaille zur Genüge, um abschätzen zu können, was er damit losgetreten hätte.

Nicht mehr der Hartz-IV-Empfänger Norbert Fröhlich hätte sich dem Amokläufer Klaus Hempler mutig entgegengestellt, sondern ein ehemaliger Polizist, der in Unehren aus der Polizei entlassen worden war, weil er vor Jahren Schmiergelder angenommen hatte. Nein, nein. Es war richtig, auf der Pressekonferenz nichts davon zu erwähnen, auch sein Chef Berger fand das richtig und besonders Staatsanwalt Gruner: Wozu die alten Kamellen aufwärmen? Fröhlich hatte für die Schmiergeldaffäre genug gebüßt. Dass er allerdings bis auf Hartz IV abgestiegen war, hatten sie alle nicht gewusst.

Nicht einmal er selbst hatte noch Kontakt zu seinem Expartner, dabei waren sie bis zu dieser Schmiergeldaffäre unzertrennlich gewesen. Das letzte Mal hatte er vor vier Jahren etwas über ihn gehört. Da hatte Fröhlich gerade eine eigene Detektei eröffnet, und er und Fünfundvierzig hatten darüber lächeln müssen. Nicht weil sie wie die anderen Kollegen eine Detektei als Abstieg sahen, sondern weil sie beide wussten, dass sich Fröhlich damit endlich seinen alten Kindertraum erfüllt hatte. Fröhlich war immer der Romantiker unter ihnen gewesen. Einer, der noch an Gut und Böse glaubte, der in Trenchcoat und Filzhut den armen Leuten zu ihrem Recht gegen eine zu langsam arbeitende Polizei verhelfen und den schwarzen Schafen bei der Polizei auf die Finger klopfen wollte. Aber dann war er selbst zum schwarzen Schaf geworden, weil er natürlich als echter Romantiker eine Frau, die er nie bekommen konnte, bis zur Verzweiflung geliebt hatte und nicht sehen wollte, dass sie ihn nur benutzte.

Als Maiendörfer kurz nach sieben seinen heillos betrunkenen Partner zu Hause absetzte, hatte Trudi sie schon erwartet und Maiendörfer ein kleines Frühstück hingestellt. Dafür mochte er sie. Trudi stellte keine Fragen und versuchte ihn auch nicht aufzumuntern. Stattdessen bereitete sie ihm einfach ein Frühstück inklusive hartem Ei, wie er es mochte. Ihr Mann musste sie nicht einmal anrufen, wenn er mit Maiendörfer durch die Kneipen zog. Sie hörte die Nachrichten und wusste Bescheid. Nachdem sie Fünfundvierzig zu Bett gebracht hatte, brühte sie Maiendörfer einen starken Kaffee.

»Danke, Trudi.«

Sie stand in ihrer grünen Uniform vor der gelben Einbauküche, die sich ihre Eltern in den Sechzigern gekauft hatten, holte eine Tasse für ihn aus dem Oberschrank und lächelte ihm über die Schulter zu. So musste Trudis Mutter schon ihrem Vater am Morgen zugelächelt haben, nur in einer anderen Uniform. Beide waren wie Trudi Polizisten gewesen und Kollegen von Maiendörfers Vater.

»Ich hol dir die Zeitung hoch«, sagte sie und ging hinaus.

Ohne Trudi war die Küche richtig elegant. Eine Menge Leute würden heute für so eine gut erhaltene Sechziger-Jahre-Küche aus gelbem Schleiflack viel Geld bezahlen, zu der eine Essecke aus gelb-schwarz gestreiftem Kunstleder und ein Aluminiumtisch gehörten. Auch Maiendörfer hatte schon einmal überlegt, sie ihr abzukaufen, aber gar nicht erst gefragt. Nach dem Verkehrstod ihrer Eltern Anfang der Achtziger war sie sofort in deren Wohnung gezogen und hatte seitdem nichts verändert, höchstens durfte Fünfundvierzig mal eine kaputte Glühbirne auswechseln. Diese Geschichte würde bei jedem Psychologen sofort die Alarmglocken schrillen lassen, aber Trudis Festhalten an den Gegenständen ihrer Eltern war nicht neurotisch, es war Programm. Wozu etwas wegschmeißen, was noch seine Funktion erfüllte und überdies weitaus besser gearbeitet war als alles, was sie sich mit ihrem gemeinsamen Polizistengehalt kaufen konnten. Sie gaben ihr Geld lieber für gemeinsame Reisen nach China, Afrika oder in die USA aus, deren Route Trudi selbst zusammenstellte und auf denen sie plötzlich zu einer modernen, erlebnishungrigen Frau in Jeans, legeren Pullovern und kernigen Stiefeln wurde, wie Maiendörfer schon mehrmals auf den mitgebrachten Urlaubsfotos gesehen hatte. Diese Trudi auf den Fotos trug ihr nussbraunes Haar offen oder in lustigen Zöpfen geflochten und war kaum zusammenzubringen mit der Trudi in Uniform und den streng geknoteten Haaren, die nun zurück in die Küche kam und ihm die Zeitung hinlegte.

»Sie machen Fröhlich zum Helden der Nation.«

»Er hat's verdient«, erwiderte Maiendörfer und betrachtete das Foto auf der ersten Seite unter der Headline: »Amoklauf in Berliner Jobcenter«. Dort war Fröhlich auf der Krankentrage zu sehen: Erschrocken starrte er in die Kamera. Die Bildunterschrift bescheinigte dem Hartz-IV-Empfänger Norbert Fröhlich Zivilcourage. Indem er sich dem Amokläufer mutig entgegengestellt habe, habe er nicht nur sein eigenes Leben gerettet, sondern weitere Tote verhindert.

»Ich muss los. Schaust du noch mal nach Uwe, bevor du gehst?«

Er nickte und begann, den Artikel zu lesen, während Trudi die Wohnung verließ.

Als Maiendörfer wenig später im Wagen auf dem Weg zum Polizeipräsidium war, fühlte er sich in seiner Entscheidung bestätigt, den Pressefritzen nichts von Fröhlichs früherer Polizeikarriere erzählt zu haben. Vor jedem Zeitungskiosk in der Stadt prangte Fröhlichs erschrockenes Gesicht auf den Aufstellern, und in dem Artikel, den er bei Trudi gelesen hatte, hatten sie Fröhlich als einen einfachen Mitbürger wie du und ich beschrieben, der vor zwei Jahren mit seiner kleinen Detektei unglücklicherweise pleitegegangen war und seither Hartz IV bezog. Ein schüchterner, freundlicher Mann, der kaum die Nachbarn grüßte und dem niemand diese mutige Tat je zugetraut hätte.

Den Amokläufer Klaus Hempler hingegen stilisierten sie mit wenigen Sätzen zu einem unberechenbaren Monster, zu einer Zeitbombe, deren Ticken niemand wahrgenommen hatte und der nun explodiert war und vier Menschen mit sich in den Tod gerissen hatte. Obwohl Klaus Hempler die gleichen Voraussetzungen wie Fröhlich mitbrachte, wurden diese bei ihm als erste Anzeichen eines Hilfeschreis gewertet: Hempler war auf Hartz IV, seit er vor drei Jahren ein Reisebüro in den Sand gesetzt hatte. Auch er wurde von seinen Nachbarn als schüchterner, freundlicher Mann beschrieben, der sehr zurückgezogen lebte. Und ebenso wie bei Fröhlich hätten ihm die Nachbarn solch eine grausame Tat nie zugetraut. Der Autor des Artikels hatte tatsächlich nur das Adjektiv »mutig« gegen »grausam« ausgetauscht und schien es nicht einmal bemerkt zu haben. Im Gegenteil, er schwang sich zu der Schlussfolgerung auf, dass man Amokläufer an solch einem Verhalten schon frühzeitig erkennen könne, und stellte sogar eine Art Hochrechnung an, wie viele potenzielle Amokläufer auf diese Weise unerkannt in der Stadt lebten. Es war wirklich zum Lachen, wie diese sogenannten Journalisten mit solcher Meinungsmache ihr Geld verdienten. Das Schlimme daran war, dass solche Artikel die Untersuchung des Falls erschwerten. Wie sollten sie jetzt noch irgendeinen Menschen finden, der über Hempler objektiv reden, geschweige denn etwas Gutes über ihn sagen würde.

»Na, Süßer, hat dir der Fröhlich glatt die Show geklaut, was?« Die gezwirbelten Spitzen des Kaiser-Wilhelm-Barts hoben sich amüsiert und stachen seinem Besitzer, dem Pförtner, fast in die Augen.

»Ich hab es ihm gegönnt, Kalle«, grinste Maiendörfer zurück, unterschrieb für Fünfundvierzig in der Anwesenheitsliste und ließ seine Spalte offen.

»Aber schneller als diesmal konntest du gar nicht am Tatort sein.«

»Na, kennst ihn doch: Ich bin all hier.«

Der Pförtner lachte und wurde gleich wieder ernst: »Mann, wenn der damals nur nicht solche Scheiße gebaut hätte. Ihr wart so ein klasse Team.«

Maiendörfer nickte, schickte einen vielsagenden Seufzer hinterher und schob das Anwesenheitsbuch hinüber: »Fünfundvierzig bummelt heute meine Überstunden ab, okay?«

»Geht klar, Süßer.«

Maiendörfer nickte einen Gruß und ging zum Fahrstuhl. In der vierten Etage stieg Kollege Rautenberg zu, dem er früher assistiert hatte. Ein altes Knurrholz, vor dem Maiendörfer noch immer Respekt hatte.

»Hast du geschlafen, Christoph?«

Maiendörfer schüttelte den Kopf.

»War 'ne tüchtige Sauerei, was?«

Maiendörfers Gesicht versteinerte sich plötzlich.

»'tschuldigung, ich lern das nie. Ich war nur froh, dass du dort warst, sonst wäre es mein Fall gewesen. Geht's wieder?«

Maiendörfer nickte beklommen. Er musste unbedingt die Fotos sehen, die würden ihm helfen, die Bilder, die Rautenberg plötzlich heraufbeschworen hatte, wieder zurückzudrängen.

Die Fotos lagen schon auf seinem Tisch. Er nahm sie in die Hand und schaute jedes einzelne lange und sorgfältig an. Der Polizeifotograf hatte ein paar Übersichtsfotos gemacht, durch die man einen Raumeindruck bekam. Vorn rechts war ein offener Wartebereich mit einem Kaffeeautomaten und einer Küchenzeile, dem gegenüber lag ein größerer Versammlungsraum für die Angestellten, der jedoch am Tag des Amoklaufs zum Glück nicht benutzt worden war. Nicht auszudenken, wie viele Tote es dann gegeben hätte. Hinter dem Wartebereich auf der rechten Seite gab es zwei Büros. In dem vorderen wurden die Hartz-IV-Empfänger mit den Anfangsbuchstaben F–K von zwei Sachbearbeiterinnen empfangen, in dem hinteren, dem größeren Büro, hatte die Abteilungsleiterin Simone Bernhardt ihr Reich. Da sie aber am Vortag als Vertretung für die krankgemeldete Sachbearbeiterin Kerstin Mehnert eingesprungen war, war Frau Bernhardt zu Hemplers Opfer geworden.

Die ersten Fotos wirkten beinahe wie Aufnahmen von einer gewöhnlichen, zum Verkauf stehenden Büroimmobilie, wenn da nicht die Toten auf dem Fußboden und mehrere umgeworfene Stühle herumgelegen hätten. Gleich vorn an der Schwingtür lag ein zusammengekrümmter junger Mann, der sechsundzwanzigjährige Marc Jansen, ebenfalls Hartz-IV-Empfänger. Allerdings hatte er für diesen Tag keinen Termin, jedenfalls stand sein Name nicht in den Terminkalendern der beiden Sachbearbeiterinnen. Er musste auf gut Glück vorbeigekommen sein, war vielleicht einer Eingebung vom Abend zuvor gefolgt, sich mal wieder im Jobcenter sehen zu lassen, um seine Ansprüche nicht zu gefährden. Marc Jansen war wahrscheinlich früher als sonst aufgestanden und hatte sich möglicherweise großartig gefühlt, dass er den Wecker gehört hatte und den lang aufgeschobenen Gang zum Jobcenter endlich in Angriff nahm. Leider war er gerade deshalb direkt in seinen Tod gelaufen. In der Hand hielt er noch seine Nummer, die besagte, dass er gleich nach Klaus Hempler dran gewesen wäre. Aber dann war Hempler ausgerastet, hatte wahrscheinlich erst seine Sachbearbeiterin Katrin Zumseil im Büro erschossen, worauf Frau Bernhardt wohl aus dem Büro geflüchtet war. Ihr schoss er in den Rücken, traf direkt ins Herz. Anschließend musste Hempler auf die Leute im Wartebereich geschossen haben. Simone Bernhardt, Katrin Zumseil und Marc Jansen waren sofort tot, aus nächster Nähe niedergestreckt. Der vierte Tote, ein gewisser Werner Gerlach, achtundfünfzig Jahre alt, lag zwischen den umgeworfenen Stühlen des Wartebereichs und hatte einen Steckschuss im rechten Arm, der aber nicht die Todesursache war.

»Ihm ist vor Schreck das Herz stehen geblieben«, sagte der Notarzt, nachdem er den neben Werner Gerlach liegenden Jan Kleinert notdürftig verarztet und ins Koma versetzt hatte.

Die letzten Fotos zeigten Aufnahmen von Klaus Hempler, der vor der offen stehenden Milchglastür des Büros auf dem Rücken lag. So leer und tot unterschied er sich durch nichts von den anderen, es gab kein einziges Merkmal, das ihn als Täter auszeichnete. Der Tod machte sie alle gleich.

Die Fotos waren schlimm, ziemlich schlimm, aber für Maiendörfer lange nicht so heftig wie die realen Toten am Tatort. Mit den Fotos vor Augen konnte er die richtigen Bilder verdrängen, sie durch neue ersetzen, die nicht seine waren und ihn deshalb nicht an den Moment erinnerten, in denen er die Leichen das erste Mal erblickt hatte. Es war, als würde sich durch den Blick des Polizeifotografen etwas zwischen den Toten und ihn stellen, ein fremder Blick. Wie der Polizeifotograf mit all den zu fotografierenden Toten in seinem Leben zurechtkam, wusste er nicht. Für sich konnte Maiendörfer nur sagen, dass ihm die Bilder halfen. Die Toten sahen auf den Fotos immer noch tot aus, nicht so wie die Toten auf den Fotos in den Fernsehkrimis, die natürlich nur geschminkte Schauspieler oder Statisten waren, meistens sehr blutig, das wirkte für den Zuschauer dann umso grausamer. Für Maiendörfer sahen Tote am schlimmsten aus, wenn sie kaum verletzt waren. Dann, wenn kein Blut den eben noch lebendigen Körper verdeckte und die Sicht auf die übrig gebliebene leere Hülle verstellte. Das war es, was Maiendörfer immer wieder aufs Neue schockierte, dass da nur noch diese Hülle war.

»Na?« Berger, Maiendörfers Chef, kam herein und fläzte sich auf seinen Schreibtisch, nahm ihm die Fotos aus der Hand und betrachtete sie. Für seine schwere Gestalt und seine zweiundsechzig Jahre war Berger immer noch ausgesprochen flink und behände. Maiendörfer mochte ihn für seine legere Art im Umgang mit ihm und mit den Kollegen. Allerdings war Berger manchmal etwas zu kollegial, zu geschwätzig, und machte es besonders neuen Kollegen schwer, ihn als Autorität anzuerkennen.

»Ich hab 'ne Sammlung veranlasst. Wie wär's, wenn du Fröhlich ein paar Blumen oder 'nen Präsentkorb ins Krankenhaus bringst?

So als Geste.« Berger zerrte ein paar Scheine aus seinem Jackett, von denen die meisten ganz sicher seine eigenen waren.

»Wenn Fröhlich was hasst, dann sind es Gesten. Das weißt du«, erwiderte Maiendörfer.

Berger seufzte zustimmend und holte Luft für einen neuen Vorschlag.

»Ich werde ihn auch nicht von dir grüßen«, kam ihm Maiendörfer zuvor. »Fröhlich würde es nur als Häme auffassen. Und es wird ihm peinlich genug sein, dass wir jetzt alle wissen, dass er auf Stütze ist.«

»Aber das heißt, du gehst zu ihm?«

»Er ist mein einziger Zeuge, und in dieser Funktion werde ich mit ihm einen Termin für den Tathergang ausmachen.«

»Na ja, aber du könntest doch …«

»Hast du schon vergessen, was er dir damals angetan hat?« Maiendörfer wurde langsam ärgerlich, und er fragte sich nicht zum ersten Mal, wie sein altruistischer Chef überhaupt hatte Chef werden können, das widersprach jeder Karriere-Regel.

»Nicht nur mir, auch dir«, gab Berger trotzig zurück. »Aber man muss doch mal vergessen können.«

»Das kann ich. Nur glaube ich nicht, dass Fröhlich das kann. Der glaubt ganz sicher immer noch, dass wir an seiner Misere schuld sind.«

»Vielleicht könntet ihr wieder Freunde werden.«

Maiendörfer wandte sich demonstrativ den vor ihm liegenden Unterlagen zu. Berger verstand endlich und ging, aber in der Tür drehte er sich noch einmal um.

»Vielleicht würde er sich über ein Buch freuen. Einen Krimi?«

Klar hatte Maiendörfer schon die Möglichkeit in Betracht gezogen, sich durch diesen Fall Norbert wieder anzunähern, ihre alte Freundschaft wieder aufleben zu lassen, aber hing das wirklich von ihm ab?

Unkonzentriert blätterte er die wenigen Zeugenaussagen durch, die er gestern im Jobcenter noch aufgenommen hatte. Das waren allesamt sogenannte »Knallzeugen«, wie man die Leute im Polizeijargon nannte, die, nur weil sie den Zusammenstoß zweier Fahrzeuge oder wie in diesem Fall die Schüsse gehört hatten, glaubten, Zeugen zu sein. Ihre Aussagen waren sowieso nicht relevant, denn der Zufall hatte es gewollt, dass sich ausgerechnet Maiendörfer zur Tatzeit eine Etage tiefer aufgehalten hatte. Er war gerade dabei gewesen, bei einer jungen Beamtin ein Alibi hinsichtlich eines anderen Falls bestätigen zu lassen, als er über sich die Schüsse gehört hatte und sofort nach oben geeilt war. Auf der Treppe waren ihm Leute entgegengekommen, die ihn davon abhalten wollten, nach oben zu gehen. Erst als er seine Waffe zog, schreckten sie panisch vor ihm zurück und ließen ihn durch, während er auf weitere Schüsse lauschte. Aber da war nichts zu hören, und als er endlich mit vorgehaltener Waffe vorsichtig jeden Winkel austastend die siebte Etage betrat, da waren Simone Bernhardt, Marc Jansen und Werner Gerlach schon tot gewesen. Nur Jan Kleinert stöhnte schwer, und er wollte schon zu ihm gehen, als er plötzlich ein Magazin schnappen und ganz leise jemanden summen hörte. Er suchte sofort Schutz hinter der Ecke des Wartebereichs und spähte zu der offenen Milchglastür des Büros hinüber. Als sich aber nichts tat, schlich er sich heran, hatte jedoch Angst, dass der andere ihn – genau wie er den anderen – als Schattenriss hinter dem eingetrübten Glas sah. Noch in der Überlegung, ob er sich zurückziehen und auf seine Kollegen warten sollte, die bestimmt schon informiert waren, hatte er plötzlich gesehen, wie sich ein zweiter Schatten auf den anderen warf, und dann waren die beiden schon durch die offene Tür vor seine Füße gerollt und rangen miteinander. Es folgte ein Schuss, und beide sackten leblos zusammen. Mit vorgehaltener Waffe war Maiendörfer einen Schritt auf die beiden zugegangen, als sich der Obere plötzlich bewegte und von dem Unteren rollte. Aus seiner Brust sickerte Blut, seine Augen waren gebrochen: Er war tot. Erst dann hatte Maiendörfer sich über den Zweiten gebeugt und Fröhlich erkannt.

Er legte die Unterlagen beiseite: Er würde sich sowieso nicht darauf konzentrieren können. Besser er schaute sich erst einmal die Wohnung von diesem Klaus Hempler an. Vielleicht enthielt sie ja einen Hinweis, wie er zu seiner Waffe gekommen war. Und vielleicht hatte er sogar einen Abschiedsbrief geschrieben, der seine Tat nachvollziehbarer machte. Danach könnte er ja zu Fröhlich ins Krankenhaus fahren und mit ihm reden. Das wäre früh genug. Auf keinen Fall sollte sein Expartner denken, er käme seinetwegen.

Aber wenn dabei mehr als eine Zeugenbefragung herauskommen sollte und Fröhlich entspannt blieb, dann würde Maiendörfer auch den ersten Schritt tun und ihn auf ein Bier oder besser auf einen Skatabend mit Fünfundvierzig und Trudi einladen, bei dem sie den Jobcenterhelden auch gewinnen lassen würden.

Einen Moment noch gab sich Maiendörfer dem schönen Bild hin – sie drei in Trudis gelber Küche wieder vereint beim Skatspielen –, aber dann wusste er, dass das nur ein Wunschtraum war. Fröhlich hatte ganz sicher nicht vergessen, wie Maiendörfer ihn damals in seiner schlimmsten Zeit im Stich gelassen hatte. Er und Fünfundvierzig hatten nicht nur Arbeit vorgeschützt, um sich nicht weiter mit ihm zu treffen, sie hatten sich sogar verleugnen lassen. Weil sie Fröhlichs ungerechtfertigte Vorwürfe einfach sattgehabt hatten, nach denen sie ihn angeblich nur geopfert hätten, um zu vertuschen, dass sie beide in weitaus größere Dinge als angenommenes Schmiergeld verstrickt gewesen waren. Besonders er selbst hatte Fröhlich die haarsträubenden Behauptungen damals sehr übel genommen, während Berger für jedes menschliche Verhalten eine Erklärung fand. Dabei hätte auch ihm klar sein müssen, dass sein Partner sich nur in die Enge getrieben gefühlt hatte: von der Aussicht auf seinen Rauswurf, von der möglichen Häme der Kollegen, die er immer und überall witterte. Und vor allem von Magda, die Norbert nicht nur gedroht hatte, ihn zu verlassen, sondern es ja dann auch tatsächlich tat.

DREI

»Ich habe ihm gestern Nacht eine Beruhigungsspritze gegeben. Er hat ferngesehen«, flötete Schwester Evelin und sah dem Chefarzt direkt in die Augen. Fröhlich hätte wetten können, dass er derjenige war, mit dem Schwester Evelin in der Nacht telefoniert hatte, aber um Wetten ging es hier ja nicht.

»Und wie fühlen Sie sich heute?«, fragte der Chefarzt und sah ihn nicht einmal an, sondern starrte in Evelins Dekolleté.

»Gut«, antwortete Fröhlich fest. »Deshalb würde ich gern nach Hause gehen.«

Der Chefarzt nickte abwesend, was aber einer streng blickenden Ärztin, die Fröhlich schon die ganze Zeit beobachtet hatte, nicht zu passen schien.

»Professor Dr. Hofmeister, der Mann hatte einen Schock, und ich würde gern vorher mit ihm sprechen, bevor Sie ihn entlassen«, sagte sie mit deutlich hörbarem holländischen Akzent, der kein stimmhaftes S zuließ und die deutsche Sprache auf seltsame Art verniedlichte. Sie sah für Fröhlich sofort weniger streng aus.

Professor Dr. Hofmeister nickte wieder abwesend und verließ mit seinem Tross von Weißkitteln das Zimmer, nur die holländische Ärztin blieb zurück und kam direkt zu ihm.

»Mein Name ist Sanna Jacobsen«, sagte sie endlich.

»Psychologin«, deutete er und schaute sie provozierend an. Allerdings hielt er ihrem Blick nicht stand, ihre braunen Augen waren wie eine Wand, an der er nicht vorbeikam. Profiblick.

»Ja«, erwiderte sie lächelnd, nahm sich einen Stuhl und setzte sich zu ihm ans Bett. »Sie wissen, worüber ich mit Ihnen reden will?«

»Ist ja nicht so schwer zu erraten«, sagte er gepresst und bemerkte, wie seine Hand nervös über die Bettdecke strich. Das musste er unbedingt lassen, wenn er sie so schnell wie möglich loswerden wollte. Und sie durfte auf keinen Fall merken, dass er ein Blackout hatte. Er legte alle Freundlichkeit in seine Stimme, die ihm für solche Leute zur Verfügung stand, und schaute sie ernst an. Wenn er nicht in diesem Bett, sondern ihr gegenüber auf einem Stuhl sitzen würde, würde er wie sie seine Beine übereinanderschlagen, damit sie sähe, dass er sie akzeptierte. »Sie wollen mit mir darüber reden, was gestern geschehen ist.«

Ihr Blick wurde eine Spur skeptischer. Doch kein Profi, dachte er und entschied, dass er auch nicht zu cool rüberkommen durfte.

»Schlimme Sache …«, sagte er jetzt ergriffen. Das musste er nicht einmal spielen, plötzlich schien ihm die Luft knapp zu werden, und er musste tief Atem holen. »Aber es ist ja überstanden. Ich meine, es wird lange dauern, bis ich das vergessen werde, das ganze Blut und … und … Frau Bernhardt, die so komisch dalag …«

Im Bruchteil einer Sekunde überlegte er, ob er ihr von seiner speziellen Beobachtung erzählen sollte, auch wenn die sexuelle Komponente natürlich ein gefundenes Fressen für sie sein würde. Immerhin ging es um ein Detail, das nur er wissen konnte.

»Ich konnte ihren Slip sehen … Da war ein Schlüssel drauf, und ich weiß noch, wie ich dachte, ich würde bei meinem nächsten Termin bei ihr bestimmt die ganze Zeit an diesen Schlüssel auf ihrem Slip denken müssen und …«

Er merkte, wie er ganz atemlos wurde. Ich muss aufpassen, dass es mich nicht zu sehr mitreißt, dachte er.

»Aber sie kommt nicht mehr, nicht wahr?« Er schaute Sanna Jacobsen traurig an und war gleichzeitig zuversichtlich, dass er sie von seiner Zurechnungsfähigkeit überzeugt hatte. »Ich werde nie wieder einen Termin bei ihr haben.«

Die Psychologin griff nach seiner Hand und drückte sie sanft. Er hätte am liebsten laut aufgeschrien oder zumindest die Hand weggezogen, aber das durfte er nicht. Stattdessen hielt er den Kopf gesenkt und wartete, was nun kommen würde.

»Hatten Sie Angst?«

Wieso Angst? Vor einem Slip? Diese Psychologen sind doch allesamt gleich, dachte er, immer wollen sie auf unterdrückte Sexualität in der Kindheit hinaus, aber darauf würde er sich nicht einlassen.

»Wissen Sie, ich bin fast fünfundzwanzig Jahre Polizist gewesen … also bevor ich auf Stütze kam, weil … Na, das spielt hier keine Rolle. Aber in meiner Ausbildung haben wir oft solche Situationen durchgespielt. Leute, die durchticken und so. So was wie psychologische Gesprächsführung, reagieren in brenzligen Situationen, Selbstmörder davon abzuhalten, vom Dach zu springen. Geiselnehmer von der Sinnlosigkeit zu überzeugen, ihre Geiseln zu töten …«

Fröhlich schaute sie freundlich an. Kapierte sie endlich, dass er nicht so ein unbedarftes armes Würstchen war, das von dem ganzen Psychologiekram keine Ahnung hatte und dem sie solche albernen Suggestivfragen nicht zu stellen brauchte? Er war geschult, er wusste Bescheid.

Ihr Gesicht zeigte keinerlei Reaktion, es war scheinbar offen und aufmerksam, aber er wusste, was sich in Wirklichkeit dahinter verbarg: die pure Arroganz. Berufsarroganz. Psychologen, Ärzte und Lehrer waren dafür besonders disponiert, so hieß wohl der Fachbegriff, sie wussten immer schon vorher, was lief. Glaubten es zumindest. So wie diese Jacobsen hier, die längst zu wissen schien, worum es bei ihm ging. Und deshalb kam es jetzt auf sein eigenes psychologisches Verständnis an, sein psychologisches Geschick, ihr das zu geben, was sie erwartete, und sich trotzdem bedeckt zu halten. Sonst würde er sie nie loswerden.

»Ich habe einfach reagiert, wie man es mir beigebracht hat. Ich habe einen günstigen Augenblick abgepasst und mich dann auf den Amokläufer geworfen und ihn überwältigt. So was läuft, wenn man es oft genug geübt hat, wie ein Uhrwerk ab. Einmal aufgezogen, surrt man los.«

Immer noch keine Reaktion.

»War ja auch nicht das erste Mal, dass ich in solch eine Situation geraten bin, obwohl das gestern schon eine der schwierigsten Situationen war, die ich je erlebt habe.«

Er konnte das leichte Zittern seiner Hand jetzt ruhig zulassen. Das würde ihr zeigen, dass die Sache für ihn nicht so ganz ohne gewesen war. Trotzdem hatte er auch klargestellt, dass er deshalb nicht in Depressionen verfallen würde. Das war bestimmt das, was sie von ihm erwartete. Doch diese Frau machte ihn wahnsinnig. Weil sie ihn einfach weiter ansah mit ihren ach so sanften Rehaugen und sich nicht in die Karten gucken ließ. Dabei könnte sie endlich einmal ihre Haarsträhne, die sich aus ihrer Haarspange gelöst hatte, zurückstreichen.

»Ich meinte: Hatten Sie Angst um Ihr Leben?«

Als hätte sie ihm plötzlich mit der Faust einen heftigen Schlag aufs Ohr gegeben, schossen ihm Tränen in die Augen, noch bevor er darüber nachdenken konnte, ob er das zulassen wollte.

Und dann heulte er wieder los und konnte wieder nicht aufhören …

Auf der Rückseite des Krankenhauses gab es eine kleine Parkanlage mit alten, hochgewachsenen Bäumen, ein paar Beeten und verschlungenen Wegen, an denen weiße Holzbänke standen. Im Sommer konnten die Kranken hier ihren Besuch empfangen oder sich einfach nur die Beine vertreten. Jetzt im Februar war außer Fröhlich niemand hier. Es war zwar nicht ausgesprochen kalt, aber feucht, und von dem alten, liegen gebliebenen Laub des letzten Herbstes stieg ein modriger Geruch auf, den er durchaus mochte. Der Geruch erinnerte ihn an seine Oma, bei der er immer die Herbstferien verbracht hatte. Die beste Zeit seines Lebens.

Er hatte schon wieder geheult, aber diesmal schämte er sich nicht dafür. Psychologen erwarten von einem, dass man heult, vorher geben sie keine Ruhe. Trotzdem musste er sich erst einmal sammeln, bevor er nach Hause fuhr und sich zurück ins Leben traute. Der kleine Park des Krankenhauses bot ihm dafür genügend Stille.

Er hatte sich eine Parkbank hinter einer Hecke gesucht, rauchte eine Zigarette und drehte die Visitenkarte von Frau Dr. Sanna Jacobsen in den Händen. Sie wollte, dass er in ihre Sprechstunde kam, denn nach so einem Erlebnis brauche er professionelle Hilfe. Er hatte nur zugesagt, um sie loszuwerden, auch wenn ihm ihre drollige Art zu sprechen gefiel. Als sie darauf ihren Terminkalender hervorzog, behauptete er, dass er einen fähigen – ein kleiner Seitenhieb tat ihr ganz gut – Psychologen aus seiner Polizeizeit kenne, dem er vertraue. Natürlich wollte sie seinen Namen wissen, und er konnte sich nur damit herausreden, dass er ihn vergessen habe, schließlich sei er schon mehr als fünf Jahre aus der Polizei raus. Doch sie hatte nicht lockergelassen und er ihr schließlich versprochen, zu ihr in die Sprechstunde im Krankenhaus zu kommen, bis er jemand anders gefunden hatte. »Nur so ein bisschen reden«, hatte sie gesagt und ihm einen Vormittagstermin für den nächsten Tag gegeben. Er würde ganz bestimmt nicht hingehen.

»Hallo, störe ich?«

Vor ihm stand Stefanie Kleinert, einen grünen Wollmantel mit einem schwarzen Kunstfellkragen über die Schultern geworfen, und lächelte ihn an. Obwohl der Kragen nur aus Kunstfell war, schmeichelte er ihrem vollen, ovalen Gesicht, hob ihren frischen Teint hervor und gab ihrem aschblonden Haar mehr Leuchtkraft.

»Nein, nein. Setzen Sie sich.«

»Ich habe mir ein bisschen die Beine vertreten«, sagte sie, nahm neben ihm Platz. »Stimmt nicht«, sagte sie gleich darauf entschuldigend. »Ich habe Sie oben vom Flurfenster aus gesehen.« Sie gab ihm einen kurzen gequälten Blick, und er wusste, was sie wollte.

»Ich kann mich noch immer an nichts erinnern«, sagte er bedauernd. »Aber ich arbeite dran. Morgen habe ich einen Termin bei einer Psychologin.«

Zum Beweis schwenkte er Dr. Jacobsens Visitenkarte. Sie nickte, schaute ihn aber nicht an.

»Wie geht es Ihrem Bruder?«

Sie zuckte die Schultern und holte tief Luft. Nach einer Weile sagte sie: »Ach, ich liebe diesen modrigen Geruch.« Sie will über etwas anderes sprechen, dachte er. Er hätte gern mitgemacht und ihr verraten, dass auch er diesen Modergeruch mochte, aber das war ihm zu platt. Wie sollte sie ihm das glauben? Und schon gar nicht durfte er von seiner Kindheit anfangen, das würde sie sofort an ihre glückliche Kinderzeit mit ihrem Bruder erinnern.

»Steht Ihnen gut, der Mantel«, hörte er sich stattdessen sagen und glaubte seinen eigenen Ohren nicht zu trauen. Raspelte er hier Süßholz?

»War ziemlich teuer«, sagte sie lächelnd. »Der Verkäufer meinte, der Mantel würde die Farbe meiner Augen unterstreichen.«

Jetzt sah er es auch: Sie hatte grüne Augen, sehr helle grüne Augen in der Farbe des Mantels. Sofort spürte er eine gewisse Eifersucht auf den Verkäufer und dessen Fähigkeit, dies sofort zu bemerken.

Aber bestimmt hatte der Verkäufer die kleinen gelben Einsprengsel in ihren Pupillen nicht gesehen, die zu funkeln begannen, wenn sie lachte, dachte er wenig später, als sie regelrecht ins Plaudern gekommen waren. Inzwischen wusste er, dass sie eigentlich Dolmetscherin für Russisch war, also wie er aus dem Osten kam. Und dass sie nicht in ihrem Beruf arbeitete, sondern auf einem Schiff der Weißen Flotte Führungen auf der Spree durch die Stadt machte. Eine Arbeit, die sie liebte, nicht nur weil sie dadurch viele Leute kennenlernte, sondern auch weil Berlin, seine wie ihre Heimatstadt, vom Ufer der Spree so schön aussah. »Wunderschön«, hatte sie gesagt. Er selbst hatte dieses Wort noch nie in einem anderen Zusammenhang gebraucht als mit einer Frau. Magda war wunderschön gewesen, aber Berlin? Und er hätte gern gesagt, dass er mal eine Bootstour bei ihr machen würde, fand das aber zu aufdringlich. Was hätte sie darauf antworten können, außer ihn sofort einzuladen, selbst wenn sie es nicht wollte?

Deshalb bat er sie um eine Probe von ihrem Russisch. Als hätte sie nur auf diese Aufforderung gewartet, begann sie, ziemlich pathetisch und mit aufwärts gewandtem Blick ein Majakowski-Gedicht vorzutragen. Er dachte schon, dass sie eines von diesen Mädchen war, die er in der Schule nicht hatte leiden können: so tiefsinnig, so strebsam, so verliebt in die Helden ihrer Bücher, dass er sowieso keine Chance hätte. Aber plötzlich grinste sie verschmitzt und zeigte ihm damit, dass das ganze Pathos nur gespielt war. Und dann sagte sie etwas auf Russisch zu ihm, wovon er nur ein paar Worte verstand, und er antwortete reflexartig: »Ja panimaju tolko woksal.« Das war kein echter russischer Satz, sondern eine bekannte deutsche Phrase Wort für Wort ins Russische übersetzt: »Ich verstehe nur Bahnhof.« Damit hatte er in seiner Schulzeit einmal seine mangelnden Russischkenntnisse bemäntelt.

Stefanie kapierte sofort und lachte lauthals auf, im Gegensatz zu seiner damaligen Russischlehrerin, die ihm für diese Antwort in »verstehendem Hören« ein Ungenügend gegeben hatte.

Es war jedenfalls nicht schwer, sich mit dieser Stefanie zu unterhalten. Sie konnten sogar über ihre Schulzeit sprechen, anscheinend ohne dass sie sich an ihren Bruder erinnert fühlte.

Doch dann, fast wie aus dem Nichts, fragte sie ihn plötzlich, ob er sie nicht auf die Intensivstation begleiten könnte, um sich ihren

Bruder Jan einmal anzusehen. Nur so. Vielleicht würde er sich doch an ihn erinnern? Zunächst lehnte er ab, aber als sie sich bei ihm entschuldigen wollte für ihre angebliche Anmaßung und er dabei ihre Enttäuschung geradezu körperlich spürte, ging er schließlich mit. Obwohl sich alles in seinem Innern dagegen wehrte.

Als er aber vor Jans Bett stand, das blasse, schmale Gesicht zwischen all den Schläuchen und Apparaturen kaum ausmachen konnte, da war sein ganzer Widerstand weg, und er wurde ganz ruhig: Er hatte diesen Jan nie zuvor gesehen, das wusste er genau.

***

Als Maiendörfer Klaus Hemplers Adresse in den Unterlagen nachgeschlagen hatte, war er etwas überrascht gewesen, dass ausgerechnet ein Hartz-IV-Empfänger im angesagten Scheunenviertel direkt gegenüber dem Garnisonsfriedhof wohnte. Dort hatte sich Maiendörfer selbst einmal in einem wunderschön restaurierten, einhundertfünfzig Jahre alten Haus für eine Dachgeschosswohnung beworben und die Wohnung nicht einmal mit seinem Beamtengehalt, das so schlecht nicht war, bekommen. Doch als er jetzt in die Linienstraße in Mitte einfuhr und schon von Weitem den Pulk von Journalisten und Fernsehteams vor einem Plattenbau sah, war ihm klar, dass Hempler ganz und gar nicht Maiendörfers Dachgeschosswohnung ergattert hatte. Wahrscheinlich hatte Hempler schon zu Ostzeiten in der Wohnung gelebt, denn so billig waren selbst die nicht mehr, wenn man sie heute neu anmietete. Neuerdings waren die sozialistischen Plattenbauten unter den jungen Leuten hip, wie er von einem Kollegen mit erwachsenem Sohn wusste, besonders die im Stadtzentrum und besonders unter den jungen Leuten aus dem Westen, die keinerlei Berührungsängste mit den Insignien des ostzonalen Wohnungsbaus zu haben schienen. Jedenfalls würde er sich für nichts in der Welt in so ein Kochklo zwängen lassen, auch wenn die Wohnung einen schönen Blick auf den Garnisonsfriedhof hatte.

Maiendörfer hatte die Meute auf der Straße endlich abgehängt und stand nun auf der Loggia von Hemplers Wohnung. Klaus Hempler schien nichts für diesen Blick übriggehabt zu haben.

Nichts deutete darauf hin, dass er die Loggia je benutzt hatte, weder in der warmen noch in der kalten Jahreszeit. Es gab nicht mal einen Stuhl oder irgendeine andere Sitzgelegenheit, auf der er die Sonne – die Wohnung war nach Süden ausgerichtet – hätte genießen können. Hier gab es weder einen Wäscheständer, wie ihn Maiendörfer auf seiner Terrasse hatte, noch Getränkekisten, leer oder halb voll, die doch fast auf jedem Balkon, besonders in der kühlen Jahreszeit, zu finden waren. Da waren nicht einmal leere Blumenkästen. Als hätte Klaus Hempler nie die Loggia betreten, was wiederum nicht sein konnte, denn sie war ausgesprochen sauber. Kaum Straßenstaub, sogar die Metallhalterung für die nicht vorhandenen Blumenkästen musste vor Kurzem abgewischt worden sein.

Dafür war das einzige Zimmer bis unter die Decke vollgestopft mit selbst gebauten Regalen, deren Bretter sich unter Tonnen von Büchern und Andenkenkram aus Russland bogen. Hempler hatte, wie Maiendörfer gestern beim kurzen Durchblättern von dessen Jobcenterakte gesehen hatte, von 1977 bis 1982 in Moskau Maschinenbau studiert und dort anschließend auch seinen Doktor gemacht. Die russischen Andenken mussten also aus dieser Zeit stammen.

Des Weiteren gab es in dem Zimmer einen peinlich aufgeräumten Tisch, auf dem ein staubfreier PC stand, einen Schrank mit ordentlich zusammengelegter Wäsche und eine Liege, die nur für eine Person ausgelegt war und über die sich eine blau-gelbe Decke mit Sonnenblumen spannte. Der einzige Farbtupfer im Zimmer.

Die kleine Kochstrecke, die man durch das einzige Zimmer erreichte, war picobello aufgeräumt. In den Oberschränken waren die Gläser und Teller nach Größe sortiert, und in der Spüle fand sich nicht einmal ein benutztes Glas, das darauf hätte hindeuten können, dass hier tatsächlich jemand wohnte. Gewohnt hatte.

Ebenso wie im Zimmer fand sich auch hier kein Stäubchen, kein eingetrockneter Wasserspritzer auf der schmalen Kochstrecke. Klaus Hempler musste, bevor er zum Jobcenter gegangen war, noch einmal sauber gemacht haben. Wahrscheinlich um einen guten Eindruck zu hinterlassen, auch wenn das angesichts seiner Tat wie ein paradoxes Unterfangen wirkte. Aber Maiendörfer fand das überhaupt nicht paradox. Er hatte seine eigene Theorie dazu. Nämlich, dass es besonders Amokläufern darum ging, was sie für einen Eindruck auf andere machten. Sie waren geradezu pedantisch und penibel in allen Lebensbereichen. Erst wenn sie in einem Punkt ihres Lebens erkennen mussten, dass sie bei aller Disziplin und Organisiertheit nicht mehr weiterkamen, entlud sich die jahrzehntelange Anstrengung in einem unvorstellbaren Wutausbruch, der, wie bei Hempler, genauso penibel geplant und vorbereitet wurde wie das ganze Leben zuvor und der sich meistens gegen die Leute in ihrem Leben richtete, die sich nicht in ihre Pläne und Vorstellungen hatten einfügen lassen wollen. In der Regel lebten sie allein. Entsprechend war auch niemand da, der ihre ehrgeizige Selbstdisziplinierung kritisieren oder gar korrigieren konnte.

Hempler hatte auch allein gelebt, und nichts wies darauf hin, dass er einen Abschiedsbrief hinterlassen hatte. Vielleicht fand Maiendörfer etwas im PC. Er schaltete ihn ein, als er plötzlich ein Schließgeräusch an der Tür vernahm. Sofort war er an der Tür und schaute plötzlich in das erschrockene Gesicht einer jungen Frau, die kaum zwanzig war. Sie zog die Tür sofort wieder zu, doch Maiendörfer hatte schon seinen Fuß dazwischen und bekam das Mädchen am Arm zu fassen.

»Lassen Sie mich los! Ich werde sowieso nichts sagen!«, schrie sie und wollte Maiendörfer gegen das Schienbein treten. Er war darauf gefasst, sprang beiseite, ohne sie loszulassen, und zerrte sie in die Wohnung.

»Darf ich fragen, wer Sie sind?«

»Das wissen Sie doch genau.«

»Ach ja?«, sagte Maiendörfer spitz. »Sollte ich Sie kennen?«

Sie schaute ihn groß an.

»Sind Sie kein Reporter?« Ihr Staunen schien echt.

»Hauptkommissar Maiendörfer«, sagte er und zeigte ihr seinen Ausweis. Gerade als er ihn wieder wegstecken wollte, griff sie danach und studierte ihn eingehend.

»Also, wer sind Sie?«

»Sehen Sie kein Fernsehen?«

»Ich hab anderes zu tun.«

»Anders als die meisten Leute. Plötzlich kennen mich alle und wollen wissen, wie mein Vater zu so einem … Monster werden konnte.«

Tatjana Hempler erzählte, wie sie am Vortag nichts ahnend in der Humboldt-Uni, wo sie Mathematik und Physik auf Lehramt studierte, nach der zweiten Vorlesung aus dem Hörsaal gekommen und von einer Horde Reporter empfangen worden war. Die hatten sie sofort alle gleichzeitig mit Fragen zu ihrem Vater bestürmt. Zu dem Zeitpunkt hatte sie nicht einmal vom Tod ihres Vaters gewusst, geschweige denn, dass alle ihn für einen Amokläufer hielten. Seitdem verfolgten sie die Reporter durch die ganze Stadt, und ihr erstauntes Gesicht war ihrer Aussage nach in jedem Fernsehbericht und in jeder Zeitung zu sehen: »Die nichts ahnende Tochter des Monsters«, stand unter ihrem Bild.

Maiendörfer wunderte sich nicht zum ersten Mal, wie schnell die Reporter zu ihren Informationen kamen. Meistens erfuhren die zuständigen Ermittler bestimmte Dinge erst aus den Medien. Wahrscheinlich hatte ein Nachbar von Hempler den Reportern erzählt, dass es da eine Tochter gab. Dann mussten die Reporter nur noch einen Blick ins Telefonbuch werfen, sich Tatjanas Adresse notieren und ihre Nachbarn befragen. Und schon wussten sie, in welcher Vorlesung Tatjana saß. Interessant daran war für Maiendörfer nur, dass die Leute, sobald sie eine Chance witterten, mit ihrer Aussage ins Fernsehen zu kommen, alles über ihre Nachbarn erzählten, während sie der Polizei nur sehr ungern Auskunft gaben.

Jetzt war es Tatjana nur durch einen Trick gelungen, an den Reportern vorbei unbehelligt ins Wohnhaus ihres Vaters zu gelangen. Sie hatte im Rücken der Fernsehmeute eines der Nachbarhäuser betreten und war von dort über den Hof ins Treppenhaus gelaufen. Berliner Hinterhöfen sei Dank. Da sie ab und zu bei ihrem Vater sauber machte und einen eigenen Schlüssel besaß, wollte sie nachschauen, ob er ihr einen Abschiedsbrief hinterlassen hatte.

Maiendörfer musste sie enttäuschen. Er hatte nichts gefunden, und auch der PC, den er nun mit ihr zusammen durchforstete, gab nichts her. Die meisten Dokumente waren Briefe an das Jobcenter, von denen Maiendörfer bereits Kopien in Hemplers Jobcenterakte gesehen hatte. Tatjana wunderte es nicht, dass ihr Vater keinen Abschiedsbrief hinterlassen hatte. Sie hätte es sich nur gewünscht, wie sie sagte. Alle Kontakte, die es zwischen ihr und ihrem Vater gegeben habe, seien immer auf ihre Initiative zurückgegangen.

Tatjana Hempler war bei der Mutter in Magdeburg aufgewachsen und hatte extra einen Studienplatz in Berlin angenommen, um dem Vater näher zu sein. Ihr Vater selbst hatte nie den Kontakt zu ihr gesucht, auch wenn er die Verabredungen mit ihr einhielt und immer freundlich zu ihr war. Er sei eben immer sehr verschlossen gewesen, habe kaum einmal seine Gefühle gezeigt. So hatte sich Tatjana mit der Zeit daran gewöhnt.

»Aber dass er zu so etwas fähig ist?«, sagte sie ratlos und schüttelte den Kopf. »Er ist noch nie zuvor ausgerastet. Nicht mal meine Mutter schaffte es, ihn zu provozieren.« Tatjana Hempler, die bis eben noch seltsam gefasst gewirkt hatte angesichts der Umstände, kamen jetzt doch die Tränen.

Maiendörfer wusste, wie schwer es für Angehörige oft war, das mörderische Handeln ihrer Nächsten nachzuvollziehen. In der Regel wussten ja die Täter hinterher selbst nicht, wie es dazu gekommen war, dass sie auf so extreme Weise die Beherrschung hatten verlieren können. Allerdings lag der Fall bei Klaus Hempler etwas anders. Er hatte nicht im Affekt gehandelt. Er hatte sich eine Waffe und Munition besorgt und war offensichtlich mit dem Vorsatz ins Jobcenter gegangen, seine Sachbearbeiterin zu erschießen. Möglich, dass er die anderen nicht hatte töten wollen, sondern ihr Tod nur der Ausdruck seiner ungestillten Wut gegen seine Sachbearbeiterin war, die er dann in einer Art Rausch ausgelebt hatte. Doch der erste Mord war geplant gewesen, da konnte Maiendörfer gegenüber der Tochter nichts beschönigen.

»Ich habe alles Mögliche von ihm erwartet, aber das?«

Als sie sich wieder etwas gefasst hatte, erzählte sie, dass ihr Vater manchmal davon gesprochen hatte, dass er etwas Großes vorhabe und alle sich noch über ihn wundern würden. Tatjana hatte gedacht, er arbeitete an einer neuen Maschine – schließlich war er Maschinenbauer – und würde etwas ganz Besonderes erfinden. Früher hatte ihr Vater immer laut davon geträumt, mal ein Patent zu besitzen, das die Welt verändern würde und das mindestens so eine Innovation wie das Telefon oder das Internet darstellen sollte. Und dann hätte er dafür den Nobelpreis bekommen, hätte Millionen damit verdient, und alle hätten sich über ihn gewundert, weil ihm das niemand zugetraut hatte. Sein Bild wäre in allen Zeitungen erschienen, vielleicht sogar vorn auf dem »Spiegel«, obwohl die sich nur selten für Wissenschaftler interessieren.

Maiendörfer hörte sich das alles an und wusste, dass es gar nicht so unwahrscheinlich war, dass Hemplers Konterfei am nächsten Montag auf dem »Spiegel« und möglicherweise sogar auf der »Times« sein würde.

Tatjana schien gerade dasselbe gedacht zu haben. »Jetzt hat mein Vater seine Presse auch so, nicht wahr?«

Maiendörfer, der inzwischen stichprobenartig die Bücher aus den Regalen gezogen und dahinter nach Munition oder einer weiteren Waffe Ausschau gehalten hatte, fragte sie, ob sie irgendwelche Freunde ihres Vaters kenne. Sie schüttelte sofort den Kopf.

»Er hatte keine Freunde. Nicht, weil niemand ihn mochte, sondern weil er nicht in der Lage war, irgendeine Beziehung zu irgendjemand aufzubauen. Wissen Sie, er war freundlich, aber immer distanziert. Selbst mir gegenüber.«

»Bekannte?«

Sie schüttelte abermals den Kopf.

»Haben Sie mal, als Sie hier waren, bei ihm eine Waffe gesehen?«

»Ich habe oft bei ihm sauber gemacht. Er war da nicht so talentiert, nur ordentlich war er, richtig penibel: ›Ein wirrer Kopf braucht nach außen Ordnung‹, hat er immer gesagt.«

Tatjana verzog das Gesicht schon zu einem Lächeln, das aber sofort erstarrte. Erst jetzt wurde ihr bewusst, dass ihr Vater mit dem »wirren Kopf« etwas ganz anderes gemeint haben könnte.

»Nein, ich habe keine Waffe gesehen. Ich kann ihn mir überhaupt nicht mit einer Waffe vorstellen. Er hat immer dieses Herumballern in den Serien gehasst. Er war nicht mal bei der Armee. Aber wie ich jetzt sehe, hatte ich keine Ahnung, wer mein Vater war.«

Wer hat das schon, dachte Maiendörfer, als sie gemeinsam die Wohnung verließen und er Tatjana Hempler den Schlüssel abnahm. Sollten die Kollegen doch die Wohnung auf den Kopf stellen, er hatte dafür keine Zeit, er musste noch zu Fröhlich. Er bot der jungen Frau an, sie vor den Reportern zu beschützen, aber als sie aus dem Haus traten, war da niemand mehr. Irgendwoher mussten die Reporter ja ihre Bilder für die nächste Abendsendung bekommen, wenn sie sie hier nicht bekamen.

***

Dass ihn die Leute anders anschauten als sonst, hatte Fröhlich das erste Mal im Bus gemerkt. Sie schienen ihn anzustarren, über ihn zu tuscheln, ihn zu beobachten. Bestimmt sah er schrecklich aus, so unrasiert und fertig, wie er war. Doch es kümmerte ihn wenig, er dachte an Stefanie Kleinert und an ihr Lachen, das er gern wiedersehen würde. Vielleicht schon morgen, wenn er zu dieser Psychologin gehen und anschließend bei Stefanie auf der Intensivstation vorbeischauen würde.

Als er in die Krausnickstraße einbog, erlebte er zum zweiten Mal, dass sich die Leute ihm gegenüber anders benahmen. Der türkische Gemüsehändler, den er seit Jahren kannte, der ihn aber bisher nie gegrüßt hatte, winkte ihn plötzlich heran, klopfte ihm stumm, aber anerkennend auf die Schulter und schenkte ihm eine Ananas. Fröhlich nahm sie dankend an, obwohl er keine Ananas mochte. Aber erst als er vor dem Tabakladen nebenan sein Gesicht auf einem Aufsteller sah, ahnte er, dass es da einen Zusammenhang geben könnte.

»Mama, er is hier!«, rief der Ladenbesitzer sofort nach hinten in den Lagerraum, als Fröhlich den Laden betrat und ihm schon die Hand schüttelte.

»Das haste jut gemacht, Mann. Hast dem Kerl seine jerechte Strafe jegeben«, rief der Alte strahlend, und dann musste Fröhlich auch noch die Hand seiner Frau schütteln.

»Na ja, ich habe einen Menschen erschossen«, sagte Fröhlich abweisender, als er wollte, aber das schienen die beiden nicht zu bemerken.

»In Notwehr«, erwiderte die Alte treuherzig und tätschelte ihm die Hand, und ihr Mann legte einen Stapel Zeitungen auf den Tisch.

»Hier, da sind alle Artikel über dir drin. Haben wir extra für dir jesammelt.«

Fröhlich war natürlich mit der Absicht in den Laden gekommen, eine Zeitung zu kaufen, in der etwas über den Amoklauf und über ihn stand, aber als er den ganzen Stapel sah, kam ihm sein Vorhaben plötzlich eitel vor. Er konnte unmöglich all diese Zeitungen kaufen, wollte es auch nicht. Er zögerte.

»Nee, nee. Die musste nicht alle koofen, die schenken wa dir«, sagte der Besitzer, drückte Fröhlich den Packen Zeitungen in den Arm und fügte vertraulich hinzu: »Wissen wa ja nu, dass de nich so ville hast.«

Fröhlich stockte das Blut: Was bildeten die sich ein!

»Nischt für unjut. Ick wollt dir nicht beleidigen. Wir freuen uns nur, dass es noch Leute wie dich gibt, die mal 'n bisschen Courage zeigen.«

Als Fröhlich kurz darauf mit seinem Packen Zeitungen um die Ecke bog, begriff er endgültig, dass sich etwas in seinem Leben geändert hatte. Der ganze Abschnitt vor seinem Haus war mit Übertragungswagen zugeparkt, vor denen gut aussehende junge Leute lungerten. Trotz des verhangenen Februarhimmels hatte mindestens die Hälfte von ihnen coole Sonnenbrillen in den Haaren stecken, und alle sahen aus, als würden sie der neue Anchorman von Satt1 oder Froh7 werden. Das schaffte höchstens einer von ihnen, die anderen wurden für Jobs wie diesen hier für wenig Geld verheizt, indem sie das Tagesgeschäft der Sender erledigten, wie Fröhlich durch Magdas Nichte wusste. Das Tagesgeschäft heute hieß Norbert Fröhlich, der Mann, der den Amokläufer Klaus Hempler im Jobcenter Mitte überwältigt und erschossen hatte. Kaum sahen sie ihn, da waren auch schon die Kameras auf ihn gerichtet, da bestürmten sie ihn bereits mit ihren Fragen.

Fröhlich ließ sie abblitzen, indem er tat, was er früher, als er selbst noch bei der Polizei war, seinen Zeugen geraten hatte: freundlich und höflich zu bleiben und anzudeuten, dass man nur an einem Exklusivinterview interessiert wäre. Dann würden sich die ersten Reporter schon mal zurückziehen, weil sie mit den Privatsendern nicht konkurrieren konnten.

Als Fröhlich sein Treppenhaus betrat, steckten drei neue Visitenkarten in seiner Jackentasche. Das machte mit der Visitenkarte der Psychologin aus dem Krankenhaus vier. Er war praktisch über

Nacht zu jemandem geworden, dem man Visitenkarten zusteckte. Früher hatte er immer anderen seine Visitenkarte aufdrängen müssen, und in den letzten zwei Jahren war er sogar ganz ohne Visitenkarten durchs Leben gekommen. Jetzt aber würden es bestimmt noch mehr Visitenkarten werden. Und das alles, weil er einen Menschen erschossen hatte. Die Welt war echt durchgeknallt!

Seine Wohnung war komplett ausgekühlt. Er warf die Zeitungen auf den kleinen Tisch in der Küche und machte sich daran, den Ofen des Zimmers zu heizen. Wenn er die Reporter gut gegeneinander ausspielte, könnte er sich vielleicht eine bessere Wohnung, eine mit Zentralheizung, leisten, dachte Fröhlich und verwarf den Gedanken gleich wieder. Er hatte nicht wirklich die Absicht, ein Interview zu geben, schon gar nicht hier in dieser schäbigen Wohnung, wo Magda dann im Fernsehen sehen konnte, wie er jetzt lebte. Ganz bestimmt nicht. Auch nicht in einem Fernsehstudio, da könnten sie noch so viel Geld bieten. Wahrscheinlich dürfte er dann das Geld sowieso nicht behalten, zumindest würde die Mehnert es ihm auf seine Leistungen, wie sie dort das Geld nannten, anrechnen. Die Mehnert! Plötzlich wurde ihm ganz heiß. War sie auch unter den Toten gewesen? Er versuchte, sich zu erinnern, doch da waren nur Bilder von Frau Bernhardt, deren Rock nach oben gerutscht war, und … und der junge Mann, um den sich die Ärzte bemühten: Jan, der Bruder von Stefanie.

Fröhlich durchwühlte die Zeitungen und überflog die Artikel. Da war von vier Toten die Rede: Zwei Hartz-IV-Empfänger und zwei Sachbearbeiterinnen, darunter die Leiterin. Namen waren nicht angegeben, nicht einmal Kürzel; nur sein eigener Name war vollständig angegeben, prangte über allen Artikeln in großen Lettern. Doch dann fand er etwas: In einem der Artikel wurde in einem Nebensatz erwähnt, dass die Leiterin an diesem Tag eine Kollegin vertreten hatte, die eigentlich Dienst gehabt hätte. Aber ob die Bernhardt nun die Kundschaft der Mehnert oder der Zumseil übernommen hatte, stand da nicht. Allerdings tippte er eher auf die Mehnert. Schließlich war die ihm schon seit Monaten ausgewichen. Jedes Mal hatte sie ihm am Telefon versprochen, dass sie da sein würde, war es dann aber nie. Immer ausgerechnet an dem Tag, an dem er einen Termin bei ihr hatte, hatte sie sich krankgemeldet, freigenommen oder hatte einfach einen Termin außer Haus vorgeschoben.

Die Bernhardt kann nur die Mehnert vertreten haben, dachte Fröhlich erleichtert, und somit hatte die Mehnert überlebt, würde also bei seinem nächsten Termin da sein. Da sein müssen, weil die Bernhardt sie ja nicht mehr vertreten könnte, niemals mehr. Aber hatte er überhaupt einen nächsten Termin? Er überlegte, versuchte, sich mit aller Gewalt zu erinnern. Hatte Frau Bernhardt ihm einen Termin gegeben, hatte er mit ihr überhaupt gesprochen? Er durchwühlte seine Jackentasche, fand das Kärtchen vom Jobcenter, auf dem er sich immer seine Termine notierte, hinter denen die Sachbearbeiterin später unterschrieb, wenn er da gewesen war. Auf dem Kärtchen war nur der gestrige Tag eingetragen, keine Unterschrift, kein neuer Termin.

Er nahm sofort das Telefon zur Hand und wählte die Nummer der Mehnert. Er landete bei der Pförtnerin des Jobcenters, die ihm erklärte, dass alle Termine bis auf Weiteres gestrichen seien. Das Jobcenter sei auf unbestimmte Zeit geschlossen.

»Aber ich brauche einen neuen Termin. Wenn ich nicht einmal im Monat vorspreche, dürfen die mir die Leistungen streichen. Und der Monat ist übermorgen um«, versuchte Fröhlich die Dringlichkeit seines Anliegens deutlich zu machen.

»Junger Mann, das Jobcenter ist geschlossen. Wir hatten hier Tote, lesen Sie denn keine Zeitung?« Ihr Ton war Herablassung pur.

»Doch, ich lese Zeitung«, gab Fröhlich wütend zurück. »Aber die Gesetze sagen, dass ich meine Ansprüche verliere, wenn ich nicht innerhalb eines Monats …«

Ein Knacken ging durch die Leitung, dann folgte ein Besetztzeichen. Die dusslige Pute hatte einfach aufgelegt. Fröhlich wählte erneut.

»Du alte Vettel stellst mich jetzt sofort zu Frau Mehnert …«

Wieder ein Knacken, dann das Besetztzeichen. Fröhlich schmetterte wütend das Telefon von sich und schlug mit der Faust gegen die Wand. Der Schmerz holte ihn ein bisschen runter, aber nicht völlig, das sah er an Maiendörfers entsetztem Blick, als er ihm nach mehrmaligem Klingeln endlich die Tür öffnete.

»Was willst du denn hier?«

»Kann ich reinkommen?«

Er nickte und ging durch den kleinen Flur voraus in die Küche. Ins Zimmer würde er Maiendörfer auf jeden Fall nicht lassen.

»Willst du einen Tee?« Er setzte Wasser auf.

»Wenn du hast, lieber Kaffee.«

»Der ist gerade alle«, sagte Fröhlich wahrheitsgemäß, obwohl er einen Moment versucht war, zu sagen, dass er sich von seinem ALG-II-Regelsatz keinen Kaffee leisten könne. Was nicht stimmte. Außerdem bekam Maiendörfer auch so mit, wie es ihm finanziell ging. Sein Blick, der heimlich durch die Küche wanderte, sprach Bände.

»Nette Küche, erinnert mich an …« Maiendörfer biss sich auf die Zunge, aber Fröhlich wusste auch so, was er sagen wollte. Ihre erste gemeinsame Bude damals in der Dunkerstraße hatte genauso eine Küche gehabt, mit kleiner Speisekammer vorn links und einem Einbauschrank unterm Fenster. Jetzt freilich hatte Maiendörfer eine echte Nobelküche, chromglänzend und so groß wie Fröhlichs gesamte Wohnung, jedenfalls wenn Maiendörfer immer noch in seiner schicken Dachgeschosswohnung am Zionskirchplatz wohnte.

»Warum bist du hier?«, fragte Fröhlich und stellte Maiendörfer eine Tasse hin, nahm sie aber gleich wieder weg, weil am Rand eine Ecke abgeplatzt war. Er hatte noch eine bessere.

»Um mit dir einen Termin für den Tathergang zu machen.«

»Dafür hättest du anrufen können.«

»Na, ich wollte natürlich auch wissen, wie es dir geht.«

Wolltest sehen, wie dein alter Partner sich so durchschlägt, wie er mit dreihundertzweiundachtzig Euro im Monat hinkommt, dachte Fröhlich grimmig und sagte: »Bestens. Siehst du ja.«

»Nein, das meine ich nicht. Bist du überhaupt schon in der Lage, so einen Tathergang mit nachzustellen?«

»Warum nicht?«

»Na ja, also ich weiß nicht, ich zum Beispiel wäre …«

»Ja, du«, fiel ihm Fröhlich ins Wort. »Du hängst ja immer gleich durch, wenn du mal ’nen Toten siehst, aber ich …«

Plötzlich fiel ihm ein, dass er vor Maiendörfer nicht nur geheult, sondern auch in die Hosen gepisst hatte.

Er versuchte einzulenken.

»Das war schon 'ne harte Nummer. Na, du warst ja dabei.«

»War ich nicht, ich bin erst dazugekommen, als schon fast alles vorbei war. Deshalb kann ich dir den Ortstermin nicht ersparen. Nur verschieben, wenn du willst.«

Fröhlich nickte, auch wenn ihm klar war, dass er zu dem Tathergang nichts würde beisteuern können. Noch nicht.

»Hast recht, vielleicht warten wir noch ein bisschen«, sagte Fröhlich, und Maiendörfer nickte verständnisvoll.

»Kannst du mit jemand darüber reden?«

Was sollte das denn heißen? Glaubte Maiendörfer etwa, dass er, nur weil er auf Stütze war, keine Freunde mehr hatte? Vielleicht nicht solche Freunde wie ihn, Maiendörfer, die genau in dem Moment die Kurve kratzten, wenn man am Boden war, sich sogar verleugnen ließen und erst wieder vorgekrochen kamen, wenn es wieder aufwärtsging. Aber nur weil er auf Stütze war und Maiendörfer nichts mit ihm zu tun haben wollte, war er doch nicht einsam. Er dachte an Stefanie, die er ganz bestimmt wiedersehen würde, sicher schon morgen.

»Ich bin gerade erst nach Hause gekommen, aber morgen treffe ich mich mit Magda.«

»Ihr habt noch Kontakt?« Maiendörfer schien erstaunt.

»Warum nicht?«

»Also dann sag mir Bescheid, wenn du so weit bist.« Maiendörfer erhob sich und ging zur Tür, aber Fröhlich wusste, dass noch etwas kommen würde, er kannte seinen Expartner einfach zu gut, sah selbst an der Haltung seiner Schultern, dass er auf etwas herumkaute. »Komischer Zufall, dass wir uns ausgerechnet auf diese Art wiedersehen mussten, was?« Maiendörfer hatte sich an der Tür noch einmal umgedreht und schaute ihn gerührt an. Gleich würde irgend so eine Freundschaftsnummer kommen, dachte Fröhlich, aber nicht mit ihm, für ihn war die Sache gegessen. »Es ist zwar nicht wie früher, aber im Grunde sind wir wie damals gemeinsam an einem Fall dran.«

Maiendörfer versuchte ein Lächeln, das aber an Fröhlich abprallte. So nickte er ihm nur einen Gruß hin, öffnete die Tür, als wollte er nun gehen, drehte sich aber wieder um.

»Fünfundvierzig meint, dass wir mal wieder zusammen Skat spielen könnten. Trudi würde Soljanka machen.«

Fröhlich wollte darauf antworten, überlegte es sich aber anders.

»In den Artikeln steht nicht, dass ich mal Polizist war. Ich wäre dir dankbar, wenn das so bleiben würde«, sagte er und schloss, ohne seinerseits eine Antwort abzuwarten, hinter Maiendörfer die Tür.

Wieder einmal zusammen Skat spielen. Er war Maiendörfer die Antwort schuldig geblieben, hatte nichts darauf erwidert, und das, obwohl er seit Jahren auf diese Einladung gewartet hatte und seit Langem auf die Frage vorbereitet gewesen war. Endlich hätte er loswerden können, was er Maiendörfer schon immer einmal hatte sagen wollen: Nicht nur, dass er damals, als Fröhlich aus dem Knast gekommen war, keine Zeit für ihn gehabt hatte, weder zum Skatspielen noch für ein Gespräch, sondern auch, dass er ihn verraten hatte, auf eine miese Art und Weise, die ein gemeinsames Skatspiel auf alle Ewigkeit unmöglich machen würde. Maiendörfer hatte sich damals als sein ehemaliger Partner dagegen ausgesprochen, dass er nach Verbüßung seiner Strafe im Polizeidienst verbleiben durfte, obwohl er gewusst hatte, dass er das Zünglein an der Waage war. Hätte Maiendörfer damals für ihn gesprochen, hätte er nicht diesen Dienst beim Wachschutz annehmen müssen, der nicht nur eine Zumutung, sondern auch eine Demütigung für Leute wie ihn war. Nein, Maiendörfer und er waren nicht mehr die Freunde, nicht mehr die Partner, nicht die Polizeischulabgänger von damals, die selbstvergessen Karten kloppten und dazu Trudis Soljanka schlürften. Das alles war mit Maiendörfers Verrat zu Bruch gegangen und nicht mehr zu kitten. Mal abgesehen davon, dass Maiendörfer und Fünfundvierzig lausige Skatspieler waren und ihnen das Gewinnen wichtiger war als jede Raffinesse.

Damals, als die Sache mit dem Schmiergeld aufflog und er sich selbst von seinen besten Freunden in die Enge getrieben sah, war er mitunter ungerecht und anstrengend gewesen, das wusste er längst selbst. Aber er hatte damals eben eine schwierige Zeit, hatte eben Mist gebaut, sich herauszureden versucht und sich ganz und gar nicht vorbildlich benommen. Das war noch lange kein Grund, ihn auf ewig fallen zu lassen. Und überhaupt. Wozu waren denn Freunde da, wenn sie nicht einmal so etwas aushalten konnten?

Fröhlich hatte nicht geschwiegen, weil das, was er zu sagen gehabt hätte, falsch gewesen wäre, sondern weil er Maiendörfer nicht zeigen wollte, dass er immer noch nicht darüber hinweg war. Und das, wo Maiendörfer einfach einen Schlussstrich gezogen und weitergearbeitet hatte, als wär nichts gewesen. Nur eben ohne Fröhlich.

Nein, er wollte nicht nachtragend sein, und er war es auch nicht, auch wenn andere, Magda und besonders Maiendörfer, ihm das oft vorgeworfen hatten. Stattdessen hatte Maiendörfer selbst bewiesen, dass er der Nachtragende war, indem er sich damals nicht für Fröhlich ausgesprochen hatte.

***

Maiendörfer parkte seinen Wagen unter dem Geschrei der Reporter aus und bog in die Oranienburger Straße ein, wo die ersten Prostituierten ihre allabendliche Schicht begannen, wie immer in ihren eng anliegenden Pantalons und ausgestattet mit ihren Ficktöppen, wie Fröhlich immer deren bis zu den Schenkeln reichenden Stiefel mit den hohen, spitzen Absätzen genannt hatte. Er hatte die Frage gestellt, hatte Fröhlich eingeladen, und Fröhlich hatte reagiert. Keine Antwort war auch eine Antwort. Zwar nicht die, die er sich erhofft hatte, aber wenigstens musste er sich auch keine Vorwürfe anhören. Sollte sein impulsiver Expartner mit den Jahren doch ruhiger geworden sein? Hatte er in den Jahren doch Zeit gefunden, darüber nachzudenken, warum Maiendörfer sich damals nicht für seinen Verbleib im Polizeidienst ausgesprochen hatte? Verstand Fröhlich es heute vielleicht eher als damals?

Maiendörfer war froh, die Frage gestellt zu haben, und mindestens ebenso, dass Fröhlich seine Vorurteile nicht bestätigt hatte. Zwar musste er weiter auf die gemeinsamen Skatabende verzichten, aber ihm war ohnehin klar gewesen, dass die nicht so schnell stattfinden würden.

Eher gut gelaunt betrat er das Präsidium und hatte keine Ahnung, was im nächsten Moment auf ihn zukommen sollte. Fünfundvierzig war an seinem Platz, wirkte noch etwas angeschlagen, aber das war es nicht, was Maiendörfer sofort beunruhigte, als er das Großraumbüro betrat. Es war auch nicht die ältere Frau, die bei Fünfundvierzig saß und sich etwas verschüchtert in dem großen, offenen Büro umschaute. Maiendörfer kannte sie, er hatte sie herbestellt, damit sie ihre Zeugenaussage vom Vortag unterschrieb. Sie war diejenige, die ihm auf der Treppe des Jobcenters entgegengekommen war, als er mit gezogener Waffe nach oben eilte. Der Amokläufer habe sie am Fahrstuhl auf der siebten Etage gerempelt, hatte sie hinterher ausgesagt, kurz bevor er durch die Schwingtür in die Abteilung für die Anfangsbuchstaben F–K gegangen sei und wild um sich geschossen habe. Nein, nicht die Zeugin beunruhigte ihn, obwohl er sich hätte fragen können, warum sie auf ihn wartete, denn sie hätte das Protokoll auch ohne ihn unterschreiben und längst wieder zu Hause sein können. Es war die Art gewesen, wie Fünfundvierzig ihn beim Hereinkommen angeschaut und dabei die rechte Augenbraue ein wenig angehoben hatte. Das hatte ihn instinktiv beunruhigt.

»Frau Sarkowski möchte eine Aussage machen«, sagte Fünfundvierzig gedehnt, und seine Augenbraue blieb wie ein Ausrufezeichen in seinem Gesicht stehen. Da sackte Maiendörfer das Herz in die Hose, obwohl er noch nicht wissen konnte, worum es ging. Zehn Minuten und einige Missverständnisse später sah der Fall komplett anders aus, und er stand vor der ganzen Abteilung wie ein Trottel da.

Frau Sarkowski hatte ihre Aussage vom Vortag um ein entscheidendes Detail ergänzt: Nicht Hempler hatte sie vor dem Fahrstuhl gerempelt, wie Maiendörfer angenommen hatte, sondern Fröhlich, da war sie sich ganz sicher. Schließlich prangte das erschrockene Gesicht des Mannes in allen Zeitungen auf der ersten Seite und flimmerte bei allen Sendern über den Bildschirm. Der angebliche Held habe sie beinahe »über den Haufen gerannt« und sich nicht einmal dafür entschuldigt.

Frau Sarkowski hatte es sich nicht bloß anders überlegt, sie hatte von Anfang an nicht von Hempler gesprochen. Maiendörfer war nur davon ausgegangen, dass sie Hempler meinte. Sie hatte zu Protokoll gegeben, dass der Mann, der sie gerempelt hatte, anschließend durch die Schwingtür gegangen war und sie sofort danach die Schüsse gehört hatte. Und weil sie sich nun wunderte, dass der Mann, den sie selbst für den Amokläufer hielt, plötzlich der Held sein sollte, wollte sie ihre Aussage konkretisieren.

Aber es kam noch schlimmer. Als er Berger berichten musste, was er eigentlich gesehen hatte, musste Maiendörfer zugeben, dass er weder Fröhlich noch Hempler wirklich gesehen hatte. Gesehen hatte er nur ihre Schatten hinter einer Milchglastür. Und um wirklich genau zu sein: Er hatte nur gesehen, wie sich ein Schatten auf den anderen warf.

Zwar war er sich sicher, dass der Mann, der an dem Schreibtisch gelehnt und die Pistole nachgeladen hatte, der Amokläufer war und der zweite Schatten, der sich auf den ersten geworfen hatte, der Überwinder des Amokläufers, aber ob der erste Schatten nun zu Fröhlich oder zu Hempler gehörte, das konnte Maiendörfer nicht sagen. Und das nicht nur, weil beide beinahe dieselbe Statur hatten und zudem ähnlich gekleidet waren: in Jeans und Lederjacke.

»Seit wann gehen wir einfach von etwas aus?«, sagte Berger, nachdem er sich alles angehört hatte, zu Recht fassungslos. »Du bist Polizist. Ein Polizist geht nicht einfach von etwas aus. Du hast alles zu hinterfragen, egal wie logisch dir etwas erscheint.«

Bergers Worte machten klar: Er war weniger wütend als von ihm enttäuscht, und das war für Maiendörfer besonders schwer zu ertragen. Wenn Berger ihn wenigstens anschreien, ihn vor allen wie einen dummen Jungen runterputzen würde, wie sein Vater es immer getan hatte und manchmal heute noch versuchte. Aber Bergers Enttäuschung, dass sich ausgerechnet er wie ein aufgeregter Knallzeuge benommen hatte, fühlte sich schlimmer an als jede Schelte. Trotzdem: Berger war es auch gewesen, der ihn immer ermuntert hatte, auf sein Herz zu hören.

»Du glaubst doch nicht, dass Fröhlich all diese Leute eiskalt abknallt und dann auch noch so cool ist und sich als Held feiern lässt?«, gab Maiendörfer zurück.

»Das musste er gar nicht«, mischte sich Fünfundvierzig ein, »du hast ihn mit deiner Aussage ja zum Helden gemacht. Als ich auf die Etage kam, hast du mir sofort erzählt, dass Fröhlich den Amokläufer erschossen hat.«

Fünfundvierzig hatte recht. Maiendörfer hatte nicht nur den Knallzeugen gegeben und das Ganze völlig subjektiv bewertet, er hatte auch noch seine Kollegen ihrer Objektivität beraubt, indem er ihnen Hempler als Amokläufer präsentiert hatte. Doch noch immer sagte sein Gefühl etwas anderes, nämlich dass Fröhlich nicht der Amokläufer war.

»Stimmt, ich hab mich nicht professionell verhalten. Trotzdem glaube ich keine Sekunde an Fröhlich als Täter.« Er schaute hilfesuchend Berger an. Der konnte doch nicht ernsthaft davon überzeugt sein, dass Fröhlich ...?

»Aber du weißt es eben auch nicht«, gab Berger nur zurück, statt zu verraten, was er für wahrscheinlich hielt und was nicht.

»Erinnert ihr euch an den Kerl, der, weil er die Raten für sein Haus nicht bezahlen konnte, seine zwei Kinder und die Frau erschossen hat, den aber der Mut verließ, als er das Gewehr auf sich selbst richten wollte?«, fragte Fünfundvierzig. »Auch nach zwei Tagen brachte er es nicht fertig, kam aber auf die Idee, sich bei der Polizei zu melden und einen Raubüberfall vorzutäuschen. Wir haben vier Wochen geglaubt, er hätte nur zufällig den Überfall überlebt.«

»Ich kenne Fröhlich, der würde nicht durchknallen und dann behaupten, er war es nicht«, betonte Maiendörfer noch einmal.

»Ach ja?«, erwiderte Fünfundvierzig und zog schon wieder seine Augenbraue hoch. »Und wer hat damals bei eurer Freundschaft geschworen, dass er das Schmiergeld nicht genommen hat, und dann war er es doch? Du bist sogar selbst noch unter Verdacht geraten, weil du bis zum Schluss zu ihm gehalten hast.«

»Ich war nie wirklich unter Verdacht, und das weißt du.«

»Mensch, versteh doch: Wenn Fröhlich der Amokläufer ist, dann rennt vielleicht eine tickende Bombe durch die Stadt. Irgendetwas völlig Nichtiges passiert, und er rastet erneut aus.«

Mit so einer Mutmaßung kämen sie nie bei dem Haftrichter durch. Deshalb sollten Maiendörfer und Fünfundvierzig sich erst einmal überlegen, wie sie weiter vorgehen wollten, hatte Berger gesagt und immerhin eingestanden, dass Fröhlich nicht zwangsläufig der Amokläufer sein musste, nur weil die Zeugin Sarkowski von Fröhlich gerempelt worden war. Auch sie hatte nicht wirklich gesehen, wer geschossen hat. Vielleicht war Fröhlich gerade in dem Moment durch die Schwingtür verschwunden, als Hempler dahinter zu schießen begonnen hatte. Doch wie sollten sie vorgehen? Wenn Fröhlich der Amokläufer war und Maiendörfer ihm durch seine Anwesenheit ein Alibi gegeben hatte, dann würde er doch jetzt nicht mehr von seiner Version abrücken.

Deshalb würden sie Fröhlich noch ein Weilchen in dem Glauben lassen, dass sie ihn für den Überwinder des Amokläufers hielten. Mit ihrem jetzigen Verdacht würden sie ihn erst konfrontieren, wenn sie mehr in der Hand haben sollten. Denn bisher hatten sie nur die Waffe, ein sehr altes russisches Modell, auf der die Fingerabdrücke von Hempler und von Fröhlich waren, was niemanden wunderte, schließlich hatten ja beide darum gekämpft. Zumindest das konnte Maiendörfer bezeugen. Aber nur einer von ihnen konnte die Waffe mit in das Jobcenter gebracht haben. Er versuchte, sich noch einmal an die Szene vor dem Fahrstuhl zu erinnern: Hatte unter Hemplers Lederjacke eine Pistole gesteckt? Hatte er die vielleicht unbewusst wahrgenommen und war ihm deshalb aus dem Weg gegangen? Aber sooft er auch Hemplers Gang vom Eingang zum Fahrstuhl vor seinem geistigen Auge wiederholte, an eine versteckte Waffe konnte er sich nicht erinnern.

Deshalb sollte sich Fünfundvierzig auf die Suche nach der Herkunft der Waffe machen, die so nicht mehr im Handel erhältlich war. Maiendörfer dagegen fuhr ins Krankenhaus, wo er in Erfahrung bringen wollte, wie sich Fröhlich dort benommen hatte. So einen Amoklauf steckt niemand einfach weg, weder als Täter noch als Opfer. Oder doch? Maiendörfer überdachte seinen Besuch bei Fröhlich und kam bei seinem Verhalten auf keinen nennenswerten Unterschied zu früher. Sein Expartner war wie immer gewesen: kühl, distanziert, überheblich. Hatte Tatjana Hempler ihren Vater nicht genauso beschrieben?

Als Maiendörfer zum Krankenhaus fuhr, war es bereits dunkel. Die Straßen waren durch das nasskalte Februarwetter schlierig geworden, was den Feierabendverkehr zusätzlich erschwerte. Es sah nach Schnee aus, es roch geradezu danach, was er eigentlich mochte, dennoch fröstelte es ihn.

Das Krankenhaus dagegen erstrahlte warm und freundlich in der Dunkelheit. Die alten roten Backsteinbauten hatten für ihn seit jeher etwas Anheimelndes. Er war in der Schönhauser Allee, Ecke Gneiststraße aufgewachsen, wo ganze Straßenzüge aus diesen roten Klinkerbauten standen.

Als Erstes erkundigte er sich auf der Intensivstation nach Jan Kleinert, den man für den Transport in ein künstliches Koma versetzt hatte und der, wenn er daraus erwachen würde, ein Zeuge des Tathergangs sein könnte. Doch der Arzt machte Maiendörfer wenig Hoffnung, Jan Kleinert überhaupt jemals vernehmen zu können. Kleinert sei immer noch nicht stabil genug, um ihn aus dem Koma zu holen, und mit jedem Tag, den er weiter im Koma blieb, verringerten sich die Chancen, dass er sich je wieder erholte.

Trotzdem hatte Maiendörfer Glück. Nachtschwester Evelin hatte wegen Krankheit einer Kollegin seit zweiundvierzig Stunden ununterbrochen Dienst auf der Station und war während Fröhlichs Aufenthalt durchgehend anwesend gewesen.

»Er hat sich benommen, wie man sich eben benimmt nach so einem Ding. Er hatte einen Schock«, erzählte Schwester Evelin Maiendörfer, während sie für die Patienten die Medikation zur Nacht vorbereitete. »So mit Zittern und ein paar Blackouts. Na, Sie wissen schon. Dummerweise hatte ich vergessen, das Fernsehkabel in seinem Zimmer rauszuziehen. Ich bin hier seit fast zwei Tagen allein, da kann ich nicht an alles denken. Aber er hat es ganz gut verkraftet … Ich meine den Fernsehbeitrag über den Amoklauf«, ergänzte sie, als Maiendörfer fragend die Stirn runzelte. Aber wenn er Genaueres wissen wollte, dann sollte er doch runter zur Psychologin gehen, die mit Fröhlich am Morgen gesprochen hatte, die könnte als Profi auf dem Gebiet ganz sicher mehr über seinen Zustand sagen.

Maiendörfer hatte ein gespaltenes Verhältnis zu Psychologen. Zumindest zu denen, die sich als sogenannte Profiler versuchten. Sie waren eben keine Kriminalisten. Wenn gelernte Ermittler zu schwierigen Fällen hinzugezogen wurden, um aus den Spuren am Tatort Rückschlüsse auf den Täter zu erarbeiten, kamen ja manchmal ganz gute Hinweise dabei heraus. Aber Psychologen als Fallanalytiker – nein danke. Die stellten aus dem hohlen Bauch wahnsinnige

Theorien über den Täter auf, die manche unter den Verdächtigen verdächtiger machte und wiederum andere entlastete. Meistens entsprach der wirkliche Täter später maximal in zwei Punkten dem Täterprofil des Psychofritzen, der sich dann wiederum bemühte, im Nachhinein noch weitere Übereinstimmungen zu finden, nur um sein Gesicht zu wahren oder seinen Arbeitsplatz nicht zu gefährden.

Dr. Sanna Jacobsen hingegen war ihm auf Anhieb sympathisch. Ihr holländischer Akzent nahm ihren Sätzen die wissenschaftliche Trockenheit, die Psychologen normalerweise verströmten. Trotzdem hatte Maiendörfer bei ihrem Gespräch dauernd das Gefühl, sie würde ihn mit ihren sanften nussbraunen Augen durchschauen wie eine Figur aus Glas. Er konnte sich erst auf das Gespräch konzentrieren, als er sich bewusst machte, dass es bei ihm gar nichts zu durchschauen gab. Er hatte nichts zu verheimlichen, er hatte ihr die Situation um Fröhlich genau so geschildert, wie sie gerade war. Und sie fand es zu früh, über Fröhlich eine Meinung abgeben zu können, mal abgesehen von ihrer Schweigepflicht.

»Aber wie geht es Ihnen?«, fragte sie dann plötzlich.

Maiendörfer zuckte die Achseln. »Ich kann nicht behaupten, dass ich etwas Derartiges jeden Tag erlebe, aber ich habe so meine Strategien, damit umzugehen.«

»Das meinte ich nicht.«

Nicht? Maiendörfer schaute sie irritiert an, aber da war kein Hinweis, der ihm hätte sagen können, worauf sie hinauswollte.

»Ich habe Mist gebaut, habe mich komplett unprofessionell benommen. Wie ein Trottel stehe ich da.«

Das scheint auch nicht das zu sein, was sie hören will, dachte Maiendörfer, aber sie lächelte wenigstens, und das war doch was. Auch wenn sie kein Häschengebiss hatte, wie es ihr Akzent nahelegte, sondern kleine, aber sehr regelmäßige Zähne wie in einer Zahnpastareklame. Und trotzdem wirkte ihr Lächeln viel echter.

»Sie müssen sich keine Vorwürfe machen. Es ist ganz normal, dass Sie einem Fremden diese schreckliche Tat eher zutrauen als einem Bekannten oder sogar einem ehemaligen Freund.«

Plötzlich regte sich etwas in Maiendörfer, etwas wie Empörung.

»Die glauben jetzt alle, dass ich mich nur wieder von Fröhlich hab anschmieren lassen.«

»Selbst wenn, Sie haben als Freund gehandelt. Das tut nicht jeder.« Sie drückte zum Abschied sanft seine Hand und sagte, dass sie ihn informieren würde, wenn sie sich über Fröhlich ein deutlicheres Bild gemacht habe, ohne natürlich in die Details zu gehen. Dann kramten beide wie auf Kommando gleichzeitig nach ihren Visitenkarten.

»Auf dem Handy bin ich immer zu erreichen«, sagte er und fand das irgendwie zweideutig, deshalb ergänzte er schnell: »Aber Sie werden das ja nicht ausnutzen.« Was redete er da?

»Warum sollte ich?«

Sie lächelte wieder, und er merkte plötzlich, dass er eine Menge dafür geben würde, wenn sie ihn Tag und Nacht anriefe und er dabei ihrem lustigen Akzent lauschen könnte. Und sei es auch nur, um über Fröhlich zu sprechen.

***

Um fünf Uhr nachmittags schaltete Fröhlich den Fernseher ein. Normalerweise verbot er sich so frühes Fernsehen, da er wusste, dass er sonst bis in die Puppen vor der Glotze hängen bleiben würde. Doch heute war das etwas anderes. Mit Spannung erwartete er die Ansage des ersten Abendmagazins: Zwischen den neuesten Affären der Stars und Sternchen würde es Beiträge über ein vermisstes Kind, einen Sexualmörder und über den gestrigen Amoklauf in einem Berliner Jobcenter geben. Und wenn Fröhlich Glück hatte, würde der Beitrag vor dem ersten Werbeblock laufen. Das hieß, er könnte noch auf die später beginnenden, ähnlichen Magazine der anderen Sender umschalten und dort andere Berichte über den Amoklauf sehen, mit vielleicht anderen Bildern und Meinungen.

Er hatte Glück. Die Moderatorin setzte ein betroffenes Gesicht auf, dämpfte die Stimme. Kurze Zusammenfassung, dann wurde ein Bild von Klaus Hempler eingeblendet, und wieder hatte Fröhlich im ersten Moment das Gefühl, das wäre er. Es folgten Bilder von Hemplers Tochter, die vor einem Hörsaal genauso erschrocken in die Kamera blickte wie Fröhlich in dem gestrigen Beitrag von der BBC, wo er auf der Trage aus dem Jobcenter getragen wurde. Hemplers Tochter schien ebenso wenig zu verstehen, was um sie herum vorging, was sie da gefragt wurde, wie er selbst gestern. Nur dass der Hintergrund dazu ein ganz anderer war, dachte Fröhlich voller Mitleid für die junge Frau. Sie hatte in dem Moment, als die Kameras auf sie gerichtet waren, erfahren, dass ihr Vater nicht nur tot, sondern auch ein Mörder war, während Fröhlich zu dem Zeitpunkt noch nicht gewusst hatte, dass er in den Augen der anderen etwas Gutes getan hatte. Bilder der Opfer wurden gezeigt: die trauernden Familienmitglieder und ihr Unverständnis, warum es gerade ihren Sohn, ihren Gatten, ihre Frau getroffen hatte. Wie viele Zufälle, was für eine Verkettung unglücklicher Umstände bei allen Opfern – außer bei Frau Zumseil – dafür gesorgt hatten, dass sie zur falschen Zeit am falschen Ort gewesen waren. Frau Bernhardt hatte eine Vertretung übernommen, der junge Mann war ohne Termin erschienen, der ältere Mann war nicht an einem Schuss, sondern an einem Herzstillstand gestorben.

Fröhlich musste sofort wieder an Stefanie Kleinert denken, die für ihren Bruder den Termin gemacht hatte. Es war das erste Mal, dass er ihre Schuldgefühle verstand, auch wenn er wusste, dass dann vielleicht ein anderer hätte sterben müssen. Leider gab es kein Interview mit Stefanie, deren Bruder und dessen lebensbedrohlicher Zustand nur kurz erwähnt wurden. Offensichtlich hatten sie und ihre Eltern sich nicht vor der Kamera äußern wollen.

Und dann kam er ins Bild. Diesmal nicht auf der Trage, sondern vor seinem Haus, als ihn die Reporter mit dem Packen Zeitungen unterm Arm überrascht hatten. Was er sagte, war nicht zu hören. Stattdessen fasste der Kommentator seine angebliche Rede an die Reporter zusammen: dass er froh sei, diesen Amokläufer außer Gefecht gesetzt, ja ihn mit dessen eigener Waffe erschossen zu haben, mit der dieser Klaus Hempler so viel Unglück über andere gebracht habe. Und obwohl er sich bisher immer dafür geschämt habe, nur Hartz-IV-Empfänger zu sein, sei er an diesem Tag genau deswegen zur rechten Zeit am rechten Ort gewesen. Er habe seine Chance bekommen, etwas Gutes zu tun, und sie genutzt.

Fröhlich konnte es kaum fassen, was für ein Schmierentheater der Reporter aus den wenigen Bildern über ihn zusammengeschustert hatte. Als Polizist hatte er schon eine Menge mit den Medien erlebt, aber nicht mal bei seinem unrühmlichen Abgang hatten sie je derartigen Unsinn über ihn verbreitet. Er wühlte in seiner Jackentasche und zog die Visitenkarten hervor. Clemens Binder hieß der Typ. Er beschloss, ihn auf der Stelle anzurufen und ihm die Meinung zu sagen, doch da klingelte das Telefon.

»Clemens Binder.«

»Sie wagen es, mich nach solch einem Beitrag auch noch anzurufen?«

»Geben Sie mir ein Interview, dann können Sie alles sagen, was Ihnen auf den Nägeln brennt.«

»Dass Sie ein Lügner und Wortverdreher sind!«, rief Fröhlich und wusste zugleich, wie albern er sich benahm. Was hatte er denn erwartet? Dieser Binder hatte ihn absichtlich mit dem Beitrag provoziert, damit er eine ausführliche Stellungnahme von ihm bekam.

»Das würde ich natürlich rausschneiden«, hörte er Binder noch sagen, dann knallte Fröhlich wütend den Hörer auf.

Wenn dieser Kerl ein bisschen Verstand hätte, hätte er einen Kollegen anrufen lassen, der sich erst mal dafür entschuldigte, was Clemens Binder über ihn behauptet hatte, und dann selbst behauptete, seinem Untergebenen bereits die fristlose Kündigung angedroht zu haben.

Das Telefon klingelte wieder. Es war der Chef von Binder, und er sagte genau das, was Fröhlich schon vorher erwartet hatte. Er legte erneut auf, zog den Telefonstecker und zappte zum nächsten Magazin, das gerade auf einem öffentlich-rechtlichen Sender begann. Wieder dieselben Bilder und am Ende wieder Fröhlich, der nun angeblich etwas ganz anderes gesagt hatte: Er müsse sich erst einmal sammeln, und er trauere mit den Angehörigen der Opfer, einschließlich der des Amokläufers, für die es schrecklich sein musste zu erfahren, dass einer von ihnen zu solch einer Tat fähig war.

Damit konnte Fröhlich schon eher leben.

Auch wenn er nichts dergleichen gesagt hatte, entsprach es zumindest der Wahrheit.

Dann kamen Aussagen von seinen Nachbarn. Die dicke Frau Gerstner von nebenan betonte immer wieder, dass sie ihm solch eine mutige Tat niemals zugetraut hätte, und der Teenie aus dem dritten Stock, der ihn noch nie gegrüßt hatte, meinte, dass Fröhlich schon immer ein cooler Typ gewesen sei. Zum Schluss erschien auch noch das ältere Pärchen aus dem Tabakladen, das von Fröhlich wie von einem alten Bekannten sprach und auf die Zigarettenmarke zeigte, die er immer bei ihnen kaufte. Sie hatten nicht einmal bemerkt, dass er seit zwei Monaten nicht mehr in ihrem Laden gewesen war, weil er das Rauchen aufgegeben hatte. Seine Zeitungen hatte er seither in der Bibliothek in der Brunnenstraße gelesen, zum einen weil dort immer geheizt war und zum anderen um das Geld dafür zu sparen.

Wirklich neu an dem Beitrag war nur eine Straßenumfrage. Neben verschiedenen ähnlichen Aussagen von erschütterten Bürgern, die ihr Entsetzen über die Tat äußerten und die Anonymität der Großstadt und die Unmenschlichkeit dieser Gesellschaft dafür verantwortlich machten, nutzte eine etwa vierzigjährige Frau die Gelegenheit, um gegen die Männer im Allgemeinen zu wettern: Noch nie habe es eine weibliche Amokläuferin gegeben, noch nie habe eine Frau ihr wildfremde Menschen einfach so getötet, bloß weil sie verschuldet war, sich gedemütigt fühlte oder ihr Leben nicht in den Griff bekam. Dann gab es mehrere Stimmen, die fanden, dass Fröhlich eine Auszeichnung für seine Tat verdient hätte. Schließlich habe er mit seinem Eingreifen nicht nur sein eigenes Leben aufs Spiel gesetzt, sondern wahrscheinlich weitere Opfer verhindert. Die Reporterin mutmaßte sogar, dass Fröhlich ganz sicher dieses Jahr zur Sommerparty des Bundespräsidenten eingeladen werden würde. Damit endete der Beitrag, und die Moderatorin der Sendung ging zu einem anderen Thema über.

Fröhlich schaltete weiter, wieder zu einem Privatsender. Es dauerte nicht lange, bis auch hier sein Gesicht erschien. Allerdings fasste hier niemand »seine« Worte zusammen. Wahrscheinlich war derjenige, der den Beitrag produziert hatte, blutiger Anfänger und hatte noch Skrupel, sich irgendwas aus den Fingern zu saugen. Ansonsten dominierte auch hier die Meinung, dass Fröhlich für seine Tat gewürdigt werden müsse. Er hatte nichts dagegen. Wenn er dadurch einen Job bekäme und nicht mehr ins Jobcenter müsste, warum nicht? Dafür würde er ihnen auch den Clown machen beziehungsweise den Helden spielen.

Nur hatte er dummerweise immer noch keinen Schimmer, wie

es zu seinem Heldentum gekommen war. Auch die Bilder der Beiträge hatten in ihm keinerlei Erinnerung ausgelöst. Im Gegenteil, er hatte sich bei den Beiträgen nicht anders gefühlt als sonst, wenn er Berichte über Banküberfälle, Kindesmissbrauch oder Betrügereien sah. Er war eben auch nur ein Zuschauer gewesen, der von seinem Sessel aus mit sicherem Abstand auf ein reales Verbrechen blickte – sich höchstens darüber wunderte, wozu Menschen fähig waren. Und wenn er sich als normalen Zuschauer hätte fragen sollen, ob er es sich zugetraut hätte, sich einem Amokläufer entgegenzustellen, dann hätte er entschieden verneint. Dabei war er in der Polizeiausbildung damals zu anderem Handeln trainiert worden. Er war eben schon lange kein Polizist mehr, nur noch eine Privatperson, die natürlich um das eigene Leben bangte, wie die Psychologin sehr richtig erkannt hatte, und genauso ungern wie andere ein unnötiges Risiko einging. In so einer Situation an andere mögliche Opfer zu denken, die durch sein Eingreifen verhindert werden könnten, fand er absurd. So etwas konnte man doch nur in Erwägung ziehen, wenn der eigene Tod schon beschlossene Sache war. Und man genügend Zeit hatte, sich damit abzufinden.

Also: Hatte er die Zeit gehabt, war seine Lage so aussichtslos gewesen, dass ihn weitere Opfer kümmerten, oder hatte er doch nur, wie im Reflex, eben wie ein gut trainierter Polizist, reagiert, der, da er einen gesellschaftlichen Auftrag hatte, das eigene Risiko hinten anstellte?

Fröhlich hatte zum Nachdenken ein wenig an die Luft gehen wollen, und so war er wie sonst auch über die Oranienburger durch die Tucholsky zum Bötzow-Eck gelaufen, wo ihm die Wirtin seit Jahren ungefragt ein Bier hinstellte, wenn er eintrat.

Das Bötzow-Eck schien von außen wie immer, aber kaum hatte er sich durch den grünen Vlies am Windfang gekämpft, gab es um ihn herum plötzlich ein großes Hallo. All die Stammgäste, die er zwar vom Sehen kannte, mit denen er aber bisher nie ein Wort gesprochen hatte, schienen ihn schon erwartet zu haben. Sie klopften ihm anerkennend auf die Schulter, scherzten, dass er ihnen Autogramme geben solle, und wetteiferten darum, ihm als Nächster ein Bier zu spendieren. Er ließ es sich gern gefallen und hoffte, dass seine Berühmtheit etwas anhalten würde, denn die täglichen zwei Bier im Bötzow-Eck entsprachen nicht unbedingt seinem Hartz-IV-Budget. Diese zwei Bier in der abendlichen Öffentlichkeit gehörten wie das Fernsehverbot am Nachmittag zu einer Reihe von Dingen, die sich Fröhlich, seitdem er auf Stütze war, selbst auferlegt hatte. Auch wenn er sich selbst die kaum leisten konnte, so wollte er doch nicht seine Würde verlieren. Bei den meisten, die wie er auf Stütze waren, fing es mit dem Trinken von billigem Dosenbier am Kiosk an, was immerhin etwas Gesellschaft versprach, und endete schließlich mit dem Trinken von No-Name-Marken allein vor dem Fernseher. Nicht dass Fröhlich nie eine Dose vor der Glotze trank, aber eben nicht nur, da hatte er sich fest im Griff.

Heute hatte er viel Gesellschaft, zu viel für seinen Geschmack. In Ruhe sein Bierchen zu schlürfen, daran war kaum zu denken. Von allen Seiten bestürmten sie ihn mit ihren Fragen, wollten in allen Einzelheiten hören, wie es zu seiner Heldentat gekommen war, und ihm immer wieder irgendwas spendieren. Er lehnte alles ab. Er trank seine zwei Bier, vielleicht etwas hastiger als sonst, und ging, ohne etwas bezahlen zu müssen. Möglich, dass ich mir eine andere Kneipe suchen muss, dachte er, obwohl er es auch genossen hatte, mal wieder eingeladen zu werden. Aber würde man ihn mittlerweile nicht überall erkennen?

Wieder in der Oranienburger Straße, ging er nicht gleich nach Hause in die Krausnickstraße, sondern überquerte die Oranienburger in Richtung Spree, schlenderte ein bisschen durch den winzigen Monbijoupark und stand nun im eisigen Wind auf der Fußgängerbrücke zum Bode-Museum. Er schaute einem hell erleuchteten Ausflugsdampfer hinterher, auf dessen Unterdeck eine Kapelle einen Beatles-Song spielte und ein paar ältere Leute einander Arm in Arm über die Tanzfläche schoben. Oben auf dem Deck standen jüngere Frauen in dünnen Abendkleidern an der Reling, die winterlichen Mäntel nur notdürftig übergeworfen, und flirteten mit Männern, die die Anzugjacken längst abgelegt hatten, obwohl ihnen bitterkalt sein musste. Ganz hinten am Bug knutschte ein Pärchen. Als es sich aus seiner Umarmung löste, entdeckte ihn die Frau und winkte Fröhlich euphorisch zu. Im ersten Moment glaubte er, dass sie ihm aus demselben Grund ihre

Aufmerksamkeit schenkte wie das alte Pärchen aus dem Tabakladen oder die Stammgäste aus dem Bötzow-Eck, und er machte keinerlei Anstalten zurückzuwinken. Erst einen Moment später kam ihm in den Sinn, dass die junge Frau einfach nur aus purem Überschwang, weil sie gerade verliebt war, gewinkt haben könnte. Doch es war zu spät, um zu reagieren, die junge Frau hatte sich enttäuscht abgewandt, und Fröhlich ahnte, was sie fühlte. Seine Oma hatte ihn oft auf ihren Urlaubsreisen ermuntert, von einer Fähre, aus einem Zug, von einem Bus aus wildfremden Leuten zuzuwinken, aber er war offensichtlich nie das Kind gewesen, dem man zurückwinkte. Die Leute hatten ihn im besten Falle erstaunt angeschaut, im schlimmsten Falle einfach weggesehen, und er war sich immer wie ein Idiot vorgekommen. Seiner Oma hatte man immer zurückgewinkt, und auch Stefanie Kleinert würde man winken, wenn sie auf einem Boot mit ihren Touristen durch die Innenstadt fuhr. Stefanie war jemand, dem man zurückwinkte, dem man nicht unnötig wehtun wollte, und deshalb war wohl diese Stadt für sie wunderschön.

***

Maiendörfer klappte Hemplers Akte zu, ging an den Kühlschrank, goss sich ein Glas Apfelsaft ein und trat auf die Terrasse. Vor ihm breitete sich das nächtliche Panorama von Berlin aus. In einem Meer von Lichtern zeichneten sich der angestrahlte Fernsehturm, das Rote Rathaus und der Berliner Dom ab. Alles andere, was er sonst bei gutem Wetter und bei Tageslicht noch hätte sehen können, verschwand konturlos im nächtlichen Himmel. Maiendörfer liebte diesen Ausblick, nur deshalb hatte er sich für die Wohnung, ein auf einen Altbau aufgesetztes Dachgeschoss, entschieden, denn eigentlich war die Wohnung für seinen Geschmack zu niedrig. In hohen Räumen fühlte er sich automatisch erhabener und selbstbewusster, auch überlegener, und wenn es diese Terrasse nicht gegeben hätte, wäre er nie in die Wohnung eingezogen. Hier oben konnte er durchatmen, hier bot ihm die Aussicht Überblick und Distanz zugleich, besonders wenn ihn ein Fall zu sehr beschäftigte und er, wie dieses Mal, sogar persönlich involviert war.

Er war schon viel ruhiger als noch am Nachmittag, als er vor Berger hatte zugeben müssen, dass er wie ein blutiger Anfänger gehandelt hatte. Jetzt, nach dem Lesen von Hemplers Akte, könnte er Berger sagen, dass er sich in seiner intuitiven Einschätzung nicht getäuscht hatte: Fröhlich war nicht der Amokläufer. Hempler war es. Seine Akte lieferte eindeutig das Motiv. Denn in mehr als einem seiner Beschwerdebriefe an die zuständige Sachbearbeiterin Katrin Zumseil hatte Hempler gegen sie zwar unkonkrete, aber zwischen den Zeilen doch deutlich spürbare Drohungen ausgesprochen: Sollte sie es noch einmal wagen, ihn zu einem von diesen für ihn unzumutbaren Arbeitseinsätzen beim Straßenbau, in der Landwirtschaft oder im Pflegedienst einzuteilen, wäre sie bald ihres Lebens nicht mehr froh … er würde sich für sie etwas ganz Spezielles einfallen lassen, an das sie noch ewig denken müsste.

Frau Zumseil hatte sich offensichtlich nicht davon einschüchtern lassen. Im Gegenteil. Sie hatte Hempler in geradezu hämischen Schreiben darauf hingewiesen, dass sie dazu berechtigt sei, ihn zu jeder Art von Arbeitseinsätzen einzuteilen, wenn er nicht selbst für sich eine passende Arbeit finde, da es die frühere Zumutbarkeitsregelung nicht mehr gebe. Es stehe Hempler natürlich frei, schrieb sie mit hörbar lustvollem Unterton, den Arbeitseinsatz abzulehnen, aber dann könne sie ihm auch die staatlichen Leistungen streichen. Dann könne er ja sehen, woher er seine Miete und das Geld zum Leben erhalte. Und so ging das immer weiter …

Dabei hatte der Schriftverkehr zwischen Hempler und der Zumseil ganz harmlos begonnen. Hempler hatte vor seinem ersten Arbeitseinsatz, bei dem er ausgerechnet vor dem Institut, in dem er noch zwei Jahre zuvor als Abteilungsleiter für Maschinenbau gearbeitet hatte, die Straße von liegen gelassenem Bauschutt hatte räumen sollen, Frau Zumseil einen höflich formulierten Brief geschrieben. Darin hatte er sie darauf aufmerksam gemacht, wie demütigend es für ihn wäre, bei diesem Einsatz von seinen ehemaligen Kollegen und Untergebenen gesehen zu werden, und sie daher um eine für ihn passendere und auch körperlich weniger anstrengende Arbeit gebeten. Doch obwohl das Schreiben jede Art von Überheblichkeit und Arroganz missen ließ, hatte Frau Zumseil nicht nur kein Verständnis für seine Bitte aufgebracht, sondern ihn in ihrem Antwortschreiben merklich fühlen lassen, dass es ihr genau um diese Demütigung ging. Sie hatte ihm allen Ernstes erklärt, dass sie sich von seinem Einsatz vor seiner ehemaligen Arbeitsstelle einen erzieherischen Wert versprach. Welchen konkret, hatte sie nicht näher erläutert. Als Reaktion hatte sich Hempler in seinen nächsten Beschwerdebriefen zu einem ähnlich zynischen, persönlich angreifenden Tonfall hochgeschaukelt, wie ein missverstandener Sohn, der auf jeden Tadel des Vaters mit noch mehr Aggression reagiert. Wobei er allerdings der Sachbearbeiterin nicht nur in Wortwahl und Ausdrucksstärke, sondern auch intellektuell überlegen war. Unterlegen war er Frau Zumseil nur durch seine deprimierende Situation. Seine weiteren Arbeitseinsätze grenzten an reine Schikane, und es sah ganz so aus, als hätte Katrin Zumseil viel Zeit und Kraft darin investiert, für Hempler besonders demütigende Tätigkeiten zu finden. Ihre Antworten ließen jedenfalls recht unverhohlen erkennen, dass sie Leute, die in der einstigen DDR eine Bilderbuchkarriere hingelegt hatten, besonders auf dem Kieker hatte. Mehr als einmal betonte sie in ihren Schreiben, dass er doch mit seinem ausgezeichneten Abitur durchaus in der Lage sein müsste, die von ihr beigelegten Gesetzesblätter zum Einsatz von Hartz-IV-Empfängern zu verstehen. Oder sie fragte scheinheilig, ob ihm seine Beziehungen, die ihm ja einst zu einem Studium in Moskau verholfen hatten, nicht auch heute eine für ihn zumutbare Arbeit verschaffen könnten. Oder warum ein Doktor des Maschinenbaus damit Probleme haben könnte, Schrott zu entsorgen.

Ganz klar hatte diese Frau Zumseil in Hempler jemanden gefunden, an dem sie selbst erfahrenes Leid abreagieren konnte. Und Hempler hatte ihr den willigen Sparringspartner gegeben. Vielleicht war Katrin Zumseil nicht zum Abitur zugelassen worden, weil ihre Eltern Anhänger einer Kirchenorganisation oder dem sozialistischen Staat auf irgendeine andere Weise ein Dorn im Auge gewesen waren. Maiendörfer war sich jedenfalls ziemlich sicher, dass sie ebenfalls aus dem Osten kam. Ihre kenntnisreichen Anspielungen auf Hemplers Werdegang belegten dies. Er war für sie das, was sie vielleicht hätte werden können, und ihre ablehnende Haltung ihm gegenüber war die Rache dafür. Egal ob er nun aufgrund von Beziehungen oder wegen seiner besonderen

Leistungen zu dem durchaus seltenen Studienplatz in Moskau gekommen war – Hempler hatte sich jedenfalls, nachdem er noch einen vergeblichen Versuch gestartet hatte, zu einer anderen Sachbearbeiterin zu wechseln, schnell auf diesen persönlichen Krieg mit ihr konzentriert und sich darin ebenfalls nicht lumpen lassen. Er hatte ihr korrigierte Kopien ihrer Briefe zugeschickt, um ihr zu beweisen, dass sie nicht einmal der deutschen Sprache mächtig war, und damit wohl genau ins Herz ihres Minderwertigkeitskomplexes getroffen. Insofern hatte Tatjana Hempler unrecht, fand Maiendörfer, als sie ihrem Vater bescheinigte, keinerlei Beziehungen zu anderen Menschen aufbauen zu können. Zu Katrin Zumseil hatte er sehr wohl eine Beziehung gehabt. Sie war zu seinem Intimfeind Nummer eins geworden. Nur saß sie am längeren Hebel. Dass Hempler da irgendwann einmal ausrasten würde, war nicht nur vorstellbar, es schien Maiendörfer geradezu unausweichlich. Entsprechend stand für ihn fest: Hempler war von Fröhlich überwältigt worden, nicht umgekehrt. Sein Instinkt hatte ihn nicht getäuscht, auf seinen Instinkt konnte er sich verlassen.

Maiendörfer verließ die Terrasse und wechselte zum Zähneputzen hinüber ins Bad, das wie die Küche und sein Arbeitszimmer auf der anderen Seite des Flures lag. Von der ebenfalls durchgehenden Terrasse dort drüben sah man den Turm der Zionskirche. Diese Aussicht mochte er besonders, wenn er mit sich und allem im Reinen war. Die altehrwürdige Zionskirche, über deren Portikus zur Adventszeit immer ein vielzackiger Weihnachtsstern aus Herrenhuth leuchtete, gab ihm das notwendige Kiezgefühl, das er manchmal auch brauchte und das er auf der anderen Seite der Wohnung nicht fand. Hier, auf dieser Seite, war er wieder in Prenzlauer Berg, seiner Heimat, und keineswegs mehr auf Distanz: Hoch oben zwar, aber doch mittendrin, wo Straßenbahnen lärmend den Schienen folgten, wo sich Milchkaffeetrinker zwischen dem hippen »Einhundertdreier«, dem gemütlicheren »Makom« oder der unprätentiösen »Kapelle« entscheiden konnten und wo jeden Donnerstag ein Markt mit nachmittäglichem Puppenspiel für die Kleinen stattfand. Mal ganz abgesehen von den vielen Konzerten und Lesungen vor und in der Zionskirche selbst.

Als Maiendörfer, nur noch mit Schlafanzughose bekleidet, auf die ruhigere Seite ins Schlafzimmer ging, war er bereits davon überzeugt, dass die Nachstellung des Tathergangs im Jobcenter ein eher unnötiger Aufwand war, der am nächsten Tag eine Menge Leute beschäftigen und von ihrer eigentlichen Arbeit abhalten würde. So wie die Dinge jetzt standen, hätte er Fröhlich genauso gut auf dem Kommissariat befragen können.

Doch inzwischen war alles organisiert und die Sachverständigen und der Staatsanwalt bestellt. Außerdem würde eine Absage der Rekonstruktion vor Ort auch ein Wiedersehen mit Sanna Jacobsen verhindern. Er hatte nämlich mit Fünfundvierzig ausgemacht, dass er Fröhlich von dessen Sitzung mit Sanna Jacobsen im Krankenhaus direkt zum Jobcenter bringen würde. Natürlich hätte er auch wie von Fünfundvierzig vorgeschlagen zwei Streifenbeamte schicken können. Aber er hatte Fünfundvierzig erklärt, dass Fröhlich das fälschlicherweise als eine Art Vorladung verstehen könnte. Dann wäre er sofort verärgert – so war Fröhlich nun mal – und würde gleich dichtmachen.

Sanna. Was für ein schöner Name, dachte Maiendörfer und nahm sich vor, am nächsten Tag auf ihre Hände zu achten. Hatte er einen Ring an ihr gesehen? Er konnte sich partout nicht erinnern.

So viel zu deiner professionellen Beobachtungsgabe, schalt er sich selbst ein letztes Mal an diesem Tag.

VIER

Am Abend zuvor hatte Fröhlich im Handwaschbecken schnell noch sein bestes Hemd durchgewaschen. Seine Hose war ja dank der Fürsorge von Schwester Evelin bereits sauber. Er wollte gut aussehen, wenn er ins Krankenhaus zu Stefanie Kleinert ging, nur deshalb brauchte er für die Rasur länger als sonst.

Er hatte nicht vor, den Termin bei der Psychologin wahrzunehmen, aber falls Stefanie fragen würde, könnte er sagen, dass er deshalb im Krankenhaus sei und eben nur mal so auf der Intensivstation vorbeigeschaut habe, auch um zu erfahren, wie es um ihren Bruder stand. Vielleicht konnten sie ja anschließend wieder in den Park des Krankenhauses oder sogar in ein Café ganz in der Nähe gehen, um an ihr letztes Gespräch anzuknüpfen. Wenn sie dann ebenso aufgeschlossen und lustig sein würde wie am Tag zuvor auf der Parkbank, dann könnte er so ganz nebenbei einfließen lassen, dass er sich gern mal das Stadtzentrum aus der Wasserperspektive anschauen würde. Sie hätte dann die Möglichkeit, ihn einzuladen oder eben nicht, und er wüsste Bescheid, ob ihre Freundlichkeit wirklich ihm galt.

Dann aber kam alles anders. Zuerst wurde er auf dem Weg zum Krankenhaus permanent von Leuten aufgehalten, die ihn erkannten und ihm für seine Tat im Jobcenter Anerkennung zollten. Und als er endlich das Krankenhaus betrat, sah er Stefanie in der Cafeteria sitzen und heftig mit einem älteren Herrn debattieren. Also tat Fröhlich so, als würde er sie nicht sehen, und ging sich am Tresen einen Kaffee bestellen. Wie erwartet, sah sie ihn und rief nach ihm, als er sich mit seinem Kaffee nach einem Platz umschaute.

»Setzen Sie sich doch zu uns«, sagte sie freundlich und ignorierte dabei den ärgerlichen Blick des älteren Mannes. »Vater, das ist Herr Fröhlich. Der Mann, der mit Jan im Jobcenter war und diesen Verrückten …«, sie zögerte einen Moment, »… erschossen hat.«

Das Gesicht ihres Vaters hellte sich nicht auf wie das von Passanten, wenn sie in Fröhlich den Helden vom Jobcenter erkannten. Ihn schien etwas anderes zu beschäftigen.

»Ich verstehe immer noch nicht, was Jan im Jobcenter überhaupt wollte«, sagte er, ohne Fröhlich zu beachten.

»Ich erkläre es dir heute Abend, ja?«, erwiderte Stefanie mit einem Seitenblick auf Fröhlich, dessen Herz vor Freude einen Hüpfer machte. Ihr Vater wusste offensichtlich nicht, dass Stefanie den Termin für Jan gemacht hatte, das hatte sie nur ihm gestanden.

»Kümmerst du dich um sein Geschäft?«

Stefanie nickte mechanisch.

»Hoffentlich verliert er nicht allzu viele Kunden dadurch.«

»Ja, Vater.«

»Also gut, dann werde ich jetzt mal zu ihm hochgehen.« Er nickte ihnen beiden zu und schlurfte hinaus. Sie schauten ihm beide hinterher, und Fröhlich wusste, dass er ihr den ersten Satz überlassen musste.

»Er glaubt immer noch, Jans Computer-Firma würde gut laufen. Überall erzählt er rum, was für ein dickes Auto sein Sohn fährt, wie gut sein Geschäft läuft, aber eigentlich ist mein Vater mit daran schuld, dass Jan nicht zugeben konnte, dass er längst pleite war.«

»Verstehe. Jans dickes Auto war in letzter Zeit viel in der Werkstatt.« Das hatte jedenfalls Fröhlich damals gegenüber Bekannten immer behauptet, als er seinen Wagen hatte verkaufen müssen.

»So ähnlich. Jan hat meinem Vater erzählt, dass Fahrradfahren viel gesünder ist.«

»Und wie geht es ihm?«

Stefanie stiegen sofort wieder die Tränen in die Augen.

»Er sollte gestern Abend aus dem künstlichen Koma erwachen, aber das ist er nicht.«

Sie schaute ihn hilflos an. Da war es ganz leicht, ihr sein frisches Taschentuch zu reichen.

»Die Ärzte machen uns wenig Hoffnung«, sagte sie, nachdem sie sich die Nase geputzt hatte. »Aber ich muss jetzt los. Ich hab jetzt gleich eine Tour.«

Sie stand auf und streckte ihm schon die Hand entgegen, während er überlegte, ob dies der passende Moment war, um sich einzuladen.

»Haben Sie nicht Lust, mal bei uns mitzufahren? Dann kann ich Ihnen auch Ihr Taschentuch wiedergeben.« Ohne seine Antwort abzuwarten, reichte sie ihm ein Kärtchen der Weißen Flotte und deutete auf eine Telefonnummer. »Da können Sie erfahren, welche Tour ich mache.«

Seine fünfte Visitenkarte und die ihm liebste.

»Ja, mal sehen«, erwiderte er.

Als Stefanie Kleinert draußen am Schaufenster in ihrem grünen Mäntelchen vorbeihastete, winkte sie ihm noch einmal kurz zu, und Fröhlich winkte sogar zurück. Was dann aber doch ein Fehler war, denn im selben Augenblick tauchte die Psychologin hinter Stefanie auf, die anscheinend glaubte, er meine sie.

»Schön, dass Sie auf mich gewartet haben«, rief sie schon vom Eingang der Cafeteria. »Leider werde ich als Krankenhauspsychologin immer zu den dringenden Fällen gerufen.«

Da sich die »dringenden Fälle« in ihrer Aussprache so lustig anhörten, fragte er dummerweise nach.

»Eine Sechzehnjährige, die sich wegen einer unerwiderten Liebe zu einem Lehrer vom Dach ihrer Schule stürzen wollte«, erklärte sie und fügte stolz hinzu: »Ich konnte sie davon abbringen.« Dann ging sie zur Tagesordnung über: »Wir haben noch dreißig Minuten, dann kommt der nächste Klient.«

Sie hatte gar nicht erst Platz genommen und deutete an, dass sie gleich in ihr Büro wollte.

»Lohnt sich das noch? Ich meine, ich kann auch ein andermal wiederkommen«, schlug Fröhlich vor, aber Sanna Jacobsen ging nicht darauf ein.

Auf der Treppe nach oben bereitete Fröhlich sich darauf vor, was er sagen sollte, wenn sie wieder danach fragen würde, ob er Angst gehabt hatte. Er würde es einfach zugeben, schon weil man solchen Leuten wie dieser Psychologin das sowieso nicht verständlich machen konnte, dass es »so 'ne und solche« Situationen gab und er generell kein Mensch war, der vor irgendetwas Angst hatte.

Aber dann interessierte Sanna Jacobsen sich überhaupt nicht für seine Angst, sondern wollte hauptsächlich wissen, was er über diesen Klaus Hempler dachte. Ob er verstehen konnte, dass Hempler im Jobcenter ausgerastet war, und ob er nicht auch schon einmal so viel Wut auf jemanden hatte, dass er am liebsten auf ihn eingeschlagen hätte. Fröhlich antwortete wahrheitsgemäß, dass er nicht wusste, warum Hempler das getan hatte. Aber wenn es stimmte, dass Hempler, so wie die Journalisten es in den Artikeln über ihn vermuteten, als Erstes seine Sachbearbeiterin Frau Zumseil hatte treffen wollen, dann könnte er es zumindest nachvollziehen.

»Nachvollziehen? Inwiefern?«

Interessant an Sanna Jacobsens holländischem Akzent war, dass sie ihn zwischendurch offenbar ablegen konnte und plötzlich sehr hart, sehr deutsch klang. Er wusste nur noch nicht, was die Ursache dafür war, aber er blieb auf der Hut.

»Prinzipiell gibt es keinen einzigen Grund, jemand zu töten. Jeder, der beschließt, einen anderen umzubringen, ist für mich krank, also in Ihrem Sinne pathologisch.«

Er sah, wie gut das bei Sanna Jacobsen ankam, aber diesmal war das auch wirklich seine Überzeugung. Er hatte nie verstehen können, wie man einen Mord erst planen und dann durchführen konnte, das ging über seinen Verstand. Dass jemand im Affekt oder in Notwehr oder aus Versehen töten konnte, konnte er sich noch irgendwie vorstellen, aber aus Rache, Geldgier oder Eifersucht planmäßig zu morden, war doch der extremste Ausbruch einer an sich kranken Einstellung zu anderen Menschen. Deshalb hatte er nie verstanden, warum nur Sexualtätern und Serienmördern eine psychologische Betreuung verordnet wurde und man sich bei anderen Mördern damit begnügte, sie einzusperren. Eigentlich hieß das doch, dass der Staat im Prinzip Morde durchaus verständlich findet und sie nur ahndet, weil sonst alle Menschen übereinander herfallen würden.

Plötzlich musste Fröhlich wieder an Hempler denken, wie er da so tot auf seiner Brust gelegen hatte. Das hätte auch er selbst sein können. Zum Glück konnte er sich nicht daran erinnern, ob er diesen Hempler wirklich erschossen hatte, so wie es alle behaupteten. So war doch zumindest nicht ganz auszuschließen, dass …

»Woran denken Sie gerade?«

»Dass ich diesen Hempler vielleicht gar nicht erschossen habe.«

»Vielleicht?«

»Es könnte doch sein, dass die Waffe in der allerletzten Sekunde unseres Kampfes auf Hemplers Brust gerichtet war … und Hempler selbst hat den Abzug gedrückt, also als ich die Hand am Abzug hatte.«

»Amokläufer töten sich meistens selbst. Das ist richtig. Aber wissen Sie denn nicht, wie es war?«

Das durfte er auf keinen Fall zugeben, sonst musste er hier jeden Tag anrücken.

»Es ging doch alles so schnell.«

»Aber würde es für Sie einen Unterschied machen? Es wäre ja immerhin Notwehr gewesen.«

»Natürlich wäre das ein Unterschied!«, sagte er heftiger, als er gewollt hatte. »Oder glauben Sie, ich bringe gern Menschen um? Mal abgesehen davon, dass diesem Hempler dadurch erspart geblieben ist zu sehen, was er für ein Leid angerichtet hat.«

Damit war die Sitzung zu Ende, und Fröhlich hoffte, Sanna Jacobsen würde auf weitere Termine verzichten. Stattdessen blätterte sie sofort in ihrem Terminkalender und bot ihm einen festen täglichen Termin jeweils um zehn Uhr an. Er sagte zu, hatte aber nicht die Absicht, ihn wahrzunehmen. Wozu auch?

Als sie ihn endlich gehen ließ, deutete sie auf seinen rechten Zeigefinger, den er sich die ganze Zeit gekratzt hatte.

»Was ist mit Ihrem Finger?«

»Mückenstich.«

»Im Februar?«

»In alten Wohnungen halten sie sich manchmal länger.«

Für die Zeit nach Sanna Jacobsens Sitzung hatte Fröhlich nicht wirklich einen Plan. Vielleicht sollte er noch einmal versuchen, die Mehnert im Jobcenter zu erreichen, oder er würde einfach nur so durch die Stadt laufen, an der Spree entlang, und sehen, ob er Stefanie auf einem der Boote entdeckte. Doch dann kam wieder alles anders, als er es sich vorgestellt hatte. Als Fröhlich Sanna Jacobsens Sprechzimmer verließ, stand da plötzlich Maiendörfer. Der behauptete, keinen anderen Termin für den Tathergang gefunden zu haben als jetzt gleich, und wollte ihn zum Jobcenter mitnehmen. Nur müsse er vorher noch mit Sanna Jacobsen wegen einer anderen Sache sprechen.

»Hat nichts mit dir zu tun«, sagte Maiendörfer so betont leichthin, dass Fröhlich ihm kein Wort glaubte. Maiendörfer hatte noch nie gut lügen können. Allein dass er von seinem Termin bei der Psychologin wusste, zeigte doch, dass es in dem Gespräch dadrinnen um ihn ging. Also ließ er noch einmal seine Antworten gegenüber der Jacobsen Revue passieren, fand jedoch nichts, was für seinen Expartner neu sein könnte. Maiendörfer kannte seine Einstellung zu Mördern und hatte sie auch immer geteilt.

Auf der Fahrt zum Jobcenter schwieg Fröhlich dann demonstrativ. Maiendörfer hingegen »räufelte« sich förmlich vor ihm auf, um ihn in ein lockeres Gespräch zu verwickeln: über die Wetterlage, über die Luftverschmutzung, über die aggressiven Leute ringsum. Fröhlich gab ihm nicht mal ein »Mhm«, um wenigstens anzudeuten, dass er zuhörte. Er ließ Maiendörfer reden und fragte sich selbst, warum der mit der Psychologin gesprochen hatte. Warum war es plötzlich so eilig, den Tathergang nachzustellen, wo doch Maiendörfer noch am Tag zuvor gesagt hatte, sie könnten sich damit Zeit lassen, es sei ja alles klar?

War plötzlich nicht mehr alles klar? Oder hatten Maiendörfer, Berger und Staatsanwalt Gruner wirklich keinen anderen gemeinsamen Termin gefunden? Und was sollte er überhaupt sagen, wenn sie ihn fragten, wie alles abgelaufen war? Unruhe stieg in ihm auf, und je näher sie dem Jobcenter kamen, desto dringlicher hoffte er, dass er sich während der Nachstellung endlich erinnern würde. Das war ja in den meisten Fällen der Sinn solcher Veranstaltungen: den Zeugen oder Täter dazu zu bringen, sich vor Ort an mehr Einzelheiten zu erinnern. Außerdem wollte er wirklich auch selbst wissen, wie es dazu gekommen war, dass er sich auf Hempler geworfen hatte und der von ihm oder sich selbst erschossen worden war.

Als sie das Jobcenter betraten, war das Foyer menschenleer, nur diese alte Vettel, die ihn gestern am Telefon zweimal abgehängt hatte, saß hinter dem Informationsstand und telefonierte gerade. Fröhlichs erster Impuls war, ihr die Meinung zu sagen, er machte schon einen Schritt auf sie zu, aber dann fragte Maiendörfer, ob er an dem Tag des Amoklaufes auch erst bei der Pförtnerin gewesen wäre.

»Fangen wir denn gleich hier an?«, fragte er zurück, und Maiendörfer nickte.

»Du kennst das ja. Mach alles genau so wie an dem Vormittag.«

»Ich bin natürlich gleich zum Fahrstuhl. Ich wusste ja, wo ich hinmuss.«

»Gut, haben viele Leute mit dir gewartet?«, fragte Maiendörfer und betätigte den Aufwärtsknopf.

»Ein paar, aber oben war ich der Einzige, die anderen sind alle unterwegs ausgestiegen.«

Maiendörfer schien zufrieden zu sein. Als der Fahrstuhl kam, stiegen sie ein, und Fröhlich drückte auf die Taste für die siebte Etage. Er war ganz ruhig.

»Hast du diesen Hempler vielleicht im Fahrstuhl gesehen?«

Fröhlich überlegte.

»Nein, vor mir stand ein junges Pärchen, die sind auf der ersten Etage ausgestiegen. Daran kann ich mich erinnern, weil ich dachte, die hätten die eine Treppe auch laufen können. Dann war da noch ein älterer Mann, glaub ich, und eine jüngere Frau. Aber wie gesagt, als ich auf der Siebten ausgestiegen bin, war ich allein.«

Der Fahrstuhl hielt mit einem Kling, im nächsten Moment surrte die Tür auf. Als Fröhlich aber die Schwingtür zur Etage sah, spürte er plötzlich so ein flaues Gefühl im Magen, und seine Knie waren wieder wie aus Gummi. Trotzdem ging er geradewegs auf die Schwingtür zu, neben der eine Frau stand, wahrscheinlich eine Beamtin, die auf irgendetwas wartete und ein Informationsblatt neben der Tür las. Fröhlich wollte gerade die Schwingtür aufstoßen, als er sich noch einmal zu Maiendörfer umdrehte.

»Kann ich noch mal?«

Maiendörfer zuckte die Achseln: »Warum?«

»Ich habe diese Frau hier gerempelt, bevor ich durch die Tür bin.« Er wandte sich an die Frau, die ihn ängstlich anstarrte.

»Nicht wahr, ich habe Sie gerempelt? Was haben Sie mir da gleich noch mal hinterhergerufen?«

Die Frau schluckte und holte sich mit einem Blick bei Maiendörfer die Genehmigung ein.

»Ob Sie sich nicht mal entschuldigen können?«

»Aber ich habe nichts darauf geantwortet, ich war nämlich etwas spät für meinen Termin.«

»Gut«, sagte Maiendörfer. »Dann remple sie und geh hinein.«

Fröhlich ging noch einmal zurück zum Fahrstuhl und ging dann schnellen Schrittes auf die Frau zu, rempelte sie, sie wiederholte ihren Satz, aber er stieß schon die Tür auf und ging hinein.

Da standen Berger, Staatsanwalt Gruner, Fünfundvierzig und ein paar Beamte in Zivil und starrten ihn an. Hinter ihm fiel die Tür zu, und irgendwo donnerte ein Schuss. Dann verlor er das Bewusstsein.

***

Maiendörfer hatte vorgehabt, die fünf Platzpatronenschüsse, die die Kollegen abfeuern sollten, abzuwarten, um wie vor zwei Tagen erst dann auf die Etage zu kommen. Aber gleich nach dem ersten Schuss gab es dieses dumpfe Geräusch eines aufschlagenden Körpers. Maiendörfer wartete weiter hinter der Schwingtür, weil er glaubte, dass einer der Beamten sich hingeworfen hatte. Erst als er Fünfundvierzig nach einem Arzt rufen hörte, lief er hinein.

Fünfundvierzig wollte sofort Fröhlichs Augen kontrollieren, doch dazu kam es nicht, weil Fröhlich sich sehr schnell erholte. Für Staatsanwalt Gruners Geschmack zu schnell, das sah Maiendörfer ihm sofort an. Aber manchmal kippten die Leute eben einfach aus den Latschen wie jetzt Fröhlich, auch wenn es zuvor keinerlei Anzeichen gegeben hatte, dass sie den Tathergang nicht überstehen würden. Sie kippten um und kamen sofort wieder zu sich. So war das nun mal.

Auch Sanna Jacobsen hatte gegen Fröhlichs Teilnahme am Tathergang nichts einzuwenden gehabt. Selbst auf sie hatte er einen stabilen Eindruck gemacht, und wenn Fröhlich sich selbst diese Veranstaltung zutraue, hatte sie im Krankenhaus gesagt, dann gebe auch sie ihr Okay.

Nun musste Maiendörfer sie rufen, weil Fröhlich wie ein kleines bockiges Kind auf dem Boden lag und sich mit Händen und Füßen wehrte, überhaupt aufzustehen oder gar nur einen Blick auf den Tatort zu werfen. Fünfundvierzig blieb bei ihm, während Gruner Berger und Maiendörfer bedeutete, dass er sie auf dem Flur sprechen wollte.

»Was denken Sie?«, fragte Gruner, kaum dass die Schwingtür hinter ihnen zugefallen war.

»Er hatte einen Schock«, sagte Maiendörfer entschuldigend. »Und auch wenn Fröhlich die letzten zwei Tage einen guten Eindruck gemacht hat, so muss er dieses Erlebnis noch lange nicht verarbeitet haben.«

»Das glaub ich gern«, erwiderte Gruner scheinbar gelassen, aber Maiendörfer wusste aus seiner langen Zusammenarbeit mit ihm, dass er besonders auf der Hut sein musste, wenn Gruner so tat, als wäre er mit Maiendörfer einer Meinung. Irgendein Ass hatte er dann immer noch im Ärmel. »Aber ich gebe zu bedenken«, fuhr Gruner fort, »dass Fröhlich ein Polizist war. Ein guter Polizist. Stimmen Sie mir da zu, Maiendörfer?« Der Staatsanwalt schaute ihn aus seinen wasserblauen Augen freundlich an, und Maiendörfer wusste, dass dies nur der rhetorische Übergang zum Eigentlichen war. »Einer, der weiß, wie man sich in solchen Situationen wie dieser hier, pardon, wie der vor zwei Tagen verhalten muss, nicht wahr?«

Wieder forderte Gruner durch einen Blick Maiendörfers Zustimmung ein. Die mochte er ihm aber so nicht geben. Der Versprecher war ganz bestimmt kein Versehen.

»Also egal, ob diese Ohnmacht nun echt war oder nicht … unterbrechen Sie mich jetzt nicht«, sagte der Staatsanwalt, als Maiendörfer Einspruch erheben wollte, und senkte die Stimme: »Ganz nebenbei gesagt, ich und Sie haben schon öfter Mörder im Angesicht ihrer Tat umfallen sehen, weil sie es einfach nicht wahrhaben wollten, dass sie zu so etwas fähig waren. Also egal ob das eben nur Theater oder echt war, es gibt zwei Möglichkeiten.« Gruner machte eine Pause und sah Maiendörfer und Fünfundvierzig selbstgefällig an. Als hätte er es mit zwei dummen Schuljungen zu tun, die angeblich nicht wussten, worauf der Herr Lehrer hinauswollte. Aber so war es nicht. Maiendörfer hatte am Morgen Fünfundvierzigs Bericht gelesen und war gut vorbereitet.

»So weit waren wir auch schon«, schnitt er Gruner das Wort ab und führte seine Überlegungen vom Morgen aus. »Die erste Möglichkeit ist: Fröhlich hat den Amokschützen überwältigt, wie wir es bisher angenommen haben, und hat reagiert, wie man es von einem guten Polizisten in solch einer Situation erwarten kann. Zweite Möglichkeit: Fröhlich ist der Amokschütze und hat durch meine Aussage die Chance erhalten, dafür nicht verantwortlich gemacht zu werden. Dass er ein ehemaliger Polizist ist, spricht gleichzeitig für Fröhlichs Täterschaft. Denn er ist nicht nur ein ausgebildeter Schütze und hat bessere Möglichkeiten als Hempler, sich eine Waffe zu besorgen, weil er die Szene kennt, sondern er weiß auch, was danach auf einen Amokläufer zukommt. Was er sagen muss, wie ein Schock aussieht, wie man in Ohnmacht fällt.«

Maiendörfer blickte Gruner herausfordernd an, der überrascht zu sein schien, dass auch Maiendörfer Fröhlichs Ohnmacht anzweifelte. Aber so war es nicht. Wer Fröhlich kannte, wusste, dass der niemals so ein kleinkindhaftes Verhalten vorspielen würde. Maiendörfer wollte nur alle Möglichkeiten in Betracht ziehen, denn er war nicht parteiisch, auch wenn Gruner es vielleicht annahm. Er hatte zwar einen Fehler gemacht, aber ab sofort würde er objektiv bleiben. Entsprechend fuhr er mit seiner These fort:

»Für Fröhlichs Täterschaft spricht weiterhin die Aussage der Zeugin, die dabei bleibt, dass der erste Schuss sofort kam, nachdem Fröhlich die Etage betreten hatte. Dagegen spricht, dass die Schüsse alle aus der Richtung des Büros kamen. Hätte also Fröhlich sofort nach Betreten der Etage geschossen, hätten die Opfer im Wartebereich und nicht vor der Schwingtür liegen müssen, und die Bernhardt hätte keinen Schuss im Rücken haben dürfen.«

»Die Frage ist aber, was die Zeugin Sarkowski unter ›sofort‹ versteht«, warf Gruner ein. »Vom Eingang bis zum Büro sind es nur vier Meter. Dafür braucht ein Mann, der unter Wut schnell läuft, laut Kollege Stübners Berechnungen höchstens drei Sekunden. Und schon wäre er im Büro, also dort, wo Sie Fröhlich bei Ihrem Hinzukommen vorfanden. Also was heißt für die Zeugin ›sofort‹, Maiendörfer? Und ist ein Schuss aus einer echten Waffe für ein ungeübtes Ohr wie das von Frau Sarkowski nicht immer sehr nah?«

Auch Gruner hatte sich vorbereitet, aber hier ging es ja nicht um Rechthaberei, hier ging es darum, wer geschossen hatte: Hempler oder Fröhlich. Und Maiendörfer wollte es herausbekommen. Nicht nur weil es seine Pflicht als Polizist war, sondern auch weil er wissen wollte, ob ihm Fröhlich wieder einmal etwas vorgemacht hatte. Falls ja, dann war Gruner mit seinem scharfen Verstand der Mann, der Maiendörfers nagende Zweifel zerstören konnte. Also blieb er

bei seiner Linie, Fröhlich erst einmal zu verteidigen, und versuchte, sich dabei nur auf die Fakten und nicht auf sein Gefühl zu berufen.

»Wenn aber Fröhlich zuerst ins Büro ging, um dort seinen ersten Schuss abzufeuern, dann hätte er danach das Büro verlassen müssen, um Frau Bernhardt zu treffen. Danach erst könnte er die Wartenden erschossen haben. Nur, wo bleibt bei der ganzen Sache Hempler, der laut Katrin Zumseils Eintragungen ihr letzter Klient und immer noch im Büro war, als ich hinzukam?«

»Vielleicht hat ihn Fröhlich erst verschont, weil er nur die Zumseil und die Bernhardt treffen wollte, ist dann aber zurück, um Hempler auch noch zu erschießen?«, warf Gruner ein. »Hempler könnte sich also die ganze Zeit versteckt haben. Womöglich hat er sich erst auf ihn gestürzt, als Fröhlich ihn erschießen wollte.«

»Dagegen spricht, dass ich den Täter als Schattenriss gesehen habe, wie er an einem der Bürotische lehnt und sein Magazin kontrolliert. Er war in keinem Fall auf der Suche nach einem weiteren Opfer, im Gegenteil, er hat selbstvergessen dagestanden und gesummt. Erst dann hat sich der zweite Schatten auf ihn geworfen. Das heißt, der Täter wurde von dem anderen überrascht.«

Maiendörfer sah, dass Gruner diesmal keine Antwort darauf hatte, deshalb nutzte er die Chance, seiner eigentlichen Überzeugung Ausdruck zu verleihen: »Ich habe Hemplers Jobcenterakte gelesen. Sie liefert eindeutig das Motiv für das erste Opfer, Katrin Zumseil.«

»Und ich«, lächelte Gruner und schwenkte plötzlich einen Hefter vor Maiendörfers Nase, den er schon die ganze Zeit in der Hand gehalten hatte, »ich habe in Vorbereitung auf heute Fröhlichs Akte gelesen. Sie strotzt nur so vor Motiven.«

Berger, der die ganze Zeit nur zugehört und bei Maiendörfers Ausführungen öfter anerkennend genickt hatte, gab ihm einen überraschten Blick, und Maiendörfer wusste mal wieder nicht, was er sagen sollte. Vielleicht, dass er schon wieder geschlampt hatte.

»Deshalb schlage ich vor«, fuhr Gruner ungerührt fort, »Sie machen jetzt endlich Ihre Arbeit, Maiendörfer, sonst werde ich Ihnen den Fall wegen Befangenheit entziehen.« Damit knallte er ihm Fröhlichs Akte vor die Brust. »Sie haben Fröhlich nicht nur ein Alibi geliefert, sondern auch auf der Pressekonferenz seine ehe-

malige Polizeizugehörigkeit unterschlagen. Wenn das rauskommt, sind wir alle am …« Gruner vermied das Fünfbuchstabenwort und schloss dafür seinen Satz mit einem aufmunternden Lächeln: »Ich weiß, dass ich Ihnen dazu geraten habe, aber Sie hätten nicht auf mich hören dürfen. Im Übrigen hoffe ich ebenso stark wie Sie, dass Fröhlich es nicht war. Schon um unserer aller willen.«

Als Sanna Jacobsen wenig später auf die Etage kam, hatte sich Fröhlich ein wenig beruhigt und starrte abwesend vor sich hin. Sanna hatte ihm eine Beruhigungsspritze geben wollen, aber Fröhlich wollte das nicht. Er wollte mit ihr reden, und zwar nur mit ihr. Maiendörfer sollte draußen bleiben. Das konnte er nicht zulassen, nicht unter Gruners Augen, der ihm gerade Befangenheit vorgeworfen hatte und ihm den Fall zu entziehen drohte. Und da war noch etwas anderes im Spiel, etwas, was er sich beim späteren Nachdenken über die ganze Situation als kleine Eifersüchtelei eingestand. Es passte ihm nicht, dass Fröhlich Sanna zu seiner Vertrauten machen wollte. Er hatte hier die Fäden in der Hand, und das würde er allen beweisen: Gruner, Berger, Sanna und auch Fröhlich. Und nur deshalb sagte er, was er glaubte sagen zu müssen: dass Fröhlich mit dem Theater aufhören, sich zusammenreißen und endlich erzählen solle, wie alles gewesen war, denn er stehe unter dringendem Verdacht, selbst der Amokläufer zu sein.

Einen Moment starrte ihn Fröhlich perplex an, dann sprang er auf und ging wie eine Furie auf ihn los, drückte ihm mit beiden Händen die Gurgel zu.

»Sie rasten noch immer ziemlich schnell aus, was, Fröhlich?«, sagte Gruner kühl aus dem Hintergrund.

Alle Augen waren auf Fröhlich gerichtet, der sofort von Maiendörfers Hals abließ.

»Sind Sie vorgestern auch explodiert, weil die Mehnert sich wieder einmal durch die Bernhardt vertreten ließ?«

Fröhlich starrte Gruner an.

»Ist das hier Ihre Pistole?« Gruner hielt Fröhlich die Tatwaffe hin. Der warf nur einen kurzen Blick darauf, dann schlug er mit einer erschütternden Geste, die Maiendörfer noch nie zuvor an ihm gesehen hatte, die Hände vors Gesicht und fing wieder an zu heulen.

»Heißt das Ja?«, setzte Gruner mit bohrender Stimme nach.

Fröhlich hielt für einen Moment inne, nahm die Hände vom Gesicht und blickte wirr um sich. Er schien völlig entrückt. Dann öffnete er langsam den Mund, als wollte er etwas sagen, aber da ging Sanna Jacobsen dazwischen.

»Hören Sie auf!«, schrie sie Gruner an, bevor sie Maiendörfer einen wütenden Blick zuwarf: »Wie können Sie das hier zulassen? Der Mann hat immer noch einen Schock, sehen Sie das nicht?«

Anschließend nahm die Psychologin Fröhlich in die Arme und verlangte, dass sie alle den Raum verließen. Einschließlich Maiendörfer.

»Der macht uns doch was vor«, zischte Gruner draußen auf dem Flur. »Ich hatte ihn fast so weit.«

Maiendörfer war da anderer Ansicht. Noch nie hatte er Fröhlich in solch einem Zustand gesehen, und inzwischen war er sich hundertprozentig sicher, dass auch die Ohnmacht nicht gespielt war. Aber wie Gruner schon sagte: Ob die Ohnmacht nun echt oder nur Theater war, es änderte nichts an der Tatsache, dass Fröhlich auch der Täter sein konnte.

Gruner und Berger verabschiedeten sich. Maiendörfer schickte Fünfundvierzig mit den Beamten zurück aufs Präsidium und bedankte sich auch bei der Zeugin Sarkowski für ihre Mitarbeit.

»Hab ich denn nun recht? War er es?«, fragte sie.

»Das werden wir noch untersuchen«, wiegelte Maiendörfer ab. »Ich bitte Sie, bis dahin über das hier Gesehene und Gehörte Stillschweigen zu wahren. Das könnte sonst unsere weiteren Ermittlungen gefährden.«

Frau Sarkowski versprach es und ging. Kurz darauf fiel ihm ein, dass er sie doch noch fragen wollte, was sie eigentlich auf der siebten Etage zu tun gehabt hatte. Schließlich wurden die Sozialhilfeempfänger mit dem Buchstaben S im achten Stockwerk betreut.

Jetzt stand er allein vor der Schwingtür und wunderte sich, was Sanna Jacobsen und Fröhlich so lange zu bereden hatten. Was, wenn Fröhlich ihr gestand, dass er der Amokläufer war, und sie es wegen ihrer Schweigepflicht nicht erzählen konnte? Einen Moment war er versucht, an der Tür zu lauschen, aber er konnte sie nur flüstern hören, verstehen konnte er nichts. Und er fragte sich, ob Sanna Jacobsen seinen Exkumpel immer noch in den Armen hielt. Und – noch wichtiger – ob es ihm selbst je gelingen würde, von ihr in den Arm genommen zu werden.

Auch wenn sie ihn vorhin angeschrien hatte, sah er seine Chancen dafür nicht so schlecht. Das hieß ja nur, dass sie ihren Beruf sehr ernst nahm. Und wenn sie später darüber nachdachte, müsste sie sich eingestehen, dass nicht er Fröhlich provoziert hatte, sondern Gruner.

Das Therapiegespräch schien noch zu dauern, deshalb nahm Maiendörfer Fröhlichs Akte zur Hand und blätterte darin. Noch bevor er sich darüber im Klaren war, dass er gerade im Leben seines ehemaligen Freundes herumstocherte, blieb er an einem Schreiben von Fröhlich an seine Sachbearbeiterin Mehnert hängen und traute seinen Augen kaum. Fröhlich hatte der Mehnert ebenso wie Hempler der Zumseil unverhohlen gedroht, »Maßnahmen« zu ergreifen, wenn sie ihn und seine Probleme weiterhin ignorierte. Was Fröhlich mit »Maßnahmen« meinte, wurde aus dem Schreiben nicht ersichtlich. Kerstin Mehnert allerdings verzichtete im Gegensatz zu Frau Zumseil auf ausführliche Antwortschreiben. Stattdessen versprach sie immer wieder in sehr kurzen Notizen, dass sie bei Fröhlichs nächstem Termin ganz bestimmt da sein würde, und entschuldigte sich hinterher jedes Mal für die Umstände, die wieder einmal dazu geführt hatten, dass sie nicht da sein konnte.

Jetzt wusste er, was Gruner gemeint hatte, als er Fröhlich unterstellte, vor zwei Tagen ausgerastet zu sein, weil die Mehnert sich an diesem Tag wieder einmal von der Bernhardt hatte vertreten lassen.

Aber war das wirklich ein nachvollziehbares Motiv? Wenn, dann hatte Fröhlich doch erst am Tag seines Termins erfahren, dass die Mehnert ihn wieder einmal versetzt hatte. Vielleicht erst im Warteraum oder doch schon unten bei der Pförtnerin? Wenn es Fröhlich so wichtig war, dass die Mehnert ihn empfing, dann hatte er sich ganz sicher zuerst unten über ihre Anwesenheit erkundigt. Das würde auch erklären, warum er die Zeugin gerempelt hatte. Nicht, weil er zu spät war, sondern weil er bereits darüber wütend war, erneut versetzt worden zu sein. Und dann hatte er die Waffe gezogen und um sich geschossen?

Maiendörfer fand das unsinnig. Erstens hätte sich Fröhlichs Wut zuallererst gegen Kerstin Mehnert gewendet, und zweitens hieße das ja, dass Fröhlich permanent die Waffe bei sich getragen haben musste. Doch sein Expartner war nie ein Waffennarr gewesen. Im Gegenteil. Seine Dienstwaffe hatte Fröhlich früher nur getragen, wenn es abzusehen war, dass sie bei ihren Ermittlungen in Gefahr geraten könnten. Mehr als einmal waren sie handlungsunfähig gewesen, weil sie beide in einer unerwarteten Situation ohne Waffe dagestanden hatten. Einmal hatte Fröhlich, obwohl sie unbewaffnet waren, einem Flüchtigen auf der Straße hinterhergeschrien: »Bleiben Sie stehen oder ich schieße.« Natürlich hatte das keinen Eindruck auf den Flüchtigen gemacht, aber als gleich darauf in ihrem Rücken ein Auto eine Fehlzündung hatte und ein lauter Knall durch die Straße donnerte, da glaubte der Flüchtige, dass es Fröhlich doch ernst meinte, und blieb stehen. Hinterher konnten sie sich kaum halten vor Lachen, denn den Flüchtigen daran zu hindern, sich umzudrehen, damit er ihre »Fingerpistolen« nicht sah, hatte sie viel mehr ins Schwitzen gebracht als die ganze Verfolgung.

So konnte Fröhlich auch sein – spontan und immer für einen Spaß zu haben. Das hatte sich alles erst geändert, als die Sache mit dem Schmiergeld losgegangen war. Vielleicht schon etwas früher, dachte Maiendörfer, nur hatte er es anfangs nicht recht wahrgenommen, denn Fröhlich war mit Magda zusammengekommen, und ab da war sowieso alles anders gewesen. Nicht nur zwischen ihnen.

Insofern konnte Maiendörfer überhaupt nicht sagen, ob Fröhlich, der früher nur selten eine Waffe getragen hatte, nun doch zum Waffenliebhaber geworden war. Vielleicht aus Kompensation, weil er nicht mehr zur Polizei gehörte? Was wusste denn er, wie Fröhlich jetzt tickte?

Hinter der Schwingtür waren plötzlich Schritte zu hören, im nächsten Moment hielt Fröhlich Sanna Jacobsen die Tür auf, was sie ihm mit einem Kopfnicken dankte.

»Ich habe mit Herrn Fröhlich vereinbart, dass ich Ihnen erzählen darf, worüber wir dadrinnen gesprochen haben. Aber ich muss jetzt zu meinem nächsten Patienten. Sie können mich ab zwanzig Uhr anrufen.«

»Wieso kannst du es mir nicht selbst sagen?«, rief Maiendörfer Fröhlich hinterher, der, ohne ihn eines Blickes zu würdigen, zum Fahrstuhl ging.

»Weil du mir sowieso nicht glaubst«, erwiderte Fröhlich und stieg mit Sanna in den Fahrstuhl. Noch ehe Maiendörfer reagieren konnte, war die Tür geschlossen, und er stand da wie ein begossener Pudel. Hatte er deshalb die ganze Zeit gewartet, damit sie ihn so abfertigten?

Er nahm den nächsten Fahrstuhl und fragte die Pförtnerin, ob sie sich erinnern könne, dass der Mann, der eben mit der brünetten Frau aus dem Fahrstuhl gekommen war, sie vor zwei Tagen nach Frau Mehnert gefragt hatte. Sie konnte es nicht. Niemand könne sich vorstellen, was hier an normalen Tagen los war, entschuldigte sie sich. Er schon. Er hatte es ja selbst erlebt, auch wenn es im Nachhinein kein normaler Tag gewesen war. Vier Menschen waren erschossen worden und einer schwer verletzt. Und der Täter oder ein weiteres Opfer waren tot. Immerhin gab ihm die Pförtnerin die Privatadresse und die Telefonnummer von Frau Mehnert.

Kerstin Mehnert war zweiundvierzig und wohnte mit ihrer zwölfjährigen Tochter allein in einer bieder eingerichteten Zwei-Raum-Wohnung am Spittelmarkt. Sie schien Maiendörfer schon erwartet zu haben, denn während sie Kaffee aufbrühte, erzählte sie gleich drauflos, ohne dass er eine Frage stellen musste.

»Ich hatte Katrin gewarnt. Ich hab ihr gesagt, sie soll es nicht übertreiben, aber sie ließ sich nicht beirren. Es hat ihr geradezu diebische Freude bereitet, diesen Hempler zu demütigen.«

»Sie fahren da ja eher eine andere Taktik«, sagte Maiendörfer, weil ihn im Augenblick ihr Verhältnis zu Fröhlich weitaus mehr interessierte.

»Wie meinen Sie das?« Kerstin Mehnert schaute ihn leicht irritiert an.

»Nun, Sie lassen sich lieber vertreten, als dass Sie auf offenen Konfrontationskurs gehen.«

Sie schien nicht zu verstehen, deshalb ergänzte er: »Ich habe auch Norbert Fröhlichs Akte gelesen.«

Sie schien überrascht, fing sich aber sofort wieder.

»Genau das meinte ich. Wir alle haben unter unseren Klienten welche, die wir mehr oder eben weniger mögen. Das ist eine rein menschliche Angelegenheit und hat auch was mit Chemie zu tun. Trotzdem sollte man fair bleiben. Ich meine, wir verteilen da nicht unser eigenes Geld, sondern Gelder, die den Antragstellern zustehen.«

»Aber die Bewilligung obliegt Ihrer subjektiven Einschätzung.«

»Nicht ganz«, berichtigte sie ihn. »Wir schicken bei bestimmten Anträgen Gutachter los. Wenn zum Beispiel angeblich die Waschmaschine kaputt ist, dann schicken wir jemanden hin, um das zu überprüfen. Erst dann bewilligen wir solche Sonderleistungen oder lehnen sie ab.«

»Aber das Wörtchen ›angeblich‹ verweist auf Ihre generelle Skepsis.«

»Die müssen wir auch haben, denn viele unserer langjährigen Klienten wissen schon, wie es läuft, und borgen sich von Freunden eine kaputte Waschmaschine oder einen defekten Kühlschrank.«

»War Hempler so einer?«

Kerstin Mehnert schüttelte den Kopf. »Nein, er hielt sich nur für was Besseres.«

»Er hat im Ausland studiert, hatte einen Doktortitel.«

»Das gibt ihm noch lange nicht das Recht, Katrin dauernd zu verbessern, das stand ihm nicht zu«, schoss sie zurück und biss sich sofort verlegen auf die Lippe, als sie sah, wie ihr Ausbruch bei ihm ankam.

»Das ist auch das, was Sie an Fröhlich stört?«

Sie zuckte hilflos die Achseln. »Sie glauben gar nicht, wie manche uns zusetzen. Fröhlich oder Hempler sind nicht mal die Schlimmsten. Hemplers Kumpel Göllnitz hat zu Katrin einmal gesagt …«

»Moment. Hempler hatte einen Kumpel?«

»Ja. Das heißt, ich weiß nicht, ob sie Freunde waren. Eher so eine Art Leidensgenossen. Haben sich wohl bei uns auf dem Amt kennengelernt.«

Kerstin Mehnert hatte Manfred Göllnitz' Adresse nicht parat, aber sie wusste, dass er zu diesem Zeitpunkt am Wittenbergplatz bei einem Arbeitseinsatz war, zu dem auch Hempler hätte gehen sollen.

»Warum sind Sie denn nun Norbert Fröhlich immer ausgewichen?«, fragte Maiendörfer, kurz bevor er sich verabschiedete.

»Warum interessiert Sie nur dieser Fröhlich? Hat er etwas über mich erzählt?« Der Ausdruck in ihrem Gesicht hatte plötzlich etwas Lauerndes.

»Gäbe es denn etwas zu erzählen?«, setzte er nach. Sie schüttelte abwehrend den Kopf, war aber etwas rot geworden. Maiendörfer blieb hartnäckig: »Also?«

»Ich glaube, er hat sich in mich verguckt«, sagte sie und wurde noch eine Spur röter.

Maiendörfer war enttäuscht und gleichzeitig amüsiert: Fröhlich hatte diesem biederen Mäuschen Avancen gemacht?

»Das kommt gar nicht so selten vor«, sagte Kerstin Mehnert leicht pikiert, als hätte sie seine Gedanken erraten. »Wir sind oft für Monate die einzige Bezugsperson für unsere Klienten, und da sie glauben, ihr Wohl und Weh hängt ganz allein von uns ab, da sind wir manchmal wie Götter für sie.«

»Das tut gut, was?« Maiendörfer ärgerte sich sofort über seinen unnötigen Zynismus. Kerstin Mehnert hatte sich vertreten lassen, um genau dieser seltsamen Art von Verehrung auszuweichen, und letztendlich hatte ihr dies das Leben gerettet. »Entschuldigung, ich hab's nicht so gemeint.«

»Doch, das haben Sie«, sagte sie und schloss ohne Gruß hinter ihm die Tür.

Auf der Fahrt zum Wittenbergplatz überlegte Maiendörfer, ob das, was ihm Kerstin Mehnert über Fröhlich erzählt hatte, wahr sein konnte. Einerseits wusste er, dass Norbert in Bezug auf Frauen zu Verzweiflungstaten fähig war: Eine Frau, die ihm die kalte Schulter zeigte, reizte ihn nur umso mehr, feuerte ihn geradezu an, sie endlich für sich zu gewinnen. Magda war dabei kein Einzelfall gewesen, nur der härteste. Sie hätte von ihm alles verlangen können, selbst dass er seinen geliebten Job für sie aufgibt, und indirekt hatte er genau das getan. Maiendörfer war sich ziemlich sicher, dass Fröhlich damals das Schmiergeld nur angenommen hatte, um Magda den Lebensstandard bieten zu können, den sie von einem Mann erwartete. Fröhlich selbst hatte auf Äußerlichkeiten nie viel

Wert gelegt. Es war ihm egal, in was für einem Auto er fuhr und in was für einer Wohnung er wohnte. Magda war das eben nicht egal, insofern hatte sich Fröhlich ändern, sich ihren Ansprüchen anpassen müssen, um sie nicht zu verlieren, und sei es bis zur Verleugnung seiner moralischen Grundsätze.

Andererseits war die Mehnert überhaupt nicht Fröhlichs Typ. Sie war nicht nur für Maiendörfers Geschmack zu unscheinbar und zu mager. Auch Norbert stand immer mehr auf die etwas griffigeren Frauen, die »richtigen Weiber«, die in knappen Röcken, mit Schmuck behängt und mit viel Holz vor der Hütte seine Augen zum Leuchten und sein Herz zum Hüpfen brachten. Die Mehnert passte da überhaupt nicht ins Schema. Aber vielleicht hatte die Mehnert auch recht, und Fröhlich war ihr verfallen, weil er von ihr abhängig war. Das würde seinem Schema wiederum entsprechen. Nur dass Fröhlich wegen dieser Frau so verzweifelt gewesen sein sollte, dass er wild um sich schoss, konnte Maiendörfer nun doch nicht glauben. Gut, den Verdacht hatte die Mehnert auch nicht geäußert, sie konnte ja nicht wissen, dass Gruner nicht nur Hempler als möglichen Täter sah. Aber sie war in jedem Fall unangenehm berührt gewesen, über Fröhlich sprechen zu müssen. Oder war das wirklich nur Taktgefühl, dass sie Fröhlichs Verehrung nicht gleich hatte preisgeben wollen? War sie mit ihren schwierigen Klienten humaner umgegangen als Katrin Zumseil?

***

»Das schaffen wir. Sie werden sehen«, hatte Sanna Jacobsen vor dem Jobcenter beim Abschied gesagt, und Fröhlich fragte sich, als er die zugige Karl-Marx-Allee in Richtung Alex hinuntermarschierte, ob ihr die doppelte Bedeutung ihres letzten Satzes ebenso bewusst war wie ihm. Sie werden sehen. Das war ein Versprechen, das er am liebsten sofort eingelöst haben wollte, damit er Maiendörfers lächerlichen Verdacht ausräumen konnte. Doch auch für sich selbst wollte er gern endlich auf die Bilder zugreifen können, die sich seit dem Tag im Jobcenter vor ihm versteckten. Leider hatte die Jacobsen ihm erst einen Termin für den nächsten Tag gegeben.

Die kalte Wut erfasste ihn gleich wieder, wenn er nur daran dachte, wie ihn Gruner hatte provozieren wollen. Zigmal hatte er den Staatsanwalt schon in Gerichtsverhandlungen erlebt und war doch selbst auf ihn hereingefallen. So ein perfides Arschloch! Wie konnte der ihm nur solch eine Tat unterstellen? Natürlich rastete er ab und zu aus, wer tat das nicht? Aber deshalb würde er doch nicht einfach mit einer Waffe losziehen und wildfremde Leute niedermähen.

Und Bekannte? Unsinn.

An der Kreuzung zur Greifswalder Allee hupte ihn ein Autofahrer an, weil er bei Rot über die Ampel lief. Fröhlich zeigte ihm den Stinkefinger und wollte schon dem nächsten Fahrer, der seinetwegen auf die Bremse trat und ebenfalls hupte, die bloße Faust auf die Kühlerhaube hauen, hielt im letzten Moment dann aber doch inne. Verdattert starrte der Mann ihn an. Ja, sollte er nur glotzen. Oder wollte er sich mit ihm anlegen? Das wollte der Feigling natürlich nicht.

Fröhlich ging weiter über die Kreuzung, obwohl er sich gern geprügelt hätte. Sehr gern. Aber er hatte sich in der Gewalt, er rastete nicht aus, knallte nicht durch. Das mussten sie ihm einfach glauben. Er wollte nur laufen, endlos laufen und sich den eisigen Wind um die Nase wehen lassen und am liebsten alles vergessen. Das Dumme war nur, das hatte er schon. Er hatte alles vergessen. Jetzt ging es darum, sich zu erinnern, wie schmerzlich das auch für ihn werden konnte, hatte Sanna Jacobsen gesagt.

Als er den Alex überquerte, sprach ihn wieder jemand an. Ob er nicht der sei, der den Amokläufer überwältigt habe? Und obwohl ihm diese Situation in den letzten zwei Tagen immer peinlich gewesen war, er den Leuten, die ihn erkannten, nie den strahlenden Helden gegeben hatte, war ihm plötzlich ganz komisch bei der Vorstellung zumute, dass an Gruners und Maiendörfers Verdacht doch etwas dran sein könnte. Da klopften ihm fremde Leute freundlich auf die Schulter für etwas, das er vielleicht gar nicht getan hatte, für etwas, was vielleicht Klaus Hempler zustand, der vielleicht ihm, Norbert Fröhlich, die Waffe hatte entreißen wollen, um sein Leben zu retten.

Nein. Nein. Nein. Er durfte sich auf solch einen Gedanken erst gar nicht einlassen. Er war kein Amokläufer, kein Mörder. Er brachte keine Leute um, nur weil die Mehnert sich mal wieder um ihren Termin gedrückt hatte, wie Gruner vermutete. Diese hinterfotzige Ziege, die einfach ihren Teil der Abmachung nicht einhielt und jedes Mal eine neue Ausrede erfand, um dann am Telefon lieb Kind zu machen, wenn ihm die Bernhardt doch einen dieser unliebsamen Arbeitseinsätze aufgedrückt hatte. Und das, obwohl die Mehnert der Bernhardt erzählt hatte, dass Fröhlich sich um Arbeit bemühe, weitaus mehr als all die anderen. Die Bernhardt sei eine ganz Harte, sagte die Mehnert dann immer, und kenne kein Pardon, mit niemandem.

Doch die Bernhardt würde die Mehnert nicht mehr vertreten können, nie mehr, also war die Mehnert endlich mit ihrem Teil ihres kleinen gemeinsamen Vertrages dran, denn wen sie zu den Arbeitseinsätzen schickte, war ganz allein ihre Entscheidung.

Jetzt, wo die Bernhardt tot war, würde die Mehnert nicht mehr ausweichen können, und wenn sie nicht parierte, würde er sie auffliegen lassen. Dann sollte sie mal sehen. Dann war ihr schöner Job futsch, und sie würde ebenfalls arbeitslos sein. Und weil ihr mit so einem Ding im Gepäck niemand mehr einen Job geben würde, wäre sie nach einem Jahr auch auf Hartz IV, dann durfte sie sich wie er im Jobcenter einreihen. Leider nicht auf seiner Etage, die ging nur bis zum Buchstaben K, aber sie wohnte ebenfalls in Mitte, müsste also zum selben Jobcenter, nur eine Etage tiefer.

Mittlerweile hatte Fröhlich sich durch das Gewühl am Alex gekämpft und stapfte links vom Fernsehturm an den Rathauspassagen vorbei, wo einst die teuersten Geschäfte der DDR gewesen waren. Ihm ging es schon viel besser, der flotte Marsch tat ihm gut, und er musste schmunzeln über die Vorstellung, dass er die Mehnert vielleicht irgendwann als Klientin und nicht mehr als Sachbearbeiterin im Jobcenter treffen würde. Vielleicht im Foyer, bevor sie auf die Etage für die Buchstaben L–Q eilte, um dort ihre Arbeitsnachweise vorzulegen, oder auf einem dieser Arbeitseinsätze, wo sie für einen Euro die Stunde neben ihm städtische Rabatten von Unrat befreien musste. Dieser Arbeitseinsatz würde ihm viel Spaß machen.

Fröhlich stand froh gelaunt auf der Rathausbrücke, schaute auf die leere Fläche, wo einst der Palast der Republik gestanden hatte, und sah einem ankommenden Touristenschiff entgegen. Wieder winkte ihm jemand, aber es dauerte einen Moment, bis er in der Winkenden Stefanie Kleinert erkannte, die eine Wetterjacke der Weißen Flotte und dazu eine bunt geringelte Wollmütze trug.

»Warten Sie auf mich?«, rief sie ihm von der Brücke des Schiffes entgegen, und kleine Atemwolken stiegen von ihr auf. Sie war ein Mensch voller Wärme, musste Fröhlich unwillkürlich denken, obwohl auch aus seinem Mund kleine Dampfwolken aufsteigen würden, wenn er nur hätte antworten können. Denn ehe er ihr ein Zeichen des Erkennens geben konnte, entglitt sie samt Schiff seinem Blick und verschwand unter der Brücke. Eilig wechselte er zur anderen Seite, wo der Dampfer wieder auftauchte.

»Die Haltestelle ist da drüben«, rief sie ihm zu und deutete hinüber zum Dom. Er nickte als Zeichen, dass er verstanden hatte, machte sich aber nicht gleich auf den Weg, sondern blickte ihr so lange hinterher, bis ihr Schiff unter der Schlossbrücke verschwand.

Stefanie.

Über Maiendörfers Verdächtigungen hätte er sie beinahe vergessen. Dabei musste sie nur im wahrsten Sinne des Wortes auftauchen, und schon ging es ihm besser.

Sie erwartete ihn auf den Treppen des Landungsstegs gegenüber dem Berliner Dom und reichte ihm einen Tee in einem Kaffeebecher, dessen lustige Aufschrift besagte, dass er sich nicht so viele Sorgen machen solle. Das wollte er auch nicht. Jetzt war er bei Stefanie, alles andere war ohne Bedeutung.

»Ich dachte schon, Sie hätten mich nicht verstanden«, lächelte sie über ihren Becherrand hinweg.

»Ich war nur überrascht, Sie zu sehen.«

»Ach, dann wollten Sie gar nicht zu mir.« Sie hatte den Satz wie eine Aussage klingen lassen, trotzdem hörte Fröhlich die leichte Enttäuschung. Oder wollte er sie nur hören?

»Ich war auf dem Weg zu Ihnen«, log er, »aber unter der Wollmütze habe ich Sie nicht gleich erkannt.«

Sie lachte. »Kommen Sie, ich zeig Ihnen den Kahn.«

Zwanzig Minuten später, nach einer kleinen Führung des Kapitäns persönlich, legte das Schiff mit nur sieben Fahrgästen zu einer einstündigen Fahrt durch das Zentrum ab. Zuerst bedauerte Fröhlich, dass Stefanies Tour nur so wenig Anklang fand. Aber als er schließlich mit den anderen Passagieren – zwei älteren Paaren aus Boston und einem Vater mit zehnjährigem Sohn – in dem warmen, mit Plexiglas überdachten Raum auf einer der roten Kunststoffbänke Platz genommen hatte, fühlte er sich plötzlich sehr privilegiert, dass das Schiff nur ihretwegen fuhr und sie die mollige Wärme genießen konnten, während draußen die Menschen in der nassen Kälte ihren selbst gesteckten Zielen hinterherrannten.

Stefanie begrüßte die Passagiere in Englisch und Deutsch und mit einer für Fröhlichs Ohren ungewohnt offiziellen Stimme, die souverän, aber nicht zu routiniert klang. Eher so, als hätte sie sich gerade eben entschieden, ihnen etwas über den Dom oder den Reichstag zu erzählen. Dabei machte sie die Tour schon seit zwei Jahren.

Fröhlich hatte sich ganz hinten einen Platz gesucht und bedauerte dies nun. Warum hatte er sich nicht zu ihr ans erste Fenster gesetzt wie ein alter Bekannter, der er ja war? Immerhin hatte Stefanie ihn dem Kapitän als solchen vorgestellt, damit er kein Ticket lösen musste. Jetzt war es natürlich zu spät, näher an sie heranzurücken. Verständnisprobleme konnte er nicht vortäuschen, sie sprach über ein Mikrofon. Die einzige Möglichkeit, noch einmal zu wechseln, wäre, ihr am Bordkiosk einen Kaffee zu holen. Dann könnte er gleich vorn bei ihr sitzen bleiben und sie ganz ungeniert aus der Nähe betrachten. Aber wenn er jetzt aufstand und zum Tresen ging, würde sie dann nicht denken, dass er sich langweilte oder ihre Arbeit nicht schätzte? Den Eindruck wollte er auf keinen Fall erwecken, und eigentlich fand er es auch gerade angenehm, die Stadt, seine Stadt, aus der Touristenperspektive zu erleben: »Schauen Sie links, schauen Sie rechts, achten Sie auf …« Bisher hatte er die Leute, die von den Dächern der Sightseeingbusse hinunter auf die Leute in dieser Stadt starrten wie auf einen Käfig voller Affen im Zoo, immer nur belächelt. Sie hatten für Fröhlich immer etwas Arrogantes gehabt, etwas Distanziertes und gleichzeitig etwas Ängstliches, weil sie sich nur in der Sicherheit eines Busses in den Großstadtdschungel wagten.

Jetzt war Fröhlich plötzlich selbst zum Betrachter geworden und wunderte sich, wie ruhig und geordnet, wie freundlich die Stadt ihm plötzlich selbst an einem solch nasskalten Februartag erschien und wie beschützt er sich mit einem Mal fühlte. War das noch die Stadt, wo sich die Menschen an Kreuzungen Prügel androhten, wo alten Leuten die Handtasche wegen ein paar Cent entrissen wurde oder wo jemand im Jobcenter mit einer Waffe vier Menschen niederstreckte, weil er sich nicht respektiert fühlte? Natürlich war das noch die gleiche Stadt. Und auf einmal überkam ihn das sichere Gefühl, dass er die andere Seite der Stadt nur entdecken konnte, wenn Stefanie in seiner Nähe war. Nur mit ihr würde er den Schmutz, die Gewalt, die Einsamkeit dieser Stadt hinter sich lassen können. An ihrer Seite könnte er in der Postkartenidylle Berlins, die er bisher immer nur als Scheinbild empfunden hatte, Platz nehmen und vielleicht doch noch ein glücklicher Mensch werden.

»Bereuen Sie es?«

Er hatte gar nicht bemerkt, dass das Schiff in eine Schleuse eingefahren war und Stefanie ihm gegenüber Platz genommen hatte. Vor ihr standen zwei Schnapsgläser. Brauner.

»Nein. Wieso?«

Sie zuckte nur die Schultern und schob ihm ein Schnapsglas zu. »Vom Captain.« Sie erhob ihr Glas und prostete ihm zu.

»Ich bin übrigens Norbert«, sagte er und erschrak. Er hatte das nicht gesagt, um einen Verbrüderungskuss zu erzwingen, das wäre sowieso unmöglich, schon wegen des Tisches zwischen ihnen …

»Ich weiß« erwiderte Stefanie lächelnd, ohne die Spur einer Verunsicherung. »Steht ja in allen Zeitungen.« Sie nickte ihm noch einmal zu und kippte den Braunen, der sich natürlich als Rum entpuppte, in einem Zug herunter.

Durfte er sie nun duzen oder nicht? Normalerweise, wenn sie auf sein Angebot eingehen wollte, hätte sie sagen müssen, dass sie Stefanie hieß. Natürlich wusste er das schon, sie hatte sich ihm ja bereits im Krankenhaus, in ihrer ersten Nacht – oh Gott, wie das klang –, mit vollem Namen vorgestellt. Trotzdem gehörte es ja zum Ritual, dass …

»Und was machst du sonst so, wenn du nicht in der Zeitung stehst?«, unterbrach sie seinen Gedankengang.

Er hatte gehofft, dass sie die Frage nie stellen würde. Sie wusste ja schließlich, was er war. Hartz-IV-Empfänger. Warum sollte er sonst wohl vor zwei Tagen im Jobcenter gewesen sein?

»Ich meine … also, was bist du von Beruf?«

Die Frage war nicht weniger heikel. Einer Frau, der man imponieren wollte, zu sagen, dass man Bulle war – beziehungsweise gewesen –, kam selten gut an. Magda hatte jedenfalls bei ihrem Kennenlernen sofort verächtlich die Mundwinkel nach unten gezogen. Dann war sie aufgestanden und zurück an den Tisch ihrer Freundinnen gegangen. Er sagte es Stefanie trotzdem. Magda hatte er schließlich auch trotzdem bekommen.

»Du warst Polizist?« Stefanies Mundwinkel zogen sich nicht nach unten, aber ihre Überraschung konnte sie kaum verbergen. »Und warum bist du es nicht mehr?«

Eine weitere Klippe.

»Ich war im Innendienst, aber der Papierkram ging mir auf die Nerven. Ich wollte mit Menschen arbeiten.« Das konnte er auswendig. Er hatte diese Erklärung viele Male aufgesagt, und jeder hatte verständnisvoll reagiert. Stefanie auch.

»Und was hast du dann gemacht?«

»Wie gesagt, ich wollte mit Menschen arbeiten. Na ja, und mit der Ausbildung … hab ich dann 'ne kleine Detektei aufgemacht.« Darauf war er wirklich stolz. Die Jobs in den verschiedenen Wachdiensten dagegen ließ er besser weg. Nachtwächter mit Dienstwaffe kam noch schlechter bei den Frauen an als Bulle. Das waren die wahren Loser.

»Eine Detektei.« Sie wälzte das Wort langsam durch ihren Mund, und er fragte sich, wohin es führen würde. »Da hast du also so Ehebrecher beschattet oder Leute, die klauen?« Genau das hatte er getan, doch ihr Gesichtsausdruck verriet ihm, dass sie die Vorstellung abschreckend fand.

»Nein. Nein«, versicherte er schnell und suchte nach Worten. »Ich hatte mich auf Wirtschaftskriminalität spezialisiert. Habe so für verschiedene Journalisten recherchiert.«

Das beeindruckte sie offenbar, aber bevor sie weiterfragen konnte, fuhr der Dampfer endlich weiter, und sie musste wieder ans Mikrofon. Zum Glück. Er hätte sich noch um Kopf und Kragen geredet.

Als der Dampfer eine halbe Stunde später wieder gegenüber vom Dom anlegte, hatte er sich für Stefanie eine Legende zurechtgelegt, die den Pleitegang seiner kleinen Detektei plausibel erklären würde, ihn aber nicht wie einen Deppen dastehen ließ. Darin konnte er nebenbei auch Magda erwähnen, für den Fall, dass die irgendwann plötzlich auftauchen und Stefanie den Platz streitig machen wollte.

Dann aber konnte er mit Stefanie kaum noch ein Wort wechseln. Erst nahmen sie die Bostoner Pärchen in Beschlag, und als die sich endlich mit einem großzügigen Trinkgeld verabschiedeten, stand plötzlich Stefanies Vater an der Reling. Stefanie glaubte sofort, ihrem Bruder Jan ginge es schlechter, aber ihr Vater wollte sie wegen etwas anderem sprechen, über etwas, über das er vor »dem Mann aus dem Krankenhaus« nicht reden wollte. Fröhlich fand es ziemlich unverschämt, wie dieser alte Zausel sich zwischen sie drängte und wie sehr diese Familie Stefanie für sich beanspruchte. Umso mehr freute er sich, als sie ihm vor den Augen ihres Vaters ihre Privatnummer gab. Das schien dem Vater nicht recht zu sein. Fröhlich hörte noch, als er bereits die Treppe hinauf zum Ufer stieg, wie dieser sich wunderte: »Du duzt den?«

Fröhlich konnte nicht mehr hören, was Stefanie darauf erwiderte, aber er wusste, dass sie zu ihm stehen würde. Ihr Vater würde sich damit abfinden müssen, dass sie mit dem Mann aus dem Krankenhaus vielleicht schon bald etwas anderes teilen würde als mit ihrem Vater und ihrem Bruder. Er hatte Chancen bei ihr, das bildete er sich nicht nur ein. Bisher hatte allein Stefanie die Nähe zu ihm gesucht: Sie hatte ihn im Krankenhaus angesprochen, sie war ihm in den Krankenhauspark gefolgt, sie hatte ihn in der Cafeteria an ihren Tisch geholt, und sie hatte ihn zur Bootsfahrt eingeladen. Alles ohne sein Zutun. Und jetzt duzten sie sich, und sie hatte ihm ihre Privatnummer gegeben. Hieß das nicht, dass sie mehr von ihm wollte, als nur etwas über ihren Bruder erfahren? Das hieß es, und deshalb würde er sich jetzt ein neues Hemd kaufen gehen.

Als er im Kaufhaus am Alex die Preise für Hemden studierte, entschied er, dass Stefanie nicht die Frau war, die viel Wert auf Äußeres legte. Ihr war der Mensch wichtig. Fröhlich verließ die Hemdenabteilung und wollte sich schon zur Rolltreppe nach unten begeben, als sein Blick auf die Wäscheabteilung fiel. Neue Unterwäsche wäre nicht schlecht, dachte er. Seine war mittlerweile alt und zerschlissen. Bis zu ihrer Trennung hatte Magda immer für neue gesorgt, und seither hatte er keine einzige neue Unterhose gekauft. Das Geld war knapp, und es gab Wichtigeres. Überdies war er in den letzten Jahren nie in die Verlegenheit gekommen, sich einer Frau in Unterwäsche zu zeigen. Abgesehen von einer Orthopädin, als er einen Hexenschuss hatte. Das war wirklich peinlich gewesen, wie er da so mit heruntergezogener Hose in seinem verwaschenen Feinripp gestanden hatte und sich nach vorn beugen sollte. Ab einem bestimmten Alter zog man sich eben leider nur noch für Ärztinnen aus.

Fröhlich begann das Angebot an Herrenslips in Augenschein zu nehmen und stellte plötzlich fest, dass er seine Konfektionsgröße nicht wusste. Offensichtlich ganz im Gegensatz zu den vielen Frauen, die durch die Abteilung wuselten. Zielsicher griffen sie nach den Größen ihrer Männer, ohne dass diese anwesend sein mussten. Fröhlich wusste auch nicht, für welche Art er sich entscheiden sollte. Als Magda damals seine Boxershorts sah, die ihm die Frau vor ihr gekauft hatte, begann sie herzhaft zu lachen. Männer in Boxershorts fände sie einfach nur lächerlich, hatte sie gesagt und ihm schon am nächsten Tag zwei knappe Slips mitgebracht, die angeblich seinen »Arsch« und sein »Gemächt« besser zur Geltung brachten. Jedenfalls fand Magda ihn darin »richtig heiß«, weshalb er ihr auch nie erzählte, dass seine vorige Freundin genau diese Art von Slips lächerlich gefunden und ihm zu Boxershorts geraten hatte. Nur was für Herrenwäsche würde Stefanie bevorzugen, fragte er sich, als er in der Kabine seine Konfektionsgröße kontrollierte. Würde sie eher auf Shorts oder Tanga, auf Feinripp oder glatt, auf Baumwolle oder Synthetik, auf weiß oder gemustert stehen? Sportlich oder sexy. Mit Micky Maus im Schritt oder Glitzersternchen auf der Arschbacke?

Er war komplett überfordert, und wie immer, wenn er sich überfordert fühlte, kamen auch die Zweifel zurück. Natürlich hatte ihm Stefanie Kleinert nur ihre Telefonnummer gegeben, damit er sie sofort anrufen konnte, wenn ihm einfiel, was Jan vielleicht noch gesagt haben könnte. Sie wollte nur wissen, ob Jan auf seine

Schwester noch geflucht hatte, bevor er in diesen Schlamassel geraten war.

Dass Jan das zumindest gedacht hatte, hielt Fröhlich durchaus für wahrscheinlich, aber das würde er Stefanie niemals sagen. Schließlich hatte er sie durch den Umstand, dass sie ihren Bruder im Jobcenter genau für den Tag angemeldet hatte, als auch Fröhlich diesen Termin hatte, überhaupt erst kennenlernen können. Das allein hätte allerdings auch nicht gereicht. Wenn dieser Klaus Hempler nicht zufällig an diesem Tag auch einen Termin gehabt hätte oder nicht durchgeknallt wäre, dann wäre Jan Kleinert für ihn nur jemand im Wartebereich des Jobcenters geblieben, den er wahrscheinlich nicht einmal wahrgenommen hätte. Es wäre nie zu einer Begegnung mit Stefanie gekommen.

Also hatte Fröhlich letztendlich Klaus Hempler die Begegnung mit Stefanie zu verdanken? Auch wenn ihn dieser Gedanke nicht wirklich freute, es war so. Vier Leute hatten sterben und Stefanies Bruder hatte verletzt werden müssen, damit sie einander finden konnten. Das war absurd und tragisch zugleich, trotzdem ließ es sich nicht leugnen. Für die einen hatte dieser Tag mit dem Tod geendet, aber für Fröhlich, der in den letzten Jahren nun wirklich nicht vom Glück verfolgt worden war, hatte sich das Blatt plötzlich gewendet. Er war zum Helden des Tages geworden, der für seine Zivilcourage vielleicht sogar offiziell geehrt werden würde, und er hatte Stefanie kennengelernt. Das Unglück anderer hatte ihm eine zweite Chance gegeben, und die würde er wahrnehmen. Daran war nichts Pietätloses, selbst wenn Stefanies Vater das möglicherweise anders sah. Und vielleicht würde Jan ja bald wieder aus seinem Koma erwachen und sich freuen, dass seine Schwester durch ihn den Mann fürs Leben kennengelernt hatte.

Fröhlich verließ unverrichteter Dinge die Wäscheabteilung. Sein Geld hätte sowieso nur für Baumwollslips gereicht. Wenn er jemals mit Stefanie zusammenkommen sollte, konnte sie ihm immer noch beim ersten Mal sagen, welche Unterwäsche sie bei Männern bevorzugte. Er nahm den Ausgang am S-Bahnhof und trat hinaus in die kühle Februarluft, atmete befreit durch.

Als er über den Hackeschen Markt kam, war seine Laune wieder deutlich besser. Zum ersten Mal seit Ewigkeiten konnte er den

Anblick all der Pärchen ertragen, die sich hier allabendlich zum Ausgehen trafen. Wer weiß, vielleicht würde er schon bald zu ihnen gehören. Er würde Stefanie hierher ins Kino einladen und vielleicht später mit ihr zu dem Spanier gehen, den er sich eigentlich nicht leisten konnte, aber ein paar Reserven hatte er noch in seinem Sparstrumpf.

Fröhlich wählte den Weg über die Hackeschen Höfe zum Ausgang Sophienstraße, wo Berlin plötzlich den Eindruck einer südböhmischen Kleinstadt erweckte. Häuser aus dem siebzehnten und achtzehnten Jahrhundert duckten sich hier vorbildlich restauriert im Schatten der Sophienkirche dicht aneinander, kleine Kunstgewerbeläden warben in Frakturschrift für ihre Waren. Er war hier schon lange nicht mehr durchgekommen, sonst bog er immer von der Oranienburger in die Krausnickstraße ein, was zum einen der kürzere Weg war und ihm zum anderen ersparte, von den beiden Polizisten vor dem Jüdischen Gymnasium in der Großen Hamburger gesehen zu werden. Einer von ihnen hatte früher unter ihm gearbeitet und bei einer Razzia jemanden laufen lassen, der sich später als sein Schwager herausgestellt hatte. Kommissar Fröhlich hatte daraufhin die Suspendierung des Kollegen verlangt, kurz bevor er selbst wegen des Schmiergelds aufgeflogen war. Und als er vor zwei Jahren die Hinterhofwohnung in der Krausnickstraße bezog und das erste Mal am Jüdischen Gymnasium vorbeikam, begrüßte ausgerechnet dieser Kollege ihn mit einem breiten hämischen Grinsen. Der Kollege war nach wie vor Polizist, auch wenn er sich seit der Degradierung für diesen öden Wachjob die Beine in den Bauch stand, während Fröhlich in Unehren entlassen worden war.

Aber heute würde Fröhlich sein Grinsen nichts anhaben können, heute war er der Gewinner des Tages, er war verliebt und sah mit großen Erwartungen dem nächsten Tag entgegen. Da würde Sanna Jacobsen ihm helfen, sich an die Situation im Jobcenter zu erinnern, und dann konnte er Gruner und Maiendörfer endlich erzählen, was sich wie abgespielt hatte. Und falls er diesen Preis für Zivilcourage bekommen und man ihn fragen sollte, ob er eine Begleitung mitbringen will, dann würde er Stefanie nennen. Die säße dann in einem schlichten, aber schön ausgeschnittenen Kleid, das ihre rosige Haut zur Geltung brächte, an seiner Seite, und alle würden denken, dass man mit so einer Frau an der Seite natürlich Zivilcourage zeigen konnte. Denn für so eine tolle Frau lohnte es sich, sich ins Zeug zu legen und das eigene Leben zu riskieren.

»Peng. Peng.«

Er schaute sich erschrocken um und erblickte den Jungen aus seinem Haus, der in einem der Fernsehbeiträge gesagt hatte, Fröhlich wäre ein cooler Typ. Der formte erneut seine Hand zur Pistole, zielte auf ihn und schoss wieder. »Peng. Peng.« Dann verschwand er mit anerkennendem Grinsen im Bäckerladen.

Fröhlich fand das überhaupt nicht komisch. Der Junge war mindestens fünfzehn Jahre alt und sollte längst wissen, dass ein Amoklauf kein cooles Computerspiel war, in dem man Menschen abknallte, um aufs nächste Level zu gelangen.

Als er in die Große Hamburger einbog, sah er schon von Weitem, dass der ehemalige Kollege diesmal nicht vor dem Jüdischen Gymnasium stand. An dessen Stelle trat eine Polizistin, die er noch nie gesehen hatte, frierend von einem Bein auf das andere. Fröhlich nahm es gelassen, er konnte auf seine Genugtuung noch ein bisschen warten. Er nickte der jungen Frau freundlich zu, und sie schien nur einen Moment irritiert, dann grüßte sie zurück. Bestimmt wusste sie, dass dies keine Anmache war, sondern nur ein Gruß von jemand, der in ihr eine Kollegin, eine Verbündete gegen all die Bullenhasser in dieser Stadt sah.

Er kam bei dem türkischen Gemüsehändler vorbei, der ihm eine Ananas geschenkt hatte und jetzt gerade damit beschäftigt war, die Blumenkohlauslage von schlappen Blättern zu befreien. Zu Fröhlichs Verwunderung erwiderte er seinen Gruß nicht, sondern verschwand stattdessen eilig in seinem Laden, als wäre er dort plötzlich unabkömmlich. Auch als Fröhlich nach längerem Suchen ein paar Tomaten und eine Zwiebel in den Laden trug, um sie an der Kasse zu bezahlen, vermied der Besitzer jeden Blickkontakt und tat so, als hätte er ihn nie zuvor gesehen.

Fröhlich fand das merkwürdig, aber auch ganz angenehm. Er war es längst überdrüssig, an jedem Ort von jedem x-Beliebigen auf seine Tat angesprochen zu werden. Wie gern würde er wieder unbehelligt durch die Stadt gehen können. Er brauchte diese ganze

Aufmerksamkeit nicht. Es genügte vollkommen, dass er durch den Amoklauf auf Stefanie getroffen war. Sie würde ihn immer grüßen und wahrscheinlich nicht nur das.

Aber als er kurz darauf seine Wohnung betrat, wusste er, dass er Stefanie niemals besitzen würde. Wie sollte sie einen, der in einem so elenden Loch wie er hauste, jemals lieben können? Aus dem kleinen Flur, der immer noch so aussah, wie ihn sein Vormieter vor zwei Jahren hinterlassen hatte – nämlich gerade mal besenrein –, schlug ihm der abgestandene Geruch von Essen und billigem Altherren-Eau-de-Toilette entgegen, und von der Decke warf eine nackte Glühbirne, die er am Tag seines Einzugs eingeschraubt hatte, ihr trostloses Licht auf das einzige Möbelstück: ein altes Schuhregal, in dem neben ein Paar Arbeitsschuhen mit Stahlkappen nur noch ein Paar verstaubte Hauslatschen stand, das er damals bei Magda immer hatte tragen müssen, um das Parkett zu schonen. Seit seinem Auszug aus ihrer gemeinsamen Wohnung hatte er die Dinger nie wieder angezogen. In der Küche sah es nicht besser aus. Die Herdplatten waren rostig und bekleckert, der kleine Klapptisch, an dem er seine Mahlzeiten einnahm, war zwar abgewischt, aber die Zeitungsartikel, die darüber an der Wand hingen, waren voller Staub und so vergilbt, dass sich ihre Farbe kaum von der einst weißen Farbe der Raufasertapete abhob. Auf deren hervorstehenden Buckeln hatten sich Staub und Wrasen seines ganzen beschissenen Lebens der letzten zwei Jahre gesammelt. Nein, hierher durfte und konnte er Stefanie niemals einladen. Selbst wenn sie einen Funken Gefühl für ihn hegte, würde sie es spätestens beim Übertreten seiner Türschwelle verlieren.

***

Maiendörfer musste am Wittenbergplatz lange nach einem Parkplatz suchen. Mehrmals war er deshalb in verschiedene Richtungen am Mittelstreifen vorbeigefahren. Dort arbeiteten zwei Männer Mitte fünfzig und eine junge Frau, die kaum älter als fünfundzwanzig schien. Unter der Aufsicht eines Mannes, dessen Overall ihn als Angestellten des städtischen Gartenbauamtes auswies, wühlten sie lustlos in den Rabatten. Schließlich fuhr er doch ins Parkhaus in der Ansbacher Straße, aber als er zurück auf den Tauentzien kam, hatten die vier offensichtlich ihre Arbeit beendet oder waren weitergezogen. Der kleine Gerätewagen des Gartenbauamtes war jedenfalls verschwunden.

Er konnte Fünfundvierzig anrufen und sich von ihm Manfred Göllnitz' Adresse durchgeben lassen, aber zuvor würde er sich eine Currywurst am Wittenbergplatz genehmigen. Normalerweise stand er ja nicht auf Fast Food, aber an Currywurstständen kam er nur schwer vorbei. Besonders wenn sie wie hier in so einem grünen Häuschen aus der Jahrhundertwende untergebracht waren, das in Stil und Farbe an die alten Pissoirs und Fahrkartenhäuschen auf den Bahnhöfen aus derselben Zeit erinnerte. Maiendörfer hätte überhaupt gern im Berlin um die Jahrhundertwende gelebt, in diesen Jahren des Aufbruchs und der neuen Pracht. Er wäre natürlich nicht Kriminalbeamter gewesen, sondern ein Bohemien, der mit seinen Freunden die Kaffeehäuser bevölkerte und bei nur einer Tasse Kaffee für Stunden über Kunst und Literatur diskutierte. Er besaß unzählige Bildbände und Bücher über diese Zeit. Seit seiner Kindheit sammelte er sie und versenkte sich in seinen freien Stunden in diese längst verschollene Welt, die ihm weitaus unkomplizierter erschien als die heutige.

Er bestellte sich eine Currywurst mit Brot und ging an einen Tisch zu einem französisch sprechenden Touristenpärchen, das um sich herum einen kleinen Schutzwall aus KaDeWe-Tüten und Tragetaschen gebaut hatte und nun offensichtlich einen weiteren Punkt ihres Städteführers abarbeitete: Currywurst und Bulette essen. Die beiden schoben sich angewidert gegenseitig die Happen zu und beobachteten mit Interesse, wie Maiendörfer herzhaft ein Häppchen seiner Currywurst nach dem anderen verschlang. Gab es da ein Geheimnis, schienen sie sich zu fragen.

Ja, das gab es. Nur war Maiendörfer aufgrund seiner nicht vorhandenen Französischkenntnisse nicht dazu in der Lage, es ihnen zu verraten. Auch hatte er es auf einmal eilig. Auf der anderen Seite des Wittenbergplatzes hatte er soeben zwischen den Rabatten den kleinen Gerätewagen des Gartenbauamtes entdeckt, neben dem auf einer Bank die zwei Männer und das junge

Mädchen saßen und Pause machten. Einer davon musste Manfred Göllnitz sein, der Freund oder Bekannte von Klaus Hempler. Maiendörfer schluckte schnell den Geschmack seiner Kindheit hinunter, wischte sich an der Serviette Mund und Hände ab und eilte über die Straße.

Manfred Göllnitz war ein kleiner Mann mit einem auf den ersten Blick sympathischen Jungengesicht und noch sehr vollem Haar. Als Maiendörfer nach seinem Namen fragte und darauf gleich seinen Ausweis zeigte, hatte er kurz das Gefühl, dass sein Gegenüber erschrak. Das war allerdings nicht ungewöhnlich, denn die meisten erschraken, wenn sie hörten, dass die Polizei von ihnen eine Auskunft wollte. Alle schienen schnell noch ihre geheimen Verfehlungen durchzugehen und gleichzeitig die Möglichkeit abzuschätzen, ob die Polizei davon Wind bekommen haben könnte und sich tatsächlich die Mühe machen würde, sie wegen so einer Lappalie zu belangen. Und wie viele andere zuvor entspannte sich Göllnitz sofort, als er hörte, worum es ging. Bereitwillig folgte er Maiendörfer für ein Gespräch unter vier Augen zur Currywurstbude auf dieser Seite des Platzes, die ein Zwilling der anderen Bude auf der gegenüberliegenden Seite war. Für so einen kleinen Mann, Maiendörfer schätzte Göllnitz höchstens auf eins siebzig, wirkte er ausgesprochen behäbig und hatte nichts von dieser flinken und quirligen Art, die Maiendörfer oft an kleinen Männern beobachtet hatte. Göllnitz ging nicht, er setzte bedächtig einen Fuß vor den anderen, dabei hielt er den kompakten Oberkörper stolz aufrecht, als wäre er jemand ganz Besonderes, jemand, der anderen seinen Rhythmus aufzwingen durfte. Und tatsächlich ertappte sich Maiendörfer dabei, wie er sich auf dem kurzen Weg zur Wurstbude zweimal zurückfallen ließ, seinen Schritt verlangsamte, um mit Göllnitz auf gleicher Höhe zu bleiben. Dieser Mann hier war sicher einer, der sich nicht aus der Ruhe bringen ließ, weder durch die Polizei noch durch eine missgelaunte Sachbearbeiterin, anders als sein Freund Hempler.

Maiendörfer bestellte für sich einen Kaffee und für Göllnitz auf dessen Wunsch einen doppelten Grog, den er selbst auch genommen hätte, wenn er nicht im Dienst gewesen wäre und überhaupt noch trinken würde. Es war scheußlich kalt, und so ein Grog konnte einem schon das nasskalte Wetter, das ihm über seine zu dünnen Schuhe bis ins Mark gekrochen war, austreiben.

Während Göllnitz vier Tütchen Zucker in seinem Grog verrührte und überhaupt nicht neugierig schien, was genau die Polizei von ihm wissen wollte, entschied sich Maiendörfer, ihn frontal anzugehen. »Frau Mehnert hat mir erzählt, dass Sie ein Freund von Klaus Hempler waren.«

Göllnitz entglitt ein abfälliges Lächeln, dann schaute er Maiendörfer ernst in die Augen. »Freund wäre zu viel gesagt. Wir haben uns vor zwei Jahren auf einem dieser Arbeitseinsätze vom Jobcenter kennengelernt. Mehr nicht.«

»Klar«, gab Maiendörfer zurück. »Wer will heute noch der Freund eines Amokläufers gewesen sein!«

»Wir waren so eine Art Leidensgenossen«, beharrte Göllnitz. »Wir hatten dieselbe Scheiße hinter uns.« Er zog in Erinnerung daran angewidert die Mundwinkel nach unten.

»Sie haben auch studiert?«

Göllnitz gab Maiendörfer einen zurechtweisenden Blick. »Glauben Sie wirklich, dass wir Hartz-IV-Empfänger alle Idioten oder Faulenzer sind? Das Mädel da drüben ist Malerin und war vor zwei Jahren noch Meisterschülerin an der Universität der Künste. Aber Kunst verkauft sich eben gerade schlecht. Der Mann da ist Bauingenieur und hatte eine kleine Baufirma mit guten Aufträgen. Der ist durch die schlechte Zahlungsmoral seiner Auftraggeber in die Knie gegangen. Und ich bin Technologe für Hochseefischerei und habe in Hamburg promoviert. Nicht weil ich den Doktor für mein Ego brauchte, sondern weil es damals schon keine Stellen für unsereinen gab. Die blanke Verzögerungstaktik. Aber dann war mir ja das Glück hold, die Mauer fiel, und ich bekam an der Rostocker Uni eine Assistentenstelle, weil die natürlich wussten, dass sie ihre Uni nur über die Runden retten konnten, wenn sie mit dem Know-how der Westler Schritt halten würden. Für manche Sektionen traf das auch tatsächlich zu, für die Hochseefischerei nicht, wir wurden schließlich abgewickelt.«

Maiendörfer bekam nun langsam eine Ahnung, woher Göllnitz seinen Stolz hernahm. Er selbst hatte ja nur mit Ach und Krach das Abitur bestanden und hätte Lehrer werden müssen, wenn er sich nicht für die Polizeilaufbahn entschieden hätte. Da haben sie im Osten, wie bei den Lehrern, jeden genommen, egal mit was für einem Notendurchschnitt.

»Und wie sind Sie nach Berlin gekommen?«

»1998/99 bekam ich eine Stelle am Strömungslehre-Institut hier in Berlin, dann wurde ich wieder arbeitslos, machte mich schließlich mit Hilfe des Arbeitsamtes selbstständig, weil das Institut nur noch freie Mitarbeiter wollte, bekam aber letztendlich kaum Aufträge und bin nun seit ein paar Jahren auf Hartz IV.«

»Warum haben Sie keine Umschulung gemacht, wenn es auf Ihrem Gebiet keine Arbeit gibt?«, fragte Maiendörfer.

»Zum Reisekaufmann? Wie Hempler? Oder zu einem anderen absurden Beruf, wo es auch keine Stellen gibt? Nur um für die Herren Politiker die Statistiken zu schönen und anschließend noch mit einem Sack Schulden dazustehen?« Göllnitz schnaubte verächtlich in den letzten Rest seines Grogs, und Maiendörfer gab ihm recht. Dieser Staat ließ es sich eine Menge kosten, Fachleute auszubilden, die anschließend nicht gebraucht wurden, um sie dann auf einen anderen Beruf umzuschulen, in dem sie ebenfalls nicht gebraucht wurden. Immerhin expandierten die Umschulungsfirmen und verdienten nicht schlecht.

»Hat Hempler mit Ihnen mal über Frau Zumseil gesprochen?« Maiendörfer hatte die Frage so ganz nebenbei gestellt und eine ausweichende Antwort erwartet, aber Göllnitz sprang sofort darauf an.

»Sie war unser Hassobjekt Nummer eins.«

Maiendörfer wusste, was das bedeutete. »Sie haben also gewusst, was Hempler vorhatte?«

»Das habe ich nicht gesagt. Dann hätte ich Hempler natürlich davon abgehalten. Wäre ja meine Bürgerpflicht, nicht wahr?« Göllnitz schaute Maiendörfer treuherzig an. Das war der reine Zynismus. »Andererseits«, Göllnitz' Blick verklärte sich in froher Erwartung, »andererseits wird sich niemand mehr im Jobcenter trauen, so mit unsereins umzuspringen. Das hat diese scheußliche Tat zumindest gebracht.«

»Finden Sie den Preis nicht etwas hoch?«, presste Maiendörfer hervor, wütend darüber, dass der Amoklauf jemandem Nutzen gebracht haben sollte. Dieser Göllnitz wurde ihm langsam doch unsympathisch. »Vier Menschen mussten wegen Hempler sterben, einer liegt noch schwer verletzt im Koma.«

»Niemand wird solche Taten verhindern können, so wie die Gesellschaft jetzt ist. Sie nicht und ich nicht. Sie werden sogar zunehmen, und dann fragen sich wieder alle, warum.«

»Hat Hempler Ihnen von einer Waffe erzählt? Wussten Sie, dass er eine besaß?« Maiendörfer wollte das Gespräch so schnell wie möglich beenden. Er hatte keine Lust auf philosophische Allgemeinplätze, außerdem war ihm hundekalt.

»Beide Male nein.«

»Könnten Sie sich vorstellen, woher Hempler die Waffe hatte?«

Göllnitz schien zu überlegen, aber mittlerweile ahnte Maiendörfer, wie der Mann tickte. Göllnitz' Antwort wirkte irgendwie vorbereitet.

»Ich habe Hempler bei einem unserer letzten Arbeitseinsätze mit einem Russen reden sehen. Irgendwas haben die gekungelt, aber was, weiß ich nicht. Ich spreche ja kein Russisch. Vielleicht hat er sich über den die Waffe besorgen lassen.«

»Warum haben Sie das nicht gleich erzählt?«

»Sie haben nicht danach gefragt«, erwiderte Göllnitz und lächelte eine Art Entschuldigung, die aber keine war.

Arschloch, dachte Maiendörfer, notierte sich den Namen des Russen und ließ Göllnitz ohne Gruß stehen. Er konnte auch ein Arschloch sein, wenn er wollte.

Als er das Parkhaus in der Ansbacher Straße erreichte, wusste er nicht mehr, wo genau er seinen Wagen abgestellt hatte. Das passierte ihm nicht zum ersten Mal. Er war ein sprichwörtlicher Orientierungsidiot, und Fröhlich hatte früher schon immer gesagt, dass man Maiendörfer in seiner eigenen Straße nur ein paarmal um die eigene Achse drehen müsste, und schon würde er nicht mehr nach Hause finden. Aber er hatte ihm diesbezüglich auch immer geholfen. Jetzt verfluchte sich Maiendörfer, nicht auf die Nummerierung beim Einparken geachtet zu haben. Das hatte er in der Sorge, Göllnitz zu verpassen, ganz vergessen. Immerhin war er sich sicher, dass sein Wagen auf dem zweiten Deck stand, und schließlich fand er ihn, weil Stübner anrief. Sein Handy klingelte gleich hinter ihm. Das hatte er auch im Wagen vergessen.

Fünfundvierzig erzählte, dass die Waffe des Amokläufers – er nannte bewusst keinen Namen – noch nie an einer Straftat beteiligt gewesen war, weder in Deutschland noch im Ausland. Er hatte in Berlin alle Schützenvereine und Gruppen abtelefoniert, die etwas mit Waffen zu tun hatten. Weder vermisste dort jemand die Waffe, noch kannte jemand Hempler oder Fröhlich. Da die Waffe aber eindeutig in der damaligen Sowjetunion gebaut worden war, hatte er nun die Kollegen in Moskau angefragt. Die meinten, die Seriennummer spreche für ein Modell aus den siebziger Jahren. Aber ob sie herausbekämen, wie die Waffe nach Deutschland gelangt war, hänge von so vielen Faktoren ab, dass das ein Weilchen dauern könne.

»Das heißt, die Waffe ist eher Hempler als Fröhlich zuzuordnen. Er hat schließlich in Moskau studiert«, dachte Maiendörfer laut.

»Da die Waffe zuvor nie an einer Straftat beteiligt war, würde ich dem zustimmen. Das kann aber auch andere Gründe haben. Das Modell ist ziemlich alt. Also vielleicht hat ein verarmtes russisches Mütterchen in Moskau die Waffe unter den Dingen ihres verstorbenen Mannes gefunden, der vielleicht Polizist oder beim Militär war, und sie für ein paar Rubel auf dem Arbat verscherbelt. Dann weißt du ja, wie das weitergeht. Irgendwie findet das Ding seinen Weg nach Deutschland und kommt hier in die Hände eines Menschen, der an Minderwertigkeitskomplexen leidet und sich damit ein bisschen stärker fühlt.«

»Hempler«, schlussfolgerte Maiendörfer.

»Vielleicht. Nur wie sollte der diese Kontakte aufbauen? So eine Waffe, auch wenn sie nicht das neueste Modell ist, bekommt man nicht im Supermarkt oder beim Vietnamesen um die Ecke.«

»Fröhlich weiß natürlich, wo man eine Waffe herkriegt, aber glaubst du wirklich, er würde sich so ein altes Modell andrehen lassen?«

»Nicht wirklich«, stimmte ihm Fünfundvierzig zu, »allerdings reicht selbst so eine Waffe für eine Drohgebärde aus. Und überdies hat das Ding ja funktioniert. Leider.«

»Ja, leider«, erwiderte Maiendörfer und gab dann Fünfundvierzig den Namen des Russen weiter, den ihm Manfred Göllnitz genannt hatte. »Der Russe könnte doch so ein Kanal sein, über den solche Waffen ins Land gelangen.«

»Nicht jeder Russe hat auch Kontakte zum Milieu«, warnte Fünfundvierzig, »aber überprüfen müssen wir ihn natürlich.«

FÜNF

Fröhlich stand an der Spüle in der Küche und ließ zum dritten Mal frisches Wasser in den Wischeimer laufen. Anschließend gab er einen Spritzer Fit Allesreiniger hinzu und schaute sich gut gelaunt in seiner nun sauberen Küche um. Die Wände waren abgesaugt, der Herd von den dicken braunen Krusten befreit, das Meer von alten Bierflaschen entsorgt und der Fußboden gewischt. Fröhlich drehte den Wasserhahn zu, prüfte kurz die Temperatur des Wassers, ließ noch etwas kaltes Wasser nachlaufen und überlegte, ob er nun das Fenster in Angriff nehmen oder lieber zum Bad übergehen sollte. Draußen wurde es gerade dunkel, also würde er beim Fensterputzen nicht viel sehen und sich womöglich am nächsten Morgen über die Streifen auf den Scheiben ärgern.

In dem schmalen Stück Himmel oberhalb der Brandmauer, die seinen Blick aus dem Küchenfenster verstellte, fegten dicke schwarze Wolken vorüber, als hätten sie nun endlich genug von Berlin und wollten noch heute Nacht woanders sein. Zwischen dem ganzen Geschiebe und Gedränge der Wolken flammte plötzlich an den ausgefransten Rändern zweier mächtiger Kumuluswolken das Licht der dahinterliegenden Abendsonne hindurch. Während es die gebauschten Ränder der Wolken rosarot färbte, wirkte ihr Inneres noch düsterer. Leider fand der durchbrechende Sonnenstrahl nicht den Weg in Fröhlichs Hof. Seine Oma hatte solche aufleuchtenden Wolkenlöcher das Schlüsselloch Gottes genannt. Denn durch sie würde sich Gott, ohne selbst gesehen zu werden, einen Überblick über das Geschehen auf der Erde verschaffen. Fröhlich hatte seine Oma immer gemocht, aber nie an Gott geglaubt. Er war nicht einmal getauft, schließlich war er in der DDR geboren und wie die meisten dort als Atheist erzogen worden.

Doch heute gefiel ihm der Gedanke, Gottes Blick würde für einen kurzen Moment auf ihm ruhen. Vielleicht, weil er sich mit seiner Tat im Jobcenter hervorgetan hatte. Sollten dieser Gruner und Maiendörfer doch glauben, was sie wollten, er hatte die Waffe nicht mit ins Jobcenter gebracht, er nicht.

Er wanderte mit seinem Eimer ins Bad und schaute sich mutlos um. Hier würde er stärkere Mittel als nur Fit-Wasser brauchen. Zum Glück fiel ihm ein, dass er auf dem kleinen Hängeboden oberhalb der Toilette irgendwann mal so etwas wie einen WC-Reiniger gesehen hatte. Den musste sein Vormieter stehen gelassen haben. Also stieg er auf den Toilettendeckel, schob den räudigen Vorhang, ebenfalls ein Erbstück seines Vormieters, ein wenig zur Seite und lugte auf den Hängeboden. Tatsächlich stand dort, in einer Holzkiste mit verschiedenen anderen Putzmitteln, der WC-Reiniger. Sein Vormieter war damals ins Ausland gegangen und hatte alles, was er wohl nicht hatte wegwerfen wollen, einfach da oben hingestellt. Außerdem standen dort noch ein paar verstaubte Eimer weißer Wandfarbe, die er selbst nach seinem Einzug gekauft hatte, um zumindest das Wohn- und Schlafzimmer zu streichen. Doch dann hatte er diesen Vorsatz immer wieder aufs Neue verschoben und ihn schließlich genauso vergessen wie die Farbeimer selbst. Das könnte er jetzt nachholen, ohne sich zusätzlich in Unkosten zu stürzen. Vorausgesetzt, die Farbe war noch in Ordnung.

Er zog sich einen der Eimer heran, hob ihn vom Hängeboden und versuchte, ihn zu öffnen. Nach einiger Anstrengung, bei der sich Fröhlich einen Fingernagel einriss, gab der Deckel mit einem satten Schmatzgeräusch nach. Auf der oberen Schicht schwamm eine bräunlich trübe Flüssigkeit, die sich aber ohne Weiteres abgießen ließ. Darunter kam weiße dicke Farbe zum Vorschein, die offenbar keinerlei Schimmel angesetzt hatte. Er würde sie nur mit ein wenig Wasser aufrühren müssen. Unter seinem Badeofen lag der Schürhaken, der ihm dafür gut geeignet schien. Doch als er den Schürhaken hervorziehen wollte, schien dieser sich an etwas verhakt zu haben. Fröhlich zog und zog, bis etwas Metallenes auf den Betonsockel polterte, auf dem der Badeofen stand. Im ersten Moment glaubte er, den durchgerosteten Boden des Badeofens beschädigt zu haben und nun auf längere Zeit nicht mehr baden zu können. Nicht, bis er Geld für die Reparatur übrig haben würde. Und er machte sich darauf gefasst, dass ihm jeden Moment das im Badeofen gesammelte Wasser die Füße umspülen und die darunterliegende Wohnung überschwemmen würde. Aber nichts dergleichen geschah. Also bückte er sich, um unter den Ofen zu schauen, konnte aber nichts sehen. Eine Weile stocherte er mit dem Schürhaken in der Dunkelheit, dann spürte er endlich einen Widerstand. Er zog noch einmal, und da fiel sie ihm auch schon vor die Füße: eine schwarz glänzende Browning, Kaliber .36.

Sein erster Gedanke war, dass auch die Waffe eine Hinterlassenschaft seines Vormieters war, aber dann erinnerte er sich. Er selbst hatte die Waffe unter dem Badeofen versteckt. Gleich am ersten Tag seines Einzugs war er durch die Wohnung gelaufen und hatte nach einem geeigneten Versteck für die Waffe gesucht. Er hatte den Hängeboden in Erwägung gezogen – dabei musste ihm der WC-Reiniger aufgefallen sein –, dann aber verworfen. Für seine ehemaligen Kollegen von der Polizei, aber auch für die entsprechenden Herren aus dem Milieu wäre es ein zu leichtes Versteck gewesen, ähnlich wie der Spülkasten der Toilette oder der Spind unter dem Küchenfenster.

Er hatte damals die Waffe seines vertrottelten Kollegen Manne mitgehen lassen, als schon abzusehen war, dass er beim Wachschutz rausgeschmissen würde. Er hatte Mannes Waffe einfach unter dessen Wochenendeinkauf geschmuggelt, den Manne unerlaubterweise immer freitags während ihres eigentlich gemeinsamen Rundgangs über ein verlassenes Betriebsgelände tätigte. Jeden Freitag hatte Fröhlich für Manne den Wochenendeinkauf vor dem Chef versteckt, um ihn dann für ihn zum Feierabend noch einmal am Chef vorbeizuschmuggeln, weil Manne selbst dafür nicht die Nerven besaß. Allerdings musste er an ihrem letzten Tag, nachdem sie beide bereits entlassen waren – Manne, weil er seine Waffe »verbummelt« hatte, Fröhlich, weil er sowieso auf der Abschussliste stand –, seinen Wochenendeinkauf allein am Chef vorbei hinaustragen. Vor lauter Angst vor dessen bösen Blicken und dem zu erwartenden Theater, das seine Frau wegen seiner Entlassung veranstalten würde, war Manne damals dem Herzinfarkt nahe. Wenn er gewusst hätte, was er da zwischen zwei Büchsen Ravioli an dem Chef vorbeitrug, hätte er wahrscheinlich den Tag nicht überlebt, dachte Fröhlich jetzt. Als sie abends noch in der Kneipe waren, um »ihre einjährige Freundschaft mit einem Bier zu begießen«, wie Manne vorgeschlagen hatte, griff Fröhlich sich die Waffe aus der Einkaufstüte unter dem Tisch und verabschiedete sich bald. Die Waffe war der Abstand, den die Schließdienstgesellschaft ihm seiner Meinung nach schuldig war – wegen der miesen Bezahlung und der noch schlechteren Behandlung. Und weil er schon lange keinen Waffenschein mehr besaß, wurde die Waffe sein geheimes Gründungskapital für seine erste eigene Detektei, von der er als Junge schon geträumt hatte, neben dem offiziellen Gründungskapital, das ihm das Arbeitsamt in Form einer Überbrückungshilfe gewährte. Doch er hatte niemals Gebrauch von der Waffe gemacht, seine Aufträge waren von Anfang an deutlich spärlicher und unspektakulärer gewesen als in den Träumen seiner Kindheit. Und wie Stefanie vermutet hatte, beschattete er damals hauptsächlich untreue Ehegatten und vertrat nur ab und zu einen Kollegen im Kaufhaus am Alex, wenn dieser krank oder anderweitig verhindert war. Die Taschendiebe und klauenden Hausfrauen ließen sich zum Glück ohne Waffe abführen. Nicht einmal als Drohgebärde hatte er die Waffe je einsetzen müssen. Dann ging seine Detektei pleite, und er beantragte Hartz IV. Irgendwie hatte er dadurch die Waffe vergessen. Er wusste nicht einmal mehr, ob sie geladen war.

Fröhlich bückte sich und hob die Waffe auf. Sie lag schwer und kühl in seiner Hand. Doch als er sie näher in Augenschein nehmen und das Magazin überprüfen wollte, da war mit einem Mal Hemplers Gesicht vor ihm. Es war so nah und so real, dass Fröhlich seinen heißen, schlechten Atem riechen konnte und das harte, kühle Eisen zwischen sich und ihm spürte. Es war, als würden sie tanzen, sich umeinander drehen wie bei einem Walzer, aber es war kein Tanz, es war ein Ringen, ein Kräftemessen, ein Kampf auf Leben und Tod, und Fröhlich fühlte die Waffe in seiner Hand und die Hand des anderen, Hemplers Hand, die sich fest um seine schloss und auf Fröhlichs Finger am Abzug drückte. Fröhlich versuchte dem entgegenzuwirken, versuchte verzweifelt, seinen Zeigefinger vom Abzugshahn zu entfernen, wenigstens für einen Millimeter, solange noch die Mündung der Waffe hart gegen seine eigene Brust drückte, doch dann fielen sie um, rollten über den Boden, und Fröhlich registrierte für den Bruchteil einer Sekunde, dass sich die Lage der Waffe zwischen ihnen veränderte, dass die Mündung der Waffe nicht mehr auf ihn zielte, sondern auf Hempler, auch weil dieser nun nicht mehr auf Fröhlichs Zeigefinger drückte. Und deshalb drückte er ab …

Fröhlich starrte auf die Waffe, die auf den Boden gepoltert war. Sein Hemd war klitschnass, sein Herz raste, sein Atem ging so heftig, dass er sich auf den Badewannenrand setzen musste, um zu verschnaufen. Erst dann begann er allmählich zu verstehen, was gerade mit ihm passiert war. Er hatte, wahrscheinlich ausgelöst durch die Pistole, einen Flashback, so real, so echt, dass er jetzt noch Hemplers Druck auf seinem Zeigefinger am Abzug spüren konnte und den winzigen Moment, in dem die Unterseite seines Zeigefingers den Abzugshahn berührte … Es durchlief ihn heiß und kalt: Nicht nur, dass er mit voller Absicht abgedrückt hatte, er war es auch gewesen, der den Finger am Abzug hatte. Er und nicht Hempler. Bis eben war er noch davon ausgegangen, dass Hempler die Waffe gehalten hatte. Nun aber hatte er gesehen und gespürt, dass Hempler nicht aus Versehen einer im Kampfgetümmel verirrten Kugel erlegen war. Er selbst, Norbert Fröhlich, hatte den günstigen Moment genutzt, als die Mündung auf Hempler gerichtet war, um ihn kaltblütig abzuknallen.

Also war er der …?

Noch bevor Fröhlich das Wort denken konnte, gab es in seiner Magengrube eine ihm bekannte Bewegung, die blitzartig wie eine Welle durch seinen Brustraum bis hoch zum Hals emporschwappte. Er stürzte zum Klobecken, riss schon mit vollem Mund den Deckel auf und übergab sich.

Auch wenn er sich danach erleichtert und angenehm leer fühlte, das Wort, den Gedanken, den er nicht hatte zu Ende denken wollen, war in seinem Kopf geblieben und hämmerte nun umso deutlicher gegen seine Schläfen: Also war er der Amokläufer! Minutenlang, immer noch über die Kloschüssel gebeugt, war in ihm nur dieser eine Satz, nur dieses eine Wort: A-MOK-LÄU-FER.

Konnte es wirklich sein, dass er mit einer Waffe, an die er sich nicht einmal erinnern konnte – aber er hatte sich auch nicht an die Waffe unter seinem Badeofen erinnert –, in das Jobcenter gegangen war und aus lauter Wut über Mehnerts erneute Abwesenheit die Bernhardt erschossen hatte und die Zumseil und die zwei, nein, drei anderen Hartz-IV-Empfänger, denn jetzt musste er Hempler ja als Opfer mit hinzuzählen, und dazu Stefanies Bruder so schwer verletzt hatte, dass dieser nun im Koma lag? Was hatten ihm denn all diese Menschen getan?

Er saß auf der Badewanne und suchte nach einem Gefühl in sich, nach einer Regung – wenigstens Mitleid oder Reue müsste er doch empfinden, aber da war nichts, gar nichts. Und dann kam ihm der absurde Gedanke, mit der Waffe, die immer noch hinter ihm auf dem Badezimmerboden lag, einen weiteren Flashback zu provozieren. Einen, der ihm wenigstens die Wut, die er gehabt haben musste, um so auszurasten, noch einmal fühlbar machte. Damit er zumindest ansatzweise dahinterkam, wieso er zu einer so schrecklichen Tat fähig gewesen war. Aber als er sich nach der Waffe umdrehte und sie da so liegen sah, begannen seine Knie zu zittern. Plötzlich fühlte sich sein ganzer Körper wieder so an, als würde er im nächsten Moment kraftlos zusammensacken. Nein, er würde nicht noch einmal die Waffe in die Hand nehmen können. Ganz bestimmt nicht.

In der Küche spielte sein Lieblingssender Johnny Cash, aber Johnnys Stimme hatte diesmal nicht die Wirkung, die sie sonst auf ihn ausübte. Jetzt wollte sich das Gefühl, mit sich und der Welt versöhnt zu sein, nicht einstellen. Heute war er nicht der einsame Wolf, der allein – raue Schale, weicher Kern – durch die Gegend zog und trotz aller Kränkungen und Demütigungen nie die Fassung verlor und mit sich im Einklang blieb. Diesmal war er ganz und gar nicht mit sich im Einklang geblieben, er war ausgerastet, hatte Menschen umgebracht, auf eine grausame und bestialische Art. Er war die Bestie, das Monster. Nicht dieser Hempler. Der hatte sich ihm entgegengeworfen, um sein eigenes und vielleicht das Leben anderer zu retten, es war ihm nur nicht gelungen, weil Fröhlich stärker, schneller, kaltblütiger gewesen war.

Er war immer stärker, schneller und kaltblütiger gewesen, wenn es um seine Ziele gegangen war, das hatten sie ihm schon in der Schule bescheinigt. Es fehle ihm an einem gewissen Interesse an seinen Mitschülern, stand da in seinen Zeugnissen. Oder dass seine Gleichgültigkeit gegenüber anderen alle Versuche erschwere, ihn in den Klassenverband zu integrieren, trotz seiner guten schulischen Leistungen. Vor allem zeige er keinerlei Mitgefühl für Schwächere.

Damals hatten ihn solche Beurteilungen nicht weiter gewurmt. Er hatte nie ein Lieblingsschüler der Lehrer sein wollen, war nie ein Schleimer gewesen. Schon damals ging es ihm darum, nur für seine Leistungen anerkannt zu werden, aber schon damals hatte man ihm die Anerkennung versagt. Immer hatten ihn die Lehrer so seltsam angeschaut, ihn so skeptisch gemustert, sich nie mit ihm gefreut, wenn er wieder die beste Mathearbeit der Klasse geschrieben hatte. Selbst auf der Abiturfeier, bei der er für das drittbeste Zeugnis des Jahrgangs eine Buchprämie erhielt, nahm ihn sein Klassenlehrer am Ende beiseite und wünschte ihm, dass er später im Beruf mehr Verständnis für seine Mitmenschen und deren Taten zeigen würde. Dabei hatte er ihn so eindringlich angeschaut, als hätte er ihn warnen wollen, als hätte er damals schon gewusst, wie es mit ihm enden würde. Alle hatten es immer schon gewusst, dass er ein kalter, herzloser Mensch war, dachte Fröhlich. Dass er jemand war, in dessen Nähe man zu frieren begann, wie sein erster Chef bei der Polizei einmal auf einer Betriebsfeier behauptet hatte. Und das nur, weil Fröhlich selbst nach dem achten Bier über dessen dumme Witze nicht hatte lachen können. Er war einer, vor dem man eine diffuse Angst hegte und von dem man sich besser fernhielt, den man nicht reizte. Er wusste, dass viele so über ihn dachten, aber so war er nicht. Er trug sehr wohl Mitleid und Sorge für andere in sich, zum Beispiel für Magda. Er konnte dies nur nicht so zeigen, war schon immer eher in sich gekehrt gewesen. Und sein Name, der bei anderen, wenn sie ihn das erste Mal hörten, ausnahmslos Sympathie auslöste, war die blanke Ironie, ein zynischer Witz des Schicksals auf seinen eigentlichen Charakter. Aber damit hatte er leben können, hatte er gelernt umzugehen, weil er ja wusste, dass er trotz allem nie wirklich etwas Schlechtes getan hatte. Im Gegenteil. Jahrelang hatte er Verbrechen aufgeklärt, Mörder festgesetzt und den Opfern zu ihrem Recht verholfen. Und selbst das Schmiergeld hatte er nur für Magda genommen, um ihr ihre Wünsche zu erfüllen. Für sich selbst hatte er das ganz bestimmt nicht getan. Weil er das so genau wusste, hatte er auch immer damit leben können, was andere über ihn dachten und redeten.

Aber nun war er zu einem Massenmörder geworden, und damit konnte er überhaupt nicht leben. Das war etwas, was er nie in sich gesehen hatte, und er wünschte sich plötzlich, dass dieser Hempler mehr Kraft gehabt hätte, ihn zu bezwingen, ihn zu erschießen. Warum hatte er sich nur gegen Hempler gewehrt? Solche wie er gehörten erschossen, gehörten ausgemerzt aus der Gesellschaft, sie hatten kein Recht auf Leben.

Fröhlich starrte auf die Waffe, die immer noch hinter ihm auf dem Fußboden lag. Er würde sich selbst richten, er würde zumindest einen kleinen Teil seiner Schuld wiedergutmachen und sich selbst erschießen. Ja, das würde er tun, und dann hätte dieses beschissene Leben für ihn endlich ein Ende, und er könnte niemandem mehr Schaden zufügen, niemand müsste mehr Angst vor ihm haben.

Er bückte sich nach der Waffe und wusste, dass er, wenn er die Waffe erst wieder in seiner Hand hätte, Hempler sehen und mit ihm um die Waffe kämpfen würde. Aber diesmal würde er nicht warten, bis Hempler den Kampf verlieren und die Mündung auf ihn zielen würde, diesmal würde Fröhlich schon vorher dem Druck von Hemplers Hand auf die seine nicht standhalten und nachgeben. Hempler würde ihn dieses Mal erschießen und endlich Gerechtigkeit bekommen.

Fröhlich lag in seinem Zimmer auf dem Sofa und betrachtete die unregelmäßigen Quastenstriche an der Decke. Er hatte es nicht getan. Er hatte nicht einmal die Waffe in die Hand genommen. Nicht, weil er zu feige war, sich selbst zu erschießen. Aber in dem Moment, als er zur Waffe greifen wollte, war ihm eingefallen, dass sich die meisten Amokläufer unmittelbar nach ihrer Tat selbst richteten. Es gab so gut wie keine Berichte von überlebenden Amokläufern, deshalb wusste man ja allgemein so wenig über ihre tatsächlichen Motive. Seine Tat war nicht wiedergutzumachen, aber mit seinem Tod würde er auch niemandem helfen, weder den Opfern noch den Hinterbliebenen noch denen, die herausfinden wollten, ob man solche Taten verhindern könnte. Deshalb würde er sich nicht erschießen, sondern sich stellen und Maiendörfer und den Psychologen alles erzählen, was er über sich wusste und an was er sich erinnerte. Damit die Welt erfuhr, wie es zu der schrecklichen Tat gekommen war.

Er würde ihnen von den Einschätzungen seiner Lehrer berichten, von seiner angeblichen Unfähigkeit, für andere Mitgefühl zu zeigen. Und er würde ihnen von den vielen Situationen erzählen, in denen er, ohne es zu wollen, ausgerastet war. Manchmal gingen eben einfach die Pferde mit ihm durch, würde er ihnen sagen, und dass schon der kleinste Anlass genügen konnte, damit ihm »der Kamm schwoll«.

Einmal hatte er sogar Magda geschlagen, allerdings konnte er sich nicht mehr an die Gründe erinnern. Vielleicht hatte sie irgendjemandem in seiner Gegenwart schöne Augen gemacht, obwohl sie wusste, dass er das nicht ausstehen konnte und sehr eifersüchtig war. Oder sie hatte ihn wieder einmal wegen irgendetwas ausgelacht, ihn wie so oft wegen seines geringen Einkommens verhöhnt. Das waren doch Hinweise, mit denen Psychologen etwas anfangen konnten. Daraus ließen sich doch Schlüsse ziehen. Und vielleicht die Entscheidung fällen, dass Leute wie er entweder nicht so gereizt werden durften oder eben früher in Verwahrung genommen werden mussten, damit sie nicht irgendwann komplett austickten.

Er überlegte, ob die Bernhardt ihn vor drei Tagen, als er ganz bestimmt darüber sauer war, dass die Mehnert nicht da war, verhöhnt haben könnte. Aber sosehr er sich auch bemühte, seine Erinnerungen von diesem schrecklichen Tag reichten nur bis zu seiner Ankunft auf der Etage, wo er noch diese ältere Frau gerempelt hatte, und setzten erst wieder ein, als dieser Hempler auf seiner Brust lag und ihm die Luft nahm. Wie sehnlichst hatte er sich noch am Nachmittag gewünscht, dass er sich bald erinnern und Gruner und Maiendörfer eines Besseren belehren würde. Nun hatte er sich erinnert, und alles war umso schlimmer geworden. Er war, wie es Gruner und Maiendörfer vermuteten, der Amokläufer. Er hatte diese schreckliche Tat begangen, und er musste sich, wenn er sich schon nicht selbst umbringen konnte, wenigstens stellen und der ganzen Welt die Wahrheit sagen, dass er diese Toten und den einen Schwerverletzten auf dem Gewissen hatte. Musste akzeptieren, dass sie ihn wahrscheinlich für immer wegschlossen, vielleicht auf Lebenszeit sogar in einer Anstalt unterbrachten. Denn bei solchen Leuten wie ihm, die aus Wut einfach mal so um sich schossen, wusste man nie, wann sie wieder ausrasten würden, da hatte Gruner ganz recht. Wer sollte jemals für ihn die Verantwortung übernehmen wollen, wenn er schon wegen einer nicht anwesenden Sachbearbeiterin explodierte? Eine tickende Bombe war er, ein immer scharfer Blindgänger, der bei der leisesten Erschütterung hochgehen konnte.

Fröhlich ging in die Küche, nahm das Telefon und tippte Maiendörfers Nummer ein, die er noch aus dem Effeff kannte, schließlich war sie jahrelang auch seine Telefonnummer gewesen. Auf der anderen Seite begann es zu klingeln, und plötzlich sah er vor seinem geistigen Auge den Kurzabriss eines Fernsehbeitrags, den dieser Journalist Clemens Binder danach über ihn machen würde: sein monströs verzerrtes Gesicht bei der Verhaftung; Bilder von seiner armseligen Wohnung; Menschen, die ihm noch gestern auf die Schulter geklopft hatten und nun bezeugten, dass sie dabei so ein seltsames Gefühl gehabt hätten …

Auf der anderen Seite klingelte es ein zweites Mal, und Fröhlich sah nun Stefanie vor sich, die ungläubig ebendiesen Beitrag bei sich zu Hause sah und sich fragte, warum gerade sie immer auf solche Monster hereinfiel.

Als es ein drittes Mal auf der anderen Seite der Leitung klingelte, kam Fröhlich ein Gedanke, der ihn den Hörer auflegen ließ: Maiendörfer und Gruner vermuteten zwar, dass er ebenso wie Hempler der Amokläufer sein könnte, aber sicher waren sie sich nicht. Ansonsten hätten sie ihn heute Nachmittag niemals gehen lassen. Das hieß, dass sie nicht wussten, wer die Waffe in der Hand gehabt hatte, und das wiederum hieß, dass er die Waffe, als er rücklings auf dem Boden lag und der tote Hempler auf ihm, nicht mehr in der Hand gehabt hatte. Sonst wäre für Maiendörfer doch klar gewesen, dass Fröhlich der Schütze und also der Amokläufer gewesen war. Einzig und allein um das herauszubekommen, hatte Maiendörfer so schnell auf die Nachstellung des Tathergangs gedrungen, nicht weil Gruners oder Bergers Terminkalender überfüllt gewesen waren. Maiendörfer hatte ihn überrumpeln, ihn mit der Tat konfrontieren wollen, damit er sich angesichts des Tatortes in Widersprüche verwickeln, letztendlich zusammenbrechen und alles gestehen würde.

Nur hatte er nichts gestehen können. Erstens, weil er schon

vorher zusammengebrochen war, zweitens, weil er bis dahin keinerlei Erinnerung an die Tat gehabt hatte, und drittens, weil er sich zu diesem Zeitpunkt noch für unschuldig hielt. Erst heute Abend würde Maiendörfer mit Sanna Jacobsen reden und erfahren, dass er bedingt durch den Schock die Erinnerung an den Tatvorgang verloren habe. Der Herr Kommissar würde also abwarten müssen, an was sich Fröhlich mit ihrer Hilfe erinnern oder was Stefanies Bruder erzählen würde, wenn er denn aus dem Koma erwachte: wer von ihnen beiden geschossen hatte. Fröhlich oder Hempler.

Fröhlich überlegte, was das für ihn bedeuten könnte. Es bedeutete, dass er sich weder selbst noch sofort stellen musste. Er konnte abwarten, bis sein ehemaliger Partner den glaubwürdigen Beweis hätte, dass er der Amokschütze war, oder bis Sanna Jacobsen ihm auf ihre hinterlistige Psychologenart so zusetzte, dass er sich auch noch an den Rest erinnerte. Bis sie ihn an Maiendörfer verraten könnte, was sie zwar wegen ihrer beruflichen Schweigepflicht nicht durfte, aber er hatte schon Pferde vor der Apotheke kotzen sehen und nicht nur die. Wahrscheinlich würde sie ihn, sobald er ihr unter Tränen seine Erinnerung gestanden hätte, dazu bewegen, es Maiendörfer selbst zu gestehen. Das aber würde er auf keinen Fall tun, und noch weniger würde er zulassen, dass ihm diese Jacobsen seine Erinnerungen entlockte. Er würde für sie und für Maiendörfer der bleiben, der er bis vor einer Stunde, bevor er diesen schrecklichen Flashback gehabt hatte, gewesen war. Er würde weiter so tun, als könnte er sich an nichts erinnern, und sich gegen jeglichen Verdacht, er könnte ein solches Monster sein, ebenso vehement auflehnen wie bisher. Vielleicht nicht ganz so vehement wie bei der Nachstellung des Tathergangs gegen Maiendörfer, denn vor allem dieser Angriff hatte Gruner ja in seinem Verdacht gegen ihn bestätigt. Niemals durfte er wieder so wütend werden, dass er die Beherrschung verlor und jemand tätlich angriff.

Und er würde besonders bei Sanna Jacobsen aufpassen müssen, durfte sich nicht von ihrer naiven Art, Fragen zu stellen, einlullen und sich dann von ihr in nicht gewollte Erinnerungen treiben lassen. Dennoch müsste er ihr gegenüber Interesse bekunden, sein Bemühen zeigen, sich der Wahrheit, also seinen Erinnerungen, zu stellen, so wie er es heute Nachmittag noch ganz ehrlich gewollt und es ihr versprochen hatte.

Er rieb seinen rechten Zeigefinger, der immer noch schmerzte und an der Innenseite juckte, als hätte das Metall des Abzuges eine Allergie ausgelöst. Er kratzte und kratzte und konnte erst aufhören, als er so heftig in die juckende Stelle biss, dass der Schmerz für eine gewisse Zeit den Juckreiz überdeckte.

Sein neuer Plan hatte vor allem einen Grund: Er könnte Stefanie weiter unter die Augen treten. Und nicht nur das. Vielleicht kam es niemals ans Licht, dass er der Amokläufer war, und dann könnte er mit ihr geruhsam bis ans Lebensende leben. Mit ihr würde er jedenfalls nicht mehr ausrasten, mit ihr wäre er rein theoretisch immer noch eine tickende Bombe, aber manche Blindgänger gingen niemals hoch, selbst wenn sie erschüttert wurden. Sollte es aber doch herauskommen, dass er der Amokläufer … Er beschloss hier und jetzt, das Wort ein für alle Male aus seinem Wortschatz zu streichen. Wenn also doch alles herauskam und er irgendwann verhaftet werden würde, dann hatte er wenigstens etwas Zeit gewonnen, Stefanie von sich und seinem eigentlich ehrlichen Charakter zu überzeugen. Vielleicht würde sie dann auch auf ihn warten, bis er entlassen wurde oder therapiert war. Letzteres schien ja für Frauen, nicht nur für solche wie die Jacobsen, ein verlässlicherer Beleg zu sein, dass er sich geändert, weil etwas begriffen hatte. Und bis es so weit war, würde er das Bad putzen und möglicherweise auch noch sein Zimmer renovieren.

***

Während Maiendörfer zum Kommissariat zurückgekehrt war, hatte sich Fünfundvierzig sofort mit zwei Beamten zur Wohnung des von Göllnitz erwähnten Russen aufgemacht und diesen Michail Tschernikow sogar angetroffen. Nun saß er hier im Kommissariat und beschwerte sich lautstark über die ihm zuteilgewordene Behandlung. Er war Mitte vierzig, mittelgroß und immer noch drahtig, mit einem dazu unpassenden rosigen, pausbäckigen Gesicht, in dem zwei wache Augen alles um ihn herum genau beobachteten.

»Hat man Sie etwa geschlagen?«, fragte Maiendörfer, um der Beschwerde ein Ende zu machen.

»Man mich wie Schwerverbrecher mitgenommen, ohne sagen, warum.« Michail Tschernikows Akzent war deutlich, aber sein Deutsch gut genug. Sie würden keinen Dolmetscher brauchen.

»Wir haben gehört, dass Klaus Hempler Sie bei einem der Arbeitseinsätze des Jobcenters angesprochen hat. Worüber haben Sie geredet?«

»Klaus Hempler?«

»Der Amokläufer. Haben Sie davon gehört?«

Er hatte davon gehört, und sein Gesicht verriet Erleichterung darüber, dass es »nur« um den Amoklauf ging, da waren sich Maiendörfer und Fünfundvierzig hinterher einig. Offensichtlich hatte er diesbezüglich ein ruhiges Gewissen, in anderen Dingen vielleicht nicht. Nur, das ging die beiden Ermittler gerade nichts an.

»Ja, Klaus Hempler ...«, Tschernikow suchte in seinen Erinnerungen. »Habe ich öfters gesprochen.«

»Was wollte er von Ihnen?«

»Russisch üben.«

»Wie meinen Sie das?«

»Wollte Russisch sprechen, um nicht zu vergessen.«

»Wollte er zurück nach Moskau?«

»Glaube nicht. In meiner Heimat kämpfen Leute ums Überleben. Nein, er nur Russisch sprechen.«

»Hätte Hempler das nicht in einem Kurs der Volkshochschule machen können?« Maiendörfer glaubte dem Russen kein Wort.

»Hempler viel zu gut Russisch sprechen. Wusste alles. Politik, Sport, Literatur, alles. Meine Landsleute nicht wissen so Bescheid wie Hempler.«

»Sie haben ihm also eine Waffe besorgt?«

Tschernikow schnappte überrascht nach Luft. »Nein.«

»Womit verdienen Sie sich Ihren Lebensunterhalt, Herr Tschernikow?« Maiendörfer fixierte die schweren goldenen Ketten, die Tschernikow um Hals und Armgelenke trug.

»Erbstücke. Und ich krieg Hartz IV, Sie wissen ja.« Tschernikow griente und erklärte: »Auf Amt ich nicht glitzer wie Weihnachtsbaum. Ich bescheiden.«

»Also, womit verdienen Sie sich Ihre Erbstücke?« Maiendörfer war nicht gewillt, auf so alberne Erklärungen einzugehen.

»Na ja, wenn nicht verraten …« Tschernikow schaute Maiendörfer und Fünfundvierzig fragend an.

Maiendörfer rollte genervt die Augen. Immer diese Spielchen.

Tschernikow verstand es als Zusage. »Nun, ich besorge für meine Landsleute aus Heimat.«

»Was?«

»Alltägliche Sachen. Die nicht gibt hier. Nur in Heimat. Nichts verboten, kein Kaviar, nichts Ikonen. Bestimmte Lebensmittel, russisches Wolle, Baumschmuck fürs Jolkafest. Wir nicht feiern nämlich Weihnachten wie hier …«

»Das wissen wir«, fiel ihm Fünfundvierzig ins Wort und machte ein paar Notizen, obwohl Tschernikow noch nichts von Belang gesagt hatte. Das war Fünfundvierzigs altmodische Taktik, sein Gegenüber mürbe zu machen. Manche von ihnen glaubten dann tatsächlich, dass sie unbewusst etwas verraten hatten, etwas, was nun auf Fünfundvierzigs Notizzettel stand. Auch Tschernikow schien das zu denken, jedenfalls versuchte er, Fünfundvierzigs Zettel zu lesen. Das hieß, dass er vielleicht doch noch etwas zu verbergen hatte. Allerdings stand auf Fünfundvierzigs Zettel nichts von Bedeutung, jedenfalls nichts in Hinsicht auf Tschernikow. In der Regel notierte Fünfundvierzig während der Vernehmungen nur die Einkaufsliste für das nächste Wochenende. Das war sein Teil der Hausarbeit. Trudi putzte dafür seit Jahren das Klo.

»Da fällt ein mir«, sagte Tschernikow und legte dazu theatralisch die Stirn in Falten, um zu zeigen, wie angestrengt er für die Kommissare in seinen Erinnerungen wühlte, »Hempler wollte im Sommer Matroschka. Eine von guter russischer Künstlerin. Ich glaube, Geschenk für Frau, wo hat Matroschkas gesammelt. Habe ich besorgt. Wie gesagt, verdiene ein wenig hinzu.« Tschernikow lächelte sie beide ebenso treuherzig an wie Göllnitz zuvor Maiendörfer.

»Saubere Vorstellung«, sagte Fünfundvierzig, nachdem sie Tschernikow hatten gehen lassen. Für ihn schien der Fall klar. Für Maiendörfer weniger. Ob sich Hempler von Tschernikow tatsächlich hatte eine spezielle Matroschka besorgen lassen, war durchaus nachprüfbar. Das würde der Russe wissen, und deshalb war Maiendörfer nicht wirklich überrascht, als ihm Tatjana Hempler am Telefon Tschernikows Aussage bestätigte.

»Meine Mutter hat die Matroschka gleich in den Mülleimer gestopft. Für sie ist mein Vater dafür verantwortlich, dass sie nun in Magdeburg fern von ihren Verwandten in einer winzigen Wohnung sitzt und als Bürohilfe für eine Transportfirma arbeiten muss. Dabei wollte sie mal durch ihn ›Frau Professor‹ werden.«

Maiendörfer musste unwillkürlich an Magda denken, die ihm einmal vor Jahren auf einem Empfang des Innenministers anvertraut hatte, dass sie Fröhlich bald als Chef des Polizeipräsidiums oder zumindest in Bergers Position sehe. Damals war er mehr als unangenehm berührt, weil er glaubte, Fröhlich hätte ihr diesen Floh ins Ohr gesetzt. Dabei hatte Maiendörfer bis dato nicht einmal gewusst, dass sein Partner eine solche Karriere anstrebte. Für ihn war Fröhlich immer der Mann der Praxis gewesen, jemand, der es liebte, sich mit Tätern und Opfern auseinanderzusetzen, und nicht jemand, der Einsätze von einem Schreibtisch aus anordnete oder sich mit der Organisation von Dienstplänen befasste. Mittlerweile wusste er, dass dies allein Magdas Projektion gewesen war. Sie hatte in Fröhlich die Chance gesehen, gesellschaftlich aufzusteigen, und Fröhlich hatte sie, um sie nicht zu verlieren, in diesem Glauben gelassen. Womöglich hatte er sich selbst dafür gehasst, sich und seine Arbeit zu verleugnen, nur um ihr zu gefallen. Offenbar hatte Fröhlich Magda nur halten können, indem er ihr vormachte, mehr zu sein oder mehr zu werden als nur ein kleiner Kriminalkommissar.

Und als er nicht einmal mehr das war, hatte Magda ihn fallen lassen. Maiendörfer selbst war nie mit solchen Frauen zusammen gewesen, die in ihm ihre Zukunftssicherung sahen. Er bevorzugte starke Frauen, die ihr Leben allein bewältigten, die ihn nicht dazu benutzen, sich ihre Träume von einem besseren Leben zu erfüllen. Frauen wie Sanna Jacobsen, die einen Beruf hatten, in dem sie aufgingen, die ihren Lebensplan nicht dem ihres jeweiligen Partners unterordneten. Allerdings hatte auch er es nie zu einer langjährigen Beziehung gebracht.

Maiendörfer schaute auf die Uhr und sah, dass er noch mehr als drei Stunden warten musste, bis er die Psychologin anrufen konnte. Zeit genug, um zwei Kollegen zu beauftragen, sich vor Michail Tschernikows Haus zu postieren und dessen Treiben zu beobachten. Auch wenn Tschernikow Hempler diese Matroschka besorgt hatte, so sollten sie doch wissen, welche Kontakte Tschernikow noch hatte. Vielleicht hatte der Russe Hempler an jemanden weitervermittelt, der dann Hempler die Waffe besorgt hatte. Und es blieb genügend Zeit, um endlich das Protokoll zu der Alibibefragung zu schreiben, die er in Raum 617 des Jobcenters geführt hatte, kurz bevor er wegen der Schüsse hoch in die siebte Etage gerannt war.

Kaum hatte Maiendörfer das Protokoll ausgedruckt, da klingelte das Telefon. Er nahm beim dritten Klingeln ab und hörte nur noch, wie auf der anderen Seite der Hörer aufgelegt wurde. Er hatte keine Ahnung, wer da am anderen Ende gewesen war, die Nummer war unterdrückt gewesen. Nicht einmal eine Vermutung hatte er, denn bisher hatte er aufgelegte Anrufe nur erhalten, wenn er in einer Trennungsphase mit einer Frau war. Die wollten offensichtlich mit solcherart Kontrollanrufen herausbekommen, ob er trotz der Schwere der Trennung am Telefon wie immer klang. Er klang wie immer und war gerade auch nicht in einer Trennungsphase, im Gegenteil, er war gerade dabei, sich für Sanna Jacobsen zu interessieren. Wahrscheinlich hatte sich da nur jemand verwählt, dachte er, unterschrieb noch schnell das Protokoll und legte es in der entsprechenden Akte ab.

Kurz darauf machte er Feierabend und verließ das Polizeipräsidium mit einem Packen Computerausdrucken, die ihm Fünfundvierzig zum Thema »Schock nach einem Trauma« aus dem Netz gezogen hatte. Maiendörfer wollte sich, bevor er mit Sanna sprach, ein wenig vorbereiten, damit er gezielter nach Fröhlichs Zustand fragen und ihre Antworten besser einordnen konnte. Wenn er erst einmal einen groben Überblick über das Fachvokabular hatte, konnte er vielleicht nicht nur heraushören, wie Sanna Fröhlichs Zustand real einschätzte, sondern auch, ob sie sich von Fröhlich etwas vormachen ließ. Heutzutage hatte ja jeder Zugriff aufs Internet, und jeder konnte sich dort über die Symptome einer Krankheit informieren und sie dann für den Arzt bis in die kleinsten Details simulieren.

Auf dem Parkplatz vor dem Polizeipräsidium traf er Trudi, die sicherlich Fünfundvierzig abholen wollte. Sie sah abgespannt und müde aus, aber als sie ihn erkannte, hellte sich ihr Gesicht auf.

»Schön, dass ich dich noch sehe. Ich wollte dich nämlich um etwas bitten.« Sie schaute ihn erwartungsvoll an, als wollte sie bereits vorher eine Zusage.

»Soll ich Fröhlich von dir grüßen?«

»Ja, das wäre schön.« Sie lächelte verlegen, als wäre das noch nicht die ganze Bitte.

»Ich habe ihn schon zum Skatabend eingeladen«, kam er ihr zuvor, »ich wusste, du wärst auch dafür, aber er …«

»Wir haben ihn damals hängen lassen.«

»Trudi, er wollte Berger und mich in diese Schmiergeldaffäre mit hineinziehen.«

»Er hatte eine schwierige Zeit.«

»Damit kannst du nicht alles erklären.«

Sie nickte bekümmert.

»Stimmt es, dass du nicht wirklich gesehen hast, wie Norbert sich auf diesen Hempler geworfen hat?« Trudi schaute ihn besorgt an, ohne dass es ihr peinlich zu sein schien, dass sie etwas wusste, was sie nur von Fünfundvierzig wissen konnte. Er würde seinen Kollegen am nächsten Tag dafür zur Rechenschaft ziehen müssen. Wie kam er dazu, Trudi etwas über ihre Ermittlungen zu erzählen?

»Wir werden herausfinden, wem die Waffe gehört und wer damit geschossen hat. Und vielleicht werden wir wieder alle zusammen bei dir in der Küche sitzen und Skat spielen. Aber vielleicht auch nicht.«

Trudi nahm das offenbar nicht als Zurechtweisung, auch wenn er es so gemeint hatte. Wahrscheinlich machte das genau ihre Freundschaft aus. Sie nahm nie etwas persönlich.

»Uwe hat nicht geplaudert. Ich habe nur gemerkt, dass er sich Sorgen macht, da habe ich ein bisschen nachgebohrt. Den Rest habe ich mir selbst zusammengereimt. Wozu ist denn eine Ehe da, wenn man die Sorgen des anderen nicht teilt?«

Maiendörfer nickte beschämt, wahrscheinlich war das ja genau der Punkt, warum ihm die Frauen immer davonliefen.

»Wie gehst du denn damit um, dass dein ehemals bester Freund vielleicht ein Amokläufer ist? Das muss dich doch wahnsinnig machen.«

Sie hatte das sehr leise und ohne die Spur eines Vorwurfs gesagt. Sie schien das wirklich von ihm wissen zu wollen, so von Freund zu Freund, und Maiendörfer merkte plötzlich, wie sich in seinem Hals ein Kloß bildete, der ihm die Luft nahm und den er am liebsten hier vor ihren Augen auf den Parkplatz gekotzt hätte. Wo sonst hätte er seine Sorgen auch abladen sollen? Und da machte Trudi schon einen Schritt auf ihn zu, schlang ihre Arme um seinen Rücken und legte ihren Kopf an seiner Brust ab. Maiendörfer beugte sich ihr instinktiv entgegen und legte ihr ebenfalls die Arme um den Rücken, als wären sie ein Liebespaar, das sich zum Abschied noch einmal umarmte. Leider hatte er nur einen Moment Zeit, ihren Kopf an seiner Brust zu spüren und den Geruch ihrer Haare wahrzunehmen, der ihn an etwas oder an jemanden erinnerte. Noch bevor er sich überhaupt fragen konnte, an was oder wen, ging vor ihm ein Licht an, und er riss die Augen, die er gerade über Trudis Kopf geschlossen hielt, auf, um sie gleich wieder zu schließen. Ein Kamerateam, schoss es ihm durch den Kopf, dann kamen auch schon die Fragen.

»Herr Maiendörfer? Können Sie uns erklären, warum Sie auf der Pressekonferenz verschwiegen haben, dass Norbert Fröhlich nicht nur ein ehemaliger Polizeibeamter ist, sondern früher auch Ihr Partner war?«

Er starrte in die Kamera, ein kaltes gläsernes Auge, in dem er sich selbst mit Trudi in einer Umarmung sah. Dann erst nahm er hinter dem Kameramann einen zweiten Mann wahr. Der musste die Frage gestellt haben, und irgendwo war da noch jemand, der ihm aus der Dunkelheit ein Mikrofon an einer Teleskopstange direkt über seinen Kopf hielt. Wo in aller Welt waren die hergekommen, wer hatte sie auf den Parkplatz gelassen, und vor allem, was hatten sie von dem Gespräch mit Trudi mitbekommen oder gar aufgezeichnet?

»Ruf mich an, ja?« Sie hatte sich aus der Umarmung gelöst – er selbst wäre dazu wohl kaum fähig gewesen – und ging nun über den Parkplatz davon. Er blickte ihr benommen nach, betrachtete ihre gut geformten Waden und ihren Dienstrock, wie er sich bei jedem Schritt, den sie sich entfernte, straff um ihren Hintern spannte; wie sich der kleine Schlitz im Saum spreizte und den Blick auf ihre hübschen Kniekehlen freigab. Maiendörfer stand im Scheinwerferlicht und konnte seinen Blick einfach nicht von Trudis Waden lösen, als ginge es in diesem Moment nur darum oder als könnte er allein durch das Betrachten von Trudis Waden Zeit für eine Antwort gewinnen.

***

Fröhlich stellte das Radio lauter und ging ins Bad, wo die Waffe immer noch vor dem Badeofen lag. Als wäre sie eine gefährliche Schlange, angelte er, den Arm weit von sich gestreckt, mit dem Schürhaken danach und schob sie wieder unter den Badeofen. Er kippte das kalt gewordene Wischwasser in die Badewanne und setzte in der Küche neues Wasser auf. Während er darauf wartete, dass das Wasser heiß wurde, aß er eine Stulle und musste über einen Beitrag im Radio grinsen, in dem es um die Vermittlung von Jobs durch das Arbeitsamt ging. An dessen Ende hieß es: »Besuchen Sie uns auf der Seite: Wewewe Arbeitsagentur minus Arbeit de.«

Der Redakteur des Senders, der für den Beitrag verantwortlich war, musste sich darüber ebenso gefreut haben wie Fröhlich, jedenfalls spielte er gleich hinterher einen alten Rundfunkspot, den der Sender vor Jahren mit viel Erfolg gesendet hatte. Darin antwortete ein eindeutig als Ossi erkennbarer Hotte auf die muntere Frage eines Bekannten, wie es ihm denn gehe, in lahmem sächsischen Singsang: »Das war meine Arbeit, das war mein Haus, das war mein Auto, und das war meine Frau.« Dazu hörte man wie in einem noch älteren berühmten Fernsehspot, der der zynischen Hörversion offenbar als Vorlage gedient hatte, wie dieser Hotte Fotos von den jeweiligen Dingen auf den Tisch knallte. Zum Lachen war das nicht, jedoch ein pointierter Abschluss, dachte Fröhlich und trug den Müll hinaus.

Als er wieder in die Küche kam, hörte er plötzlich seinen Namen in den Nachrichten:

»… ist nicht der unbescholtene Hartz-IV-Empfänger, wie bisher angenommen wurde. Die Polizei hat heute eingestanden, dass sie ganz bewusst Norbert Fröhlichs Werdegang bis hin zum

Hartz-IV-Empfänger unerwähnt ließ. Auch heute sei sie noch der Meinung, dass Fröhlichs mutiges Handeln im Jobcenter nichts mit seiner Vergangenheit zu tun habe. Fröhlich hatte vor drei Tagen einen Amokläufer im Jobcenter Mitte überwinden können und ihn dabei erschossen. Inzwischen wurde jedoch bekannt, dass Norbert Fröhlich ein wegen einer Schmiergeldaffäre in Unehren entlassener Polizist ist. Durch seine Ausbildung bei der Polizei war er auf die Lösung von Konfliktsituationen wie der im Jobcenter Mitte trainiert. Es sei nicht auszuschließen, dass er den Amokläufer Klaus Hempler möglicherweise in voller Absicht erschossen hat und nicht, wie ehedem dargestellt, aus Versehen beziehungsweise in Notwehr. Sollten sich die Indizien dafür erhärten, habe Norbert Fröhlich mit einer Anklage wegen Totschlags zu rechnen, wie der Anwalt einer Angehörigen des Amokläufers ankündigte …«

Er stand wie benommen da. Erst als der Wasserkessel zu pfeifen begann, riss ihn das schließlich aus seinen Gedanken. Er nahm den Kessel vom Herd, goss aber das heiße Wasser nicht in den Wischeimer, sondern stellte ihn nur zur Seite. Sie wollten ihn wegen Totschlags anklagen? Weil er diesen Hempler, der ihn umbringen wollte, erschossen hatte?

Nur kurz ließ er den Gedanken zu, dass er vielleicht nicht nur Hempler erschossen hatte. Das konnte er nicht wissen, also durfte er an diese Möglichkeit auch nicht denken. Allgemein hielt man ihn noch immer für den Überwinder des Amokläufers, das musste er im Blick behalten. Also, wie kaputt musste ein Rechtssystem sein, das einen Mann, der sich einem Mörder in den Weg stellte, um sein eigenes und noch weitere Leben zu retten, dafür auch noch anklagte und vielleicht sogar rechtskräftig bestrafte? Wie absurd war nur diese Welt, und musste man da nicht ausrasten?!

Was Fröhlich allerdings weit mehr Sorgen bereitete, war, was Stefanie nun über ihn denken würde. Er hatte ihr erzählt, dass er freiwillig den Polizeidienst verlassen hatte, weil er lieber mit Menschen hatte arbeiten wollen, als am Schreibtisch zu sitzen und Dienstpläne zu schreiben. Er stand doch nun in ihren Augen wie ein Lügner da. Dabei hatte er nur zu einer Hilfslüge gegriffen, um sich bei ihr nicht gleich aus dem Spiel zu bringen. Er hätte das schon noch alles aufgeklärt, das musste sie ihm einfach glauben.

Und das würde sie ihm auch glauben. Jedenfalls wenn er sie jetzt gleich anrief und ihr alles gestand. Stefanie war eine, die verstand, warum man ab und zu die Wahrheit etwas verbiegen musste. Sie wusste wie er, dass Gerechtigkeit oft sehr lange auf sich warten ließ, manchmal bis über den Tod hinaus, und dass man Menschen nicht nur nach ihren Taten beurteilen sollte, sondern dass es da etwas anderes zwischen zwei Menschen geben konnte, etwas, das über alles hinausging und alles andere relativierte.

Er ging in den Flur und durchwühlte die Taschen seiner Lederjacke nach Stefanies Visitenkarte. Er fand sie in seinem Portemonnaie über das Bild von Magda geschoben. Auf der Rückseite hatte Stefanie in einer fein säuberlichen Handschrift ihre Privatnummer notiert, und plötzlich kamen ihm Zweifel, ob zwischen diesen ordentlichen Zahlen ein so chaotisches Leben wie seines überhaupt einen Platz haben könnte. Ob es nicht ihre fein säuberliche Ordnung, ihr ganzes Leben zerstören würde.

Er beschloss, es trotzdem zu wagen. Schweigen sei viel schlimmer, hatte Magda damals gesagt, als er ihr die Sache mit dem Schmiergeld so lange verschwiegen hatte. Schweigen schließe gegenseitiges Vertrauen aus. Und er wollte Stefanie vertrauen. Und ihr sein Vertrauen beweisen, indem er ihr alles erzählen würde. Aber was er heute über sich herausgefunden hatte, würde er vorerst für sich behalten. Erst musste er ihr verständlich machen, warum er ihr auf dem Dampfer dieses Märchen über seine Quittierung des Polizeidienstes aufgetischt hatte.

Er nahm erneut den Hörer in die Hand und verlor sofort wieder den Mut. Bestimmt würde Stefanie sofort auflegen, wenn sie seinen Namen hörte. Doch vielleicht hatte sie, redete er sich gut zu, gar keine Zeit gehabt, die Nachrichten zu hören oder Fernsehen zu schauen. Wo zurzeit wahrscheinlich mehrere Beiträge über ihn, den ehemaligen Polizisten, liefen, der diesen Hempler kaltblütig erschossen hatte. Ganz sicher hatte Stefanie nichts davon mitbekommen, für sie war er immer noch der Held, der sich dem Peiniger ihres Bruders entgegengestellt und Jahre zuvor den Polizeidienst verlassen hatte, um den Menschen näher zu sein.

Dann aber fiel ihm der Nachbarsjunge auf der Straße ein, der ihn, die Hand zur Pistole geformt, auf dem Nachhauseweg mit seinem »Peng, Peng!« erschreckt hatte. Bestimmt hatte sich der Junge auf die Information bezogen, dass Fröhlich ein ehemaliger Polizist war. Das hieß, dass diese Neuigkeit schon seit dem frühen Nachmittag in den Nachrichten gewesen sein musste. Stefanie musste sie nicht einmal selbst gehört haben. Irgendeiner ihrer Kollegen an Bord oder ihr Vater hatten ganz sicher davon gehört und es ihr längst gesteckt. Und nun saß die enttäuschte Stefanie vielleicht zu Hause und wartete auf eine Erklärung von ihm oder würde vielleicht, nachdem sie ihm genügend Zeit eingeräumt hatte, um sich zu erklären, nun selbst zum Hörer greifen und ihn fragen, was er für ein Spiel mit ihr trieb und wozu er ihr solche Märchen auftischte. Fröhlich würde kaum etwas erklären können, sondern wäre in der allerungünstigsten Position, sich nur noch verteidigen zu können.

Plötzlich hatte er es sehr eilig, Stefanies Nummer zu wählen, denn er wollte ihr unbedingt zuvorkommen und sich nicht verteidigen müssen. Aber dann war da nur dieses Freizeichen, niemand nahm ab, auch nach dem achten Klingeln nicht. Stefanie war nicht zu Hause, also würde sie wohl auf der Intensivstation bei ihrem Bruder sein und Nachtwache halten. Am Tage war sie freundlich zu ihren Touristen, in der Nacht pflegte sie ihren Bruder. Wie stand sie das nur durch? Und wie würde sie auch noch das verkraften, was er ihr zu sagen hatte? Er nahm seine Jacke, machte sich nicht einmal die Mühe, das Licht zu löschen, und verließ die Wohnung.

***

Maiendörfer versuchte, sich zu Hause bei einem Ingwertee auf Stübners Computerausdrucke zu konzentrieren. Er hatte sich seinen Lesesessel vors Fenster auf der Westseite gestellt und konnte, wenn er von seinen Papieren aufschaute, direkt in die gegenüberliegenden Fenster einer jungen Familie sehen. Die Eltern brachten gerade ihre zwei kleinen Kinder, einen Jungen und ein Mädchen, zu Bett. Doch das war es nicht, was ihn ablenkte. Immer wieder musste er an das überfallartige Interview auf dem Parkplatz denken. Trotz seiner Überraschung hatte er gegenüber diesem Journalisten, Clemens Binder, klar seinen Standpunkt vertreten: Dass Fröhlich früher Polizist gewesen war, hatte nichts damit zu tun, dass er sich dem Amokläufer entgegengestellt und bezwungen hatte. Natürlich wusste Fröhlich als ehemaliger Polizist sich in solchen Situationen theoretisch besser zu verhalten als jeder andere Mensch, der zufällig in so etwas hineingeriet. Aber erstens war Fröhlich seit über fünf Jahren nicht mehr Polizist, auch ihn musste die Situation überrascht haben. Zweitens zeigte die Erfahrung, dass auch gut geschulte Polizisten in außerordentlichen Stressmomenten wie ganz normale Menschen reagierten. Wenn sie ohne jede Vorwarnung einem zu allem bereiten Täter gegenüberstanden, half ihnen auch ihre Ausbildung nicht weiter. Fröhlich wegen seiner ehemaligen Polizeizugehörigkeit einen kaltschnäuzigen Umgang mit dem Täter vorzuwerfen, war einfach absurd und mit zweierlei Maß gemessen. Fröhlich hatte, wenn er denn nicht der Amokläufer war, wovon Maiendörfer immer noch ausging, nur sein eigenes Leben retten wollen. Und wäre die Situation vielleicht eine andere, eine nicht so unübersichtliche gewesen, dann hätte Norbert alles dafür getan, dass Hempler jetzt noch lebte. Davon war er felsenfest überzeugt, auch wenn der normale Bürger und speziell Medienleute unter den Polizisten immer Männer vermuteten, die nur deshalb zur Polizei gegangen waren, um als Kompensation für ihre Minderwertigkeitsgefühle eine Waffe tragen zu dürfen. Vielleicht war das ja auch früher mal so gewesen, aber heute würden solche Kandidaten gleich zu Beginn ihrer Ausbildung durch die psychologischen Tests rasseln. Die Polizei nahm heute längst nicht mehr jeden. Und dass es Zufall war, ob man Krimineller oder Polizist wurde, war ein Klischee, das mit der heutigen Realität nichts zu tun hatte.

Maiendörfer sah, dass das Licht im Kinderzimmer der gegenüberliegenden Wohnung bereits gelöscht war. Es war zehn vor acht. Gleich würde eines der Kinder da drüben aus seinem Bett springen, die Tür einen Spalt öffnen, sodass er von hier aus seinen zwergenhaften Umriss im Lichtschein des Flurs sehen konnte. Und die Mutter oder der Vater, je nachdem, wer von ihnen heute Abend für den Job des Zubettbringens zuständig war, würde den Kindern noch einmal etwas zu trinken bringen, sich noch einmal kurz zu ihnen ans Bett setzen, die Mutter würde ein Lied singen, der Vater eine Geschichte erzählen, jedenfalls sah das immer so aus, und dann würde sich das Spiel noch ein-, zweimal wiederholen bis ungefähr um neun. Dann erst würden die Kinder und wohl auch die Eltern so erschöpft sein, dass sie alle schlafen konnten. Maiendörfers Eltern hatten für solche Spielchen früher nie Verständnis gezeigt. Da wurde um sieben das Licht ausgemacht und blieb aus. Danach noch etwas zu trinken und dann natürlich noch mal aufs Klo zu gehen oder gar ein Nachtlicht anzulassen, wie es die Kinder dort drüben durften, war schon gar nicht erlaubt gewesen.

Jetzt war es zwei Minuten vor acht. Maiendörfer blätterte noch einmal lustlos Stübners Computerausdrucke durch und blieb an Wortkonstruktionen wie Dissoziation, Intrusion, Depersonalisations- und Derealisationszustände hängen. Wollte er das wirklich verstehen? Musste er das verstehen, oder war es nicht Aufgabe der Psychologin, ihm Norberts momentanen Zustand mit etwas einfacheren Worten zu erklären? Überhaupt wollte er doch nur wissen, was Fröhlich Sanna anvertraut hatte, als sie allein mit ihm auf der Etage war, also ob er ihnen im Jobcenter etwas vorgemacht hatte, weil er in Wirklichkeit der Amokläufer war.

Die Minuten verstrichen nur langsam. Auf keinen Fall wollte er den Eindruck erwecken, dass er neben dem Telefon saß und nur darauf wartete, Sanna anrufen zu können. Lieber würde er noch ein paar Minuten verstreichen lassen. Schließlich war das ein ganz normales berufliches Telefonat.

Drüben in der gegenüberliegenden Wohnung erschien die Silhouette eines der Kinder im Spalt der geöffneten Tür, genau wie Maiendörfer es vorausgesehen hatte. Nicht voraussagen konnte er dagegen, wie Sanna Jacobsen gleich auf ihn reagieren würde. Kühl und noch immer aggressiv, weil er ihrer Meinung nach Fröhlich zu sehr drangsaliert hatte, oder einfach nur professionell freundlich, also so, wie sie jedem begegnen würde, wenn er mit einer Fachfrage zu ihr kam? Als er sie um zehn nach acht endlich anrief und sie ihren Namen sagte, klang sie professionell freundlich und gleichzeitig kühl und distanziert.

»Hauptkommissar Maiendörfer«, erwiderte er und ärgerte sich sofort, ebenso professionell und distanziert zu klingen. Vielleicht sollte er sich besser für sein Benehmen im Jobcenter entschuldigen, auch wenn es nichts zu entschuldigen gab – Gruner hatte

Fröhlich in die Enge getrieben, nicht er –, aber da kam sie ihm schon zuvor.

»Vielleicht sollte ich mich erst einmal dafür entschuldigen, dass ich Sie so angeraunzt habe. Es war nicht Ihre Schuld. Und selbst wenn, es hat ja bei Norbert Fröhlich etwas ausgelöst, nur hätten Sie nicht weitergehen dürfen …«

»Das hätte ich auf keinen Fall getan«, versicherte Maiendörfer und wusste plötzlich nicht weiter. Sollte er gleich nach Fröhlichs Zustand fragen oder sich erst einmal nach ihrem Tag erkundigen?

»Haben Sie schon was gegessen?«

»Was?«

»Ob Sie schon zu Abend gegessen haben?«, wiederholte sie, als wäre er schwerhörig. »Ich bin gerade erst rein, und in meinem Kühlschrank gibt es nur noch Licht.«

Auch wenn er es einen Moment bedauerte, seinen Parkplatz direkt vor dem Haus aufgeben zu müssen, war er sofort bereit gewesen, Sanna Jacobsen zum Essen auszuführen. Er hatte seinen neuen Anzug angezogen und die gesamte Fahrt nach Charlottenburg überlegt, in welches seiner Lieblingsrestaurants er sie führen konnte. Sicherheitshalber hatte er unterwegs auch noch Geld abgehoben, aber dann wollte Sanna sich in entspannter Atmosphäre unterhalten und zu ihrem Lieblingslibanesen am Stuttgarter Platz. Und da saßen sie nun bei einem gemeinsamen großen Falafelteller, tunkten abwechselnd ihr Brot in die Sesamsoße, und er fand es überhaupt nicht entspannend, auf einem Holzstuhl unter all den Studenten zu sitzen, während sein neuer Anzug die Küchendünste der libanesischen Kochkunst in sich aufsog. Er würde den Anzug gleich morgen in die Reinigung bringen, beschloss er schließlich für sich im Stillen und konnte sich endlich auf Sanna konzentrieren. Deren anfängliche Abgespanntheit war nach dem ersten, zugegebenermaßen guten Tee, in den sie Unmengen von Zucker geschüttet hatte, verflogen. Schlicht in Jeans, Pulli mit V-Ausschnitt und ärmelloser Felljoppe gekleidet, wirkte sie selbst eher wie eine Studentin als wie eine promovierte Psychologin, die ihm gleich im feinsten Fachchinesisch auseinandersetzen würde, wie er Fröhlichs Zusammenbruch am Nachmittag zu verstehen hatte. Deshalb versuchte er es erst einmal mit einer einfachen Frage:

»Können Sie mir sagen, was Fröhlich Ihnen erzählt hat, als Sie heute mit ihm allein waren, oder verbietet Ihnen das Ihre Schweigepflicht?«

Sanna lächelte und legte ein Falafelbällchen, von dem sie gerade abbeißen wollte, wieder auf dem Teller ab. »Meine Schweigepflicht verbietet es mir, aber da Fröhlich nichts erzählt hat, kann ich Ihnen zumindest das sagen.«

»Wie meinen Sie das: Er hat nichts erzählt? Was haben Sie denn die ganze Zeit mit ihm dadrinnen gemacht?«

»Händchen gehalten. Ihn getröstet.«

»Aber er muss doch etwas gesagt haben.«

Sanna schüttelte den Kopf und schob sich das Falafelbällchen in einem Stück in den Mund. Maiendörfer war gezwungen, ihr beim Kauen zuzusehen und abzuwarten.

»'tschuldigung«, sagte sie und schluckte noch einmal, dann war sie bereit, es ihm zu erklären. »Fröhlich kann sich an nichts erinnern. Er weiß noch, dass er diese Frau gerempelt hat, dann weiß er nichts mehr. Nicht mal, wen er gesehen hat, als er die Tür zur Etage aufstieß.«

»Und das glauben Sie ihm?« Er war entsetzt, wie schnell sich die angeblich professionelle Psychologin von Fröhlich einwickeln ließ.

»Sein Zusammenbruch heute Nachmittag war echt. Herzrasen und einen Schweißausbruch kann man nicht simulieren. Das sind Abwehrreaktionen des Körpers, um die Erinnerung nicht hochkommen zu lassen. Seine erste Erinnerung danach ist übrigens Ihr Gesicht über ihm.« Sie grinste, legte ihren Kopf schief und schaute ihn von halb unten an, als wollte sie sich in Fröhlichs Lage versetzen.

In seiner Hose begann es zu kribbeln. Erregte ihn jetzt etwa schon ein bloßer Blick? Er legte eilig das rechte über das linke Bein und versuchte sich abzulenken. »Moment, aber er hat doch gesagt …« Er überlegte, was ihm Fröhlich eigentlich zur Tat erzählt hatte, kam aber nicht drauf.

»Alles, was er über den Amoklauf weiß, weiß er aus den Medien und von anderen, wie Ihnen zum Beispiel, die ihm davon erzählt haben, was er getan hat. Aber er selbst weiß nichts.«

»Und was heißt das jetzt für meine Ermittlungen? Ist nun Fröhlich der Amokläufer oder der, der sich auf ihn gestürzt hat?«

»Das kann ich Ihnen nicht sagen, noch nicht. Beides ist möglich, da die Symptome für ein erlittenes Psychotrauma und für eine Abspaltung im Grunde sehr ähnlich sind. In beiden Fällen geht es um Vermeidung von Erinnerungen an die schreckliche Tat. Entweder aus der Sicht des Opfers oder der des Täters.«

Er musste gerade ziemlich verständnislos dreingeblickt haben, denn Sanna fuhr in einem etwas schulmeisterlichen Ton fort: »Ich versuche, es Ihnen mal ohne die vielen Fremdwörter zu erklären.« Während sie redete, teilte sie das dritte Spinatröllchen mit den Fingern in zwei Hälften. »Also die erste Möglichkeit wäre: Fröhlich ist nicht der Amokläufer und hat ein Psychotrauma, das heißt, er hat vor drei Tagen einen Schock erlitten, den würde fast jeder in solch einer Situation erleiden.«

Maiendörfer nickte und griff nach dem halben Spinatröllchen, das Sanna ihm zuschob. »Und was ist, wenn er doch der Amokläufer ist?« Das Spinatröllchen war ziemlich trocken, stellte er beim Reinbeißen fest, obendrein erinnerte ihn der Geschmack an peinvolle Stunden seiner Kindheit, als er immer essen musste, was auf den Tisch kam.

»Lassen Sie uns erst die erste Möglichkeit durchspielen, damit Sie sehen, was Sie von mir verlangen.« Sanna Jacobsen lächelte entschuldigend, fuhr dann aber fort: »Unter einem Psychotrauma versteht man einen Schock im Sinne einer seelischen Erschütterung. Ausgelöst wird es durch ein belastendes Ereignis oder durch eine Situation außergewöhnlicher Bedrohung oder katastrophalen Ausmaßes, kurz oder lang anhaltend, die – und das ist wichtig – bei fast jedem eine tiefe Erschütterung hervorrufen würde.« Sanna Jacobsen holte Luft und lächelte. »Das war die wortgetreue Definition der Weltgesundheitsorganisation.«

»Und dazu kann man neben Folterung, sexuellen Missbrauch, körperliche Gewalt, Entführung, Geiselnahme, Krieg und Naturkatastrophen auch einen Amoklauf zählen«, sagte Maiendörfer. Das hatte er jedenfalls auf der ersten Seite von Stübners Computerausdrucken gelesen.

»Ja, richtig. Die Reaktion des Körpers in solch einer Situation sieht zunächst so aus: Die Bauchmuskeln spannen sich reflexhaft an, ebenso die ganze Rücken- und Nackenmuskulatur. Die Nebennieren schütten haufenweise Adrenalin aus, der Puls schnellt hoch, das Gesicht rötet sich, die Hände werden schweißnass. Das Gehirn meldet ›Gefahr!‹ und versetzt den Körper in maximale Reaktionsbereitschaft: Kampf oder Flucht. Das läuft in uns ganz ohne einen Gedanken ab, diesbezüglich sind wir Menschen immer noch Tiere. Das heißt, bevor wir überhaupt einen Gedanken fassen oder die Situation mit Worten einschätzen können, hat unser Körper auf Überlebensreaktionen umgeschaltet. Aber traumatisierend wirkt ein Ereignis erst dann, wenn die natürlichen Reaktionsmöglichkeiten Kampf oder Flucht unmöglich sind. Entsprechend findet sich im Kern jeder Traumatisierung die Erfahrung völliger Ohnmacht und Hilflosigkeit. Im Tierreich ist diese Erfahrung des ›inescapable shock‹ lebensgefährlich. Das lässt sich tierexperimentell nachweisen, und viele Jäger haben es auch schon beobachtet. Wenn etwa ein Kaninchen von einem Raubvogel angegriffen wird und nicht mehr fliehen kann, dann kann es passieren, dass das Tier tot ist, bevor der Vogel es erreicht. Das geht über den Totstellreflex als Überlebensversuch hinaus. Im Tierreich können Tiere sterben, um die Qual des Getötetwerdens nicht zu erleiden. Es ist nur ein Vergleich, natürlich kein Beweis, wir Menschen haben andere Strategien zur Verfügung. Unser Bewusstsein blendet diese Erfahrung, die wir so schnell nicht verarbeiten konnten, später einfach aus, vergräbt sie tief in uns, damit sie uns nicht mehr belastet. Einfach gesagt: Wir spalten die Erfahrung von uns ab.«

»Wir vergessen sie einfach.« Maiendörfer war froh, dass er sich nicht durch den Wust von Fremdwörtern gearbeitet hatte. Sanna erklärte das richtig gut.

»Das könnte alles auf Fröhlichs jetzigen Zustand zutreffen, wenn da nicht Ihr Verdacht wäre, dass er auch der Amokläufer sein könnte.«

»Ich bin nicht wirklich davon überzeugt. Wie gesagt, ich kenne Fröhlich seit fast dreißig Jahren. Ich kann es mir einfach nicht vorstellen, aber wenn ein Verdacht da ist, muss ich ihm nachgehen.«

»Also spielen wir die andere Möglichkeit durch: Fröhlich ist der Amokläufer. Irgendetwas hat ihn zu dieser Tat gebracht, und wahrscheinlich hatte er wie die meisten Amokläufer vor, sich danach das Leben zu nehmen. Aber dann kommt etwas dazwischen, jemand tritt ihm in den Weg.«

»Fröhlich erleidet ebenfalls einen Schock, weil er plötzlich selbst einer Lebensbedrohung ausgesetzt ist?«

»Nein, so würde ich das nicht sehen. Aber er erhält plötzlich die Gelegenheit, in seinem Angreifer den guten Menschen zu sehen, der er immer hatte sein wollen. Amokläufer haben oft sehr hohe moralische Ansprüche an sich und an andere – ob diese gerechtfertigt sind oder von der Allgemeinheit geteilt werden, sei mal dahingestellt. Aber genau deshalb kann auch die kleinste Ungerechtigkeit sie so aus der Fassung bringen, dass sie Amok laufen. Ihre hohen moralischen Ansprüche, ihre Allmachtsphantasien machen sie glauben, dazu berechtigt zu sein, über andere Menschen zu richten. Allerdings können sie hinterher schlecht akzeptieren, dass ausgerechnet sie solch ein Blutbad angerichtet haben, dass ausgerechnet sie so vielen unschuldigen Menschen Gewalt angetan haben.« Sanna schaute ihn aufmerksam an, als fragte sie sich, ob er alles verstanden hatte. »Also, in etwa so versuchen sich das die Psychologen zu erklären. Deshalb bringen sich wahrscheinlich die meisten Amokläufer danach um.«

»Nur in diesem Falle konnte sich Fröhlich, wenn er denn der Amokläufer ist, nicht umbringen, weil ihm Hempler entgegentrat«, erwiderte Maiendörfer.

»Und gleichzeitig erhält er durch Sie die Möglichkeit, sich nicht als Täter, sondern als Opfer zu sehen, mehr noch: Sie haben ihn durch Ihre Aussage zu dem guten Menschen gemacht, der er immer sein wollte.«

Er wusste nicht, was er darauf sagen sollte. Dass er Mist gebaut hatte, brauchte er ihr nicht mehr gestehen, das wusste sie schon.

»Nun machen Sie nicht so ein Gesicht. Ich habe mich vielleicht etwas falsch ausgedrückt. Es ist auf keinen Fall Ihre Schuld. Die meisten Amokläufer können sich hinterher an nichts erinnern, wenn sie ihre Tat überleben. Man geht davon aus, dass sie sich deshalb an nichts erinnern, weil eine solche Tat mit ihrem Selbstbild unvereinbar ist. Sie haben diese Abspaltung des Negativen in Fröhlich mit Ihrer Aussage nur nicht hinterher in Frage gestellt, anders als es bei einem noch lebenden Amokläufer durch die Befragung der Polizei geschieht.«

»Also macht uns Fröhlich als Amokläufer etwas vor, indem er sagt, er erinnert sich an nichts?«

»Nein, nein. Sein Zusammenbruch war echt. Es ist sein moralischer Kodex, der ihm sagt, dass er es nicht gewesen sein kann, dass er zu so einer brutalen Tat nicht fähig wäre. Deshalb blendet er alles aus, was damit zu tun hat, oder vermeidet eben, Erinnerungen daran zuzulassen. Das heißt, sein Körper bricht bei einer möglichen Konfrontation mit seinen Erinnerungen einfach zusammen, zeigt also dieselben Symptome wie bei einem Psychotrauma.«

»Und jetzt ist es zu spät, ihm auf dem Kopf zuzusagen, was er getan hat?«

»In gewissem Sinne ja. Auch weil Sie sich nicht sicher sind, dass er es war. Aber als Psychologin und Gesprächstherapeutin habe ich andere Möglichkeiten, um an seine Erinnerungen, wie auch immer die sein werden, heranzukommen. Nur, das braucht Zeit und ist ein hartes Stück Arbeit. Es könnte jedoch sein, dass sich Fröhlich ungewollt an die Situation erinnert: Manchmal genügen da schon bestimmte Gerüche oder einfache Situationen, sogenannte Trigger, die die Flashbacks, also die verschütteten Erinnerungen, auslösen. Die müssen nicht unbedingt etwas mit der Situation als solcher zu tun haben. Deshalb kann Fröhlich die auch kaum vermeiden, aber ob ich oder Sie dann gerade dabei sind, ist fraglich. Und ob Fröhlich uns von seinen zufälligen Erinnerungen erzählt, ist noch fraglicher. Das hängt wohl ganz davon ab, welche Rolle er bei der Tat gespielt hat.«

»Sie meinen, wenn er sich als Amokläufer sieht, wird er es uns nicht erzählen?«

»Das ist wahrscheinlich. Aber was wissen wir schon über Amokläufer?«

Und das war dann auch der Punkt, über den sie noch eine Stunde in dem überfüllten kleinen Laden bei noch mehr Tee diskutierten: Sanna Jacobsen und, wie sie sagte, die Fachwelt wussten kaum wirklich Konkretes über das Verhalten von Amokschützen, da die sich fast immer durch Selbsttötung der Verantwortung entzogen. Das machte es auch so schwer, hinterher herauszufinden, was zum Amoklauf geführt hatte. Die Psychologen und Sozialwissenschaftler konnten sich hinterher ja nur auf die Aussagen von Bekannten und Verwandten der Amokläufer stützen, die, je nachdem, ob sie dem Täter vorher positiv oder negativ zugetan waren, auch dementsprechend positiv oder negativ ausfielen. Wie sollte man da Prophylaxe betreiben? Ähnlich wie bei Mördern wusste man nie, wer zum Amokläufer geboren war. Ob überhaupt jemand eher dazu neigen konnte als andere. Vielleicht war es nur eine kleinere Demütigung in einer Reihe von ähnlichen, aber bis dahin von dem späteren Amokläufer gut verkrafteten Demütigungen, die das Fass endgültig zum Überlaufen brachte? Aber auch die Erziehung, der Charakter und, nach neuesten Vermutungen, ein zu niedriger Serotoninspiegel könnten darauf Einfluss haben, ob jemand irgendwann Amok lief oder nicht. »Manch einer würde sich jedenfalls nicht einmal besaufen«, meinte Sanna abschließend, »für das, was einen anderen Amok laufen lässt.«

Anschließend hatte Maiendörfer Sanna noch bis vor ihr Haus gebracht, den vorgeschlagenen »Absacker« aber abgelehnt. Angesichts der Dringlichkeit, endlich Klarheit über Fröhlichs Rolle bei der Tat zu bekommen, wollte er sich intensiv und sofort um die Herkunft der Waffe bemühen. Die Antwort auf die Herkunftsfrage würde auch die Frage beantworten, wer im Jobcenter all die unschuldigen Menschen erschossen hatte.

Aber es gab noch eine andere Möglichkeit, die Täterschaft zu klären. Kurz nachdem Maiendörfer wieder zu Hause war, wählte er die Nummer des Krankenhauses und ließ sich die Intensivstation geben. Schwester Evelin hatte immer noch Dienst und machte all seine Hoffnungen zunichte.

»Es ist unwahrscheinlich, dass Jan Kleinert in den nächsten Tagen aus dem Koma geholt wird. Er schwebt noch immer in Lebensgefahr. Durchaus möglich, dass er nicht mehr erwacht, selbst wenn man ihn aus dem künstlichen Koma holt. Wir versuchen bereits, seine Angehörigen mit dem Thema Organspende vertraut zu machen, bisher sind sie aber noch nicht darauf eingegangen. Vater und

Schwester glauben, dass wir ihn bald aus dem Koma holen und dass dann alles gut wird.«

Also blieb ihnen doch nur die Waffe, um den Täter festzustellen, dachte Maiendörfer. Gleichzeitig empfand er Mitleid mit der jungen blonden Frau, die wegen ihres Bruders so verzweifelt gewesen war. Jetzt mussten sie und ihr Vater auch noch entscheiden, wann er sterben und ob sein Tod noch jemandem Nutzen bringen sollte. Was muteten die Ärzte den Angehörigen da nur zu?

Er gab Schwester Evelin seine Handynummer für den Fall, dass sich Jan Kleinerts Zustand doch noch bessern sollte. Sie schrieb sie auf, aber er hatte das Gefühl, dass sie ihm nur einen Gefallen tat. Auch sie hatte Jan Kleinert längst abgeschrieben.

SECHS

Als Fröhlich auf das Krankenhaus zulief, sah er schon von Weitem den alten Mann in seinem schäbigen Bademantel davorstehen, der ihm vor ein paar Tagen Feuer gegeben hatte. In Fröhlichs Brusttasche steckte immer noch die Packung Zigaretten, die er bis zu diesem Moment völlig vergessen hatte. Fröhlich beschloss, ein gutes Werk zu tun und dem Alten seine Kippen zu schenken. Der bedankte sich mit einem überraschten Husten, was er aber der schlechten Berliner Luft zuschrieb und erneut dem Umstand, wie ein Schuljunge heimlich in der krank machenden Kälte eine durchziehen zu müssen.

Im Krankenhaus herrschte bereits Nachtruhe, obwohl es erst einundzwanzig Uhr war. Fröhlich ging ungesehen die große Treppe zur Intensivstation hinauf und hörte eine bekannte Stimme lachen. Schwester Evelin hatte offensichtlich wieder Nachtdienst und telefonierte mit dem Oberarzt, sang mit ihrer giggelnden Stimme die Patienten in den Schlaf.

Er bog nach links zur Intensivstation ab, wo das Piepen der Monitore lauter wurde, als er durch die Tür ging. Noch einmal überlegte er sich, was er Stefanie gleich sagen wollte, und hoffte nur, dass sie noch nicht die neuesten Nachrichten über ihn gehört hatte.

Doch als er sich dem Zimmer von Stefanies Bruder näherte, hörte er plötzlich die Stimme von Stefanies Vater. Er war also auch da, das würde es ihm erschweren, an Stefanie heranzukommen. Vielleicht konnte er ihr durch die offen stehende Tür einen Wink geben. Dann würde er ja sehen, ob sie sich von ihm abwenden oder zu ihm hinaus auf den Flur kommen würde.

Fröhlich lugte in das Zimmer. Dort saß Stefanies Vater am Bett von Jan und knetete, irgendetwas murmelnd, wahrscheinlich ein Gebet, dessen Hand. Stefanie konnte er nicht sehen, sie musste in dem von ihm nicht einsehbaren toten Winkel hinter der Tür sitzen. Fröhlich beschloss, den Vater in seinem Gebet nicht zu stören, sondern ein wenig zu warten. Vielleicht bis Stefanie sich einen Kaffee holen ging oder der Alte nach Hause musste. In jedem Fall wollte er Stefanie allein sprechen und nicht unter den argwöhnischen Blicken ihres Vaters.

»Wieso hast du denn nicht erzählt, dass deine Firma in Schwierigkeiten war? Ich hätte es doch verstanden, du kannst doch mit allem zu mir kommen …«

Der Alte betete gar nicht, dachte Fröhlich auf dem Gang, stattdessen machte er seinem im Koma liegenden Sohn noch Vorhaltungen.

»Du hast mir früher doch immer alles erzählt, und hab ich da etwa geschimpft?«

Nein, aber du hast ihm gezeigt, wie traurig es dich machte und wie wenig du eigentlich damit zu tun haben wolltest, wenn es nicht so gut lief, dachte Fröhlich. Er konnte sich sehr gut vorstellen, wie Jan für seinen Vater den ganzen Trug von der angeblich florierenden Firma aufrechtzuerhalten versucht hatte, nur damit der weiterhin auf ihn stolz sein und vor aller Welt erzählen konnte, dass es sein Sohn Jan im Gegensatz zu vielen anderen geschafft hatte. Stolz war das Einzige, was dieser Vater seinem Sohn entgegenbringen konnte. Aber was hatte das mit dem Sohn zu tun? Fröhlich war immerhin selbst an seiner Misere schuld, hatte wirklich Mist gebaut, aber solche armen Schweine wie dieser Jan, der wahrscheinlich mit ehrlichem Engagement eine Firma aufgebaut hatte und wie viele andere auch an den derzeitigen wirtschaftlichen Umständen gescheitert war, mussten sich auch noch Vorwürfe gefallen lassen. Sie sollten die Fehler bei sich suchen, auch wenn sie täglich achtzehn Stunden arbeiteten, kein Wochenende freimachten und ihre Arbeit zu Dumpingpreisen anboten. Wenn ihre Firma trotzdem pleiteging, hatten sie eben nicht genug getan, um sie zu retten, hatten nicht den richtigen Instinkt, sich zu verkaufen, oder waren nicht die Persönlichkeit, die Kunden überzeugen konnte. Denn da gab es ja immer die Beispiele, die es unter denselben Bedingungen anscheinend spielend geschafft hatten, die sich trotz mieser Verkaufszahlen den neuen Wagen leisteten, mit der Familie in den Urlaub fuhren oder nur in den besten Restaurants essen gingen. Also musste es an ihnen selbst liegen, dass sie gescheitert waren. Und wenn sie selbst nicht so dachten, dann sorgten Verwandte, Bekannte oder die Öffentlichkeit dafür, dass sie es bald so sahen.

Aus Jans Zimmer kam nun ein Wimmern. Fröhlich schaute hinein und sah, wie der Vater auf der Brust seines Sohnes lag und weinte. Und keine Stefanie stand im Hintergrund auf, um ihn zu trösten. Fröhlich wagte sich einen Schritt vor, um ganz sicherzugehen und in den Bereich hinter der Tür zu schauen. Stefanie war nicht da. Nur, wo war sie dann, wenn sie zu Hause nicht das Telefon abnahm und auch nicht hier bei ihrem Bruder war? Hatte sie vielleicht, als er ins Krankenhaus gekommen war, unten vor dem Automaten der Cafeteria einen Kaffee getrunken? Und sich nicht zu erkennen gegeben, als er an ihr vorbeilief, weil sie ihn wegen seiner Lüge nicht mehr sehen wollte?

Er verließ die Intensivstation und ging vorsichtig und leise die breite Treppe hinunter. Als er sich genauer in dem leeren Foyer umsah, war da niemand. Da war auch kein Kaffeeduft in der Luft von einer kürzlich getrunkenen Tasse Kaffee. Er ging hinaus, um den Alten, dem er seine Zigaretten geschenkt hatte, nach Stefanie zu fragen. Der hatte niemanden gesehen.

Die Straße vor dem Krankenhaus lag verlassen. In den Fenstern der umliegenden Häuser flackerte das kaltblaue Licht der Fernseher und ließ die Straße noch leerer, noch kälter erscheinen, als sie es zu dieser Jahreszeit ohnehin schon war. Es hatte zu nieseln angefangen, aber im Schein der Straßenlaternen sah es fast so aus, als würde es schneien. Kalt genug schien es jedenfalls dafür. Fröhlich schlug den Kragen seiner Jacke hoch und wechselte auf die andere Straßenseite, wo eine Telefonzelle stand. Er kramte Stefanies Karte hervor, wählte ihre Nummer, wartete. Wieder nahm niemand ab, obwohl es erst kurz vor zehn war. Wo steckte sie bloß? Sie konnte doch unmöglich um diese Zeit schon zu Bett gegangen sein und schlafen. Fröhlich hängte wütend ein, starrte einen Moment vor sich hin, bis er das zerfledderte Telefonbuch bemerkte. Er schlug es bei dem Buchstaben K auf und fand zwei Einträge unter Stefanie Kleinert. Hinter einem davon, der eine Straße im Bezirk Tiergarten als Adresse angab, stand die Nummer, die ihm Stefanie gegeben hatte. Das beruhigte ihn sofort, denn es hätte ja sein können, dass Stefanie mit jemandem zusammenwohnte und gar keinen eigenen

Eintrag im Telefonbuch hatte. Fröhlich selbst hatte sich damals unter Magdas Nummer eintragen lassen, damit ihre ehemaligen und neuen Verehrer, wenn sie denn auf die Idee kommen sollten, Magdas Nummer im Telefonbuch zu suchen, sofort sahen, dass sie nun mit ihm zusammenlebte. Da brauchten sie gar nicht erst darüber nachzudenken, ob sie sie treffen könnten. Aus demselben Grund hatte er auch ihren gemeinsamen Anrufbeantworter besprochen und gehofft, das würde zumindest die ernsthaft an Magda Interessierten abschrecken. Dass dem keineswegs so war, hatte er erst viel später einsehen müssen. Aber Stefanie hatte ihren eigenen Eintrag, und dahinter war auch kein anderer Name.

Das hieß aber noch lange nicht, dass sie keinen Freund hatte, durchfuhr es ihn plötzlich, und sofort wählte er Stefanies Nummer erneut. Vielleicht hatten Stefanie und ihr Freund, obwohl sie zusammenwohnten, getrennte Anschlüsse. Oder sie wohnten zwar nicht zusammen, doch sie war in diesem Augenblick bei ihm. Verbrachte die Nacht mit ihm.

Bei Stefanie ging wieder niemand ran, auch kein Anrufbeantworter schaltete sich ein, obwohl Fröhlich es lange genug klingeln ließ.

Bisher hatte er an diese Möglichkeit, dass Stefanie einen Freund hatte, noch überhaupt nicht gedacht. Es war ihm gar nicht in den Sinn gekommen, dass sie neben den Verpflichtungen gegenüber ihrem Vater und ihrem Bruder noch jemand anders verpflichtet sein könnte. Sie hatte auch niemanden in ihren Erzählungen erwähnt oder irgendwann dieses verräterische »wir« benutzt. Fröhlich schlug noch einmal Stefanies Eintrag im Telefonbuch auf und notierte sich die Adresse. Er musste wissen, ob Stefanie allein wohnte, und das jetzt und sofort. Ansonsten würde ja sein ganzes Notlügengeständnis vollends falsch bei ihr ankommen und für ihn äußerst peinlich werden. Ja, aber warum erzählst du mir das denn alles?, würde sie vielleicht erstaunt fragen, und in ihren Augen würden die Einsprengsel ein wenig dunkler als sonst aussehen. Und er würde sagen, weil ich dich liebe und ich dich nicht durch so eine dumme Lüge verlieren will. Und dann würde sie, im Gegensatz zu dem, was er noch vor einer Stunde auf so ein Geständnis von ihr erwartet hätte, nur betreten auf ihre Fußspitzen schauen und umständlich zu erklären beginnen, dass sie ihn ja ganz nett fände und in ihm auch einen wirklich guten Freund sähe, aber dass es da jemanden gäbe, den sie schon seit Langem … Nein, nein, das musste er sich nicht antun. Bevor er sich ihr gegenüber outete, ihr seine Liebe gestand, musste er Klarheit haben.

In der U-Bahn, auf dem Weg zu Stefanies Adresse, hoffte Fröhlich inständig, dass ihm das Klingeltableau an Stefanies Haustür wenigstens die Auskunft geben würde, dass sie allein wohnte. Sie konnte dann zwar trotzdem einen festen Freund haben, aber ein Freund, der nicht bei ihr wohnte, schien ihm im Augenblick ein kleineres Hindernis. Selbst wenn sie ab und zu bei ihm übernachtete oder er bei ihr, würde sie sich eher von ihm trennen können, wenn sie einem anderen, besseren Mann begegnete. So hatte es jedenfalls Magda gehandhabt. Sie hatte auch schon ein Auge auf Maiendörfer geworfen, als sie noch mit ihm zusammen war. Doch kaum war er bei der Polizei abgeschmiert, war sein Rausschmiss spruchreif, ließ sie sich von seinem Expartner trösten.

Stefanie wohnte in einer schmalen, ruhigen Seitenstraße gegenüber dem Kleinen Tiergarten, wo der Lärm von der Turmstraße kaum noch zu hören und der Weg an die Spree nicht weit war. Ihr Haus – ein typischer Bau aus der Gründerzeit, mit hohen Geschossen, Balkonen und Erkern – entsprach genau dem, wie Fröhlich es sich vorgestellt hatte.

Auf ihrem Klingelschild gab es keinen weiteren Namen, und im dritten Stock, wo Stefanie laut dem Klingeltableau wohnte, gab es kein einziges erleuchtetes Fenster. Er drückte trotzdem den Klingelknopf, zweimal lang, dreimal kurz – das allgemeingültige Klingelzeichen für jemanden, der das Recht besaß, um diese Zeit noch zu klingeln, und damit signalisieren wollte, dass es sich um keinen Klingelstreich handelte. Er wiederholte das Ganze drei Mal. Selbst wenn sie bei der ersten Klingelfolge geschlafen hätte, so wäre sie von der dritten Klingelfolge ganz bestimmt wach geworden und hätte über die Sprechanlage gefragt, wer da ist. Er wusste nicht, ob er sich zu erkennen gegeben hätte. Womöglich würde sie es als Zumutung empfinden, sie wegen einer kleinen Notlüge aus dem Bett zu klingeln. Aber er musste die Entscheidung gar nicht treffen. Weder ging in einem der Fenster im dritten Stock das Licht an, noch meldete sich eine Stimme über die Sprechanlage. Sie war nicht zu Hause, das stand für ihn nun fest, und entsprechend näherte sich seine Laune dem absoluten Tiefpunkt. Das konnte ja nur heißen, dass sie bei ihrem Freund schlief. Da stand er nun und musste sich eingestehen, wie dumm und leichtgläubig er gewesen war, wie albern er sich in den letzten Tagen benommen hatte, dass er jede Geste, jedes nette Wort von Stefanie als ein Zeichen ihrer Zuneigung zu ihm gesehen hatte. Wer war er denn schon, dass eine Frau wie sie ausgerechnet auf ihn verfallen sollte? Was hatte er denn schon zu bieten? Er würde nie eine Frau wie Stefanie bekommen, und wenn er ehrlich mit sich war und sie wirklich mochte, dann würde er ihr von solch einem Mann wie ihm auch abraten. Er war derjenige, der ihren Bruder angeschossen, ihn geradewegs ins Koma befördert hatte. Wenn das herauskäme, und es kam ganz bestimmt heraus, wenn erst einmal die Herkunft der Waffe geklärt war, dann würde Stefanie sich sowieso von ihm abwenden und nie wieder etwas mit ihm zu tun haben wollen. Er sollte sich lieber schnellstens verziehen, sich in seiner Wohnung verbarrikadieren und warten, bis ihn Maiendörfer holen kam.

Und Maiendörfer würde ihn holen, es war nur noch eine Frage der Zeit. Je nachdem, wie geschickt sich sein Expartner bei der Waffensuche anstellte. Auch wenn er selbst sich nicht daran erinnern konnte, woher er die Waffe hatte, die anderen würden sich an ihn erinnern, die, die ihm die Waffe besorgt hatten.

Überdies hätte sich Maiendörfer längst fragen müssen, wie dieser Klaus Hempler zu einer Waffe gekommen sein konnte. Laut den Aussagen seiner Nachbarn und seiner Tochter in dem Fernsehbericht war er ein sehr ruhiger, höflicher Mann und ein bis dahin unbescholtener Bürger gewesen. Hempler hätte doch gar nicht wissen können, wie man in dieser Stadt an so eine Waffe gelangte. Im Gegensatz zu ihm, dem Exbullen. Er kannte das Milieu, und das musste irgendwann auch Maiendörfer klar werden. Und dann würde er sich umhören und nachfragen, und schon hätte er ihn.

Er überlegte, wo er hingegangen sein könnte, um sich eine Waffe zu besorgen, und kam auf eine kleine Kneipe am Bahnhof Zoo, wo allerlei Volk aus dem Milieu rumsaß. Da würde er hingehen, wenn er eine Waffe bräuchte, auch wenn er sich nicht daran erinnern konnte, es getan zu haben. Aber was hieß das schon! Er konnte sich in letzter Zeit an so vieles nicht erinnern, auch die Waffe unter dem Badeofen hatte er rein zufällig gefunden. Warum hatte er eigentlich nicht die benutzt, fragte er sich und gab sich auch gleich die Antwort: Er hatte sie entweder komplett vergessen oder ganz bewusst zu Hause gelassen. Der mögliche Grund hierfür war ihm allerdings auch entfallen.

Maiendörfer würde ebenfalls auf die kleine Kneipe am Zoo kommen und sich dort schon bald umhören. Plötzlich kam Fröhlich der Gedanke, dass er ja selbst dorthin gehen konnte und damit nicht nur Maiendörfer zuvorkommen, sondern auch alle Hinweise auf sich verwischen könnte. Fröhlich kannte die Leute in der Kneipe, hatte sich dort schon oft genug umgehört, und die Leute wussten, dass er ein gefallener Bulle war und damit praktisch gesehen eher auf ihrer Seite stand. Sie würden ihn wahrscheinlich mit großer Freude gegenüber Maiendörfer decken. Allerdings wusste Fröhlich nicht, ob sie ihm auch helfen würden, wenn Maiendörfer ihnen erst erzählte, dass der Exbulle vielleicht der Amokläufer war. Amokläufer waren nicht mal im Milieu beliebt.

***

Die Kneipe war gestopft voll, und Maiendörfer schlug eine ekelerregende Geruchsmischung nach feuchten Jacken, Bierdunst und Tabakqualm entgegen. Ja, hier wurde noch geraucht. Er bereute sofort, sich zu Hause noch einmal umgezogen zu haben, wo sein Anzug zum Auslüften auf der Terrasse hing. Doch mit dem Anzug hätte er hier sowieso nicht aufkreuzen dürfen, da hätte er gleich alle Aufmerksamkeit auf sich gezogen. Er hatte etwas Passenderes gewählt: Jeans, Segeltuchparka und eine Wollmütze, unter der er seine auffälligen Haare verstecken konnte. Niemand schien auf ihn zu achten, als er sich einen Platz am Tresen suchte und sich beiläufig umschaute. Er hatte Glück. Pete, von dem er nur wusste, dass er eigentlich Hannes hieß, etwa dreißig war und sich mit kleineren Hehlereien durchschlug, war tatsächlich anwesend und hatte ihn auch schon entdeckt. Die Frau hinterm Tresen schob Maiendörfer ungefragt ein Bier rüber, das er dankend annahm, aber auf dem Weg zur Toilette unberührt auf einem leeren Tisch abstellte. Zwei Minuten später kam Pete nach, kontrollierte die Kabine – was Maiendörfer längst getan hatte –, stellte sich neben ihn ans Pinkelbecken und begann, seine Hose zu öffnen. Maiendörfer holte schon Luft für seine Frage, aber Pete bedeutete Maiendörfer, sich still zu verhalten und es ihm nachzutun. Maiendörfer gehorchte widerwillig und knöpfte seine Jeans auf, mehr würde er um der Konspiration willen auf keinen Fall tun.

»Wo kriegt man so eine Waffe her?« Maiendörfer schob Pete ein Foto von der Tatwaffe zu.

»Kann mich mal umhören«, stieß Pete hastig hervor und ließ das Foto schnell in seiner Jacke verschwinden, während Maiendörfer sich wieder zuknöpfte, auf die Spülung drückte und die Toilette verließ.

Er ging zum Tresen, sein Bier bezahlen. Er war schon dabei, sich zum Ausgang durchzudrängeln, als er im hinteren Bereich der Kneipe plötzlich Fröhlich sah. Der stand gerade von einem Tisch auf und verabschiedete sich von einem Mann, den er nicht kannte. Maiendörfer beeilte sich hinauszukommen, bevor Fröhlich ihn sah, blieb aber gleich im Hauseingang neben der Kneipe stehen und wartete.

Fröhlich brauchte noch zehn Minuten, ehe er auf die Straße trat. Wahrscheinlich musste er sich noch von den anderen verabschieden, dachte Maiendörfer, obwohl die Kneipe von Fröhlichs Wohnung viel zu weit entfernt war, als dass sie seine Stammkneipe hätte sein können. Aus welchem Grund also trieb sich Fröhlich hier in dieser Gegend rum?

Fröhlich ging, als er aus der Kneipe kam, nicht in Richtung Bahnhof Zoo, sondern lief in die entgegengesetzte Richtung davon. Offensichtlich wollte er nicht nach Hause. Maiendörfer wartete noch einen Moment, dann folgte er dem Exkollegen und aktuellem Verdächtigen in gehörigem Abstand. Es war mittlerweile kurz nach eins und so kalt, dass er froh um seine Wollmütze und den dicken Parka war. Niemand sonst war zu sehen, obwohl sie sich ganz in der Nähe des Ku'damms befanden. Maiendörfer konnte nicht nur den Verkehr hören, sondern auch die erleuchteten Taxis in der Ferne sehen, die auf der Suche nach einem letzten verirrten Kneipengänger waren. Wollte sich Fröhlich etwa ein Taxi nehmen, konnte er sich das von seiner Stütze überhaupt leisten? Nein, wohl kaum, und jetzt bog er auch schon links in eine Querstraße ein. Maiendörfer legte einen Schritt zu, kam aber trotzdem kaum hinterher. Um Fröhlich nicht zu verlieren, fing er an zu rennen, ungeachtet der Geräusche, die er dabei verursachte. Dafür bekam er auch gleich die Quittung. Er war noch nicht ganz um die Ecke gebogen, da hatte ihn Fröhlich schon von hinten in den Schwitzkasten genommen.

»Glaubst du immer noch, dass du mich beschatten kannst, Partner?«, zischte ihm Fröhlich ins Ohr und stieß ihn so hart von sich, dass Maiendörfer fast hingeschlagen wäre. Fröhlich war, obwohl viel kleiner, immer der Stärkere von ihnen gewesen.

»Wir sind schon lange keine Partner mehr …«, keuchte Maiendörfer noch außer Atem.

»Sondern?« Fröhlich gab Maiendörfer einen höhnischen Blick, drehte sich um und ging zurück in die Richtung, aus der sie gekommen waren. Er musste ihn bereits in der Kneipe gesehen und gewusst haben, dass auch er ihn gesehen hatte. Wie konnte er sonst ahnen, dass er ihm gefolgt war? »Du benutzt immer noch dasselbe Rasierwasser«, rief Fröhlich ohne sich umzudrehen und hob nur den rechten Arm etwas an, um ihm den Stinkefinger zu zeigen. Maiendörfer schaute ihm zähneknirschend nach. Fröhlich hatte schon immer eine exzellente Nase gehabt. Er erkannte Männer wie Frauen sogar dann noch am Geruch, wenn sie das Parfüm wechselten. Deshalb rauche er auch so viel, hatte er Maiendörfer mal erklärt. Sonst müsste er auch noch jeden einzelnen Hund auf der Straße riechen. Von ihren Hinterlassenschaften mal ganz zu schweigen.

Als Maiendörfer am nächsten Morgen erwachte, hatte er noch die Bilder eines Traumes vor Augen. Die ganze Nacht, so schien es ihm jetzt, und so fühlte er sich auch, war er Fröhlich durch die nächtliche Stadt gefolgt, ohne von ihm bemerkt zu werden. Trotzdem war er unzufrieden, denn sein erklärtes Ziel war es, Fröhlichs »Witterung« aufzunehmen. Er wollte ihn riechen. Doch so nah er ihm auch kam – einmal stand er in einem Irish Pub sogar direkt hinter ihm –, er konnte seine Witterung nicht aufnehmen. Er schnupperte und schnupperte und hatte schon Angst, sich durch dieses Geräusch zu verraten, aber er roch einfach nichts. Dabei würde er doch nur an Fröhlichs Geruch erkennen können, ob er der Amokläufer war oder nicht. Nicht dass er gewusst hätte, wie ein Amokläufer roch, doch sobald er den Geruch erst wahrnähme, würde er Bescheid wissen.

Hieß das, dachte Maiendörfer und schaute über die Terrasse hinaus in einen bleigrauen Himmel, dass Fröhlich nicht der Amokläufer war? Weil er ihn in seinem Traum nicht riechen konnte? Zwei Momente später verbuchte Maiendörfer diese Frage unter zum Traum gehörig, also als Unsinn. Offenbar war er immer noch nicht ganz wach, da konnte nur eine ausgiebige Dusche für Abhilfe sorgen.

Vor dem Badezimmerfenster hing sein neuer Anzug. Er öffnete die Terrassentür und schnupperte daran. Der Geruch war schwächer geworden, aber nicht besser. Seine Nase war gut, und er würde herausbekommen, wer im Jobcenter geschossen hatte: Fröhlich oder Hempler.

Maiendörfer entschied sich, trotz der Kälte das Rad zu nehmen. Damit konnte er den morgendlichen Stau im Viertel umgehen, denn er war spät dran und brauchte sowieso etwas Bewegung. Dass er bei seiner kleinen Verfolgungsjagd mit Fröhlich auch noch aus der Puste gekommen war, war fast genauso peinlich wie die Tatsache, dass sein Exkollege ihn überrumpelt hatte.

Als er mit seinem Fahrrad aus dem Haus kam, glaubte er für einen kurzen Moment in der vorbeifahrenden Straßenbahn Sanna Jacobsen sitzen zu sehen, doch sie war es nicht. Ihre Absacker-Einladung am Abend zuvor hatte ihn erstaunt. Auch wie offen Sanna ihre Enttäuschung darüber, dass er nicht noch mit zu ihr in die Wohnung gehen wollte, gezeigt hatte, statt ihre Einladung nachträglich mit der Weiterführung ihres Fachgespräches zu begründen. Er hätte das wahrscheinlich getan, dachte Maiendörfer und rollte gemächlich den Weinbergsweg entlang der Straßenbahnschienen hinunter.

Auf den Büschen und Bäumen am Weinbergspark sah er Raureif

glitzern, deshalb versuchte er, das Kopfsteinpflaster zu meiden, um nicht ins Schlingern zu geraten. Er könnte Sanna am Abend noch einmal um ein Gespräch bitten, überlegte er und bremste scharf, um zwei rauchende Teenies, die auf dem Weg in die Schule in der Zehdenicker Straße waren, vorbeizulassen. Er könnte behaupten, dass er noch mehr von ihr über Amokläufer hören wollte, um sich ein besseres Bild von ihnen machen zu können. Vielleicht war sie dann auch mit Fröhlich schon etwas weiter. Er könnte sie aber auch fragen, ob sie einfach so mit ihm essen ginge, überlegte er, verwarf den Gedanken aber gleich wieder. Das wäre viel zu direkt und würde das Spiel zwischen ihnen, wenn es denn auch für Sanna eines war, sofort zerstören.

Vor ihm, an der Haltestelle zum Rosenthaler Platz, stand eine Straßenbahn und wartete auf das Zeichen, die Kreuzung passieren zu können. Maiendörfer stieg vom Fahrrad und wollte schon den Umweg über die Ampel nehmen, weil der Weinbergsweg offiziell eine Sackgasse und nur für die Straßenbahn offen war. Aber da bekam die Straßenbahn ihr Zeichen, und er fuhr ihr einfach hinterher, so wie er es schon bei vielen Radfahrern gesehen, sich selbst aber nie getraut hatte. Bisher war er immer abgestiegen und hatte sein Rad wie einen Hund, den man Gassi führt, an der Hand über die drei Ampeln geschoben. Schließlich war er Polizeibeamter und sollte ein Vorbild sein.

»Steigen Sie sofort vom Fahrrad und kommen Sie herüber«, donnerte es im nächsten Moment aus einem Megafon über die Kreuzung am Rosenthaler Platz. Erst jetzt sah er rechts von ihm in der Torstraße die Wanne stehen, wie die Mannschaftswagen der Berliner Polizei im Volksmund genannt wurden. Die hätte er sehen können, wenn er, bevor er sich entschloss, der Straßenbahn auf unerlaubte Weise zu folgen, einen Blick über die Kreuzung geworfen hätte. Nun aber hielt die gesamte Kreuzung den Atem an, selbst die Straßenbahn, die weiter in die Rosenthaler Straße fuhr, schien plötzlich lautlos zu gleiten. Alle Augen an den Ampeln, hinter den Scheiben des Imbisses »International« und denen des Bäckers waren auf ihn gerichtet. Sie alle beobachteten, wie er mit seinem Fahrrad brav über die Kreuzung trottete, dabei mit hängendem Kopf den reuigen Sünder mimte und sich insgeheim ein paar Worte für die

Kollegen zurechtlegte: Dass er jemanden beschattet und deshalb die unerlaubte Abkürzung genommen habe, würde er sagen, lächelnd seinen Ausweis hervorziehen und die Kollegen damit beschämen, dass er wegen ihnen seinen Verdächtigen verloren hatte. Aber als er das erzürnte Gesicht des Polizisten hinter der Scheibe sah, war ihm klar, dass ihm keine Ausrede der Welt helfen würde, um »diesen Bullen« zu besänftigen. In Vorbildsfragen war sein Vater unerbittlich und ließ keinerlei Ausreden gelten.

»Dann musst du eben früher aufstehen, wenn du spät dran bist«, rief sein Vater in seiner ihm eigenen Logik und füllte dabei ein saftiges Ticket für ihn aus.

Maiendörfer nickte ergeben und fing ein entschuldigendes Lächeln von Rolli auf, der ihn sogar ohne jede Ausrede hätte laufen lassen, nur weil er der Sohn seines Partners war.

»Was macht ihr eigentlich hier in der Gegend, noch dazu mit der Wanne?«, fragte Maiendörfer und schob das Ticket in seine Brieftasche.

»Wir hatten an der Charité zu tun«, sagte sein Vater kurz angebunden und verstaute seinen Knöllchenblock. Maiendörfer schaute zu Rolli, der verstohlen auf sein Herz deutete.

»Alles in Ordnung, Papa?«, fragte Maiendörfer eine Spur zu dringlich, sodass Rolli sofort die Augen verdrehte. Er würde den Verrat nachher wieder ausbaden müssen.

Natürlich antwortete sein Vater darauf nicht, sondern kam wie immer, wenn ihm etwas unangenehm war, mit einer Gegenfrage: »Hast du das Handy besorgt?«

Maiendörfer brauchte einen Moment, bis er wusste, was sein Vater meinte, dann verneinte er: »Ich habe dir gesagt, dass ich das nicht mache. Du hättest mir früher so einen Unsinn auch nicht gekauft.«

»Es geht hier aber nicht um deinen Wunsch, sondern um den deines Sohnes.«

»Ansker ist sieben, Papa. Er braucht noch kein Handy.«

»Maya meint auch, dass das ganz praktisch wäre, da könnte Ansker etwas schreiben üben, wenn er ihr simst.«

»Ach, was denn? Mama am Set, Kind am Gameboy, Papa darf trotzdem nicht kommen?«, giftete Maiendörfer zurück. Was hatte er nur verbrochen, dass sein Tag so starten musste!

»Merkst du eigentlich manchmal, wie Ansker unter euren Streitereien leidet?«, sagte sein Vater und stieg ohne ein weiteres Wort in den Mannschaftswagen.

Maiendörfer schwang sich auf sein Fahrrad und fuhr unter den Augen seines Vaters auf dem Bürgersteig davon. Ausgerechnet sein Vater maßte sich plötzlich an, elterliche Streitigkeiten vor Kindern als nicht förderlich für deren Entwicklung zu befinden. Maiendörfer konnte sich kaum an einen Tag erinnern, an dem seine Eltern nicht gestritten hatten. In der Ehe wie nach der Scheidung, und es hatte erst aufgehört, als seine Mutter wieder neu geheiratet hatte. Da war plötzlich Funkstille zwischen ihnen gewesen, da hatte sein Vater einmal nicht das letzte Wort gehabt, und seitdem verlor er nie wieder ein Wort über seine ehemalige Frau.

Aber noch mehr wurmte Maiendörfer, dass sein Vater in jedem Fall Mayas Partei ergriff. Egal was sie tat oder meistens eben nicht tat, sein Vater zeigte Verständnis dafür und bestärkte Maya auch noch darin, einen Babysitter zu engagieren, anstatt Ansker bei Maiendörfer übernachten zu lassen, wenn sie zu Dreharbeiten musste. Mit dem Ergebnis, dass sein Vater Ansker viel öfter sehen durfte als er. Ganz im Gegensatz zu ihm hatte sein Vater eine generelle Vollmacht, Ansker vom Kindergarten und seit Neuestem aus der Schule abzuholen. Er selbst brauchte jedes Mal eine neue Vollmacht von Maya, die auch nur für einen Tag gültig war und die er nur bekam, wenn seine gerichtlich festgelegten Termine anstanden. Aber selbst die vergaß seine Ex gern, besonders wenn sie nicht drehte und einfach mit Ansker irgendwohin fuhr, um etwas abzuspannen. Zum Glück gab es eine Schulpflicht, sodass sie nicht mehr einfach so mit Ansker verreisen konnte. Auch die Richterin hatte bei ihrem letzten Termin deutlich darauf hingewiesen und Maya eine Strafe angedroht, sollte sie noch einmal einen festgelegten Termin vergessen.

»Wer hat dir denn in die Suppe gespuckt?« Kalle starrte ihn entsetzt aus der Pförtnerloge an, als Maiendörfer mit viel Wut sein Fahrrad durch die Schwingtür zerrte.

»Mein Alter«, presste er hervor und hakelte nach seiner Umhängetasche, die an der Türklinke hängen geblieben war. Kalles Kaiser-Wilhelm-Bart begann vor Mitgefühl zu zittern.

»Hab dich gerade noch mal im Fernsehen gesehen«, sagte er und deutete auf den Fernseher hinter ihm. »Mit Trudi«, ergänzte er betreten und fügte leise hinzu: »Fünfundvierzig ist schon oben.«

»Keine Angst, Kalle, es wird kein Blut fließen. Trudi hat das bestimmt schon aufgeklärt.« Maiendörfer nahm den bereitliegenden Stift und trug sich in die Anwesenheitsliste ein.

»Hab ich mir gedacht, dass das nur ein Missverständnis sein kann«, sagte Kalle. »Du mit Fünfundvierzigs Trudi? Niemals.« Kalle lachte etwas verspannt, wahrscheinlich hatte er schon mit jedem einzelnen Kollegen außer Fünfundvierzig eine Wette abgeschlossen, dass etwas an der Geschichte dran sein musste. Nun würde er viel Geld verlieren.

»Aber Fünfundvierzigs Trudi mit mir, das könntest du dir schon vorstellen, oder?«, grinste Maiendörfer, und Kalle stimmte ohne nachzudenken zu. Maiendörfer schob sein Fahrrad in den Fahrstuhl und drückte auf den Knopf für die vierte Etage.

»Wie meinst'n du das jetzt?«, hörte er Kalle gerade noch sagen, endlich war bei ihm der Groschen gefallen, doch da schloss sich schon die Fahrstuhltür.

Auf der zweiten Etage stieg unerwartet Fünfundvierzig zu, grüßte kurz und begann sofort, in ein paar Computerausdrucken zu wühlen. »Ich habe Nachricht von den Kollegen aus Moskau«, sagte er, ohne Maiendörfer anzuschauen. Trudi hatte in der vergangenen Nacht offensichtlich nicht alles klären können. »Sie sagen, dass dieser Waffentyp in den Siebzigern bei ihnen hergestellt wurde und dann an die Armee ging. Und dass das Ding, wie wir schon vermutet haben, vielleicht über irgendwelche Schwarzmarktkanäle zu uns gekommen sein könnte. Aber es wurden auch etwa tausend Stück davon an die Nationale Volksarmee der DDR geliefert, die als Dienstwaffe für Offiziere ausgegeben wurden.«

»Soweit ich von seiner Tochter weiß, war Hempler nicht bei der Armee«, sagte Maiendörfer und überlegte, was er seinem Kollegen sagen könnte, um dessen Argwohn in Bezug auf Trudi zu zerstreuen. Wahrscheinlich würde er es nur noch schlimmer machen, egal was er sagte.

Der Fahrstuhl hielt im vierten Stock. Fünfundvierzig stieg aus und wartete, bis Maiendörfer sein Fahrrad aus dem Fahrstuhl bugsiert hatte.

»Ich werde das trotzdem überprüfen, obwohl es wenig Sinn macht, denn das hieße, dass die Waffe nach der Auflösung der Volksarmee auf den Schwarzmarkt gekommen ist.«

»Ich habe gestern Pete beauftragt, sich mal umzuhören«, sagte Maiendörfer, als sie ihr Büro betraten, und Fünfundvierzig nickte beiläufig.

Hinter den Scheiben der anderen Büros waren alle Blicke gespannt auf sie gerichtet. Fünfundvierzig schien das nicht wahrzunehmen, sondern begann sofort, auf seinem Schreibtisch nach etwas zu wühlen.

»Soll ich uns mal einen Kaffee holen?«, schlug Maiendörfer vor und schaute Fünfundvierzig möglichst unbescholten an. Der stellte sofort seine Suche ein und betrachtete Maiendörfer mit gehobener Augenbraue.

»Hast du ein schlechtes Gewissen?«

Maiendörfer wurde unangenehm heiß. »Nein.«

»Na also«, sagte Fünfundvierzig und suchte auf seinem Schreibtisch weiter. »Dass meine Trudi mit dir …«, murmelte Fünfundvierzig belustigt vor sich hin. »Niemals.« Er fand endlich den Zettel, nach dem er gesucht hatte, und schickte sich an, damit das Büro zu verlassen. »Cappuccino?«, warf ihm Fünfundvierzig über die Schulter zu, und Maiendörfer nickte.

Die Kollegen an den Scheiben wandten sich wieder ihrer Arbeit zu, und er rief Jens Böhm an, der mit Georg Brückner die Beschattung von Michail Tschernikow übernommen hatte.

»Nichts Besonderes«, vermeldete Böhm kauend am Telefon. Offenbar frühstückte er noch. »Tschernikow hat, nachdem er von euch kam, nur einmal kurz die Wohnung verlassen, um am Automaten an der Ecke Kippen zu ziehen. Besuch hatte er auch keinen.«

»Von wem werdet ihr abgelöst?«

»Von niemandem, wenn du uns nicht erlöst. Die andern sind alle besetzt«, gab Böhm zurück.

»Morgen vielleicht. Tut mir leid für euch«, sagte Maiendörfer, und das meinte er auch so. Er hatte dieses Rumsitzen und dieses Warten früher in seiner Assistenzzeit so gehasst, dass er beinahe seinen Beruf an den Nagel gehängt hätte. Jemanden nur auf eine

Vermutung hin zu beschatten, war das Undankbarste, was es gab. Denn meist blieb die Vermutung nur eine Vermutung, und man hatte sich die Nacht umsonst um die Ohren geschlagen.

Fünfundvierzig kam mit dem Cappuccino und wirkte gut gelaunt. »Haben wir ein Glück, dass es zur Wende schon Computer gab«, rief er. »Wenn unsere Waffe bei der Auflösung der Volksarmee dabei war, dann finden wir sie auch.«

»Das widerspricht sich doch«, meinte Maiendörfer ohne Rücksicht auf Fünfundvierzigs gute Laune. »Wenn die Waffe erfasst wurde, dann ist sie auch nicht auf den Schwarzmarkt gelangt, dann muss sie noch irgendwo registriert sein.«

»Wahrscheinlich. Ich fahre trotzdem mal ins Archiv und red mit denen. Die wissen oft mehr, als in ihren Computern steht.«

Fünfundvierzig schnappte sich seine Jacke und lief beinahe Kerstin Mehnert um, die plötzlich in der Tür stand. Maiendörfer wusste sofort, dass sie wegen Fröhlich da war. Ihr Gesicht zeigte ihm, dass es um etwas Heikles ging, etwas, das sie nur unter vier Augen besprechen wollte.

»Stimmt es, dass Sie Fröhlich für den Amokläufer halten?«, fragte Kerstin Mehnert, kaum dass Fünfundvierzig hinter ihr die Tür geschlossen hatte.

Maiendörfer schnappte unwillkürlich nach Luft. Woher konnte sie das wissen?

»Das ist ein Ja, oder?« Sie setzte sich unaufgefordert auf den Stuhl vor seinen Schreibtisch und schlug aufreizend ein Bein über das andere. Sie hatte sich ganz offensichtlich für den Besuch bei ihm zurechtgemacht. Sie hatte Lippenstift aufgetragen, die Haare hochgesteckt und trug ein stahlblaues Winterkostüm, das ihr gut stand und sie wie eine gut situierte Geschäftsfrau erscheinen ließ. Vielleicht hatte er sie am Tag zuvor nur in ihren Hausklamotten erwischt, dachte er und konnte sich plötzlich doch vorstellen, dass Fröhlich diese Frau begehrenswert fand. Nur, woher wusste sie von ihrem Verdacht? Er hatte diesbezüglich nichts gegenüber der Presse verlauten lassen. Gruner etwa? Das konnte er sich nicht vorstellen, aber da war plötzlich ein anderes Gesicht vor ihm, das von dieser Zeugin, die während des Amoklaufs auf der siebten Etage herumgestanden hatte, obwohl man dort nicht für sie zuständig war.

»Kennen Sie Frau Sarkowski?«, fragte er.

»Sie ist die Mutter eines ehemaligen Mitschülers von mir. Ich helfe ihr manchmal, die Anträge auszufüllen«, sagte Kerstin Mehnert sofort, als hätte sie die Frage erwartet.

»Ich hatte Frau Sarkowski gebeten, nichts von unserem Verdacht zu erzählen«, erwiderte Maiendörfer und überlegte, ob er die geschwätzige Zeugin belangen könnte. Wahrscheinlich nicht.

»Sie hat nichts gesagt, aber sie ist so durcheinander, da konnte ich mir zusammenreimen, dass Sie Fröhlich verdächtigen.« Kerstin Mehnert schaute ihn kühl an und wartete.

»Und Sie würden uns gern in diesem Verdacht bestätigen?«

»Ich habe gestern nicht ganz die Wahrheit gesagt«, sagte Kerstin Mehnert und wartete wieder.

»Inwiefern?«, fragte er ungehalten. Diese Frau war ihm wirklich unsympathisch, und das nicht nur, weil sie gerade seinen Expartner denunzieren wollte.

Kerstin Mehnert verdrehte etwas die Augen, als wäre Maiendörfer schwer von Begriff, und sagte: »Was ich in Bezug auf Fröhlich gesagt habe.« Sie wartete wieder einen Moment, aber als er sie nur anschaute, fügte sie hinzu: »Ich hatte Ihnen erzählt, dass sich Herr Fröhlich in mich verguckt hat und dass ich ihm deshalb ausgewichen bin.« Sie schüttelte plötzlich heftig den Kopf. »Aber das stimmt nicht, er … er hat mich bedroht.«

»Was?«

»Ich habe ihn erwischt, wie er im Kaufhaus am Alex aushilfsweise als Detektiv gearbeitet hat, obwohl er doch bei uns gemeldet war. Er hätte das angeben müssen, und dann wäre dieser Verdienst an seine Leistungen angerechnet worden.«

»Ja, aber ich verstehe nicht. Wenn Sie ihn bei Schwarzarbeit erwischt haben, wieso konnte er Ihnen da drohen? Ich meine, Sie hatten ihn doch in der Hand. Soweit ich weiß, können Sie ihm aufgrund dessen sogar sämtliche Leistungen streichen, oder?«

»Dem Gesetz nach ist das so, aber normalerweise wird so jemand nur verwarnt.« Kerstin Mehnert schaute ihn verzweifelt an, was er irgendwie aufgesetzt fand, irgendwie eine Spur zu theatralisch.

»Wenn ich ihn verrate, hat er damals im Kaufhaus gesagt, dann würde meinem Kind etwas passieren. Weil er wüsste, wo wir wohnen und wo Julia zur Schule geht«, rief sie fast schon unter Tränen.

»Und da haben Sie nichts gesagt?«

Sie schüttelte den Kopf.

»Warum sind Sie nicht trotzdem zu Ihrem Chef oder zur Polizei gegangen?«

»Ich hatte Angst.« Ihre Stimme bebte vor Nachdruck.

Maiendörfer wurde das Gefühl nicht los, dass an ihrer Aussage etwas nicht stimmte. Er wusste aber nicht, was, deshalb bemühte er sich weiter, die Sache zu verstehen. »Und als Fröhlich gesehen hat, dass Sie ihn aus Angst nicht verraten haben, da wollte er auch noch, dass Sie ihm diese Arbeitseinsätze ersparen?«

»Er hat mich immer mehr bedroht, hat mich angerufen und beschimpft, fragen Sie doch die Pförtnerin, die weiß, wie oft er bei mir täglich angerufen hat.«

»Das werde ich tun.« Er machte sich eine Notiz und sah ihr direkt in die Augen. Kerstin Mehnert hielt seinem Blick stand, war nun ganz ruhig.

»Ich wollte Ihnen damit nur zu verstehen geben, dass Fröhlich durchaus der Amokläufer sein könnte, weil … weil er einfach unberechenbar ist«, sagte sie und erhob sich.

Er nickte und bedankte sich förmlich, aber als sie schon gehen wollte, interessierte ihn doch noch etwas.

»Hat Fröhlich Sie oder Ihre Tochter denn mal wirklich bedroht, ich meine, nicht nur verbal?«

Sie verneinte wieder mit einem Kopfschütteln und sagte: »Ist das denn nicht beängstigend genug?«

***

Fröhlich war auf der siebten Etage für die Buchstaben F–K, stand links von der Tür zu den Sachbearbeiterinnen und versuchte, sich auf einen Aushang zu konzentrieren, den er nicht recht verstand. Da war von einem Musical die Rede und dass jeder Leistungsempfänger verpflichtet sei, daran in Abendgarderobe, für die es aber keinen Zuschuss gab, teilzunehmen. Es wurde nicht ersichtlich, ob dies nun ein Arbeitseinsatz war oder nur ein Abend, um die angespannte Situation zwischen den Sachbearbeiterinnen und den Hartz-IV-Empfängern zu verbessern. Auch war weder Tag noch Uhrzeit angegeben. Unterzeichnet war der Aushang von der Abteilungsleiterin Simone Bernhardt, die er hinter der Tür gerade etwas sagen hörte, worauf die Zumseil zu lachen anfing und wiederum darauf die Bernhardt einstimmte. Nur einen Moment bedauerte Fröhlich denjenigen, der gerade bei ihnen saß, dann überkam ihn plötzlich eiskalte Wut, und sein rechter Zeigefinger begann zu jucken. Er juckte so stark, dass Fröhlich, um das Jucken zu lindern, den Finger an der Wand zu reiben begann, während aus dem Büro immer lauteres Lachen drang, was den Juckreiz aber nur noch verschlimmerte. Fröhlich kratzte und rieb, schon erschienen Blutspuren entlang der Wand, aber das Lachen wurde immer lauter, immer höhnischer und das Jucken immer schmerzhafter, sodass Fröhlich in seiner Not mit der rechten Hand gegen die Wand schlug, immer und immer wieder, so als wollte er sie abschütteln. Und dann plötzlich kehrte Ruhe ein. Offensichtlich hatten die Bernhardt und die Zumseil das Pochen und Klopfen gehört, denn sie waren verstummt, und im selben Moment war auch der Juckreiz fort. Fröhlich versuchte, sich wieder auf den Aushang zu konzentrieren, begann erneut zu lesen. Er wollte endlich verstehen, was da stand, aber jetzt fiel ihm auf, dass die Buchstaben viel zu klein waren und er sie nicht entziffern konnte. Die Buchstaben verschwammen und tanzten, ohne eine Bedeutung zu ergeben. Aber er musste wissen, was auf dem Aushang stand. Ansonsten würde er wieder Abzüge bekommen. Ihm fiel ein, dass er zu Hause eine Lupe hatte. Er würde den Aushang einfach mit nach Hause nehmen und dort lesen, beschloss er, auch wenn andere ihn dann nicht mehr lesen konnten. Was kümmerte das ihn! Und er langte bereits nach dem Zettel, streckte den rechten Arm aus und wollte mit der Hand danach greifen, aber da war nur noch ein blutender Stumpf, keine Hand mehr. Die lag auf dem Fußboden und umklammerte eine Pistole …

Fröhlich fuhr mit einem Schrei des Entsetzens hoch. Erst Minuten später, als er sich vergewissert hatte, dass seine rechte Hand unversehrt an seinem Arm aus dem Schlafanzug hing, und er erkannte, dass er nur geträumt hatte, konnte er sich ein wenig beruhigen.

Doch das Lachen der Bernhardt und der Zumseil dröhnte ihm weiter in den Ohren.

Dieses Gefühl, diese Wut, diese Leere, diesen Ekel, den er im Traum gespürt hatte, als die Bernhardt und die Zumseil gemeinsam lachten, hatte er am Abend zuvor auch in der S-Bahn gehabt, nachdem er Maiendörfer in der Nähe des Ku'damms hatte stehen lassen und er hinüber zum Bahnhof Zoo gelaufen war, um nach Hause zu fahren. Er hatte sich Vorwürfe gemacht, nicht eher auf die Idee gekommen zu sein, sich in der Kneipe umzuhören. Und nun war Maiendörfer nicht nur schneller als er gewesen, sondern er hatte ihn sogar mit Gunther reden sehen. Auch wenn Fröhlich Maiendörfer anschließend eine Lektion erteilen konnte, seine Laune hatte sich dadurch nicht gebessert, war eher düsterer, diffuser geworden, und als er den Bahnhof schließlich betrat, war da dieses Gefühl, diese stumpfe, leere Wut, die aber doch anders war als die Wut gerade in seinem Traum.

Ein verspäteter ICE war angekommen, entsprechend hatte die Bahnhofshalle von Menschen gewimmelt, die hierhin und dahin wuselten, mitten im Weg rücksichtslos stehen blieben, sich zu orientieren versuchten und mit ihrem Gepäck wie Besoffene durch die Halle torkelten, als könnten sie sich nicht entscheiden, ob sie die U-Bahn, ein Taxi oder die S-Bahn nehmen sollten. Fröhlich hatte versucht, sie nicht zu beachten, war mit großen energischen Schritten schlafwandlerisch durch die Halle gelaufen, zielgerichtet, als dulde sein Vorhaben keinen Aufschub, vorbei an dem Presseladen, vorbei an dem Schokoladengeschäft, wo ein Penner stand und schon den Mund öffnete, um Fröhlich um Kleingeld anzuhauen, aber es unterließ, als er Fröhlichs Gesicht sah. Fröhlich konnte nicht sagen, was der Penner da sah, aber er wusste, dass er sich im Augenblick auf der »anderen Seite« befand und dass ihn deshalb alle vorbeigelassen hatten, ihm ausgewichen waren, als ahnten sie, dass es sonst ein Unglück geben würde. Was dann aber seltsamerweise eine junge Frau, kurz bevor er die Treppe zur S-Bahn nehmen wollte, nicht zu bemerken schien, sondern seinen Blick suchte. Sie lächelte und sprach ihn an. Fröhlich war davon so überrascht gewesen, dass er ganz instinktiv zurücklächelte und nach dem Kinderwagen griff, den die junge Frau ihn gebeten hatte die Treppe mit nach oben zu tragen, ganz ungeachtet seiner Wut, die ihm wie ein Klumpen trockener Watte im Hals steckte. Er bot sich sogar an, ihr die Reisetasche, die sie sich über die Schulter gehängt hatte, anstatt sie unter dem Kinderwagen zu verstauen, abzunehmen, was die junge Frau sofort zuließ, wohl auch erhofft hatte, denn wie Fröhlich gleich darauf bemerkte, war die Tasche so schwer, als wären hundert Wackersteine darin, und samt Kinderwagen sowieso nicht zu bewegen gewesen. Wie ein Packesel, wie ein idiotischer Familienvater, war er dann der jungen Frau – in einer Hand den Griff des Kinderwagens, in der anderen die schwere Reisetasche – die Treppe hinauf hinter ihr hergewankt, während der Klumpen in seinem Hals mit jeder Stufe, die sie keuchend überwanden, immer größer wurde und ihm fast die Luft nahm. Und als die junge Frau sich dann, oben auf dem Bahnsteig angekommen, auch noch überschwänglich zu bedanken begann, da hätte er sie am liebsten samt Kinderwagen und Wackersteintasche wieder die Treppe hinunterbefördert. Stattdessen hatte er sich einfach nur abgewendet, war schnurstracks durch die wartende Menge auf den Bahnsteig gelaufen, bis ganz nach vorn an die Bahnsteigkante der einfahrenden S-Bahn entgegen, deren Fahrtwind ihm wie ein Peitschenhieb ins Gesicht schlug und ihn ein bisschen zur Besinnung brachte. Als der Zug endlich hielt, hatte er sofort die Tür aufgerissen und sich in einem Viererabteil auf einen Außenplatz am Gang niedergelassen, ungeachtet dessen, dass da eine Gruppe von acht Senioren in leicht beschwipstem Zustand um ihn herum ebenfalls Platz suchte und dabei einen Lärm veranstaltete wie eine Schulklasse auf Wandertag. Einer von ihnen hatte wegen Fröhlich keinen Platz gefunden und war gezwungenermaßen stehen geblieben, was ihn aber nicht davon abhielt, über Fröhlichs Kopf hinweg mit der Frau neben Fröhlich weiter über ein Musical zu diskutieren, das sie offensichtlich alle am Abend gesehen und schon reichlich besprochen hatten, denn sie schrien sich nur noch Andeutungen zu, die anscheinend jeder in der Gruppe verstand. Und als der Alte, der stehen geblieben war, plötzlich auch noch anfing, eine Melodie aus dem Musical zu trällern und ihm immer mehr auf den Pelz rückte, obwohl er natürlich die Frau neben ihm, das alte »Mädchen aus Ostberlin«, meinte, da war sie mit Macht in ihm hochgestiegen, diese Mischung aus Wut, Leere und Ekel wie gerade auch in seinem Traum.

Am liebsten hätte Fröhlich diesen alten Knacker bei seinem noblen Trenchcoat gepackt und bei offener Fahrt aus dem Zug geworfen, aber er hatte sich beherrscht und schließlich den Platz geräumt, was die Senioren ihm übermütig mit einem Ständchen aus dem Musical dankten, ohne zu ahnen, dass sie gerade einem Amokläufer kurz vor dem Explodieren entgangen waren. Zum Glück hielt kurz darauf die S-Bahn, und Fröhlich verließ in höchster Panik den Zug, auch weil er plötzlich Angst hatte, dass einer der Senioren unter seinem Trenchcoat eine Knarre hervorziehen und auf ihn schießen könnte. Das war für Fröhlich im Nachhinein das Merkwürdigste an der Sache, dass seine Wut, sein Ekel auf einmal in Angst umgeschlagen war, ohne dass er es bemerkt hatte. Den ganzen Weg von Tiergarten bis zu ihm nach Hause hatte er darüber nachgedacht, warum ihn die Senioren plötzlich geängstigt hatten, was an ihnen so bedrohlich gewesen sein könnte, aber er war zu keinem Schluss gelangt, und real gesehen war seine Angst nur lächerlich gewesen. Jeden Einzelnen von den Senioren hätte er nur am Kragen packen und schütteln müssen, dann wären sie wohl schon vor Schreck tot umgefallen. Aber er hatte wahrhaftig vor ihnen Angst gehabt, eine richtige Scheißangst.

Vielleicht war es in Wirklichkeit Angst gewesen, die ihn im Jobcenter hatte ausrasten lassen. Jedenfalls war er sowohl in der S-Bahn als auch in seinem anschließenden Traum kurz davor gewesen, auszurasten und wie ein Berserker und ohne Rücksicht auf Verluste um sich zu schlagen. In der S-Bahn hatte er sich beherrschen können, aber im Traum, auch wenn er vor dem eigentlichen Ausrasten aufgewacht war, hatte er es getan, da hatte er geschossen. Das Klopfen, das Pochen seiner Hand gegen die Wand war doch nur ein verschlüsseltes Bild dafür gewesen. Auch die blutende, zuckende Hand, die die Pistole umklammerte, und der Musical-Aushang, der ja nur die Senioren meinen konnte. Das Klopfen und das Pochen seiner Hand hatten, wie er sich jetzt zu erinnern glaubte, überdies eher wie Schüsse geklungen, nach denen die Bernhardt und die Zumseil ja dann auch sofort verstummt waren.

Fröhlich lag noch immer in seinem Bett, starrte vor sich hin und überlegte, wie er so hatte werden können. Was war ihm widerfahren, was hatte ihn so aus der Bahn gerissen und auf die »andere

Seite« gebracht? Er musste an Michael Douglas in dem Film »Falling Down« denken, wie der auf einem Highway im Stau steht und von den Kindern des Nachbarautos verarscht wird. An die steigende Aggression des Mannes, die immer größer und diffuser wird, bis er plötzlich das Auto verlässt, über die Böschung abhaut und den Wagen einfach im Stau stehen lässt. Den Film, den Fröhlich auf einem Weiterbildungsseminar gesehen hatte, das den Umgang mit Amok laufenden Personen zum Thema hatte, mochte Fröhlich damals sofort, auch wenn er sich selbst eher in der Rolle des jungen Polizisten sah, der der blutigen Spur folgte, die der Protagonist hinter sich herzog, und ihn schließlich zur Strecke brachte. Nur jetzt hatte Fröhlich die Rolle von Michael Douglas übernommen. Aber er spielte die Rolle nicht nur, sondern war selbst zu jemandem geworden, der stur und skrupellos jeden umnietete, der sich ihm in den Weg stellte. Wann nur hatte er diesen Seitenwechsel vollzogen? Als man ihn bei der Polizei rausgeschmissen hatte und er damit nie wieder der gute Bulle sein konnte, der er immer hatte werden wollen? Oder war der Amokläufer schon immer in ihm angelegt gewesen und nur durch seine Polizeizugehörigkeit nicht zum Ausbruch gekommen?

Plötzlich fiel ihm dieser Mann ein, dem er im letzten Sommer begegnet war. In Fröhlichs Wohnung war es damals seit Wochen so stickig und heiß gewesen, dass es kaum auszuhalten war, und er hatte nicht genügend Geld, um sich in einen der Biergärten zu setzen oder irgendwohin zum Baden zu fahren. Also war er meistens in den Abendstunden durch die Stadt gelaufen, nicht spaziert – er hasste dieses Wort und diese Art der ziellosen Fortbewegung –, sondern einfach irgendeinem Punkt in der Stadt, den er sich vorher aus dem Stadtplan herausgesucht hatte, entgegengelaufen, nicht langsam, sondern zügig, so als hätte er dort eine Verabredung, zu der er nicht zu spät kommen durfte.

Auf einer dieser Touren, es war auf dem Heimweg vom Pankower Rathaus, da war er in den nördlichen Teil der Kastanienallee geraten, in der sich auf beiden Seiten ein Café an das andere reihte und der Bürgersteig voller junger Leute war, die tranken und schwatzten, als wäre es in ihrem Leben die letzte Möglichkeit, beisammen zu sein. Entlang der Straße, mitten auf dem Bürgersteig, standen dicht gedrängt ihre Fahrräder, sodass es kaum ein Durchkommen gab. Immer wieder musste Fröhlich jemanden bitten, ihn vorbeizulassen, jemand am Ärmel zupfen, ihn aus seinem nichtigen Gespräch reißen und darauf aufmerksam machen, dass er den Weg versperrte. Wozu sind denn Bürgersteige da, wenn nicht für Bürger, die von A nach B wollen, hatte er wütend gedacht und war trotzdem höflich und freundlich geblieben, war demütig um die Fahrräder und um die schwatzenden jungen Leute herumgelaufen, nur um sie nicht in ihrer Welt zu stören, nur um sie nicht auf ihn aufmerksam zu machen und sie denken zu lassen, was er dachte: was er hier allein in dieser Straße zu suchen hatte, ob er nicht woanders sein konnte, irgendwo, wo sich seinesgleichen zusammenfand und wo er besser hinpasste. Fröhlich hatte immer Angst vor diesen Fragen gehabt, obwohl sie ihm noch nie gestellt wurden, aber er hatte die Fragen in den Augen der jungen Leute gesehen, in ihrem Blick, selbst wenn sie sich abwandten, ihn keines Blickes würdigten und ihn behandelten wie eine lästige Fliege.

Doch dann war an diesem Abend etwas geschehen, was all dies in Frage stellte. Fröhlich hatte sich gerade zwischen zwei Grüppchen entschuldigend hindurchgequetscht, da hörte er plötzlich etwas scheppern und kurz darauf noch einmal und noch einmal. Die Gespräche verstummten ringsum, und alle schauten in die Richtung, aus der das Geräusch kam. Und schließlich sah Fröhlich ihn. Durch eine Gasse, die sich plötzlich gebildet hatte, kam ein Mann gelaufen. Er war weder besonders kräftig noch übermäßig groß, aber er lief, als wäre die Straße nur für ihn gebaut, als gehörte der Bürgersteig ihm ganz allein. Alle machten ihm Platz, und er trat alle paar Meter kräftig in die Fahrräder, die am Straßenrand standen und daraufhin wie Dominosteine reihenweise umfielen. Zu Fröhlichs Verwunderung sagte niemand etwas, niemand von den sonst so selbstbewussten, eloquenten jungen Menschen erhob Einspruch oder stellte sich ihm gar in den Weg. Keiner von ihnen. Alle standen nur da und gafften, unternahmen nichts. Einzig ein junges Mädchen, deren Fahrrad wohl in Mitleidenschaft gezogen worden war, schrie dem Mann hinterher, ob er sie noch alle beisammenhabe. Aber da war der Mann schon zehn Meter weiter. Wirklich riskiert hatte das Mädchen nichts.

Fröhlich war damals der Nutznießer des Ganzen gewesen. Ohne dass er noch irgendjemanden darum bitten musste, ihn durchzulassen, schritt er durch die Gasse, die der andere für ihn geschlagen hatte.

Vielleicht, dachte Fröhlich, hatten dieses Erlebnis und seine insgeheime Bewunderung für diesen unauffälligen Mann ihn, ohne dass er es wirklich merkte, auf die andere Seite gebracht. Der Mann hatte auf eindrucksvolle Weise demonstriert, wie man sich gegen diese Unverschämtheiten zur Wehr setzen musste, wie man die Aufmerksamkeit selbst von den selbstsüchtigsten Menschen erlangen konnte, ohne sich dafür verbiegen oder gar Höflichkeit heucheln zu müssen. Wie man dafür sorgte, dass sie einem Respekt zollten und ein wenig auch bewunderten, weil man auf der anderen Seite stand, nämlich auf der, wo nichts mehr zählte und wo man keine Angst mehr haben musste, vor nichts mehr. Schon gar nicht davor, was andere über einen sagen und denken würden. Man war anders, stand auf der anderen Seite, auf die diese jungen Leute aus lauter Angst vor Ablehnung nie gelangen würden, da konnten sie noch so hip, so frech, so individuell sein, wie sie wollten. Das alles waren sie ja nur, um sich gegenüber genau jenen hervorzutun, an die sie sich die ganze Zeit bereits anpassten und die sie somit weiter zum Maß all ihrer Entscheidungen kürten.

Allerdings hatte Fröhlich seine Bewunderung nie in Taten umgesetzt, hatte sich nie so benommen wie dieser Mann in der Kastanienallee, der seinen Aggressionen einfach freien Lauf ließ und sich vielleicht dadurch ein bisschen von dem Druck nahm, der bei Fröhlich kein Ventil fand und letztendlich den Kessel zum Bersten gebracht hatte.

Fröhlich zog sich die Bettdecke über den Kopf, als könnte er auf diese Weise vor sich selbst unsichtbar werden, aber er sah nur wieder seine blutende Hand, die die Pistole fest umklammerte. Und da war auch dieses eindringliche Klopfen, das sich aber, als er die Bettdecke wieder wegriss, wirklich nur wie eindringliches Klopfen anhörte. Da war jemand an der Tür. Fröhlich überlegte einen Moment, wer das sein konnte, dann siegte seine Neugier. Er kletterte vom Hochbett, dabei fiel sein Blick zufällig auf die Straße, wo ein Streifenwagen stand. Jetzt also war es so weit, dachte

Fröhlich sofort, jetzt kamen sie ihn holen. Er schlurfte durch den Flur und lugte durch den Spion.

Ganz so wie er es sich gedacht hatte, war Maiendörfer höchstpersönlich gekommen. Aber immerhin war er allein, hatte auf weitere Polizeibeamte verzichtet. Fröhlich atmete noch einmal tief durch, dann öffnete er.

»Deine Klingel funktioniert nicht«, sagte Maiendörfer und drückte zum Beweis noch einmal auf den Klingelknopf. »Das Hausflurlicht auch nicht«, rief er, als Fröhlich nichts erwiderte. Es ist ihm peinlich, dass er nun den ehemaligen Partner als Täter verhaften muss, dachte Fröhlich, und weil er nichts anderes zu sagen weiß, gibt er vor, sich für das Hausflurlicht zu interessieren. Maiendörfer hatte peinliche Situationen noch nie gut aushalten können, ganz im Gegensatz zu ihm. Er wartete auch jetzt ganz geduldig, dass Maiendörfer endlich verkündete, dass er verhaftet war. Aber der tat nichts dergleichen. Maiendörfer drückte einfach weiter abwechselnd auf der Klingel und auf dem Lichtschalter herum.

»Ich zieh mir schnell was an«, sagte Fröhlich, als es ihm zu bunt wurde, und ließ Maiendörfer in der Tür stehen. Auch er hatte nichts mehr zu sagen. Dass er gestern auf einem Zettel im Hausflur gelesen hatte, dass heute Vormittag wegen Bauarbeiten im Keller der Strom abgestellt würde, ging die Polizei nichts an. Doch zu seiner Überraschung blieb Maiendörfer nicht vor der Tür stehen, sondern kam herein und nahm ungefragt in der Küche Platz. Er selbst holte derweil seine Sachen aus dem Wohnzimmer, zog sich im Bad an und vergaß auch nicht, seine Zahnbürste einzustecken.

»Du könntest mal wieder dein Küchenfenster putzen«, rief Maiendörfer, als er aus dem Bad kam und im Flur nach seiner Lederjacke griff.

»Hatte ich gestern vorgehabt. Muss aber wohl geahnt haben, dass es umsonst wäre.«

»Stimmt, bei diesem Dreckwetter macht das überhaupt keinen Sinn«, erwiderte Maiendörfer und schaute etwas überrascht auf Fröhlichs Lederjacke. »Musst du weg?«

Doch noch bevor Fröhlich darauf etwas erwidern oder sich darüber gar wundern konnte, schaute Maiendörfer auf seine Armbanduhr und sagte: »Stimmt ja, du hast um zehn Termin bei Sanna Jacobsen. Soll ich dich mitnehmen? Ist nur ein kleiner Umweg.«

Maiendörfer war also gar nicht gekommen, um ihn zu verhaften. Nur mit Mühe konnte er seine Überraschung darüber verbergen.

»Ich kann dir auch auf der Fahrt erzählen, warum ich gekommen bin«, sagte Maiendörfer leichthin und folgte ihm zur Tür.

Und wenn es nur ein Trick ist, schoss es Fröhlich durch den Kopf, ein Trick von Maiendörfer, um ihn gar nicht erst auf den Gedanken kommen zu lassen, sich durch Flucht zu entziehen oder sich gar zur Wehr zu setzen oder vielleicht sogar auszurasten? Könnte doch auch sein, dass Maiendörfer nur deshalb allein gekommen war, weil alle anderen Kollegen im Einsatz waren. Ihre Dienststelle war schon zu Fröhlichs Zeiten permanent unterbesetzt gewesen, und das war über die Jahre sicher nicht besser geworden bei der schlechten Haushaltslage, mit der der Berliner Senat seit der Wende kämpfte. Nur deshalb tat sein Expartner so, als wollte er ihn nicht verhaften.

Fröhlich schloss mechanisch die Wohnungstür ab, während Maiendörfer bereits die Stufen hinabstieg und offensichtlich glaubte, dass sein Trick funktionierte. Die Hände locker in seinem Parka vergraben, schien er sich mehr für den Ausblick auf den Hinterhof zu interessieren als für seinen Gefangenen. Fröhlich müsste ihm nur von hinten einen kräftigen Schubs geben. Selbst wenn er nicht zu Boden ging, konnte Fröhlich den Moment der Überraschung dazu nutzen, über ihn hinwegzuspringen und zu fliehen. Nur wohin? Und womit? In seinem Portemonnaie befanden sich noch ganze zehn Euro, und seine Waffe lag unterm Badeofen. Dafür hatte er seine Zahnbürste bei sich.

***

Maiendörfer ärgerte sich nun schon zum zweiten Mal an diesem Tag, dass er am Morgen das Fahrrad genommen hatte. Er hatte das Gefühl, dass Fröhlich nicht besonders gern in den Streifenwagen stieg, mit dem er deshalb gekommen war. Aber das war nun mal nicht mehr zu ändern. Wahrscheinlich erinnerte der Streifenwagen Fröhlich ganz unnötig an seine Zeit bei der Polizei, in der für ihn noch alles in Ordnung gewesen war, in der sie noch Partner und ein richtig gutes Team gewesen waren. Deshalb schaute er wohl so finster drein und kratzte sich nervös den Finger, als wollte er gleich bei der nächsten Ampel hinausspringen und davonlaufen. Bevor es dazu kam, fing er lieber an zu reden, auch wenn er damit vielleicht alles schlimmer machte: »Du weißt, dass ich dich nicht für den Amokläufer halte«, sagte Maiendörfer, als sie gerade in die Friedrichstraße einbogen. »Und es tut mir leid, dass dich Gruner so unter Druck gesetzt hat.«

Sein Beifahrer erwiderte erwartungsgemäß nichts, und sie waren kaum ein paar Meter gefahren, da musste Maiendörfer schon wieder auf die Bremse gehen, weil sich vor ihnen der Verkehr auf der einspurigen Friedrichstraße in Höhe des Friedrichstadtpalastes staute. »Das Problem ist, solange du dich nicht erinnerst, können wir das nicht ausschließen, vor allem wegen der Aussage dieser Zeugin, die du gerempelt hast.« Beim Sprechen wagte er einen Blick auf Fröhlich, der geradeaus starrte und keinerlei Regung zeigte. »Ich bin heute zu dir gekommen, weil es da eine weitere Aussage gibt, die dich schwer belastet«, sagte er zögernd, hatte jedoch diesmal keine Zeit, Fröhlichs Reaktion zu beobachten. Die Ampel vor ihnen sprang auf Grün, und die Blechlawine setzte sich in Bewegung. Maiendörfer warf den Gang rein, missachtete das Dunkelgelb und hoffte gleichzeitig, dass ihn sein Vater nicht wieder erwischte.

Bis zum Schiffbauerdamm konnte er durchfahren, dann kam das Nadelöhr vorm S-Bahnhof Friedrichstraße, und sie standen wieder im Stau.

»Willst du nicht wissen, wer dich belastet?«, setzte Maiendörfer neu an und schaute zu Fröhlich hinüber. Der verzog verächtlich die Mundwinkel und knurrte etwas, was Maiendörfer nicht verstand. Eben hatte er noch das Martinshorn anwerfen wollen, aber das ließ er jetzt. »Was hast du gesagt?«

»Ich sagte: bestimmt die Mehnert«, erwiderte Fröhlich und schaute ihn spöttisch an.

»Du hast ihr gedroht, Norbert. Du hast gesagt, dass du wüsstest, wo sie und ihre Tochter wohnen.«

»Fahr endlich weiter.«

Maiendörfer hatte gar nicht bemerkt, dass er längst hätte aufrücken müssen, denn die Autofahrer hinter ihm, die, wenn er in seinem Privatwagen unterwegs war, normalerweise hupten oder ihn einfach überholten und ihn per Handzeichen einen Idioten geschimpft hätten, waren ruhig geblieben. Der Streifenwagen bannte ihre Aggressionen wie die Schlange das Kaninchen.

»Ich habe der Mehnert nicht gedroht, da lügt sie. Aber wir hatten eine kleine Abmachung. Ich habe meinen Teil der Abmachung eingehalten, sie ihren nicht.«

»Sie hat dich im Kaufhaus am Alex erwischt, als du dort als Detektiv gearbeitet hast, obwohl du Leistungen vom Jobcenter beziehst«, sagte Maiendörfer und bog endlich in die Straße unter den Linden ein.

»Ja, klar.« Fröhlich klang belustigt. »Ich bin so ein schlechter Detektiv, dass sie mich erwischen kann.«

Maiendörfer schluckte. »Du meinst, du hast sie erwischt?«

Fröhlich nickte.

»Beim Klauen?«

»Was Besseres konnte mir gar nicht passieren: Ich erwische meine Sachbearbeiterin, deren Verbeamtung noch nicht durch ist, beim Klauen von Kosmetik. Ich musste ihr gar nicht drohen. Sie hat mir den Deal selbst angeboten.«

»Dass du keine Anzeige erstattest und dafür nicht an den Arbeitseinsätzen teilnehmen musst?«

»Genau. Ich habe sie nie verpfiffen und wurde trotzdem zu irgendwelchem Mist verdonnert. Sie war eben nie da, wenn ich Termine hatte.«

Maiendörfer hatte geahnt, dass an der Aussage der Mehnert irgendetwas nicht stimmte. Sein Instinkt funktionierte anscheinend noch, nur hätte er besser auf die Worte hören müssen, dann wäre er selbst auf die Wahrheit hinter ihrer Lügengeschichte gekommen. Aber selbst wenn die Mehnert die Wahrheit gesagt hätte, das würde Fröhlich noch lange nicht als Amokschütze ausweisen. Er hätte nur ein persönliches Motiv gehabt, und das hatte Hempler ebenso. Maiendörfer würde der Mehnert eine Anzeige wegen Falschaussage zukommen lassen. Sie sollte nicht glauben, so leicht davonkommen zu können. Und die Zeugin Sarkowski würde er sich ebenfalls vorknöpfen.

Sie fuhren schweigend weiter bis runter zur Wilhelmstraße, die ebenfalls dicht war. Deshalb schaltete Maiendörfer dann doch noch das Martinshorn an, und dann düsten sie zu ihrer beider Freude mit Tatütata durch das Brandenburger Tor. Das hatten sie damals auch oft getan und sich darüber geradezu diebisch gefreut. Auch heute, ein Vierteljahrhundert nach dem Fall der Mauer, war es immer noch ein erhebendes Gefühl für einen ehemaligen Ostler, unter der mächtigen und einst unüberwindbar geglaubten Quadriga hindurchzufahren.

In Höhe des Großen Sterns rief Fünfundvierzig an. Maiendörfer schaltete das Martinshorn wieder ab, um ihn besser hören zu können. Sein Kollege berichtete, dass der Informant, den Maiendörfer am Abend zuvor getroffen hatte, inzwischen eine Idee habe, woher die Waffe stammen könnte. Deshalb hatte Fünfundvierzig schon einen Durchsuchungsbeschluss besorgt, ein Team zusammengestellt und gab ihm nun die Adresse durch. In zwanzig Minuten wollten sie sich an der Jannowitzbrücke treffen, um den Betreiber einer Holzwerkstatt in der Köpenicker Straße zu überprüfen.

Also setzte Maiendörfer Fröhlich am S-Bahnhof Tiergarten ab, von wo Fröhlich mit der S-Bahn zum Zoo und von dort mit der U-Bahn weiter zum Krankenhaus fahren konnte. Es tat Maiendörfer leid, ihn nicht persönlich bei Sanna abliefern zu können. Damit verpasste er ja auch die Gelegenheit, sie für den Abend einzuladen. Aber die Arbeit ging vor, und sie mussten unbedingt die Herkunft der Waffe klären, vielleicht fand sich in dieser Werkstatt ja tatsächlich ein entscheidender Hinweis.

Fröhlich sagte kein Wort mehr, schien es gelassen zu nehmen, dass er ihn nicht wie versprochen zum Krankenhaus fuhr, so wie er alles emotionslos hinnahm. Er kam einfach nicht dahinter, was in seinem Expartner vorging. Früher nicht und heute schon gar nicht. Und hätte Fünfundvierzig nicht angerufen, wäre er in der Not gewesen, entweder die Fahrt bis zum Krankenhaus schweigend mit ihm zu verbringen oder sich permanent neue Themen einfallen lassen zu müssen, nur um sich diesem Schweigen nicht auszusetzen.

Früher hatte er dieses Schweigen nicht als so störend empfunden, ja Fröhlichs Einsilbigkeit durchaus auch genossen. Manchmal hatten sie stundenlang bei der Überwachung eines Verdächtigen zusammen im Auto gesessen und kein Wort gesprochen, hatten nur ihren eigenen Gedanken nachgehangen. Anstrengend wurde das Schweigen zwischen ihnen erst, als Maiendörfer Fragen hatte und nicht wusste, wie er sie stellen sollte. Und als er endlich zu fragen anfing, aber keine Antworten mehr bekam. Da war ihm Fröhlichs Schweigen plötzlich als eine Last erschienen, als eine Wand, die er nicht durchbrechen konnte.

Doch irgendwo musste doch auch ein Norbert Fröhlich mit seinen Ängsten und Nöten hin. Mit wem also besprach er seine Probleme, wo ließ er seinen Frust über Gruners Verdächtigung ab? Und während Maiendörfer die Straße des 17. Juni zurück in Richtung Zentrum fuhr, fiel ihm Magda ein. Mit der traf er sich ab und zu noch, hatte Fröhlich gesagt und angedeutet, dass er auch über unerfreuliche und schwierige Dinge mit ihr reden konnte. Das hatte Maiendörfer ziemlich überrascht. Sollte sie sich tatsächlich dermaßen geändert haben? Vielleicht sollte er sie irgendwann mal besuchen, auch wenn ihm allein bei dem Gedanken unbehaglich zumute wurde.

Magda hatte sich bei der Schmiergeldsache sehr schnell von Fröhlich abgewendet. Als er selbst noch an die Unschuld seines Freundes geglaubt hatte, hatte sie ihm schon den Laufpass gegeben. Und dann saß sie eines Abends bei Maiendörfer auf dem Sofa und versuchte nicht nur, ihm die Augen zu öffnen, sondern verriet ihm auch, dass sie schon immer mehr an ihm als an Fröhlich interessiert gewesen sei. Ja klar, immer schon, hatte er damals sofort gedacht und die Lüge sofort durchschaut. Magda war ihm noch nie sympathisch gewesen, zu sehr war sie stets auf ihren eigenen Vorteil bedacht. Aber was erhoffte sie sich in dieser Situation von solch einem Geständnis? Damals war er nicht gleich darauf gekommen, sondern hatte nur ihr gespielt schüchternes Lächeln und den betont naiven Augenaufschlag gesehen, der ihm wohl zeigen sollte, wie schwer ihr dieses Geständnis gefallen war. Dabei hatte sich Magda entspannt auf seinem Sofa ausgestreckt und sich lasziv ihrer Pumps entledigt. Als sie sich dann auch noch, nur weil er vor lauter Unbehaglichkeit keine richtige Luft bekam und sich den obersten Hemdenknopf öffnete, auf ihn stürzte, komplimentierte er sie sofort hinaus. Das verstand sie dann endlich, denn in der Tür drehte sie sich noch einmal wütend um und sagte, dass ihm das noch leidtun würde. Es tat ihm nicht leid, weder damals noch seither. Und er hatte sich geschworen, auf ewig den Kontakt mit ihr zu vermeiden.

Maiendörfer hatte seinem Expartner nie von ihrem Auftritt erzählt. Wozu auch? Seine Verhaftung und die Verhandlung waren für Fröhlich schlimm genug gewesen. Als Fröhlich dann aber überall rumerzählte, Maiendörfer und Berger hätten auch Schmiergeld genommen, würden sich aber gegenseitig decken, und dass er nur das Bauernopfer für die Öffentlichkeit sei, hatte er kurz mit dem Gedanken gespielt, ihm Magdas Anmache in schillernden Farben zu schildern. Stattdessen zog er für sich nur den Schlussstrich unter ihre Freundschaft, die wahrscheinlich ohnehin nur von seiner Seite als solche gesehen worden war. Und vor allem wollte er auch nach Fröhlichs abgesessener Strafe nichts mehr mit ihm zu tun haben. Entsprechend hatte er sich nicht nur am Telefon verleugnen lassen, sondern auch gegen seine Wiedereingliederung in die Polizei gestimmt.

Als Maiendörfer endlich an der Jannowitzbrücke ankam und den Streifenwagen etwas wild parkte, war sein Zorn auf Fröhlich immer stärker geworden. Fast wünschte er nun, dass sie in der zu überprüfenden Holzwerkstatt einen Hinweis fanden, dass sein ehemaliger Partner die Waffe mit ins Jobcenter gebracht hatte.

Fünfundvierzig erwartete ihn am Landungssteg der »Weißen Flotte«, wo bereits das zur Unterstützung angeforderte Boot der Wasserschutzpolizei stand. Die Holzwerkstatt befand sich auf der Spreeseite der Köpenicker, und sollte es zu Fluchtversuchen in Richtung Ufer kommen, waren sie darauf vorbereitet.

Maiendörfer holte am Kiosk neben dem Ticketschalter Kaffee und wunderte sich, dass der Kiosk überhaupt geöffnet war. Es lag nur ein einziges Schiff am Landungssteg, und da waren höchstens fünf Fahrgäste, die dick eingemummelt und mit hochgeschlagenem Jacken- oder Mantelkragen von einem Bein aufs andere trampelten, während sie vor dem Schiff darauf warteten, dass sie endlich an Deck und in die beheizte Kabine durften. Über der Spree hing dicker Nebel, der in Richtung Mühlendamm immer dichter wurde. Trotzdem würden die Passagiere bei diesem Wetter mehr von der Stadt sehen als vom Fernsehturm aus, dessen Kugel am Morgen ganz im Nebel verschwunden war. Man sah nur einen monströsen Stumpf, der wie ein überdimensionierter Obelisk in den Himmel ragte.

Fünfundvierzig pustete in seinen Kaffee, was ganz unnötig war, denn er kühlte auch so schnell genug ab, dann trug er die Fakten vor. Die wiesen den Besitzer der Holzwerkstatt als alten Bekannten der Polizei mit einem langen Strafregister aus und machten es wahrscheinlich, dass sie hier eine heiße Spur zur Waffe hatten. Doch je länger Maiendörfer zuhörte, umso mehr hoffte er plötzlich für Fröhlich, dass der Tipp des Informanten auf Hempler weisen oder sie doch keinen Hinweis auf die Waffe finden würden. Er hätte nicht sagen können, warum er dies hoffte, warum er immer noch zu Fröhlich hielt, es war einfach so, und das merkte selbst Fünfundvierzig.

»Egal was wir gleich finden werden, es muss sein.« Das wusste Maiendörfer auch, aber er musste sich regelrecht einen Ruck geben, um loszufahren. Als er endlich in seinen Wagen stieg, sah er von der U-Bahn-Station eine junge Frau eilig auf sich zukommen, die ihm bekannt vorkam. Sie ging jedoch ohne Gruß an ihm vorbei zum Landesteg, wo sie die wartenden Passagiere begrüßte und sie auf das Boot ließ. Erst als er losfuhr, fiel ihm ein, wer die junge Frau war. Es war die Schwester von Jan Kleinert, dem Komapatienten, der wahrscheinlich nie wieder aufwachen würde und dessen Tod die Ärzte längst beschlossen hatten. Er fragte sich, ob die junge Frau dies schon wusste, ob sie deshalb die Passagiere hatte warten lassen und ob er davon etwas in ihrem Gesicht gesehen hatte. Er konnte es nicht sagen. Kein Wunder, er hatte sie ja auch nur einmal kurz im Jobcenter gesehen, und da war sie höchst verzweifelt gewesen. Wie sollte er da jetzt erkennen können, ob sie traurig wirkte? Überdies wusste er, wie gut manche ihren Schmerz verstecken konnten. Er hatte schon häufiger Menschen kennengelernt, die ihm auf den ersten Blick so selbstbewusst, so mit sich zufrieden und vom Erfolg verwöhnt erschienen waren, dass er sie geradezu darum beneidet hatte. Und hatte erst viel später erfahren, welch tragische Schicksalsschläge sie in ihrem Leben hatten hinnehmen müssen. Dann hatte er sich nicht nur gefragt, wieso man es dem jeweiligen Menschen nicht ansah, sondern auch, wie er selbst wohl damit fertigwerden würde, wenn sein Vater oder seine Mutter oder gar Ansker aus dem Leben gerissen würden.

Jedenfalls war er jetzt froh, dass die junge Frau ihn nicht erkannt hatte und er sich nicht nach ihrem Bruder erkundigen musste. Er hätte ihr nur schwer in die Augen sehen können.

In der Köpenicker Straße angekommen, parkte er den Streifenwagen etwas von der Werkstatt entfernt im hinteren Teil der Straße, damit ihn niemand damit in Verbindung bringen konnte. Die Köpenicker war durch ihre Ufernähe traditionell ein Industriegebiet gewesen, entsprechend waren die Grundstücke sehr groß und standen weit auseinander. Dadurch pfiff ihm der Wind noch kräftiger um die Ohren als sonst. Dass die Köpenicker einst durch die Mauer geteilt war, hatte dem Gebiet nicht sonderlich gutgetan. In die sogenannten Sperrgebiete kam man damals nur mit Ausweis rein, und so waren die Betriebe und Gehöfte vor dem Fall der Mauer fast alle verwaist gewesen. Und dort, wo noch Leute beschäftigt waren, wusste man damals eigentlich nie, was da gebaut und gewerkelt wurde, sicher war nur, dass dort jeder auf jeden aufpasste, denn der Fluss bot trotz der streng bewachten Oberbaumbrücke eine gute Fluchtmöglichkeit. Jetzt hatten sich hier zwar ein paar größere Firmen angesiedelt, aber noch immer wirkte das Gebiet menschenleer und verlassen, und Maiendörfer musste an ewig langen Zäunen entlanggehen, die kaum Schutz vor dem eisigen Wind boten.

Als er endlich das Schild der Holzwerkstatt fand, betrat er ein weiträumiges Gelände, auf dem sich verschiedenes Holz auf riesigen Paletten stapelte. Im Hintergrund, zum Ufer hin, stand eine Art Baracke, hinter deren schmutzigen Fenstern Licht schimmerte. Ein Mann, der auf einem Gabelstapler saß und gerade eine Palette umsetzte, beäugte ihn misstrauisch und nahm sofort sein Walkie-Talkie zur Hand. Obwohl Maiendörfer nicht hören konnte, was der Mann sagte, war er ziemlich sicher, dass er jemanden warnen wollte. Deshalb begann er zu rennen, hetzte über den Platz, als ginge es um sein Leben, und riss fünfzig Meter weiter und völlig außer Atem die Tür zum Werkstattgebäude auf.

Sofort schlug ihm ein ohrenbetäubender Krach entgegen. Die Baracke war eine lang gestreckte Halle, in der verschiedene Zuschneidemaschinen für Holz standen. Rechts von Maiendörfer schob ein Arbeiter mit Lärmschutz auf den Ohren Spanplatten durch eine Fräse, vor ihm, in der Mitte der Werkstatt, schaute ihm aus einem Glaskasten ein dicker, schmieriger Typ entgegen, der noch sein Walkie-Talkie in den Händen hielt. Als er ihn sah, bückte er sich, und Maiendörfer dachte schon, er wollte nach einer Waffe greifen, doch der Mann hatte offenbar nur den Hauptschalter betätigt, denn plötzlich kehrte Stille in der Werkstatt ein. Abnorme Stille, die beinahe in den Ohren schmerzte. Im selben Moment trat durch die Hintertür Fünfundvierzig mit vier Kollegen ein, die der schmierige Dicke ebenfalls bemerkte. Er lächelte unsicher, kam hinter seinem Schreibtisch hervor und öffnete die Tür des Glaskastens.

»Sie wünschen?«, fragte er mit dem Anflug eines Lächelns, und Maiendörfer wusste gleich Bescheid. Hier war nichts zu holen. Trotzdem stellte er sich vor, zeigte dem Dicken seinen Ausweis und den Durchsuchungsbeschluss und gab Fünfundvierzig das Zeichen, sich umzuschauen.

»Schon mal gesehen?«, fragte Maiendörfer den Dicken und hielt ihm ein Foto der Tatwaffe unter die Nase.

»Aber Herr Kommissar, ich bin schon lange nicht mehr in diesem Geschäft! Da muss Ihnen jemand einen falschen Tipp gegeben haben.«

Das glaubte Maiendörfer zwar nicht, doch der Mann schien sie erwartet zu haben, deshalb würden sie wohl nichts finden. Trotzdem legte er dem Dicken das Foto von Hempler vor. »Und den?«

»Nee. Und überhaupt, so einem wie dem hätte ich, selbst wenn ich noch im Geschäft wäre, nie eine Waffe verkauft. Da riecht man doch gleich den Amokläufer.«

Natürlich kannte er Hempler aus den Medien, an Hemplers Bild war in den vergangenen Tagen kein Vorbeikommen gewesen. Trotzdem konnte Maiendörfer es sich nicht verkneifen, sein Gegenüber zu fragen, warum er nicht Psychologe geworden war, denn die taten sich weitaus schwerer als er, Amokläufer zu erkennen.

»Tja, Augen auf bei der Berufswahl«, erwiderte der Dicke und überreichte Fünfundvierzig bereitwillig einen Schlüssel für eine Kiste, die verschlossen war.

»Und wonach riecht der?« Maiendörfer hielt ihm ein Foto von Fröhlich hin und hoffte, dass der Mann ihn nicht erkennen würde.

»Der riecht nach Exbulle«, kam die Antwort wie aus der Pistole geschossen, als wären sie in einem Quiz. Wahrscheinlich sah der Mann einfach viel fern. »Die erkenne ich noch schneller, und deshalb würden die gar nischt von mir kriegen. Am Ende schlägt das alte Polizistenherz doch für Recht und Gesetz, und man ist der Angeschmierte.«

Das war Maiendörfer nun selbst. Er schaute ganz unnötig zu Fünfundvierzig hinüber, der erwartungsgemäß den Kopf schüttelte. Sie mussten abziehen und sich das breite Grinsen des Dicken in ihrem Rücken gefallen lassen.

»Den hat jemand gewarnt«, sagte Fünfundvierzig, während sie das Gelände verließen.

»Und ich ahne auch, wer«, gab Maiendörfer zurück.

»Fröhlich?«

»Als ich gestern meinen Informanten in der Kneipe traf, war er auch dort.«

Fünfundvierzig gab ihm einen überraschten Blick, aber Maiendörfer stieg in den Streifenwagen und wählte bereits eine Nummer. Sanna Jacobsen meldete sich wieder auf diese professionelle Art, doch als sie seinen Namen hörte, meinte er ein Lächeln durch ihre Stimme huschen zu hören.

»Ah, der Herr Kommissar«, sagte sie. »Was gibt's?«

»Ist Norbert Fröhlich noch bei Ihnen?«

Die Psychologin wurde sofort ernst und erklärte ihm, dass Fröhlich nicht zu seinem Termin erschienen war und auch nicht ans Telefon ging. Sie machte sich deshalb bereits Sorgen. »Er hat Angst, sich seinen Erinnerungen zu stellen. Nur werden die von ganz allein kommen. Und wenn er dann keine professionelle Hilfe hat, wird er kaum damit umgehen können«, sagte Sanna. »Können Sie ihn nicht herbringen?«

»Ich habe es heute Morgen versucht. Leider kam etwas dazwischen, und ich musste ihn an der S-Bahn absetzen.«

»Vielleicht hat er Angst vor Menschenansammlungen, wie sie nun mal auf Bahnhöfen und in S-Bahnen vorkommen.«

»Gesellig war er noch nie, aber wovor sollte er da Angst haben?«

Maiendörfer stellte sich gerade dümmer, als er war. Er wusste, dass Leute, die unter einem Trauma litten, oft Probleme hatten, in die Öffentlichkeit oder überhaupt unter Menschen zu gehen, und dass sie sich mitunter durch die absurdesten Ausreden davor drückten.

»Insgeheim steckt wohl die Angst dahinter, sich noch einmal einer solchen lebensbedrohlichen Situation auszusetzen«, erklärte Sanna. Und fragte dann übergangslos, ob er am Abend schon etwas vorhabe. »Sie könnten mir heute Ihr Lieblingsrestaurant zeigen, wenn Sie mögen.«

Er kam sofort ins Schwitzen. Nie im Leben würde er für heute Abend noch einen Tisch bei Eduard bekommen oder im »Selinque«. Trotzdem verabredete er sich mit ihr für um acht und versprach, ihr vorher noch Fröhlich in die Praxis vorbeizubringen, falls er ihn später zu Hause antreffen sollte.

SIEBEN

Nachdem Fröhlich unter der S-Bahn-Brücke am Tiergarten aus dem Streifenwagen gestiegen war, hatte er noch fest vor, ins Krankenhaus zu fahren. Vielleicht nicht unbedingt zur Jacobsen, aber er wollte sehen, ob Stefanie am Bett ihres Bruders saß. Er stieg die steile Treppe zum Bahnsteig hinauf, löste am Automaten einen Fahrschein und stempelte ihn ab. Auf dem Bahnsteig standen nur wenige Leute: eine ältere Frau mit einem kleinen schwarz-weiß gefleckten Hund auf dem Arm, ein junger Mann mit Fahrrad, eine Frau in seinem Alter und weiter hinten noch ein Pärchen. Alle schenkten ihm keinerlei Beachtung, und doch hatte er plötzlich das Gefühl, dass sie ihn heimlich beobachteten, ihn musterten, ihn womöglich als den Mann aus den Sensationsberichten erkannt hatten. Und nun, da sie wussten, dass er ein ehemaliger Polizist war, sahen sie ihn mit ganz anderen Augen und ängstigten sich vielleicht sogar vor ihm. Seit das mit seiner Vergangenheit als Exbulle heraus war, hatte ihm niemand mehr anerkennend auf die Schulter geklopft. Niemand hatte ihn seither auch nur gegrüßt oder ihm freundlich zugenickt.

Nicht dass er das Schulterklopfen vermisste, im Gegenteil, er stand nicht gern im Mittelpunkt des Interesses, aber dieses Wegschauen, dieses heimliche Mustern, konnte er noch weniger ertragen. Schlimmer noch, er empfand es als eine Art Vorgeschmack auf das, was die Leute über ihn denken und sagen würden, wenn sie erst erfuhren, dass er nicht nur ein ehemaliger Bulle, sondern der Amokschütze war. Derjenige, der all diese Leute auf dem Gewissen hatte und sich dann auch noch als Held feiern ließ. Wie würden all diese Leute erst erschauern, wie würden der Besitzer des Zeitungsladens an seiner Ecke und dessen Frau sich nachträglich noch ängstigen, sobald sie wussten, dass sie einem Monster die Hand gereicht und ihm auch noch einen Packen Zeitungen für umsonst überlassen hatten. Bis an ihr Lebensende würden sie allen davon erzählen, die es wissen wollten, und auch denen, die es nicht mehr hören konnten. Irgendwie hätten sie es ja trotzdem geahnt, würden sie dann bestimmt sagen. Weil er sich immer so seltsam verhalten habe, außerdem seien seine Augen so schrecklich kalt gewesen, dass ihnen noch Jahre später eine Gänsehaut über den Rücken laufen würde.

Als die S-Bahn endlich einfuhr, hatte Fröhlich immer noch die Absicht, ins Krankenhaus zu fahren, aber dann hielt die S-Bahn, die Tür schnurrte beiseite, und sein Blick fiel auf einen etwa vierzigjährigen Mann in Lederjacke und Jeans, mit kurz geschorenen Haaren und reichlich Stirnglatze, der an der gegenüberliegenden Tür stand und zu ihm herüberschaute. Fröhlich hätte später nicht sagen können, warum er beim Anblick des Mannes so erschrak, warum plötzlich sein Herz raste wie verrückt und ihn so eine Scheißangst überfiel, dass er seinen Fuß, den er gerade in die S-Bahn setzen wollte, noch in der Luft zurückzog und einfach davonlief. Er rannte den Bahnsteig entlang und die Treppen hinunter dem Ausgang zu, wobei er in seiner Panik fast eine ältere Frau zum Stürzen brachte.

Auf der Straße des 17. Juni donnerte der Verkehr, und obwohl auf dem breiten Gehweg, wo am Wochenende der Trödelmarkt stattfand, nur ein paar vereinzelte Leute unterwegs waren, entschied sich Fröhlich für die Straße entlang der S-Bahn-Bögen. Soweit er sehen konnte, war dort niemand unterwegs. Er wollte weg von den Menschen, die ihm Angst machten, weg von diesen beunruhigenden Blicken.

Nachdem er ein paar Meter gelaufen war, verlangsamte sich endlich sein Herzschlag, er konnte wieder tiefer durchatmen, und allmählich kam er zur Besinnung. In der Höhe der Cuxhavener Straße gab es einen kleinen Kiosk, der nur von den Arbeitern in den Lagerhallen unter den S-Bahn-Bögen frequentiert wurde. Er bestellte sich einen Grog bei der frierenden Bedienung, die so dick war, dass sie fast den gesamten Platz hinter der Theke ausfüllte, und hob den wackligen Plastikbecher mit zitternden Händen zum Mund. Beim ersten Schluck verbrühte er sich die Zunge an dem viel zu heißen Zeug. Der Schmerz gab ihm jedoch die gewohnte Klarheit zurück, und der Alkohol wirkte sofort entspannend. Er ahnte, was die Frau über ihn dachte, aber das kümmerte ihn nicht. Stattdessen überlegte er, was er jetzt mit dem angefangenen Tag machen sollte. Für die Stunde bei Sanna Jacobsen würde er nicht die Kraft haben. Er käme ja sowieso zu spät, denn er würde nicht noch einmal den Versuch wagen, in eine S-Bahn voller Leute zu steigen. Auch Stefanies mögliche Anwesenheit am Bett ihres Bruders lockte ihn nicht mehr. Er würde ihr nicht unter die Augen treten können, ohne daran zu denken, dass sie in der vergangenen Nacht in den Armen eines anderen gelegen hatte. Und täte er es doch, würde er nur mürrisch und unfreundlich sein.

Dabei hatte er keinerlei Recht, ihr vorzuwerfen, dass sie einem anderen gehörte. Er hatte ihren Bruder in diesen Zustand gebracht, und diese Erkenntnis würde für sie hart genug werden. Vielleicht konnte ihr dieser andere wenigstens ein bisschen Mut machen, sie zärtlich in den Arm nehmen und überzeugen, dass die Welt nicht ganz so schlecht war, wie sie sich für Stefanie gerade darstellte.

Andererseits hatte er ihr nie etwas vorgemacht, jedenfalls nicht in Bezug auf den Amoklauf. Ebenso wie sie und Maiendörfer hatte auch er selbst geglaubt, nur allzu gern glauben wollen, dass er sich dem Angreifer ihres Bruders entgegengestellt hatte. Die anderen hatten ihn zum Helden gekürt, nicht er selbst. Er hatte ihr sogar ausdrücklich gestanden, dass er sich an nichts erinnerte. Wahrscheinlich aber würde sie glauben, dass er nur so getan hatte als ob, und sich ihrer Naivität schämen, ihm ihr Vertrauen geschenkt zu haben. Und dann würde sie ihn auch dafür noch nachträglich verachten. Doch was kümmerte ihn ihre Meinung noch, wenn er erst einmal als Amokläufer, als das Monster vom Jobcenter in allen Medien war? Da war die Frage, ob er sie belogen hatte oder nicht, absolut zweitrangig. Ja, sagte sich Fröhlich abschließend, es war gut, dass sie die Nacht mit einem anderen verbracht hatte, der würde sie vielleicht auffangen, wenn sie erst die ganze Wahrheit erfuhr.

Er nahm den letzten Schluck Grog aus seinem Becher, nickte der Bedienung kurz zu und ging weiter in Richtung Spree. Wenig später kam er an einem großen Lagertor vorbei, dessen Firmenbezeichnung in keinerlei Weise darauf hinwies, was in dem Lager überhaupt gelagert wurde. Das kam ihm nicht nur seltsam vor, sondern ihm fiel auch ein, dass ihm Gunther am Abend zuvor in der Kneipe eine Telefonnummer genannt hatte, wo er nach einer Waffe fragen könnte. Fröhlich sollte zuerst anrufen und ein Codewort sagen, das ihm Gunther ebenfalls genannt hatte. Das wäre zurzeit die einzige Adresse für einen Waffenkauf, die ihm so auf die Schnelle einfiele, wenn man nicht im Innern des Zirkels war.

Dazu gehörte er in der Tat nicht. Trotzdem hatten die Leute aus dem Milieu ihm in den letzten Jahren mehr Vertrauen entgegengebracht als anderen Expolizisten, die sich wie er mit kleinen Detektivaufträgen durchzuschlagen versuchten. Er hatte eben nie jemanden von ihnen über die Klinge springen lassen, auch wenn er die nötigen Informationen dazu gehabt hatte. So was brauchte man nur einmal zu machen, dann bekam man nur noch falsche Tipps. So wie dieser Pete, von dem überdies alle in der Kneipe am Zoo wussten, dass er ein Polizeispitzel war.

Fröhlich hatte Gunther auch gefragt, ob er ihn früher schon einmal nach einer Adresse für eine Waffe gefragt hatte. Gunther hatte ihn misstrauisch angeschaut und wohl schon bereut, ihm die Telefonnummer und das Codewort gegeben zu haben. Doch schließlich konnte er ihn überzeugen, dass er seit dem Amoklauf etwas durcheinander war. »Ich hab die einfachsten Dinge vergessen und finde Dinge, an die ich mich überhaupt nicht mehr erinnern kann.«

»Was denn zum Beispiel?«, hatte Gunther gleich gefragt. Und da hatte er ihm von der Waffe unter dem Badeofen erzählt. »Und du meinst, die hast du über meinen Kontakt gekriegt?«

Fröhlich hatte nur mit den Schultern gezuckt und auf eine Antwort beharrt. Schließlich hatte Gunther ihm versichert, an diesem Abend von ihm zum ersten Mal auf einen Waffenkauf angesprochen worden zu sein.

Das war aber noch lange kein Beweis, dass die Waffe, die im Jobcenter fünf Leute niedergestreckt hatte, von jemand anders stammte. Deshalb hatte er Gunthers Blick zuerst nicht wahrgenommen, der voller Sorge war. »Du musst dich untersuchen lassen. Das kann auch Alzheimer sein. Wenn das früh genug erkannt wird, kann man was dagegen tun.«

Fröhlich musste noch im Nachhinein über Gunthers Fürsorge schmunzeln, denn Alzheimer war schließlich die perfekte Krankheit für die Leute aus dem Milieu, und viele von ihnen litten ja auch darunter, oft zwar nur sporadisch und meistens in der Nähe von

Polizei- oder Gerichtsgebäuden, aber unheilbar war das nicht. Man konnte tatsächlich etwas dagegen tun, die Erinnerungen durchaus selektiv zurückholen, nur ein kleiner Schein und schon …

An der Hansabrücke entdeckte Fröhlich endlich eine Telefonzelle. Er holte Gunthers Zettel heraus und wählte die Nummer. Am anderen Ende meldete sich eine junge Frau, deren russischer Akzent unüberhörbar war. Einen Moment überlegte Fröhlich, ob er sie auf Russisch ansprechen sollte, die paar Brocken würde er schon noch zusammenbringen, aber dann sagte er schlicht den Code, wie Gunther es ihm geraten hatte: »Ich suche eine Matroschka von Ludmilla Smenskala.«

»Ich weiß nicht, ob wir eine am Lager haben«, sagte die Frau ungerührt und bat ihn, in etwa zehn Minuten noch einmal anzurufen, sie müsse erst ihren Chef fragen. Er verließ die Telefonzelle und vertrat sich die Beine auf der Brücke, von wo er nach beiden Seiten einen guten Blick über die Spree hatte. Stefanies Dampfer war nicht in Sicht, nur ein Polizeiboot kam ihm langsam entgegengetuckert und legte in Höhe des Spreebogens auf der gegenüberliegenden Seite an. Dort standen dicht am Ufer noch alte Gründerzeitbauten, deren mit Erker und allerlei Gesimsen verzierte Fassaden hochherrschaftliche Wohnungen versprachen. Das Café an der Ecke war in der ganzen Stadt für seinen Kuchen berühmt, vor allem für seine Spezialität, Baumkuchen. Dort, in einem dieser Häuser, hatte er immer einmal wohnen wollen. Zumal er von einem Bekannten gehört hatte, dass die Wohnungen gar nicht so teuer waren. Offenbar waren die Häuser schon Mitte der Siebziger saniert worden, deshalb konnten die Mieten nicht mehr so angehoben werden wie nach einer heutigen Instandsetzung. Leider war die Fluktuation in den Häusern auch entsprechend gering und damit auch die Chance, dass jemals so eine Wohnung wieder auf den Wohnungsmarkt gelangte. Magda hätte dort sowieso nicht wohnen wollen, wegen ihrer Wetterfühligkeit und ihrer leichten Rheumaneigung wäre sie nie ans Wasser gezogen, es sei denn, er hätte eine Villa am Wannsee bezahlen können. Stefanie dagegen würde es bestimmt mögen und ihm täglich von ihrem Schiff aus zuwinken, wenn sie an ihrer gemeinsamen Wohnung vorbeikäme. Die Passagiere würden sich vielleicht wundern, warum sie ihre

Ausführungen für einen kurzen Moment unterbrach, aber nur, bis sie ihrem Blick folgten und ihn auf dem Balkon im vierten Stock ihr lächelnd zurückwinken sahen …

Verdammt, in was für bescheuerte Tagträume phantasierte er sich da schon wieder! Stefanie war passé, und die zehn Minuten waren auch längst um. Er ging zurück zur Telefonzelle und versprach dem Mann am anderen Ende, der ebenfalls einen russischen Akzent hatte, in anderthalb Stunden in Prenzlauer Berg zu sein. Unter normalen Umständen wäre das übertrieben großzügig bemessen. Aber da öffentliche Transportmittel nicht in Frage kamen, musste er den ganzen Weg von Moabit zu Fuß gehen, und das würde dauern.

Inzwischen war ihm klar, warum ihn dieser Mann in der S-Bahn so in Panik versetzt hatte. Es war der gleiche Grund wie bei den Rentnern am Abend zuvor. Es war die Angst, der Mann könnte aus heiterem Himmel eine Knarre ziehen und auf ihn schießen. Auch diesmal war die Angst ganz real gewesen, als wäre er wirklich bedroht worden. Als wäre er ein traumatisiertes Opfer und nicht der Amokläufer, der sich vor der grausamen Wahrheit verstecken wollte.

Oder?

Nichts oder! Er hatte doch die Waffe in seiner Hand gesehen. Nachdem er mit der Pistole, die unter dem Badeofen gelegen hatte, in Berührung gekommen war. Und es hatten doch auch alle bestätigt, dass er diesen Hempler erschossen hatte und nicht umgekehrt.

Jetzt bereute er es, dass er nicht zu Sanna Jacobsen gegangen war, sondern stattdessen in den Prenzlauer Berg musste, wo … ja, wo er eigentlich herausfinden wollte, ob er die Waffe von dort bekommen hatte. Und was dann? Wollte er den Mann in dem russischen Laden bestechen, damit der ihn nicht bei der Polizei verriet? Das konnte er doch schon längst getan haben. Hatte das Mädel nicht auch etwas zu schnell auf seinen Anruf reagiert? Womöglich lief er gerade in eine Falle.

Aber vielleicht hatte sich ja Hempler die Waffe bei dem Russen besorgt. Warum nur war er nicht auf die Idee gekommen, Gunther zu fragen, ob er diesen Hempler kannte? Das war zwar etwas unwahrscheinlich, aber hatte in der Zeitung nicht gestanden, dass Hempler in Moskau studiert und eine Russin zur Frau gehabt hatte? Das war doch kein Zufall, dass es sich bei dem Tipp ausgerechnet um einen Laden mit russischen Produkten handelte!

Fröhlich schritt noch schneller aus, war schon in Höhe des Alex' und musste nun das Spreeufer verlassen, um nach Prenzlauer Berg zu gelangen. Er war sich jetzt ziemlich sicher, dass er in dem russischen Laden gleich erfahren würde, dass Hempler die Waffe dort erworben hatte. Er brauchte nur noch die Bestätigung, und dann würde er entgegen seinen Grundsätzen diesen Russen hochgehen lassen. Dann würde er sofort Maiendörfer anrufen und ihm erzählen, was er herausgefunden hatte. Zwar durfte er sich danach nie wieder bei Gunther oder überhaupt im Milieu blicken lassen, aber das war es ihm wert. Wenn er dafür gegenüber seinem Expartner die Genugtuung bekam, ihm dessen schlechte Ermittlungsarbeit vorzuführen, und gleichzeitig diese unsinnigen Verdächtigungen gegen ihn aus der Welt schaffen konnte, dann wog Gunthers mögliche Rache nicht allzu viel. Er könnte für eine Weile die Stadt wechseln oder aufs Land ziehen, er war vollkommen unabhängig.

Das Viertel um den Kollwitzplatz erschien Fröhlich sofort als eine perfekte Tarnung für einen Laden, in dem man unter anderem auch Waffen kaufen konnte. Niemand hier von den gut betuchten jungen Leuten, die sich alle nicht als gut betucht einschätzen würden, käme auf die Idee, dass man gleich neben dem Spielplatz, wo sie ihre Kleinkinder auf Designerdreirädern um die Wette fahren ließen, eine Waffe erstehen konnte, um sich gegen empfundene Ungerechtigkeiten aller Art zu wehren. Hier hatte man andere Sorgen: ob die Kinderladenfrau intelligent genug war, das eigene Kind zu fördern; ob der Bioladen seinen Kaffee auch wirklich von unabhängigen Kleinbauern in Ecuador bezog oder ob das neue Dinkelkissen nicht vielleicht doch durch Pestizide verunreinigt war und man gerade deshalb so gut darauf schlief.

***

Maiendörfer fuhr mit Fünfundvierzig zu Fröhlichs Wohnung und stieg im Halbdunkel die Treppen hoch. Die Klingel und das Flurlicht gingen immer noch nicht. Er hämmerte gegen die Tür, aber nichts passierte. Fröhlich schien immer noch nicht zu Hause zu sein. Als er zurück zum Wagen kam, sah er schon an Fünfundvierzigs schief sitzender Augenbraue, dass es Neuigkeiten gab und wahrscheinlich keine guten.

»Die Kollegen vor Tschernikows Haus haben angerufen«, sagte Fünfundvierzig. »Sie sind ihm zu einem kleinen Laden gefolgt, in dem russische Lebensmittel verkauft werden. Und nun rate mal, wer eben den Laden betreten hat?«

»Fröhlich?«

»Genau der.«

Maiendörfer schluckte seine Enttäuschung hinunter und wies Fünfundvierzig an, ein paar Kollegen zur Verstärkung anzufordern. Dann startete er den Wagen.

»Ich hab es geahnt, ich hab es geahnt!«, brach es plötzlich aus ihm heraus, und er schlug wütend auf das Lenkrad ein. »Der verarscht mich doch nur!«

Keine fünf Minuten später hielten sie im Prenzlauer Berg in einer kleinen Seitenstraße unweit der Danziger Straße. Die angeforderten Kollegen erwarteten sie bereits, und Jens Böhm, der Tschernikow gefolgt war, kam auf sie zu und erstattete Bericht: »Fröhlich ist seit gut zehn Minuten im Laden. Georg sichert den Hinterausgang, der über drei Höfe in die Kollwitzstraße führt.«

Maiendörfer schickte die Kollegen zur Verstärkung an den Hintereingang, dann betrat er mit Fünfundvierzig den Laden, in dessen Schaufenster verschiedene russische Artikel ausgestellt waren. Viel Ramsch, darunter verschiedene Dinge, die Maiendörfer aus seiner Kindheit kannte. Damals hatte seine Mutter hin und wieder im »Russischen Magazin« in der Greifswalder für sich und den Vater Kaviar und für ihn die berühmten Mischka-Bonbons gekauft.

Gleich als sie eintraten, bemerkte Maiendörfer diesen typischen Geruch nach billiger Druckerschwärze und schwerem Parfüm, den er bei seinem einzigen Aufenthalt in Russland fast in jedem Laden wahrgenommen hatte. Dann fiel sein Blick auf eine Wand mit Bonbonkästen, die mit verschiedenen Bonbons gefüllt waren, alle sehr groß und auf die typisch russische Art aufwendig verpackt. Es waren die feinsten Bonbons seiner Kindheit gewesen. Nur einmal waren sie von einer anderen Süßigkeit übertroffen worden, einem Mars-Riegel, den ihm ein Schulkamerad mit großzügiger Westverwandtschaft zum Geburtstag geschenkt hatte.

Bevor er jetzt in dem Regal die Mischka-Bonbons, himmelblaues Papier mit scheinbar grasenden Braunbären darauf, ausmachen konnte, kam hinter einem Perlenvorhang ein junges Mädchen hervor und fragte, was sie wünschten. Maiendörfer zeigte ihr seinen Ausweis und trat sogleich hinter den Verkaufstisch durch den Perlenvorhang. Die junge Frau rief etwas auf Russisch, das Tschernikow wohl warnen sollte. Doch durch dessen Bewegung wusste Maiendörfer nun, wo genau sich der Russe befand. Maiendörfer zog seine Waffe und baute sich hinter einer angelehnten Tür auf.

»Kommen Sie raus, Tschernikow!«, brüllte er. »Und du, Fröhlich, auch!« Einen Moment war es ganz still hinter der Tür, dann hörte er ein Flüstern und darauf ein Stuhlscharren. »Mit erhobenen Händen!«, schob er noch nach und richtete seine Waffe auf die Tür. Die öffnete sich fast im selben Augenblick. Zuerst trat Fröhlich, die Hände vorbildlich im Nacken verschränkt, heraus. Er grinste Maiendörfer frech an und stellte sich dann, als würde er nur einer lästigen Pflicht folgen, mit dem Gesicht zur Wand breitbeinig auf. Tschernikow, der ihm gefolgt war, machte es ihm nach, allerdings schien er überrascht, Maiendörfer zu sehen.

Fünfundvierzig klopfte die beiden nach Waffen ab und fuhr mit ihnen und der jungen Verkäuferin anschließend aufs Revier, während die Kollegen in der Ladenwohnung das Unterste zuoberst kehrten. Maiendörfer machte nicht mit, stattdessen kehrte er zurück in den Verkaufsraum, als ginge ihn das alles nichts an. Auch als die Kollegen meldeten, drei Waffen unterschiedlichen Typus und jede Menge Hehlerware gefunden zu haben, nickte er nur beiläufig und schaute sich die Waffen nicht einmal an. Für ihn war nun sowieso alles klar: Fröhlich hatte sich die Waffe bei Tschernikow besorgt und wollte ihn jetzt bestechen, damit der gegenüber der Polizei die Klappe hielt. Daran gab es nichts mehr zu deuteln, und Maiendörfer wartete nur noch darauf, dass die Kollegen fertig wurden und sie den Laden dichtmachen konnten. Was anderes interessierte ihn nicht, höchstens die Bonbonkästen, die er nun eingehend zu studieren begann, als hinge davon sein Leben ab. Er klapperte sämtliche Kästen auf dem Regal ab, aber Mischka-Bonbons waren nicht dabei. Schließlich entdeckte er sie doch noch in einem Glasbehälter auf der Theke, füllte sich eine bereitliegende Tüte damit, wog sie auf der Waage aus und legte das entsprechende Geld dafür auf den Ladentisch neben die Registrierkasse. Ansker würde sich über die Bonbons bestimmt freuen, wenn er das nächste Mal – wann eigentlich? – bei ihm zu Besuch war. Aber zuerst nahm er sich selbst einen aus seiner Tüte, wickelte ihn umständlich aus, roch kurz daran und biss hinein. Es war das typische Geräusch: splitternde Waffeln, die eine Kakaocremefüllung zusammenhielten. Mehr Erinnerungen an seine Kindheit, als die Welt noch in Ordnung und ein Freund wirklich ein Freund war, gab das Bonbon nicht her. Die Füllung war zu süß und schmeckte sandig, die Waffeln waren pappig, und die Überzugschokolade klebte ihm talgig zwischen den Zähnen. Die Mischka-Bonbons waren eine einzige Enttäuschung.

Maiendörfer stand vor der Glasscheibe des Vernehmungszimmers und schaute seit einiger Zeit auf Fröhlich, der ruhig und gelöst auf seinem Stuhl saß und geradeaus schaute. Seit er ihn beobachtete, hatte sein Expartner sich nicht ein einziges Mal bewegt, und als dessen Expartner wusste er, dass Fröhlich noch weitere zwei Stunden so dasitzen und ausharren konnte. Bei ihren früheren Vernehmungen hatte dies nicht nur die zu Verhörenden zur Weißglut gebracht, sondern auch ihn selbst, sogar wenn er nur wie jetzt draußen vor der Scheibe gestanden hatte. Fast immer hatte er zuerst die Geduld verloren. Während sein Kollege mit der Aussitznummer fast immer zum Ziel gelangt war. Spätestens nach einer Stunde des gegenseitigen Anstarrens wurden die Delinquenten mürbe und begannen selbst Fragen zu stellen, die sie sich, weil ihnen Fröhlich keine Antwort gab, bald darauf selbst beantworteten, nur um endlich den Raum verlassen zu dürfen und von diesem Irren, wie sie ihn beim Abführen beschimpften, weggebracht zu werden.

Maiendörfer konnte das nicht, und er hatte auch keinen Plan, wie er an Fröhlichs Vernehmung herangehen sollte. Alles lag so klar auf der Hand, aber ob Fröhlich das zugeben würde? Wohl kaum. Trotzdem blieb ihm nichts anderes übrig, als endlich zu seinem

Hauptverdächtigen hineinzugehen und sich ihm zu stellen. Ja, er hatte wirklich das Gefühl, dass er sich Fröhlich stellen musste und nicht umgekehrt. So oder so, er musste jetzt da hinein und Fröhlich endlich auf den Kopf zusagen, dass er ihn für den Amokläufer hielt.

Er atmete noch einmal tief durch, dann marschierte er in den Vernehmungsraum, schaltete das Aufnahmegerät ein und setzte sich Fröhlich gegenüber. Noch bevor er Blickkontakt aufnehmen konnte, hörte er ihn etwas sagen.

»Was?«, fragte Maiendörfer zurück und schaute zu Fröhlich, dessen Züge und Blick weich und entspannt wirkten.

»Ich habe gesagt, dass du das auch hättest allein herausfinden können.«

»Was?«

»Kann es sein, dass du was mit den Ohren hast?«

»Ich meinte: Was hätte ich alleine herausfinden können?«, erwiderte Maiendörfer und war froh, dass Fröhlich überhaupt mit ihm redete, auch wenn sie sich wie immer nicht verstanden und aneinander vorbeiredeten.

»Na, dass dieser Russe dem Hempler die Waffe gegeben hat«, sagte Fröhlich und schaute Maiendörfer verächtlich an. Der ließ sich Zeit, darauf zu antworten. Fröhlich selbst hatte ihm einmal erklärt, dass man die ersten Äußerungen des Delinquenten in einer Vernehmung nicht ernst nehmen durfte. Dass sie nur der Anfang ihrer vorbereiteten Taktik waren, die eigentlichen Antworten zu umgehen, und meist das Gegenteil von der Wahrheit. Deshalb sollte man ruhig darauf eingehen, um in dieser Lüge deren Gegenteil, also die Wahrheit, zu entdecken.

»Hat er das?«, gab also Maiendörfer zurück und sah, dass Fröhlich einen Moment unsicher wurde. Gehört ebenfalls zur Taktik, hörte er seinen damaligen Partner förmlich sagen.

»Ja, wer sonst?«, sagte Fröhlich mit leicht empörtem Unterton.

»Wir haben ihn noch nicht vernommen«, erwiderte Maiendörfer sachlich.

»Ach.«

»Ja.«

Einen Moment fixierten sie einander wie zwei Kampfhähne, die sich gleich im nächsten Moment zerfleischen würden und nur noch überlegten, ob sie selbst angreifen oder den Angriff des anderen abwehren sollten. Maiendörfer entschied sich anzugreifen.

»Was hast du in dem Laden gewollt?«

»Deine Arbeit machen.« Auch ohne Fröhlichs mokantes Lächeln wäre Maiendörfer an dieser Stelle der Kragen geplatzt, trotzdem versuchte er, sich zu beherrschen.

»Ich mache meine Arbeit«, zischte er zurück. »Und das Ergebnis davon ist, dass du jetzt hier sitzt.«

»Warum eigentlich? Kann ich das erfahren?«

»Wir haben bei Tschernikow Waffen gefunden und gehen davon aus, dass du die Waffe vom Jobcenter von ihm hast.«

»Das stimmt nicht! Tschernikow hat mich nie zuvor gesehen, das hat er mir vorhin erzählt. Aber er kennt Hempler. Frag ihn doch!«

Maiendörfer wusste wieder einmal nicht, ob Fröhlichs Ausbruch echt oder gespielt war, er kannte sich nicht mehr mit ihm aus. Vielleicht hatte er sich noch nie mit dessen Gefühlsausbrüchen ausgekannt, auch früher nicht, sondern nur seine eigenen Gefühle bei ihm gesucht und gesehen. Das war doch das, was Freunde ausmachte: dass sie in derselben Situation ähnlich fühlten und deshalb einander so gut verstanden.

»Und weswegen warst du dann bei Tschernikow?«

»Weil ich mich nicht erinnere und selbst herauskriegen wollte, ob ich wirklich der Amokläufer sein könnte. Deshalb frag ich jeden, der in Frage kommt, ob ich mir bei ihm eine Waffe besorgt habe. Deshalb war ich auch in der Kneipe. Gunther wusste von nichts, hat mir aber Tschernikows Nummer und das Codewort gegeben, damit ich mich da auch noch vergewissern kann. Ich sollte nach einer Matroschka von …«, Fröhlich kramte in seiner Tasche und zog einen Zettel hervor, »… von Ludmilla Smenskala fragen.«

»Was?!« Maiendörfer glaubte einen Moment, sich verhört zu haben. Das Wort »Matroschka« hatte ihn zunächst in seinem Verdacht bestärkt, Fröhlich wäre bei Tschernikow gewesen, um ihm Schweigegeld anzubieten. Doch noch bevor Fröhlich zu einer Wiederholung ansetzen konnte, war bei Maiendörfer der Groschen gefallen. Er riss Fröhlich den Zettel aus der Hand, verließ damit den Raum und ging in den Verhörraum nach nebenan, wo Tschernikow auf seine Vernehmung wartete. Er nahm ihm gegenüber

Platz, schaltete das Aufnahmegerät an und schaute Tschernikow ruhig an. »Sie haben Fröhlich also erpresst. Deshalb war er heute bei Ihnen«, sagte er ruhig, obwohl er nicht mehr daran glaubte.

Tschernikow schaute ihn mit großen Augen an und schüttelte den Kopf.

»Das ist Lüge! Ich kenne Mann überhaupt nicht, nur aus Fernsehen, persönlich ich ihn heute das erste Mal gesehen. Wegen was ihn also erpressen?«

»Hat Fröhlich bei Ihnen nach einer Matroschka von …«, Maiendörfer schaute auf den Zettel und las den Namen ab, »… von Ludmilla Smenskala gefragt?«

Tschernikow schaute einen Moment überrascht, dann gab er Maiendörfer einen ärgerlichen Blick: »Ja.«

»Er wollte also eine Waffe?«

»Habe ich gedacht, aber Fröhlich wollte nur wissen, ob ich ihn kenne, ob er vorher schon … Da Sie sehen, wie durchgeknallt der ist. Ich denk, so wie mich man lernt kennen, vergisst man doch nicht.«

»Mehr wollte er nicht?«

»Er hat gefragt nach Hempler, ob war bei mir auch, und ich habe gesagt ›Ja‹. Das ich Ihnen habe schon erzählt.«

»Was noch?«

»Was noch? Kamen Sie und haben uns mitgenommen.«

»Sie haben Hempler also doch eine Waffe verkauft?«

»Nein, nicht ich. Ich geglaubt, dass er eine Waffe will. Ich mein, noch kein Deutscher hat nach Matroschka von Ludmilla Smenskala gefragt und eine Matroschka gewollt.«

»Hempler aber wollte nur die Matroschka?«

»Ja, und wie. Hat Mühe gekostet, sie zu besorgen. Die sind nicht nur teuer, auch selten.«

»Hat Hempler mitbekommen, dass er bei Ihnen auch eine Waffe hätte bekommen können?«

»Glaube nicht. War so versessen, seiner Frau zu machen eine Freude, den hat interessiert nichts anderes.«

Maiendörfer nickte, schaltete das Gerät aus und ging zur Tür.

»Ich nicht erpresst niemand«, rief ihm Tschernikow hinterher, und Maiendörfer glaubte ihm sogar.

Er entließ Fröhlich, ohne noch einmal zu ihm hineinzugehen. Auch die junge Verkäuferin, die ganz offensichtlich nichts von Tschernikows Geschäften wusste, hatte bestätigt, dass sie Fröhlich noch nie zuvor begegnet war. An Hempler dagegen konnte sie sich gut erinnern. Er war ihr furchtbar auf die Nerven gegangen, weil er glaubte, desto öfter er im Laden nach der bestellten Matroschka frage, desto schneller würde er sie auch erhalten. Maiendörfer wollte die Gelegenheit nutzen, sich von der jungen Verkäuferin Hemplers Verhalten etwas genauer beschreiben zu lassen. Aber sie wusste natürlich von der Sache im Jobcenter und schmückte nun die wenigen Begegnungen wortreich aus, beschrieb, wie sie bereits damals gespürt habe, dass irgendetwas mit ihm nicht stimmte. Als sie auch noch behauptete, für solche Leute eine Nase zu haben, fragte er sie ganz ernst, warum sie Hempler dann nicht zurückgehalten oder bei der Polizei angezeigt habe. »Das ist Mitwisserschaft«, erklärte er ihr, und da verstummte sie endlich.

Einzig Tschernikow behielten sie da. Maiendörfer glaubte ihm kein Wort. Er musste Hempler die Waffe besorgt haben. Der Zufall hatte Hempler zu Tschernikow geführt, und dieser hatte ihn genutzt. Anders konnte es nicht gewesen sein. Es war nur eine Frage der Zeit, dass Tschernikow es gestand.

Als Maiendörfer eine Pause machte und in die Kantine ging, saß Fünfundvierzig bereits beim Essen und winkte ihn heran. »Kommst du voran?«

Maiendörfer starrte beklommen auf sein Essen. Schon wieder Spinat. Fünfundvierzig hatte noch Kohlroulade bekommen. Er zerlegte die Eier mit der Gabel und quetschte eine Kartoffel dazu. »Tschernikow streitet ab, Hempler die Waffe gegeben zu haben, aber es kann gar nicht anders sein.«

»Vielleicht doch.« Fünfundvierzig schabte den Rest auf seinem Teller laut mit Messer und Gabel zusammen, schob ihn sich in den Mund und legte zufrieden das Besteck ab. »Die Kollegen aus Moskau haben mir jetzt eine Liste der Armeestützpunkte geschickt, an die die Waffen gegangen sind. Magdeburg ist auch dabei.«

»Hempler war nicht bei der Armee«, erwiderte Maiendörfer.

»Das nicht, aber die Kollegen im Archiv meinten, dass davon

auch durchaus welche an die Kampfgruppen weitergereicht worden sein könnten. Und Hempler war in Magdeburg an der Hochschule.«

»Aber nicht bei den Kampfgruppen. Laut seiner Tochter hasste er alles, was mit Waffen und Armee zusammenhing.«

»Sagt sie.«

»Ja, ich weiß. Also überprüf das, aber ich bleibe trotzdem an Tschernikow dran. Irgendwann wird der sicher mürbe.«

Fünfundvierzig ging, und Maiendörfer konnte sich nicht überwinden weiterzuessen. Er würde heute ja noch ein gutes Essen bekommen, wenn er sich mit Sanna Jacobsen traf. Nur wo? Erwartungsgemäß hatte er in seinen beiden Lieblingsrestaurants keinen Tisch mehr bekommen, die Berlinale hatte begonnen. Natürlich kannte er ein paar andere gute Restaurants, in die er auf gut Glück hätte gehen können, aber das wollte er Sanna nicht zumuten. Leider wurden all seine Überlegungen durch einen Anruf von Maya zunichtegemacht.

Sie brauchte für den Abend unbedingt einen Babysitter für Ansker, weil sie zu einer wichtigen Filmpremiere wollte. Maiendörfers Vater hatte sie schon gefragt, der hatte seinen Kegelabend, den er nicht mal für seinen Enkel ausfallen lassen würde. Obwohl Maiendörfer froh war, Ansker mal wieder sehen zu dürfen und den Abend mit Sanna verschieben zu können – für den nächsten oder übernächsten Tag bekam er sicher noch einen Tisch bei Eduard oder im »Selinque« –, wollte er es Maya dennoch nicht so einfach machen. Sie gab Ansker sonst auch nur unter den größten Widerständen raus.

»Kannst du nicht eine deiner vielen Freundinnen fragen? Ich bin heute Abend verabredet.«

»Die gehen auch alle auf diese Premiere. Ich könnte einen richtigen Babysitter nehmen, aber ich will nicht, dass Ansker von Fremden beaufsichtigt wird, wo sein Vater in der Stadt ist.«

Das wollte Maiendörfer auch nicht und verabredete mit ihr, seinen Sohn vom Judo abzuholen. Er würde diesmal nicht mal eine Vollmacht brauchen, Maya hatte Anskers Trainer bereits Bescheid gesagt. Das brachte ihn im Nachhinein sogleich wieder auf, weil es zeigte, dass es sehr wohl ohne Vollmacht ging. Maya musste nur wollen. Und wo er schon mal dabei war, sprach er auch gleich die Sache mit dem Handy an.

»Das hat mir dein Vater schon ausgerichtet, deshalb kauf ich das jetzt selbst.«

Er wollte etwas erwidern, aber sie redete einfach weiter.

»Es ist Anskers größter Wunsch, und es ist auch kein normales Handy, sondern ein sehr kindgerechtes, das überall sehr empfohlen wird. Es hat nur drei Tasten für genau die drei Personen, die Ansker immer erreichen will. Mich, dich und Opa.«

Auch wenn Maiendörfer geschmeichelt war, machte er sich keine Illusionen. Er würde sowieso sehr bald für Mayas Mutter, Anskers heiß geliebter Oma, aus der Liste fallen, dafür würde Maya schon sorgen. Und er wusste auch, dass all seine Argumente gegen das Handy nichts bringen würden. Wenn sich Maya etwas in den Kopf gesetzt hatte, dann zog sie das auch durch.

Maiendörfer ging zurück auf seine Etage und ließ Tschernikow abführen, ohne ihn noch einmal selbst zu sprechen. Das würde den Russen hoffentlich irritieren, und nach einer Nacht in Untersuchungshaft würde er vielleicht schon so weit sein, endlich die Wahrheit zuzugeben.

Fünfundvierzig war damit beschäftigt, die Liste mit den Armeestützpunkten abzuarbeiten. Zum Glück gab es nach der Wende schon Computer, durch die nachträglich die Auflösung der Armeebestände dokumentiert wurde. Trotzdem mussten sie damit rechnen, dass sie die Seriennummer der Tatwaffe nicht finden würden. Bei der Auflösung der Nationalen Volksarmee war es überall ein bisschen drunter und drüber gegangen, und ganz sicher waren ein paar wertvolle Dinge von denen, die damit beauftragt waren, absichtlich nicht in den Inventarlisten aufgeführt, sondern privat verhökert worden. Eine Pistole verschwinden zu lassen, war sicher ein Leichtes, wo sogar Panzer privat verschoben worden waren.

Es war kurz vor sechs, und Maiendörfer musste los, um Ansker vom Judo abzuholen, doch vorher wollte er noch Sanna absagen. Jetzt tat es ihm schon wieder leid, sie am Abend nicht sehen zu können. Vielleicht hätte sie ja Lust, mit ihm und Ansker zu McDonald's zu gehen. Er selbst hielt zwar nichts von Fast Food, aber Maya hasste McDonald's und ging mit Ansker niemals dorthin. So gehörte der McDonald's-Besuch fast schon zum Abendritual bei Anskers seltenen Besuchen.

Da er annahm, dass Sanna schon Feierabend hatte, rief er sie auf dem Handy an. Als sie nicht ranging, hinterließ er eine Nachricht auf der Mailbox, dass er heute unerwartet seinen Sohn beaufsichtigen müsse. Und dann fügte er kühn hinzu: »Also müssen wir leider den Gourmettempel gegen McDoof eintauschen. Wenn ich bis um sieben nichts von Ihnen gehört habe, kommen Ansker und ich Sie gegen zwanzig Uhr abholen.«

ACHT

Sie hatten ihn gehen lassen. Fröhlich wusste nicht, warum, aber als er diesen seltsamen Matroschka-Code genannt hatte, war in Maiendörfer sichtlich eine Veränderung vorgegangen. Das war das Gute an ihm. Er war so leicht zu durchschauen, immer sah man, wenn was in ihm vorging. Maiendörfer hatte, wenn auch erst nach einem Moment der Irritation, auf seltsame Weise erleichtert gewirkt. Fröhlich hätte zu gern gewusst, welche Schlussfolgerungen Maiendörfer daraus gezogen hatte. Immerhin hatte er sofort von ihm abgelassen und ihn sogar nach Hause geschickt. Anscheinend war nun doch wieder Hempler der mutmaßliche Amokläufer, und das hatte ihn für einen kurzen Moment in eine Art Hochgefühl versetzt.

Pfeifend war er durch seine ehemalige Abteilung gegangen und hatte sogar kurz mit Berger gesprochen. Der entschuldigte sich sogar bei ihm für die Art und Weise, wie sie ihn beim Tathergang behandelt hatten, und versicherte ihm, dass nun jeder Verdacht gegen ihn aus dem Weg geräumt wäre. Sie hätten im Grunde nie ernsthaft an seine Täterschaft geglaubt, aber sie mussten allen Hinweisen nachgehen und so weiter und so fort.

Bis zu Kalle, der in seiner Pförtnerloge schon auf ihn lauerte, hatte Fröhlichs gute Laune angehalten. Auch mit ihm hatte er kurz ein paar Worte gewechselt. Doch kaum hatte er das Präsidium verlassen, hatte die Welt ihn wieder. Mit einem Mal war das ganze Hochgefühl weg, und er wusste nicht weiter. Er stand da, schaute auf die Straße, sah, wie zwei ihm unbekannte junge Polizisten jemanden in Handschellen aus einem Streifenwagen zerrten und ihn zum hinteren Eingang führten, und spürte etwas wie Neid oder Eifersucht in sich aufsteigen. Diesem Mann da in Handschellen würde man in den nächsten Tagen oder Stunden sehr viel Aufmerksamkeit schenken, für Fröhlich dagegen interessierte sich niemand mehr. Er sollte nach Hause gehen und in sein altes Leben zurückkehren, er wurde nicht mehr gebraucht.

Alles, was ihn die letzten drei Tage ausgemacht hatte, war plötzlich nicht mehr wichtig. Er musste nicht mehr beweisen, dass er nicht der Amokläufer war, das würde Maiendörfer für ihn tun. Er war aber auch nicht mehr der Held der ersten Stunde. Seine ehemalige Polizeizugehörigkeit hatte seinem Heldentum einen bitteren Beigeschmack gegeben, und eine Ehrung für Zivilcourage war längst in weite Ferne gerückt. Dorthin hatte er noch vor zwei Tagen mit Stefanie gehen wollen, aber die würde sich von einem anderen ausführen lassen. Drei Tage hatte er eine Berg-und-Tal-Fahrt der Gefühle erlebt, war mal stolz, mal verliebt, mal verzweifelt gewesen, und nun stand er da und musste in sein altes Leben zurück, als wäre nichts geschehen und als wären da nicht vier Menschen gestorben. Wozu war das denn alles gut gewesen, wenn er am Ende doch wieder in seinen Alltag zurückmusste?

Einzig die Mehnert blieb ihm noch und die Arbeitseinsätze, vielleicht ein paar kleinere Aufträge von eifersüchtigen Ehegatten nebenbei, aber sonst? Noch nie hatte er sich Sorgen um seine Zukunft gemacht, irgendwie würde schon alles werden, hatte er immer gedacht, aber jetzt fühlte er so eine seltsame Leere in sich hochsteigen, dass es kaum auszuhalten war.

Als er nach einer halben Stunde Fußmarsch nach Hause kam und die Wohnung aufschloss, fühlte er sich nicht viel besser. So deprimiert war er nicht einmal gewesen, als Magda ihn verlassen hatte. Da hatte er wenigstens seinen Zorn gehabt, ein gutes Mittel gegen Trübsal. Jetzt aber kam er in seine Wohnung, sah die Farbeimer in der Küche stehen und wusste, dass die auch nichts mehr ändern würden. Nichts würde sich mehr in seinem beschissenen Leben ändern. Er war ein trauriger alter Mann, dessen Leben auf so unabänderliche Weise verkorkst und verfahren war, dass es eigentlich an der Zeit war, ihm endlich ein Ende zu machen.

In der Wohnung war es fast dunkel. Er hatte bei seiner Rückkehr kein Licht gemacht, und in dieser Jahreszeit kam die Dunkelheit schnell. Er saß auf seinem Lieblingsplatz in der Küche und war selbst für den Gang ins Bad zu deprimiert. Was änderte sich schon, wenn er sich erschießen würde? Wahrscheinlich würde sein Tod für Maiendörfer und die Öffentlichkeit nur ein nachträgliches Eingeständnis seiner Schuld an dem Tod von Klaus Hempler sein.

Aber war das nicht auch egal? Wozu machte er sich jetzt noch Gedanken, was andere über ihn denken mochten? Er stellte sich vor, wie er die Waffe unter dem Badeofen hervorholen, sie sich in den Mund stecken und abdrücken würde, und musste plötzlich darüber weinen. Es schüttelte ihn so erbärmlich, dass ungewohnte Geräusche aus seinem Brustkorb drangen. Wie ein verwundetes Tier klang das, und es löste in ihm noch mehr Mitleid für sich selbst aus, sodass er nur noch schluchzte und flennte, bis er ganz erschöpft war und ein wenig ruhiger wurde …

Er musste am Küchentisch eingeschlafen sein, denn als er das Klingeln endlich als das Klingeln eines Telefons identifizierte, da war es vorher das Klingeln einer Straßenbahn gewesen, in der seine Mutter saß. Sie trug das Pepita-Kostüm und den kleinen, kecken Hut auf dem blonden Haar und lachte in die Kamera. Fröhlich hatte sich als Kind immer gefragt, wer dieses Foto geschossen hatte. Ob es wohl von seinem Vater gemacht worden war, dem die Mutter in den Westen gefolgt war. Es war das einzige Foto, das die Mutter aus dem Westen je geschickt hatte, und es war für Fröhlich zeit seiner Kindheit eine Reliquie gewesen. Früher, als er noch ein Kind war, zeigte er das Foto gern voller Stolz seinen Schulkameraden, deren Mütter abgearbeitet und grau und lange nicht so gut angezogen wie seine Mutter auf dem Foto waren. Erst eine spätere Freundin hatte ihm den Stolz auf dieses Foto genommen. Die Freundin hatte ganz entrüstet gefragt, warum seine Mutter so unverschämt glücklich lache, wo sie doch gerade erst ihren dreijährigen Sohn im Osten zurückgelassen hatte. Fröhlich hatte das Foto nie wieder jemandem gezeigt und es nur noch einmal hervorgeholt, als er ein Jahr nach der Wende seine Mutter in einem Café am Kurfürstendamm traf. Dort saß nur eine einzige Frau im entsprechenden Alter, und er weigerte sich damals, in ihr seine Mutter zu erkennen. Vielleicht war sie es auch nicht gewesen. Seine Mutter hatte sich lange gegen dieses Treffen gewehrt, es war also nicht unwahrscheinlich, dass sie ihn wie schon einmal zuvor, als sie ihn angeblich hatte besuchen wollen, versetzt hatte. Sie war ganz bestimmt nicht die Frau in dem Café. Diese hatte kein bisschen aufgeregt gewirkt und nicht bei jedem Hereinkommenden zur Tür geschaut, so wie er, der zwei Stunden seitlich von ihr gesessen und gehofft hatte, dass eine andere Frau hereinkäme und sich durch ihr strahlendes Lachen als seine Mutter ausweisen würde.

Das Telefon hatte aufgehört zu klingeln, und es war wieder ganz still in der Wohnung, so still, dass er den tropfenden Wasserhahn im Bad hören konnte. Fröhlich machte Licht, wusch sich an der Spüle das Gesicht und trank ein Glas Wasser, als das Telefon erneut zu klingeln begann. Es war kurz nach achtzehn Uhr, deshalb vermutete er, dass es sich bei dem Anrufer nur um ein Meinungsforschungsinstitut handeln konnte. Die riefen gern um diese Zeit an, wenn die Leute von der Arbeit heimgekehrt waren und noch nicht zu ihren Verabredungen eilten oder vor dem Fernseher saßen, und wollten wissen, welchen Radiosender, welchen Politiker, welche Bank man bevorzugte. In der Regel war er für die Umfragen zu alt, er hatte oft genug erlebt, dass sich die Leute am anderen Ende entschuldigten, wenn er sein Geburtsdatum nannte. Er war für die Meinungsforschungsinstitute nicht mehr interessant, und wenn er es sich recht überlegte, hatten sie ihn auch schon lange nicht mehr belästigt, wahrscheinlich hatten sie ihn wegen seines Alters aus ihren Listen gestrichen, und überhaupt riefen Meinungsforschungsinstitute nicht zweimal an, also wer konnte das sein, der ihn um diese Zeit so unbedingt sprechen wollte? Vielleicht Maiendörfer, überlegte er. Schließlich hatte der sich auf dem Präsidium nicht mal mehr von ihm verabschiedet. Hatte nur durch Fünfundvierzig ausrichten lassen, dass er gehen könne. Vielleicht wollte Maiendörfer die Einladung zum Skat erneuern, aber nein, dafür würde er Trudi vorschicken, sein übervorsichtiger Expartner würde keinen zweiten Korb riskieren.

Trudi.

Plötzlich verspürte er ein unbändiges Verlangen, mit Trudi zu reden. Sie war die Einzige, die sich ihm gegenüber immer loyal verhalten und damals sogar Verständnis dafür gezeigt hatte, dass er in seinem Frust auch Maiendörfer und Berger in die Schmiergeldaffäre mit hineinziehen wollte. Allerdings hatte sie nichts ausrichten können gegen Fünfundvierzig, der wiederum Maiendörfer aus der Hand fraß. Aber wenn sie ihn jetzt persönlich zum Skat einladen würde, wäre er nicht abgeneigt.

Er rannte fast die letzten Meter zum Telefon.

»Du hast wohl ’ne ziemlich große Wohnung, was?«, foppte ihn eine bekannte Stimme. »Gut, dass ich’s noch mal probiert habe. Hier ist Stefanie.«

Sie machte eine Pause, und die brauchte er auch, um die Überraschung zu verdauen.

»Stefanie«, sagte er eine Spur zu laut und wusste nicht weiter. So vieles ging ihm in diesem Moment durch den Kopf: Hatte ihr Freund sie verlassen, und jetzt wollte sie ihn, Fröhlich, für eine Beschattung engagieren? Oder hatte sie gemerkt, dass sie sich zu ihm hingezogen fühlte, und deshalb ihrem Freund den Laufpass gegeben? Seine Gedanken überschlugen sich, und so verstand er auch anfänglich nicht, worüber sie redete. Erst als er sie den Namen Jan sagen hörte, wurde ihm klar, dass ihr Bruder der Grund ihres Anrufs war. Dem ging es offensichtlich besser, jedenfalls wollten ihn die Ärzte endlich aus dem künstlichen Koma holen.

»… Ja, und da dachte ich, dass wir das gemeinsam feiern könnten.«

Wieder entstand eine Pause, die Fröhlich nicht zu nutzen wusste.

»Du hast heute Abend schon etwas vor?«, versuchte sie sein Schweigen zu deuten.

»Nein, ich bin nur etwas überrascht, dass du …« Den Rest des Satzes verbot er sich. Warum auch sollte sie nicht mit ihm das Ende der Langzeit-Narkose feiern? Schließlich war er ihrem Bruder an diesem unglücklichen Tag am nächsten gewesen, nicht ihr Freund. Das würde ihn und Stefanie auf ewig verbinden, leider nur das.

»Also ich dachte, ich koche was bei mir.«

Wieder ging ihm alles Mögliche durch den Kopf, aber dann hörte er sich fragen: »Was denn?«

»Hast du einen speziellen Wunsch?«

»Kennst du Süßsaure Eier?« Er wusste, dass sie die nicht kennen würde. Niemand kannte Süßsaure Eier, außer denjenigen, die sie schon bei ihm gegessen hatten. Das waren nicht so viele.

»Meinst du Senfeier?«

»Nein, Süßsaure Eier. Ein Rezept meiner Oma aus Ostpreußen.«

»Okay. Was muss ich einkaufen?«

»Nichts, ich bringe alles mit, und dann kochen wir gemeinsam.«

Er versprach, in etwa einer Stunde bei ihr zu sein, erkundigte sich aber nicht nach ihrer Adresse. Als sie ihn fragte, wie er denn zu ihr finden wollte, erschrak er. Auf keinen Fall durfte sie wissen, dass er längst wusste, wo sie wohnte, und in der Nacht zuvor schon einmal vor ihrem Haus gestanden hatte. So ließ er sich jetzt ausführlich den Weg beschreiben, während er in Gedanken schon den Einkauf machte und sich mit ihr bei einem Glas Weißwein in ihrer Küche kochen sah. Die war bestimmt gemütlich eingerichtet.

Fröhlich duschte und rasierte sich gründlich. Dabei versuchte er, nicht an die Waffe unter seinem Badeofen zu denken, die ihm noch vor einer knappen Stunde als der einzige Ausweg aus seinem beschissenen Leben erschienen war. Vor allem aber verbot er sich, beim Anziehen über ein eventuelles Ausziehen nachzudenken. Stefanie hatte ihn angerufen und zum Essen in ihre Wohnung eingeladen. Das war mehr, als er sich vor einer Stunde noch hatte träumen lassen. Es zeigte, welches Vertrauen sie ihm entgegenbrachte, und das würde er durch einen billigen Annäherungsversuch nicht zerstören. Er würde ihr ein Freund sein, mit dem man kochen, plaudern und lachen konnte und der sie bei den Problemen, die sie vielleicht mit ihrem Freund hatte, ohne jeden Hintergedanken beraten würde.

Fröhlich betrat gut gelaunt den türkischen Laden bei ihm in der Straße und ließ sich von den scheelen Blicken des Besitzers nicht irritieren. Zielgerichtet ging er an das Kühlregal, entnahm ihm gewürfelten Speck, fand sogar die Margarine, die seine Oma immer für die Soße genommen hatte, suchte Milch für den Kartoffelbrei aus und überprüfte das Sechserpack Eier nach Bruchstellen, indem er sie fachmännisch hin und her drehte. Er ließ sich ein Kilo mehliger Kartoffeln auswiegen – das war viel zu viel, aber er verspürte plötzlich einen Bärenhunger, als hätte er seit Tagen nichts mehr gegessen – und knetete mehrere Zwiebeln zwischen den Händen, bis er eine einigermaßen feste fand. Essig, Salz, Zucker, ein bisschen Mehl zum Andicken der Soße würde Stefanie hoffentlich dahaben, und so steckte er nur vorsichtshalber eine Muskatnuss für den Kartoffelbrei ein; die hatte nicht jeder im Küchenschrank. Während der Ladenbesitzer die Preise eintippte und ihn dabei keines Blickes würdigte, ging Fröhlich zum Weinregal und suchte einen Grünen

Veltliner für einen Euro neunundsiebzig aus. Er hätte auch einen für zwei neunundvierzig nehmen können, um unter zehn Euro zu bleiben, aber der Grüne Veltliner war gut, wenn er kühl serviert wurde. Trotzdem pulte er, kaum dass er den Laden verlassen hatte, den Preis von der Flasche. Manchen schmeckte ein Wein nicht, wenn sie sahen, dass er fast nichts gekostet hatte.

Obwohl er sich sehr gut fühlte, stieg er nicht wie von Stefanie empfohlen in der Invalidenstraße in die 245. Er war sowieso zu früh, da wollte er nicht riskieren, dass seine Stimmung im Bus wieder umschlug und er sich wieder von jetzt auf nachher bedroht fühlte. Stattdessen beschloss er, die ganze Strecke bis zum Kleinen Tiergarten zu laufen.

Am Naturkundemuseum stellte er sich vor, dort einmal mit Stefanie hinzugehen, nur so als Freunde. In Frage käme der erste oder letzte Sonntag im Monat, da war der Eintritt in den öffentlichen Museen frei. Zum Glück wusste Stefanie ja bereits, dass er Hartz-IV-Empfänger war. So musste er wegen des Geldes nicht irgendwelche Ausflüchte vorbringen. Es war sehr erleichternd, dass sie deswegen nicht auf ihn herabsah. Sie hatte ja sogar ihren Bruder dazu überredet, sich im Jobcenter anzumelden. Aber sich von ihr einladen zu lassen, das kam trotzdem nicht in Frage. Gut, dass er ihr erstes gemeinsames Essen selbst eingekauft hatte.

In seiner Gute-Laune-Stimmung und aus Angst, zu spät zu kommen, schritt er immer kräftiger aus, aber letztendlich war er doch wieder einmal viel zu früh da. Seine Uhr zeigte erst zehn vor sieben, das hieß, er musste sich noch eine Viertelstunde die Beine in den Bauch stehen. Alles andere war unhöflich, wie Trudi ihm einmal erklärt hatte, als er zum Skat wiederholt eine halbe Stunde zu früh gekommen war. So hatte er nun etwas Zeit zum Abkühlen. Das schnelle Laufen hatte ihn ungewöhnlich erhitzt, und am liebsten hätte er noch einmal geduscht. Aber das war schlecht möglich und ja auch nicht nötig. Er besuchte eine Freundin, mit der er zum gemeinsamen Kochen verabredet war, und nichts weiter.

Als er sich endlich traute zu klingeln und kurz darauf vor ihrer Tür stand, war er im ersten Moment enttäuscht, dass sich Stefanie ihm zu Ehren nicht etwas schicker angezogen hatte. Sie wirkte sogar etwas verschlafen. Bestimmt wollte auch sie ihm zeigen, dass sie sich nur als Freunde trafen. Allerdings stand ihr der Hausanzug aus flaschengrünem Samt sehr gut.

»Ich hatte mich noch ein wenig hingelegt«, fing sie gleich an zu erklären, als müsste sie sich für ihren Aufzug entschuldigen. »Der Tag war wegen der tollen Neuigkeiten so aufregend, und letzte Nacht war ich erst gegen vier im Bett. Wir hatten eine große Filmproduktionsfirma auf dem Dampfer, und die Leute sind bis drei Uhr in der Frühe geblieben, obwohl wir schon seit Mitternacht vor Anker lagen. Saufen bringt eben Umsatz, das will sich der Kapitän nicht entgehen lassen. Das geht jetzt auch bis zur nächsten Woche so weiter: fast jeden zweiten Abend eine Tour, dazu das Tagesgeschäft, das sich kaum lohnt, aber der Kapitän ist froh um jede Fahrt.«

Stefanie geleitete ihn durch einen geräumigen Flur mit botanischen Kunstdrucken an den Wänden in die Küche, derweil er innerlich jubelte. Sie war also letzte Nacht keineswegs bei einem Mann gewesen. Während er die mitgebrachten Lebensmittel auf dem Küchentisch abstellte, fragte er ganz nebenbei, wie ihr Freund denn damit umgehe, dass sie täglich so viele Männer traf.

»Gar nicht«, sagte sie ernst, »er hat sich vor drei Monaten wegen einer anderen verabschiedet.«

Fröhlich hätte jetzt gern gesagt, dass sie bei ihrer Arbeit doch sicher jede Menge Möglichkeiten hätte, andere Männer kennenzulernen. Aber das wäre schon wieder eine seiner »Eifersuchtsnummern«, wie Magda solche Anspielungen immer genannt hatte, also hielt er besser den Mund. Er wusste, was er hatte wissen wollen, das war genug. So sah er sich in der Küche um, die groß und geräumig war und tatsächlich sehr gemütlich. Ein großer, alter Küchenschrank, vielleicht ein Erbstück von ihren Großeltern, beherrschte den Raum. Und auf der wahrscheinlich selbst gebauten Sitzbank, die an der Fensterseite über Eck stand, hatte Stefanie bestimmt schon viele Freunde empfangen. An den Wänden hingen gerahmte Moulin-Rouge-Plakate von Toulouse Lautrec, deren Gelbstich wunderbar in die Wandfarbe überging. Die war beinahe im selben Ton gehalten und machte es schier unmöglich, den Zeitpunkt der letzten Renovierung zu bestimmen. Ein Trick, den er schon mehrmals in Kneipen beobachtet hatte und den er auch einmal für seine Küche ausprobieren sollte. Ein vergilbtes Weiß sah schnell schäbig und verwohnt aus, ein Ockergelb wie hier in Stefanies Küche konnte dagegen gar nicht vergilben.

»Was soll ich tun?«, fragte Stefanie und riss ihn damit aus seinen Gedanken.

»Zuerst müssen die Kartoffeln für den Kartoffelbrei geschält werden. Ich bereite derweil die Soße vor.«

Stefanie nickte, holte sich ein Messer und ein Holzbrett und setzte sich damit an den Tisch. »Ist das nicht großartig mit Jan?«, sagte sie und schaute ihn glücklich lächelnd an.

»Was genau haben denn die Ärzte gesagt?« Er stand etwas unschlüssig herum, aber dann ging er einfach an den Küchenschrank, zog erst das eine, dann das andere Schubfach auf und nahm sich ebenfalls ein Messer.

»Das weiß ich nicht so genau, mein Vater hat heute mit ihnen gesprochen. Aber er hat gesagt, dass die Ärzte finden, dass Jan lange genug im Koma war und dass ich dafür etwas unterschreiben müsste. Genaueres werde ich nachher erfahren, wenn ich mit den Ärzten spreche.«

»Du willst heute noch ins Krankenhaus?« Er merkte sofort, wie enttäuscht er klang. Deshalb fragte er schnell nach einem passenden Topf. Stefanie gab ihm einen vom Bord über der Spüle herunter. Dabei musste sie sich ziemlich strecken, und als er ihr zu Hilfe eilte, berührten ihre Haare seine Wange. Einen Moment standen sie sich ganz nah und schauten sich in die Augen, dann sah sie plötzlich weg.

»Ich dachte, du könntest mitkommen«, sagte Stefanie verlegen. »Ich meine, wenn Jan erwacht, erinnert er sich vielleicht auch an dich und an das, was du getan hast. Das wäre doch gut, oder?«

»Ja«, antwortete er sofort, und sein Herz pochte bis hoch zum Hals. Er war Stefanie nicht egal, das hatte er eben ganz deutlich gespürt.

»Soll ich den Wein aufmachen?« Ohne seine Antwort abzuwarten, fing sie an, im Küchenschrank nach dem Korkenzieher zu suchen. Er nahm ihr die Flasche ab und entkorkte sie, während Stefanie zwei Gläser aus einer Vitrine holte und sie ihm hinhielt. Wieder schauten sie sich in die Augen, und diesmal wich sie ihm nicht aus. Er schenkte die Gläser voll, nur zum Anstoßen kamen sie nicht.

Es war viel einfacher, als er es sich je vorgestellt hatte, obwohl er wusste, dass es am Ende immer viel einfacher war: ein Blick und zwei Gesichter, die einander näher kamen, und dann ein Kuss.

So einfach war das.

***

Ansker zerrte an der Jacke seines Gegners, tänzelte um ihn herum, wich dessen tastenden Griffen aus und startete einen erneuten Versuch, seinen Gegner auf die Matte zu werfen. Es misslang, und Anskers Gegner nutzte Anskers Moment der Enttäuschung, um ihn mit einer Drehung zu überraschen, seinen Fuß hinter Anskers Fuß zu setzen und ihn plötzlich in einer Schraube festzusetzen. Ansker wehrte sich verzweifelt, lag aber wenige Sekunden später auf der Matte.

Maiendörfer stand am Rand der kleinen Sporthalle und fragte sich, warum sein Sohn den gleichen Fehler wie er machen musste. So wie Maiendörfer seinem Vater zuliebe, so hatte Ansker seinem Opa zuliebe Judo gewählt, obwohl sie beide – Maiendörfer und Ansker – physiologisch gesehen für diese Sportart überhaupt nicht taugten. Zu hoch aufgeschossen, mit langen, dünnen Beinen, eignete sich ihr Körper eher für die Leichtathletik oder die Ballsportarten, in denen sie ohne jede Anstrengung immer gut gewesen waren. Für Judo waren sie schon allein wegen ihrer Länge nicht reaktionsschnell und wendig genug, zudem fehlte es ihnen an Kraft im Schulterbereich, und ihr Schwerpunkt lag zu hoch. Diese Einschätzung hatte damals Maiendörfers Trainer seinem Vater gegeben, der den Sport auf dem Höhepunkt seiner Karriere wegen eines Kreuzbandrisses hatte an den Nagel hängen müssen. Bis dahin war er ein bekannter Judoka gewesen, genau wie sein Vater und Großvater. Maiendörfers Vater hatte das nicht akzeptieren wollen und wollte schon gar nicht einsehen, dass die Familientradition unterbrochen werden sollte, nur weil sein Sohn nicht nach ihm und seiner Familie kam. In der herrschten die Stiernacken vor, während in der Familie seiner Frau auch die Männer groß und dünn und mit einem langen, zarten Hals wie die Giraffen ausgestattet waren.

Zu Maiendörfers Zeiten wurden in der DDR nur Sportler gefördert, wenn sie auch Leistungen brachten. Man schleppte keine

Sportler durch, die den Staat Unmengen an Geld kosteten, bloß weil ein Vater sich in den Kopf gesetzt hatte, einer Tradition zu folgen und aus seinem Sohn einen Judoka zu machen. Entweder man taugte zum Olympiakader oder nicht. Wer nicht ausreichend Disziplin, Talent, Ehrgeiz und Fleiß mitbrachte, wurde gnadenlos aussortiert. Da halfen dem Vater auch keine guten Beziehungen zum Chef des Judoverbandes bei Dynamo, dem größten, von der Armee geförderten Sportverein.

Heute dagegen war es viel schwerer, Eltern oder auch deren Kinder vom falschen Ehrgeiz abzubringen. Immer konnten sie sich einreden, noch nicht genügend trainiert oder geübt oder zu wenig Geld in ihr Kind investiert zu haben. Und falls es an dem nicht mangelte, wurde die fehlende mentale Überzeugung oder die mangelnde charakterliche Reife dafür verantwortlich gemacht, dass das Kind letztendlich scheiterte. Auch heute zählten noch Leistungen und Siege, aber auf dem weiten Weg nach oben konnten eine fehlende Begabung oder schlechte körperliche Voraussetzungen mit Familienkapital und moralischer Unterstützung ausgeglichen werden. Überhaupt war der Wille zum Sieg heute entscheidender als das Talent. Berichte über die, die es genau auf diese Weise und gegen alle Widerstände geschafft hatten, gehörten dazu. Zwar waren sie im Popgeschäft noch häufiger vertreten, aber auch im Sport liebte man die Geschichten von Durchbeißern. Die hatten auch auf Ansker ihre Wirkung nicht verfehlt, mit dem Ergebnis, dass der sich im Gegensatz zu ihm freiwillig für Judo entschied. Natürlich hatten die Pokale und die Fotos von den Siegerehrungen, die ihm der Opa von klein auf gezeigt hatte, dazu beigetragen, in Ansker den Wunsch zu wecken, die Familientradition fortzuführen. Maiendörfers Vater bezahlte schließlich das Training, das Ansker jederzeit abbrechen durfte, sobald er am Training die Lust verlor. Nur unter dieser Bedingung hatten Maya und Maiendörfer dieser Sportart zugestimmt, da waren sie sich mal ausnahmsweise einig gewesen. Maiendörfer aufgrund seiner demütigenden Erinnerungen an massenweise verlorene Wettkämpfe, die er seinem Sohn gern erspart hätte, und Maya, weil sie ihren Sohn eher als Tänzer, Schauspieler oder überhaupt eher als Künstler sah denn als einen kraftstrotzenden Judoka.

Als Anskers Training nach weiteren Schlappen endlich zu Ende war, ging er mit hängendem Kopf in die Umkleidekabine. Viel würde nicht mehr fehlen, dann würde Ansker dem Opa erklären, dass das Training ihm zu viel Zeit raubte, Zeit, die er nun für die Schularbeiten benötigte. Maiendörfer hatte seinem Sohn diese Entschuldigung schon mehrmals offeriert, aber Ansker war zu gut in der Schule, um diese Ausrede auch nur in Erwägung zu ziehen. Hoffentlich musste er nicht mehr so viele Niederlagen einstecken, bis er es sich anders überlegte. Nichts war für die Förderung eines Kindes hinderlicher als permanenter Misserfolg.

»Glaubst du nicht, dass dir ein anderer Sport mehr Spaß machen würde?«, fragte Maiendörfer, als sein Sohn endlich aus der Umkleidekabine trat und die Mundwinkel deutlich nach unten zeigten.

»Ich hab gewusst, dass du das sagen wirst«, erwiderte Ansker mürrisch, und Maiendörfer fragte sich, wieso einen ausgerechnet immer die eigenen Kinder durchschauten.

»Aber was macht das für einen Sinn, wenn du dauernd verlierst?« Er nahm Ansker die Sporttasche ab. »Dein Gegner ist ein Jahr jünger als du und trainiert erst seit drei Monaten.«

»Ich muss nicht dauernd gewinnen«, erklärte Ansker tapfer. »Darauf kommt es gar nicht an.«

»Sondern?« Sie gingen über den Parkplatz zum Wagen.

»Dass man lernt, mit Niederlagen umzugehen.«

»Dann sag Opa, dass er dann mit seinen kurzen Beinen hätte Hürdenläufer werden sollen«, rief Maiendörfer, wütend darüber, dass sein Vater Ansker mit denselben dummen Sprüchen kam wie ihm damals.

»Na, ich hab ihn gefragt, warum er dann nicht Schwimmer geworden ist.«

»Das hast du ihn gefragt?« Maiendörfer sah seinen Sohn erstaunt an. So etwas hatte er sich seinem Vater gegenüber nie getraut. »Und was hat Opa geantwortet?«

»Dass er dazu hätte ziemlich blöd sein müssen. Und überhaupt könnte man nur dort richtige Niederlagen erleiden, wo man gut ist.«

»Auch wahr«, sagte Maiendörfer, dann stiegen sie in den Wagen.

Sanna Jacobsen hatte ihn nicht zurückgerufen, deshalb war er davon ausgegangen, dass sie seine Nachricht erhalten hatte. Dem war aber offenbar nicht so, denn kurz nach seinem Klingeln kam sie in einem schicken, aber schlichten dunkelblauen Hosenanzug aus Seide die Treppe herunter. Der hätte sehr gut zu Maiendörfers neuem Anzug vom gestrigen Abend gepasst und wäre für das »Eduard« oder das »Selinque« genau richtig gewesen. Nun weigerte sie sich sogar, ihn in Parka und Jeans überhaupt zu erkennen. Während er ihr die Tür aufhielt, ohne sich vorher die Strickmütze abzunehmen, marschierte sie einfach mit einem kurzen Danke an ihm vorbei wie an einem Nachbarn. Sie blieb erst stehen, als sie ihn in seinem Wagen nicht entdeckte und stattdessen nur Ansker auf dem Kindersitz sitzen sah.

»Sie haben meine Nachricht nicht bekommen, stimmt's?«, fragte Maiendörfer in ihrem Rücken, worauf sie sich endlich zu ihm umdrehte.

»Nein«, sagte sie überrascht, betrachtete kurz sein Outfit und begann zu grinsen. »Ist das die Revanche für gestern?«

»Nein, ich muss nur heute auf meinen Sohn aufpassen, und da ich Ihnen nicht absagen wollte, hatte ich Ihnen vorgeschlagen, mit uns zu McDonald's zu gehen.« Maiendörfer sah jetzt im Licht der Straßenlaterne, dass sie sogar Make-up mit Glitzer trug, das ihre Wangen schimmern ließ. Die Kerzen im Restaurant hätten sie noch mehr zur Geltung gebracht, aber das grelle Licht der Fast-Food-Kette würde sie wie einen Clown aussehen lassen.

»Wollen Sie sich noch umziehen?«

Sie wollte. Und so gingen Ansker und Maiendörfer mit hoch in ihre Wohnung. Die wirkte trotz der vielen Bücher sehr leer und clean, doch die Holzböden in ihren warmen Tönen nahmen den modernen Designermöbeln etwas von der sterilen Coolness. Sie hatte Maiendörfers Nachricht nicht bekommen, weil die Batterie ihres Handys, wie sie beim Umziehen erzählte, schlappgemacht und sie ihr Ladegerät im Büro liegen gelassen hatte. Hinter der angelehnten Badtür fragte sie, ob sie unbedingt zu McDonald's gehen müssten. Ansker, der ganz eingeschüchtert von Sannas offener Art war und ihr mit großen Augen beim Abschminken zusah, nickte ihr zaghaft zu. Maiendörfer wusste, dass Sanna nur den richtigen Vorschlag machen musste, um ihn noch umzustimmen.

»Also, ich mein, ich habe alles für selbst gemachte Burger im Haus. Ich esse die Dinger nämlich auch für mein Leben gern. Wir müssten nur das Hackfleisch auftauen.« Sie ging zum Gefrierschrank in der Küche und zog ein Päckchen heraus, das an einen Ziegelstein erinnerte. Anschließend lief sie in die Speisekammer, aus der sie im nächsten Moment mit einer Packung amerikanischer Wattebrötchen winkte. Ansker blieb skeptisch und winkte auch nicht zurück, aber als Sanna ihn fragte, ob er die Gürkchen schneiden wolle, war er sofort dabei. Die Speisekammer gab auch einen guten Rotwein her, den Maiendörfer noch von früher kannte, aber das war einmal. Sanna fragte nicht weiter nach, als er weder Bier noch Wein wollte, sondern akzeptierte es einfach. Sicher dachte sie nun, dass er trockener Alkoholiker war. Die wahre Geschichte seiner Abstinenz würde er ihr nur erzählen, wenn sie sich näherkamen und es länger als ein paar Abende miteinander aushielten.

Das allerdings konnte er sich gerade ganz gut vorstellen, und auch Sanna schien ganz zufrieden. Hoffentlich verguckte sie sich nicht zu sehr in Ansker und in ein heiles Familienglück, das es vielleicht nie wieder geben würde, dachte er beim Essen. Aber sein Sohn war von Sanna und ihren Kochkünsten so schwer beeindruckt, dass er sie hinterher unbedingt zu seinem Geburtstag einladen wollte. Damit sie seinen Freunden zeigen konnte, »wie man richtige Burger macht«. Sanna sagte auch sofort zu, aber Maiendörfer sah sich gezwungen, den Spielverderber zu geben.

»Wenn Sie bei Maya einen Fuß in die Tür bekommen wollen, dann dürfen Sie nicht über mich kommen.«

»Ich will keinen Fuß bei dieser Maya in der Tür haben, aber bei Ihnen, da …« Sie brach mitten im Satz ab und lächelte. So wie sie ihn dabei ansah, erwartete er schon, sie würde ihn gleich küssen. Aber nichts dergleichen geschah, stattdessen wandte sie den Blick ab und sagte: »Na, Sie wissen schon.«

Er wusste nicht, und wenige Minuten später wusste er nicht einmal mehr, wie er sitzen sollte. Die Situation wurde immer peinlicher. Dauernd lächelte sie ihn an und tat nichts. Also tat er schließlich was: Er stand auf und verkündete, dass er Ansker nach Hause und ins Bett bringen müsse. »Okay«, war alles, was sie antwortete. Dann erhob auch sie sich, half dem verschlafenen

Ansker in die Sachen, knöpfte ihm den Anorak zu, schob ihm die Mütze auf dem Kopf zurecht und gab ihm zum Abschied einen Kuss auf die Wange.

Als sie Maiendörfer die Hand entgegenstreckte, übersah er sie zuerst, da er sein gleich wieder eingeschlafenes Kind auf dem Arm hatte. »Nichts für ungut«, sagte sie lächelnd. »Aber Sie gefallen mir, und ich wollte es nur gesagt haben.«

Auf der gesamten Rückfahrt machte er sich Vorwürfe, die Chance seines Lebens verpasst zu haben, aber was hätte er tun sollen? Sie etwa über den schlafenden Ansker hinweg küssen? Er verfluchte Maya und ihr Talent, ihm seine wenigen Chancen zu verbauen. Wäre Maya nicht gewesen, dann wären er und Sanna in ein Restaurant gegangen, und er hätte sie anschließend nach Hause fahren und bis vor die Tür bringen können. Und wenn sie ihn dann wieder auf einen Absacker eingeladen hätte, dann wäre er diesmal mit zu ihr gegangen. Schließlich musste er heute weder nach der Herkunft einer Waffe suchen noch einen Bericht schreiben. Der Fall war klar. Hempler war der Täter. Den Abschlussbericht konnte er schreiben, sobald Tschernikow zugegeben hatte, die Waffe an Hempler weiterverkauft zu haben. Trotzdem war er einfach gegangen, nur weil er sich ein bisschen unwohl gefühlt hatte. Nie wieder würde Maiendörfer so eine lockere Situation hinbekommen wie beim Burger-Basteln. Bis zu seiner voreiligen Flucht war der Abend perfekt gewesen. Größtenteils improvisiert, aber das war genau das, was Maiendörfer nicht konnte, in Liebesdingen improvisieren.

Maiendörfer trug Ansker die fünf Stockwerke in seine Dachgeschosswohnung hinauf, und das lenkte ihn ein bisschen von Sanna ab. Mit jedem Stockwerk schätzte er Anskers Gewicht höher, bestimmt dauerte es nicht mehr lange, bis er seinen Sohn nicht mehr die Treppen hochtragen konnte. Vielleicht würde der es aber schon vorher nicht mehr zulassen.

Er brachte Ansker in sein Zimmer, das Maiendörfer damals, als er hier vor vier Jahren einzog, extra für ihn eingerichtet hatte in der Hoffnung, ihn viel öfter bei sich haben zu können. Stattdessen schlief er sogar öfter bei seinem Opa, obwohl er bei dem nicht mal ein eigenes Zimmer hatte, sondern nur eine Liege im Wohnzimmer.

Im Bett rollte sich Ansker sofort knurrend in seinem zu kurz gewordenen Schlafanzug auf die Seite und legte sich das Kopfkissen über das Gesicht. Obwohl er hundemüde war, wollte er nicht, dass sein Vater ihm beim Einschlafen zusah. So stopfte Maiendörfer noch die Decke über dem freien Rücken seines Sohnes fest, löschte das Licht und ließ die Tür einen Spalt offen, falls Ansker ihn noch einmal rufen würde.

Er ging ins Bad, um sich die Zähne zu putzen, und überlegte, ob er Trudi noch anrufen könnte. Er kam zu dem Schluss, dass es zu spät war, sich von ihr einen Rat in Sachen Sanna zu holen, und dass Fünfundvierzig seinen Anruf dieses Mal ganz sicher falsch verstehen würde. Trotzdem wählte er fünf Minuten später ihre Festnetznummer.

»Uwe ist auf dem Handy zu erreichen«, sagte Trudi irgendwie frostig.

»Wo ist er denn?«

»Angeblich im Büro.« An ihrem Ton und einem kaum hörbaren Schniefen merkte er plötzlich, dass sie geweint hatte.

»Was macht er da?«

»Das müsstest du doch besser wissen.«

Er überlegte, was er darauf antworten könnte, und entschloss sich, die Wahrheit zu sagen: »Es liegt nichts Dringendes an.«

»Hab ich mir gedacht«, erwiderte Trudi. Dann fügte sie hinzu: »Wir haben uns gestritten.«

»Meinetwegen?«

»Ach Christoph, nimm dich nicht so wichtig. Es geht darum, ob wir noch eine richtige Familie werden oder nicht.«

Maiendörfer hatte nicht gewusst, dass diese Entscheidung für die beiden überhaupt noch zur Debatte stand. Er hatte immer gedacht, sie wollten keine Kinder oder könnten aus irgendeinem Grund keine bekommen. Jedenfalls hatte keiner der beiden je anklingen lassen, dass sie vorhatten, ihre Zweisamkeit gegen ein Familienleben einzutauschen. Explizit danach gefragt hatte er nie, aber jetzt war dazu Gelegenheit. »Und was willst du?«

»Ich hatte mich damit abgefunden, dass wir keine Kinder haben werden, aber Uwe will jetzt, dass ich eine Hormontherapie mache.«

»Ich wusste nicht, dass sich Fünfundvierzig so sehr ein Kind wünscht.« So wenig kannte er seinen Freund und Kollegen.

»Ich auch nicht«, erwiderte Trudi fest. »Vor zehn Jahren, als ich die Hormontherapie vorschlug, war er dagegen. Wenn es nicht auf natürlichem Wege sein soll, hat er gesagt, soll es eben nicht sein. Aber jetzt bin ich vierzig und zu alt dafür. Und nur weil Uwe unser Leben plötzlich langweilig und leer findet …« Trudi konnte nicht weiterreden. Tränen erstickten ihre Stimme. Maiendörfer sagte nichts, hörte stattdessen, wie sie schniefte und sich schließlich die Nase putzte.

»Hallo? Bist du noch dran?«

»Ja«, sagte Maiendörfer.

»Glaubst du, dass er eine Freundin hat?«

Er hatte sich gerade dieselbe Frage gestellt und sie sich vehement mit Nein beantwortet. Aber wusste er wirklich, was Fünfundvierzig in seiner Freizeit trieb, wenn er nicht mit Maiendörfer Dienst und Trudi Schicht hatte? Er versuchte sie zu trösten, indem er die Anwandlungen seines Kollegen als Zeichen einer beginnenden Midlife-Crisis deutete. Die schloss natürlich eine jüngere Freundin, die noch im gebärfähigen Alter war, nicht ganz aus, aber das sagte er besser nicht. Stattdessen äußerte er seine Zuversicht, dass sich Fünfundvierzig ganz sicher wieder berappeln und zwischen ihnen alles wieder gut werden würde. Trudi schien bereit, ihm zu glauben, und fragte schließlich, warum er Fünfundvierzig sprechen wollte.

»Will ich gar nicht. Ich wollte dich sprechen und um einen Rat in Liebesdingen fragen«, sagte Maiendörfer und schilderte ihr ausführlich die Geschehnisse um Sanna.

»Du hast ihr sozusagen zweimal einen Korb gegeben, jetzt muss sie glauben, dass du sie zwar ganz nett findest, aber eben nicht mehr. Ich denke, es ist an der Zeit, dass du auch etwas unternimmst und nicht nur auf sie reagierst.«

»Aber sie ist immer so schnell. Noch bevor ich sie einladen kann, lädt sie mich ein.«

»Sie wird dich nicht noch einmal zu sich einladen«, sagte Trudi. »Glaub mir, jetzt bist du dran.«

***

Fröhlich wurde durch ein leichtes Ruckeln an seiner Schulter wach und brauchte einen Moment, um zu realisieren, dass es Stefanie und nicht Magda war, die da im Dämmerlicht vor ihm stand und ihn anlächelte. »Wir müssen die Süßsauren Eier aufs nächste Mal verschieben«, sagte sie und gab ihm einen flüchtigen Kuss auf die Wange. Dann sammelte sie ihre Sachen vom Fußboden auf und verließ das Zimmer. Er hörte, wie sie die Dusche aufdrehte, und stellte sich vor, wie das Wasser über ihre breiten Hüften und ihre nackten Schenkel rann. Wahrscheinlich hatte sie sich die Haare hochgesteckt, damit sie nicht nass wurden. Am liebsten wäre er ihr ins Bad gefolgt, um wieder den zarten Flaum in ihrem Nacken zu betrachten, den er vor einer Stunde noch so leidenschaftlich geküsst hatte. Aber das traute er sich noch nicht, besser, er zog sich an und machte ein bisschen Ordnung. Wenig später holte er voll bekleidet einen Lappen aus der Küche, um den umgekippten Wein aufzuwischen.

»Lass das, das können wir nachher machen«, sagte Stefanie, ebenfalls wieder angezogen. »Wir müssen uns beeilen, wenn ich den Arzt noch antreffen will.«

Stefanie hatte einen alten VW Golf, der nur schwer warm wurde, aber Fröhlich fror nicht, im Gegenteil. Auch wenn sein Atem kleine Wölkchen verursachte, ihm war so warm ums Herz wie schon lange nicht mehr. Stefanie fuhr sicher und ruhig durch die nächtliche Stadt, und mit der Zeit würde sie auch ihm seine Sicherheit wiedergeben: als Mensch und als Mann. Jetzt waren sie tatsächlich gemeinsam unterwegs ins Krankenhaus zu ihrem Bruder Jan. Vielleicht würde der ja irgendwann sein Schwager, wer weiß, dachte Fröhlich und vergaß auch nicht, sich seinen zukünftigen Schwiegervater vorzustellen, der wahrscheinlich nicht besonders erfreut sein würde, aber die Entscheidung seiner Tochter würde akzeptieren müssen.

Vor dem Krankenhaus standen kaum Autos, deshalb parkte Stefanie unweit des Einganges, vor dem diesmal nicht der alte Mann im Bademantel stand, dem Fröhlich gestern noch seine Zigaretten geschenkt hatte. Niemand war zu sehen, und es wunderte ihn ohnehin ein wenig, dass die Ärzte Stefanie um diese nächtliche Zeit sprechen wollten. Aber er machte sich darüber weiter keine

Gedanken, sie hatte ihn gebeten, sie zu begleiten, und deshalb war er hier.

Sie betraten das Foyer, wo er am ersten Abend mit Stefanie in der Dunkelheit gesessen hatte, gingen an der geschlossenen Cafeteria vorbei, wo sie ihn vorgestern an ihren Tisch gebeten hatte, und stiegen die breite Treppe zur Intensivstation hinauf, wo sie sich ihm am Tag seiner Einlieferung vorgestellt und gleich darauf geweint hatte. Er liebte jeden einzelnen Quadratzentimeter an diesem Krankenhaus, allen Umständen zum Trotz.

Sie meldeten sich zuerst im Schwesternzimmer, wo diesmal nicht Schwester Evelin Dienst hatte. Das war Fröhlich ganz recht. Nicht dass er sich noch nachträglich wegen seines nackten Hinterns vor ihr schämte, aber sie hätte womöglich ein wissendes Lächeln aufgesetzt, und Stefanie hätte es vielleicht falsch gedeutet.

Ein hageres, unsympathisches Ding, dessen Namensschild auf dem Kittel es als Schwester Dörte auswies, erhob sich mürrisch und wurde plötzlich ganz freundlich, als Stefanie ihren Namen sagte.

»Wir sind sehr froh, dass Sie sich dazu entschieden haben«, sagte sie. »Aber der leitende Chirurg ist noch nicht da. Wenn Sie wollen, können Sie nachher dabei sein.«

Stefanie schaute zu Fröhlich, als wollte sie sein Einverständnis einholen, und er nickte.

»Können wir jetzt schon zu ihm?«, fragte sie, und wieder verzog Schwester Dörte ihr mürrisches Gesicht zu einem Lächeln.

»Nehmen Sie sich ruhig Zeit.«

Sie gingen hinüber auf die andere Seite des Flures, wo das monotone Piepen der Maschinen, die Jan und vielleicht noch andere auf der Station am Leben hielten, den Gang erfüllte und sich in dem gefliesten Flur wie ein Echo zu vermehren schien. Fröhlich überkam plötzlich das Gefühl, dass er Jan nicht noch einmal gegenübertreten konnte, dass er eigentlich mit allem, was mit diesem Amoklauf zusammenhing, abgeschlossen hatte und besser nicht noch einmal daran erinnert werden wollte.

Aber da war Stefanie, die ihm zuversichtlich zulächelte und keine Ahnung hatte, wie es ihm gerade ging. Am liebsten wäre er auf der Stelle davongerannt, doch das konnte er ihr nicht antun, nicht ihr, die er erst durch das Unglück ihres Bruders kennengelernt hatte und nun um jeden Preis behalten wollte. Er versuchte, sich zusammenzureißen und nicht an den Amoklauf oder Jan zu denken, dem er gleich gegenüberstehen und in dessen fahles Gesicht er würde schauen müssen.

»Was hast du?«, fragte Stefanie.

»Mir ist heiß«, stöhnte er übertrieben und fluchte auf diese überhitzten Krankenhäuser, die die Kranken noch anfälliger und kränker machten, als sie es ohnehin schon waren. Dann öffnete er seine Jacke und überlegte sogar, sie ganz auszuziehen. Aber dann würde Stefanie sehen, wie er schwitzte. Sein Hemd klebte klatschnass an seiner Brust, und aus seinen Achselhöhlen rannen stinkende Bäche.

Doch als sie an Jans Bett standen und er das kleine abgemagerte Gesicht wieder kaum ausmachen konnte zwischen all den Schläuchen und Kabeln, beruhigte sich sein dummes Herz, und er fragte sich, wieso er gerade wieder solche Angst gehabt hatte. Es gab nichts, was er fürchten musste.

Stefanie hatte sich an die Seite von Jans Bett gesetzt und strich ihm nun sanft übers Gesicht. »Bald wirst du wieder bei uns sein, und dann wird alles gut«, sagte sie zärtlich und lächelte auch Fröhlich zu. An Jans Wange lief ein dünner Faden Speichel herunter, der in sein Ohr zu laufen drohte. Stefanie fing ihn mit einem Stück Zellstoff von seinem Nachttisch auf und kontrollierte auch die ihr abgewandte Seite.

Schwester Dörte kam und verkündete, dass nun das Ärzteteam da sei und Stefanie noch unterschreiben müsse. Stefanie erhob sich, und als Fröhlich Anstalten machte, mit ihr ins Schwesternzimmer zu gehen, bat sie ihn, bei Jan zu bleiben und ihm Gesellschaft zu leisten. »Dann kannst du ihm schon mal von uns beiden erzählen«, scherzte sie und zwinkerte ihm zu. Dann ließ sie ihn mit Jan allein.

Wieder hatte Fröhlich dieses unbestimmte Gefühl, dass ihn das überfordern könnte, aber Stefanie, als würde sie seine Gedanken hören können, drehte sich noch einmal zu ihm um und sagte ironisch: »Dann ist es kein so großer Schock für ihn, wenn er aufwacht.«

Er wusste weder, was er sagen noch was er tun sollte. Er wusste nur, dass er Jan ganz sicher nichts von ihm und Stefanie erzählen wollte. Das würde Jan noch früh genug erfahren.

Er fragte sich, warum eigentlich er und nicht Stefanies Vater hier war, in so einem wichtigen Moment, wo der Sohn ins Leben zurückgeholt werden sollte. Weil er keinen Hartz-IV-Empfänger als Sohn zurückhaben will, dachte er bitter. Genauso wenig, wie er einen Hartz-IV-Empfänger als Schwiegersohn akzeptieren würde. Deshalb nahm sich Fröhlich gleich hier und jetzt vor, sich am nächsten Tag nach Arbeit umzusehen. Und zwar nicht so wie sonst, wo er die Jobanzeigen nur durchforstet hatte, um wahllos Nummern und Adressen abzuschreiben, bei denen er sich angeblich zumindest mündlich beworben hatte. Als Nachweis für die Mehnert. Sie hatte ihm nie etwas nachweisen können, schließlich kamen auf jede Anzeige etwa einhundert Bewerber. Das hatte ihm jedenfalls mal jemand erklärt, bei dem er tatsächlich ein zweites Mal angerufen hatte. Sie hatten einen Begleitschutz für eine Schlagersängerin gesucht, den er sehr gern übernommen hätte. Nur heute musste ein Bodyguard, wie das neumodisch hieß, nicht nur gut ausgebildet sein, sondern auch mindestens so gut aussehen wie Kevin Costner, besonders im VIP-Bereich. Selbst wenn Fröhlich die Schlagersängerin nicht kannte und auch nie wieder etwas von ihr gehört hatte. Wahrscheinlich hatte sie sich gleich in ihren neuen, gut aussehenden Bodyguard verliebt und war mit ihm durchgebrannt.

Ein Geräusch riss Fröhlich aus den Gedanken, und zuerst wusste er nicht, was es war und woher es kam, aber dann sah er, wie die Schläuche und Kabel um Jan herum merkwürdig zu zittern begannen. Sie spannten sich auf seltsame Weise an, als wollte sich der gefesselte Gulliver mit einer letzten Kraftanstrengung von den Stricken befreien, mit denen ihn die Liliputaner gefesselt hatten. Es gelang Jan nicht, und plötzlich drang aus seiner Brust ein Röcheln, das fast wie ein Seufzer klang, obwohl er nichts von dieser Erleichterung hatte, die normalerweise einen Seufzer ausmachte.

Fröhlich stand immer noch mehr als einen Meter von Jan Kleinerts Bett entfernt und wusste, dass er nun zu ihm gehen und ihm die Hand drücken oder wenigstens irgendetwas Nettes sagen sollte. Komapatienten nahmen alles um sich herum wahr, hatte er einmal gelesen, auch wenn ihre Körper kaum dazu in der Lage waren, die eigenen Lebensfunktionen aufrechtzuerhalten.

Doch er konnte es nicht. Da waren die rostbraunen Fliesen zwischen ihnen, mit denen der Raum ausgelegt war und deren Fugen ihm plötzlich unüberwindbar schienen. Auch erinnerte ihn dieses Rostbraun an die dunklen Flure in seiner Schule, die ebenfalls mit diesen Fliesen gekachelt gewesen waren. Und mit der Erinnerung an die Fliesen roch er auf einmal auch wieder die Bohnerspäne, die die Putzfrau, während die Schüler im Unterricht das große Einmaleins auswendig hersagten, ausstreute und wieder zusammenfegte, womit sie den Schmutz von Hunderten Kinderfüßen aufnahm, als wären sie nie über den Flur gelaufen.

Und da war auch dieses andere Geräusch, das ihn von Jan Kleinert ablenkte und das sich wie ein Weinen anhörte, klagend und leise, und von der anderen Seite der Station zu kommen schien. Es erinnerte ihn an jemanden, aber an wen, konnte er im Augenblick nicht sagen, auch weil Jan plötzlich wieder seine ganze Aufmerksamkeit auf sich zog und so ein seltsames Rasseln aus seiner Brust drang, als würde er jeden Moment die Schläuche und Kabel sprengen und gleich selbst mit ihnen bersten wollen. Die Geräte änderten ihre Piepfrequenz, und Fröhlich wunderte sich, dass weder Stefanie noch Schwester Dörte angerannt kamen und taten, was getan werden musste. Sie würden doch wissen, was zu tun war. Sie kannten sich doch in solchen Dingen aus.

Er lauschte in den Flur, aber da war wieder nur dieses klagende Weinen, und als er sich zu Jan Kleinert umwandte, sah er, dass ihm der Schlauch aus dem Mund gerutscht war und die Geräte verrücktzuspielen begannen. Mit einem Satz war er bei Stefanies Bruder, keine Fuge zwischen den Fliesen hinderte Fröhlich mehr. Er wollte ihm den Schlauch wieder in den Mund stopfen.

Aber dann schlug Jan Kleinert die Augen auf, starrte ihn unverhohlen vorwurfsvoll an, und für einen Moment waren sie beide wieder im Jobcenter, in der siebten Etage für die Anfangsbuchstaben F–K, und Jan Kleinert lag nicht in einem Krankenhausbett, sondern auf dem Boden und starrte Fröhlich genauso unverhohlen vorwurfsvoll an und auch ein wenig verwundert.

Hier auf der Intensivstation spürte Norbert Fröhlich plötzlich, wie Jans Hand die seine suchte, ohne sie zu finden. Stattdessen bekam sie einen Zipfel seiner Lederjacke zu fassen und klammerte sich daran, zog sie mit aller Kraft an sich, und dabei starrten ihn weiter diese zornigen, weit aufgerissenen Augen an …

Fröhlich wusste nicht, wie lange er geschlafen hatte und wie er hierher auf die harten und unbequemen Metallsitze einer Straßenbahnhaltestelle gelangt war. Ihm war hundekalt, er zitterte am ganzen Körper, und er fragte sich, wo er seine Jacke gelassen hatte. Sein Kopf war leer wie sein Magen. Wann hatte er eigentlich das letzte Mal etwas gegessen? Auch das wusste er nicht, und so setzte er sich langsam auf und schaute sich um.

Er befand sich auf einer Art Landstraße, zu deren beiden Seiten kleinere und mittelgroße Gewerbebetriebe ihre Grundstücke hatten, die nur ab und zu von einem Wohnhaus mit Vorgarten unterbrochen wurden. Rechts von ihm ging es zu einer Kleingartenanlage, deren Schild über dem Eingangstor ihm sagte, dass er sich in Buchholz im Stadtbezirk Pankow befand. Was machte er nur in Buchholz, fragte er sich, und wo war seine Jacke? Hatte sie ihm jemand gestohlen, während er hier auf den metallenen Sitzen geschlafen hatte? War er überfallen und ausgeraubt worden? Was war an seiner schäbigen alten Lederjacke so interessant gewesen? Sein Portemonnaie – er tastete seine Taschen der Jeans ab – war immer noch da, wo es sein sollte, in seiner rechten, hinteren Hosentasche.

Er erhob sich, lockerte ein wenig die Beine und betrachtete den Fahrplan. Die erste Straßenbahn, die ihn fast bis nach Mitte bringen würde, fuhr erst gegen fünf Uhr. Seine Armbanduhr zeigte halb drei, das waren noch zweieinhalb Stunden, in der Zeit konnte er die Strecke auch zu Fuß zurücklegen. Aber als er sich vorzustellen begann, ohne Jacke kaputt und müde den ganzen Weg zu laufen, kam ihm eine bessere Idee. Er könnte sich in der Kleingartenanlage, in der um diese Jahreszeit ganz sicher niemand sein würde, eine Datsche knacken und dort die Nacht verbringen. Er könnte sich ein bisschen ausruhen und sich morgen in aller Herrgottsfrühe auf den Weg nach Hause machen und sich dafür vielleicht sogar eine alte Jacke ausborgen, die bestimmt in irgendeinem Schrank zu finden war, und sie später, wenn er wieder fit genug war, zurückbringen.

Die Kleingartenanlage lag in absoluter Finsternis. Keine einzige Laterne beleuchtete den Weg, und er stolperte frierend und suchend durch die mit Hecken bewachsenen Wege, die kaum einen Blick auf die Datschen ermöglichten. Und wenn doch, dann sah er gut ausgebaute Hütten, die fast schon wie Einfamilienhäuser daherkamen und an deren Gartenpforten ihn das Schild einer Alarmanlage abschreckte. Erst am Ende des vierten Weges sah er etwas Passendes. Eine winzige, schiefe Laube, die trotz ihrer Winzigkeit aus mehreren Anbauten zusammengeschustert war und deren Fenster nicht sonderlich gesichert zu sein schienen. Als er die mannshohe Hecke an einer dünn bewachsenen Stelle mit bloßen Händen auseinanderdrückte, gab sie mit einem knisternden Geräusch nach, teilte sich wie die Rosenhecke vor Dornröschens Schloss und ließ ihn hindurchschlüpfen. Die Tür war mit einem einfachen Schloss gesichert, das Fröhlich innerhalb von Minuten öffnen konnte, ohne es zu beschädigen. Er wollte auf keinen Fall etwas kaputt machen, er wollte nur eine Schlafgelegenheit.

Erwartungsgemäß roch es in der Hütte feucht und muffig, zudem schien es hier drinnen noch kälter zu sein als draußen. Er überlegte, ob er Licht machen sollte, um sich besser umschauen zu können, und riskierte es. In der gesamten Anlage hatte er nicht ein einziges Licht in den Fenstern gesehen, nicht einmal das blau flackernde Licht eines Fernsehers. Falls zu dieser Jahreszeit hier doch jemand wohnen sollte, was laut den Statuten solcher Kleingartenanlagen verboten war, dann schlief er längst und kümmerte sich nicht darum, was auf den anderen Grundstücken vor sich ging.

Gleich rechts neben der Tür war ein Lichtschalter, aber wie er schon vermutet hatte, gab es offensichtlich eine Hauptsicherung, die Fröhlich nun finden musste. So tastete er sich kontinuierlich die Wände entlang, verfluchte sich, nicht wieder mit dem Rauchen angefangen zu haben, denn dann hätte er jetzt ein Feuerzeug dabei. Er begegnete unterwegs einem Ölradiator, einem kleinen Fernseher und auch einem Sofa, auf dem er würde schlafen können. Als er in einem Verschlag herumtapste und auf einen zweiflammigen Gaskocher traf, war es leicht, die dazugehörenden Streichhölzer zu finden und kurz darauf, im beinahe grellen Licht der Streichholzflamme, den Sicherungskasten an der Wand gegenüber zu entdecken.

Zwanzig Minuten später, der Ölradiator lief auf Hochtouren, hatte er sich einen Tee gekocht und ein paar pappige Cornflakes hinuntergeschlungen, die die Besitzer offensichtlich vergessen hatten, vor dem Winter zu entsorgen. Ansonsten war die Laube tadellos aufgeräumt und gehörte anscheinend einem jungen Pärchen, dessen gerahmtes Foto über dem Bett hing. In einem alten Schrank, dessen Türen so quietschten, dass ihm fast die Ohren abfielen, fand er eine Wetterjoppe, die er für den Nachhauseweg, ohne großes Aufsehen damit zu erregen, anziehen konnte. Selbstverständlich würde er die Jacke später wieder zurückbringen, aber jetzt musste er erst einmal schlafen, nur noch schlafen. Er kroch samt Klamotten unter das bauschige Federbett und erschauerte. Zwischen den Betttüchern war es kalt und klamm. Er legte das Federbett zum Anwärmen auf den Radiator und schaltete den Fernseher an.

NEUN

Maiendörfer erwachte beim ersten Klingeln des Weckers und schaltete ihn sofort aus. Er lauschte einen Moment in die Wohnung, alles war still, dann stand er auf. Er versuchte, leise übers Parkett zu schleichen und die hohle Stelle im Flur zu umgehen, damit Ansker nicht wach wurde. Er füllte in der Küche die Kaffeemaschine, stellte seine Kaffeeschale darunter und schaltete den Automaten an. Wieder lauschte er zu Anskers Zimmer hinüber und hörte nichts. Er schlief noch. Maiendörfer konnte der Versuchung nicht widerstehen und ging leise zu seinem Sohn.

In der angelehnten Tür blieb er stehen und betrachtete ihn. Ansker lag auf dem Rücken, die Arme entspannt links und rechts ausgestreckt. Seine Decke hatte er wie immer weggestrampelt, seine Schlafanzugjacke war ihm bis hoch zur Brust gerutscht und gab seinen Bauchnabel frei. Sein Gesicht war entspannt, sein Atem ruhig, und eine Haarsträhne klebte ihm verschwitzt im Gesicht. Aus dem leicht geöffneten Mund drang ein leises und regelmäßiges Schnarchgeräusch. Am liebsten hätte Maiendörfer ihn in die Arme genommen und ihn an sich gedrückt, aber auch das mochte Ansker nicht. Als er etwa sechs war, hatte er befunden, dass ihn nur noch Frauen küssen durften.

Der Kaffeeautomat begann verdächtig zu blubbern, gleich würde er beim Schäumen der Milch anfangen zu zischen und Ansker aufwecken. Maiendörfer verharrte noch einen Augenblick in der Tür, warf einen letzten Blick auf seinen Sohn, dann ging er schnell zurück in die Küche und begann, die Schulbrote zu schmieren. Wenig später hörte er, wie Ansker ins Bad schlurfte, pinkelte, die Spülung betätigte und sich dann zu waschen begann. Maiendörfer füllte ein Schälchen mit Anskers Lieblingsflakes und stopfte die frisch angerissene Packung in den Mülleimer. Er selbst aß so etwas nie, und bis sein Sohn wieder bei ihm übernachten dürfte, würden die Flakes ungenießbar sein.

»Meine Zahnpasta ist eingetrocknet«, sagte Ansker vorwurfsvoll und hielt ihm die Tube hin.

»Weil du so selten hier bist«, erwiderte Maiendörfer und wusste, dass das ein Fehler war.

»Weil du so viel arbeitest«, gab Ansker in Mayas Tonfall zurück, und Maiendörfer wusste, warum er seinen Sohn so gern schlafend sah. Nur da blieb sein ewiger Streit mit Maya außen vor.

»Nimmst du eben meine.«

»Die ist zu scharf für Kinder«, beharrte Ansker – wie seine Mutter war er einer von diesen am Morgen mies gelaunten Menschen, denen man nichts recht machen konnte.

Nur äußerlich ähnelte er Maiendörfer, dem auf der Zunge lag, dass für »richtige Männer« nichts zu scharf sei. Das hätte jetzt jedenfalls sein Vater gesagt, aber er schluckte es hinunter und log lieber: »Ich habe die schon als Kind gehabt, bei uns gab es nämlich keine Kinderzahnpasta.«

»Ihr hattet in der DDR keine Kinderzahnpasta?«, fragte Ansker erschrocken.

»Nein«, log Maiendörfer wieder und fühlte sich sogar sicher, dass diese Lüge niemals aufflog. Selbst wenn Ansker seiner Mutter davon erzählen würde, »Horrorgeschichten« aus der DDR würde sie nie in Frage stellen.

Gegen sieben Uhr dreißig fuhr Maiendörfer Ansker zur Schule und erzählte ihm ganz nebenbei, dass er vielleicht schon heute einen Fall abschließen werde. Und falls nicht, würde er trotzdem am Wochenende Zeit haben, da die Lösung des Falls nicht so dringend sei.

Ansker nickte. »Ich sag's Mutti. Aber du weißt ja, wie sie ist«, sagte Ansker und stieg aus dem Wagen.

»Würdest du denn kommen wollen? Wir könnten …«

Ansker unterbrach ihn: »Klar, aber nur wenn du mich am Morgen nicht wieder beobachtest.«

Sie hatten Tschernikow schon gebracht, als Maiendörfer mit etwas Verspätung auf das Kommissariat kam. In Bergers Büro saßen Rautenberg und Staatsanwalt Gruner und diskutierten heftig. Maiendörfer zog sich einen Cappuccino am Automaten und grüßte Fünfundvierzig nur im Vorbeigehen. Der sah aus, als hätte er wirklich die Nacht im Büro verbracht. Er würde ihn nachher auf Trudis Sorgen ansprechen, überlegte Maiendörfer, das war er ihr schuldig nach all den Jahren, in denen sie ihm mit Rat und Tat in Beziehungsfragen zur Seite gestanden hatte.

Tschernikow wirkte keine Spur nervöser oder mürber als am Tag zuvor und wollte mit der Waffe vom Jobcenter immer noch nichts zu tun haben. Trotzdem wussten sie, dass die Tatwaffe mit neunundneunzig anderen Waffen in den achtziger Jahren in die damalige DDR gelangt war, und obwohl für Maiendörfer feststand, dass Hempler der Täter war, wollte er aus purem Ehrgeiz auch dessen Waffenlieferanten finden.

»Die Pistole kann auch durch einen der Offiziere, die die Waffen damals bekommen haben, später auf dem Schwarzmarkt gelandet sein«, sagte Fünfundvierzig. »Ich habe die ganze Nacht am Computer gesessen und in den Archiven gesucht, aber …«

»Du warst die ganze Nacht hier?«, unterbrach ihn Maiendörfer etwas voreilig, jedenfalls schnippte Fünfundvierzigs Augenbraue sofort in die Höhe.

»Trudi hat dich angerufen.«

»Nein, ich sie. Und da habe ich erfahren, dass sie sich Sorgen macht.«

»Das geht dich nichts an«, sagte Fünfundvierzig trocken und fuhr in seinen Ausführungen fort: »Jedenfalls wurden die hundert Waffen an etwa achtzig verschiedene Dienststellen übergeben. Ich habe bereits fünfzig davon überprüft, natürlich zuerst Magdeburg, einschließlich der Kampftruppe an der Uni, ähm an der Hochschule, aber bisher bin ich noch nicht auf unsere Seriennummer gestoßen. Vielleicht hat Hempler die Waffe über einen Kumpel bekommen, oder er hat … Was ist? Hörst du mir noch zu?«

Maiendörfer hatte nicht mehr zugehört, denn das Wort »Uni« hatte in ihm etwas ausgelöst, das bei dem Wort »Kumpel« plötzlich Gestalt annahm. »Steht Rostock auch auf deiner Liste?«, fragte er.

»Ja, aber ich bin alphabetisch vorgegangen. Magdeburg habe ich natürlich zuerst überprüft.«

»Auch die Rostocker Uni?«

»Ja, aber willst du mir nicht sagen …«

»Manfred Göllnitz war gleich nach der Wende an der Rostocker Uni.«

»Manfred Göllnitz?«

»Hemplers einziger Kumpel.«

Fünfundvierzigs rechte Augenbraue nahm steil den Aufstieg nach oben. »Junge, wenn du mich in die Ermittlungen nicht einweihst, dann kann selbst ich dir nicht helfen.« Wortlos und anscheinend beleidigt ging er an seinen Rechner. Maiendörfer kaute an einer Entschuldigung, wurde aber durch das Klingeln des Telefons davon abgelenkt.

Es war Schwester Evelin, die sich dafür entschuldigte, dass sie sich erst jetzt meldete, aber sie habe die letzte Nacht freigehabt und erst vor einer Stunde ihren Dienst begonnen.

»Was gibt's?«, unterbrach Maiendörfer sie.

»Hat man Sie denn nicht informiert? Ich meine, Ihr Kollege war doch die ganze Nacht hier. Ich ruf nur an, weil ich es Ihnen versprochen hatte.«

»Welcher Kollege?«

»Warten Sie, hier liegt seine Karte. Hauptkommissar Karl-Heinz Rautenberg.«

Maiendörfer schaute erstaunt zu Bergers Büro hinüber, wo Gruner immer noch auf Berger und Rautenberg einredete. Was hatte das zu bedeuten?

»Sagen Sie mir endlich, was passiert ist«, zischte er und fühlte ein unangenehmes Gefühl in seinen Eingeweiden aufsteigen.

»Nun ja, dieser Norbert Fröhlich soll Jan Kleinert umgebracht haben, sagen die hier …«

»Was?« In seinem Kopf begann es zu kreisen.

»Ich sag Ihnen nur, was die mir hier erzählt haben. Ich langweile mich Nacht für Nacht, und kaum habe ich mal frei, da ist hier die Hölle los. Polizei, Reporter, das Fernsehen …«

»Bitte«, unterbrach er sie ungeduldig, »was haben Sie eben gesagt?« Er hoffte noch immer, sie falsch verstanden zu haben.

»Der Fröhlich soll den Kleinert umgebracht haben und ist danach abgehauen. Jetzt wird er gesucht, sagt Schwester Dörte, die hier gestern Dienst hatte. Aber das alles müssten Sie doch besser als ich wissen, Sie sind doch von der Polizei.«

Ja, das war er, trotzdem wusste er nicht, was hier gespielt wurde, das wussten vielleicht Gruner, Berger und Rautenberg, die gerade zu ihm herüberschauten.

»Vielleicht könnten wir mal was trinken gehen, und ich erzähle ihnen alles ausführlich?«

Er ging nicht darauf ein. »Schwester Evelin, warum sollte Fröhlich Kleinert umbringen? Sie selbst haben mir doch erzählt, dass Jan Kleinert für eine Organspende vorgesehen war, also war er in gewissem Sinne schon tot, oder?«

Berger, Gruner und Rautenberg verließen auf der anderen Seite des Flures das Büro und nahmen Kurs auf seins. Jetzt passiert's, dachte er düster, während Schwester Evelin weiterredete.

»Ja, aber das wusste Fröhlich nicht. Stefanie Kleinert, also die Schwester von Jan Kleinert, hatte ihren Vater falsch verstanden. Sie hat geglaubt, dass ihr Bruder aus dem Koma geholt wird. Das hat sie Fröhlich erzählt, und er hat sie gestern hierherbegleitet, um von Jan Kleinert zu erfahren, wie alles im Jobcenter gewesen war. Aber er wollte ihn nur umbringen, sagt Schwester Dörte, die es von dieser Stefanie Kleinert hat.«

»Moment, die beiden kannten sich?«, fragte Maiendörfer, erinnerte sich jedoch sofort an die Szene im Jobcenter, wo Stefanie Kleinert Fröhlich für den Amokläufer hielt und auf ihn losgehen wollte.

Berger, Gruner und Rautenberg standen nun in der Tür und schauten auf Maiendörfer hinunter wie auf ein Kind, das großen Mist gebaut hatte: Berger enttäuscht, Rautenberg besorgt und Gruner wie immer wütend.

»Die sind hier Hand in Hand hergekommen, hat mir Schwester Dörte erzählt …«

Maiendörfer begriff endlich und ließ den Hörer sinken. Am anderen Ende hörte er Schwester Evelin weiterreden, aber es erreichte ihn nicht mehr.

»Wir entziehen Ihnen den Fall, Maiendörfer, und Sie wissen, warum«, sagte Gruner. Und dann musste er sich all seine Fehler noch einmal unter die Nase reiben lassen, während er nur denken konnte, dass ihn Fröhlich doch aufs Kreuz gelegt hatte und dieses Mal richtig. Rautenberg würde den Fall übernehmen, sagte Gruner. Er wäre sowieso dafür zuständig gewesen, wenn Maiendörfer nicht zufällig im Jobcenter gewesen wäre und den »Zeugen gegeben« hätte. Damit verabschiedete sich Gruner, während Berger wortlos zurück in sein Büro ging. Allein Rautenberg blieb, setzte sich Maiendörfer gegenüber und sah ihn an.

»Ich habe nicht ahnen können, dass sich Fröhlich an diese Stefanie Kleinert heranmacht, um an den Bruder heranzukommen. Das hätte auch keinen Sinn ergeben«, sagte Maiendörfer kleinlaut. »Ich wusste ja durch Schwester Evelin, dass Jan Kleinert für uns als Zeuge nicht mehr zur Verfügung stehen würde.«

Rautenberg nickte. »Das hätte ich auch nicht geahnt. Stefanie Kleinert hat das so auch nicht gesagt. Sie hat mir erzählt, dass sie Fröhlich eher überreden musste, mit ins Krankenhaus zu kommen. Fröhlich wollte auch nicht mit Kleinert allein auf dem Zimmer bleiben, hat sie gesagt. Aber dann hat er doch die Gelegenheit genutzt … während sie gerade von der Krankenschwester erfuhr, dass ihr Vater ihr nicht die Wahrheit gesagt hatte. Er hatte sie mit der Lüge ins Krankenhaus gelockt, damit sie die Papiere für eine Organentnahme unterschrieb.«

»Dann war es im Grunde gar kein Mord?«, sagte Maiendörfer und wusste nicht mehr, warum er das noch sagte.

»Ach, Christoph. Genau das meint Gruner, wenn er dir Voreingenommenheit vorwirft. Vielleicht war es kein Mord im gesetzlichen Sinne, aber Fröhlich hat damit zugegeben, dass er der Amokläufer ist. Verstehst du das endlich?« Rautenberg war ungewöhnlich laut geworden, der sonst so beherrschte Rautenberg, der nie die Fassung verlor.

»Und was wirst du jetzt tun?«, fragte Maiendörfer.

»Ich hab 'ne Fahndung nach Fröhlich rausgegeben, seine Wohnung wird observiert. Da haben wir übrigens eine Waffe unter dem Badeofen gefunden. Hoffentlich hat er nicht noch eine.«

Noch so eine Nachlässigkeit von Maiendörfer. Bei jedem anderen hätte er eine Hausdurchsuchung befohlen, aber er hatte stattdessen mit Fröhlich Tee getrunken und ihn zum Skat eingeladen. Es war nur richtig, dass sie ihm den Fall entzogen, er konnte gegenüber Fröhlich einfach nicht objektiv sein.

Draußen lief Kalle über den Gang und stürmte zu Berger ins Büro. Maiendörfer konnte seinen Kaiser-Wilhelm-Bart bis hier vor Aufregung zittern sehen, als er auf Berger einredete.

Rautenberg erhob sich, ging zur Tür und drehte sich noch

einmal um. »Gibt es irgendwas, was ich noch wissen sollte?« Er schaute nacheinander Maiendörfer und Fünfundvierzig an, die die ganze Zeit nur mit eingezogenem Kopf dagesessen und sich unsichtbar gemacht hatten.

Maiendörfer schüttelte den Kopf. »Wir haben versucht herauszufinden, woher die Waffe stammt …«, sagte er und sah, dass sich immer mehr Kollegen vor Bergers Büro sammelten und zu ihm hineinschauten. Was war da jetzt wieder los?

»Aus Tschernikow hast du nichts rausgekriegt?«, fragte Rautenberg, und Maiendörfer schüttelte wieder den Kopf.

»Wir überprüfen gerade eine Liste«, erklärte Fünfundvierzig, »aber das kann ich mir jetzt wohl sparen.«

Dann klingelte das Telefon, und Berger war dran. Maiendörfer sollte sofort in sein Büro kommen und sich das ansehen. Was, sagte er nicht, sondern legte sofort wieder auf. Noch nie hatte Berger Maiendörfer telefonisch zu sich bestellt, immer hatte er den Weg zu ihm gefunden, wenn es mal zwischen ihnen Unstimmigkeiten oder Probleme gegeben hatte. Also was konnte nun wieder geschehen sein, dass er diesmal nicht mal mehr selbst kam, um ihn zu sprechen? Und wann nahm dieser Alptraum eigentlich endlich ein Ende?

Maiendörfer ging langsam zu Bergers Büro, wo sich die Kollegen die Nasen an dessen Scheiben platt drückten, aber ihm sofort Platz machten. Als Erstes sah er Kalle, der ihn triumphierend anlächelte, dann Berger und dann den laufenden Fernseher, in den alle, auch die Kollegen an den Scheiben, starrten. Da saß ein jüngerer Mann, den Maiendörfer als einen aus der Reportermeute vor Hemplers Haus erkannte und den der Sender durch eine Einblendung als Clemens Binder auswies. Er wurde von einem Moderator des Frühstücksfernsehens zu den Ereignissen auf der Intensivstation befragt, und dann schwenkte die Kamera plötzlich auf diese Zeugin, Frau Sarkowski, die ebenfalls im Studio war …

***

Das schnatternde Geräusch einer Elster drang in Fröhlichs Bewusstsein, und er schlug die Augen auf. Er hatte lange nicht mehr so gut geschlafen und wusste auch sofort, wo er war: in einer Laube auf dem Gelände einer Kleingartenanlage in Buchholz. Er blinzelte zum Fenster, hinter dem auf einem Baum, einem mickrigen Birnenbaum, die Elster saß und lärmte. Es kam ihm so vor, als äugte sie zu ihm herüber, als könnte sie ihn, den Fremden, der nicht in dieses Bett gehörte, hinter der Scheibe sehen, und deshalb regte sie sich so auf.

Er schlug das dicke Federbett beiseite, setzte sich auf, gähnte, streckte sich ausgiebig und zog seine Schuhe an. Aus dem Wohnraum nebenan drangen leise Stimmen an sein Ohr. Er hatte den Fernseher angelassen, um besser einschlafen zu können, was aber kein Problem gewesen war. Er öffnete das Fenster, schüttelte das Bett auf und versuchte, es genauso wieder herzurichten, wie er es vorgefunden hatte. Die sieben Zwerge sollten sich nicht fragen müssen, wer da in ihrem Bett geschlafen hatte. Nebenan in dem Anbau, der als Küche diente und eigentlich nur ein Verschlag mit Blick auf den rückwärtigen Garten samt Komposthaufen war, wusch er sich das Gesicht. Er fand in einem Becher, der auf dem Rand der Spüle stand, neben zerborstenen Zahnbürsten eine Tube Zahnpasta, schmierte sich etwas davon auf den rechten Zeigefinger und putzte sich damit ausgiebig die Zähne. Er wunderte sich gerade, dass die Besitzer das Wasser für den Winter nicht abgestellt hatten, als er plötzlich seinen Namen hörte. Oder war es eine Täuschung? Er stoppte mitten im Ausspucken und lauschte. Da. Es kam aus dem Wohnraum, aus dem Fernseher.

Er erkannte sie sofort: Es war die ältere Frau, die er im Jobcenter vor der Schwingtür gerempelt hatte. Sie erzählte, wie Maiendörfer sie nach der Nachstellung des Tathergangs verpflichtet hatte, über das Gesehene und Gehörte zu schweigen. »Ich hab ihn dann noch gefragt, ob ich denn nun mit meinem Verdacht richtiglag.«

»Welchem Verdacht?«, fragte der Moderator des Frühstücksfernsehens, neben dem dieser Clemens Binder saß.

»Na, dass nicht dieser Hempler, sondern dieser Fröhlich der Amokläufer war«, sagte die Frau, »deshalb war ich ja einen Tag später auf dem Kommissariat und habe es dem Kommissar erzählt …«

»Hauptkommissar Maiendörfer?«, fragte der Moderator dazwischen.

»Ja, und deshalb haben sie ja auch gleich die Nachstellung organisiert, wo der Fröhlich dann verrücktgespielt hat.«

Der Moderator wandte sich an Clemens Binder. »Norbert Fröhlich soll infolge des Schocks eine Amnesie haben.«

Clemens Binder entglitt ein unzweifelhaft ironisches Lächeln: »Das behauptet die ihn betreuende Krankenhauspsychologin, die ich vor der Sendung noch befragt habe.«

Der Moderator setzte ein verstehendes Lächeln auf und ging zu seiner nächsten Frage an Clemens Binder über: »Was glauben Sie, warum hat Hauptkommissar Maiendörfer die Aussage der Zeugin Sarkowski nicht ernst genommen und Norbert Fröhlich zumindest in Untersuchungshaft gesteckt? Weil er ein ehemaliger Kollege und, wie wir jetzt wissen, sogar sein ehemaliger Partner war?«

»Das wäre menschlich nachvollziehbar«, gab Binder ruhig zurück. »Aber ich glaube, da steckte ein anderes Motiv dahinter. Fröhlich hatte Hauptkommissar Maiendörfer immer noch wegen der Schmiergeldaffäre in der Hand. Seine Vorwürfe gegen Maiendörfer und andere Größen der Polizei wurden damals unterdrückt ...«

»Sie meinen, Norbert Fröhlich hat die zufällige Anwesenheit Maiendörfers genutzt, um von ihm eine falsche Aussage zu erpressen?«, sagte der Moderator, und Fröhlich blieb vor Staunen der Mund offen stehen. Was für einen Unsinn redeten die da!

»Ich weiß nicht, ob das nicht vielleicht erst später geschah. Als die Zeugin Sarkowski auftrat. Die Polizei bereitet eine Stellungnahme vor. Bevor Frau Sarkowski ihre Aussage machte, hielten ja alle Fröhlich für denjenigen, der den Amokläufer überrumpelt und erschossen hat.«

»Einen Kommissar kann man vielleicht erpressen, aber da gab es noch diesen schwer verletzten Zeugen. An dessen Schwester hat sich Norbert Fröhlich offensichtlich ganz bewusst herangemacht, um zu erfahren, ob er ihm gefährlich werden kann.«

Bei diesen Worten des Moderators wich Fröhlich das Blut aus den Adern. Was sollte er getan haben?

»Ja, und da Norbert Fröhlich fürchtete, der Schwerverletzte würde nach dem Erwachen aus dem künstlichen Koma erzählen, dass er und nicht Klaus Hempler auf ihn geschossen hatte, hat er ihn heute Nacht im Krankenhaus umgebracht.«

In Fröhlichs Ohren rauschte das Blut, er versuchte, sich weiter auf das Gespräch zu konzentrieren und sich gleichzeitig damit zu beruhigen, dass dies nur Mediengewäsch und sowieso gelogen war. Er hatte Jan nicht umgebracht und sich schon gar nicht an Stefanie herangemacht, das konnte sie selbst bezeugen, sie hatte ihn überredet, mit Jan allein zu bleiben, sie hatte ihn zu sich eingeladen, sie …

Mit einem Mal kam ihm ein furchtbarer Gedanke: Nur Stefanie konnte diesem Binder erzählt haben, dass er mit ihr zusammen war. Nur sie konnte gesagt haben, dass er sich an sie herangemacht hatte, nur sie … Aber sie musste es doch besser wissen! Er musste unbedingt mit ihr reden, nur Stefanie konnte das klarstellen.

Fröhlich hatte es plötzlich sehr eilig, die Laube zu verlassen. Es war ihm egal, was die Besitzer über ihn denken würden. Er schnappte sich die Jacke und war schon im Garten, ohne wie ursprünglich beabsichtigt die Tür abgeschlossen zu haben, als er jemanden in Höhe der Gartenpforte sah, der offensichtlich in die Laube gegenüber wollte.

»Was machen Sie denn da?«, fragte der Mann erstaunt, als erwartete er eine ernsthafte Antwort.

Fröhlich war mit zwei Sätzen an der Hecke, teilte sie nicht ganz so elegant wie am Abend zuvor – ein Zweig fuhr ihm durchs Gesicht und verursachte einen brennenden Schmerz –, aber dann war er durch die Hecke durch und rannte los, während der Mann in seinem Rücken ihm befahl, gefälligst stehen zu bleiben. Nach etwa zweihundert Metern, bevor er auf einen Hauptgang der Kleingartenanlage kam, drehte sich Fröhlich um. Der Mann war ihm nicht gefolgt, sondern schaute ihm nur hinterher und telefonierte. Bestimmt sprach er mit der Polizei, überlegte Fröhlich und rannte links den Hauptgang hinunter, dorthin, von wo er in der Nacht gekommen war. Gleich darauf blieb er stehen, ging zurück zu dem Stichweg und schaute vorsichtig um die Ecke. Wie er es erwartet hatte, war der Mann nun fort. Er würde also nicht sehen, dass Fröhlich den Hauptweg jetzt in die andere Richtung nahm, und konnte es deshalb auch der Polizei nicht sagen.

In der Ferne hörte Fröhlich bereits die Polizeisirene die Hauptstraße heraufkommen, und er beeilte sich, den Hauptweg, der auf eine Reihenhaussiedlung führte, zu verlassen. Dabei behielt er links und rechts die Stichwege zu den einzelnen Parzellen im Auge, ob ihm nicht jemand von dort entgegenkommen und aufhalten würde. Währenddessen fragte er sich immer wieder, ob Stefanie tatsächlich gegenüber diesem Clemens Binder behauptet hatte, er hätte den Kontakt zu ihr nur wegen ihres Bruders gesucht. Vielleicht war dies alles ja nur das Hirngespinst eines sensationsgeilen Reporters. Was dieser Binder über ihn und Maiendörfer behauptet hatte, dass Maiendörfer von ihm erpresst wurde, war ja auch nicht wahr. Natürlich musste es Stefanie seltsam erschienen sein, dass er gestern im Krankenhaus davongerannt war. Aber er war wieder einmal in Panik geraten, und wer würde das nicht, wenn sich ein Sterbender an einen klammert und einen auf diese Weise anstarrt?

Bevor Fröhlich die Kleingartenanlage durch ein Tor verließ, beobachtete er durch die Hecke die Straße davor. Erst als er sich sicher war, dass ihn niemand erwartete, betrat er die Reihenhaussiedlung und schlenderte, dabei möglichst unschuldig dreinblickend, eine Anwohnerstraße hinunter. In solchen Siedlungen waren die Bewohner wachsam gegen jeden Fremden, weil sie in jedem, den sie nicht kannten, einen Einbrecher oder seinen Informanten vermuteten. Zwanzig Meter weiter entdeckte er eine Telefonzelle, und obwohl die Gefahr groß war, dass ihn jemand von den angrenzenden Wohnungen aus sehen und sich so seine Gedanken über seine Anwesenheit machen würde, ging er hinein, holte Stefanies Karte und etwas Kleingeld aus seinem Portemonnaie und wählte ihre Festnetznummer. Es war kurz nach neun Uhr, da müsste sie eigentlich zu Hause sein. Nach dem zweiten Klingeln war sie dran.

»Stefanie? Du, die behaupten im Fernsehen, dass ich etwas mit Jans Tod zu tun hätte.« Er hatte sich nicht zurechtgelegt, was er sagen wollte, es sprudelte einfach so aus ihm raus. Am anderen Ende blieb es still, dann hörte er sie tief ausatmen.

»Stell dir vor, der Gedanke ist mir auch gekommen«, erwiderte sie tonlos.

»Aber das ist doch Unsinn! Erinnerst du dich nicht: Ich wollte nicht mit Jan allein bleiben. Aber du hast gesagt, dass ich …«

»Warum bist du dann einfach abgehauen?«, unterbrach sie ihn hart.

»Ich habe dich gesucht, wirklich. Aber du warst nirgends. Da bin ich endgültig in Panik geraten, ich weiß auch nicht, warum …« Er wusste nicht wirklich, ob er Stefanie gesucht hatte, aber es musste einfach so gewesen sein. Niemals hätte er Jan etwas antun können, niemals.

Oder doch?

»Sie sagen, du wärst der Amokläufer.«

Er schluckte, dann sagte er unsinnigerweise: »Aber ich habe Jan nicht getötet.«

Im nächsten Moment knackte es in der Leitung. »Stefanie? Stefanie!?«

Die Leitung war tot. Fröhlich warf eine neue Münze ein und wählte. Sie nahm sofort ab.

»Warum hast du gesagt, dass ich mich an dich herangemacht hätte? Das stimmt doch nicht. Du hast doch …« Sie legte wieder auf, und jetzt knallte auch er den Hörer in die Halterung. Draußen vor der Zelle beobachtete ihn ungeniert eine alte Frau. Er schnitt ihr eine Grimasse, warf wieder eine Münze in den Schlitz und wählte erneut. Die alte Frau zog entrüstet ab.

»Stefanie, wenn wir uns unter anderen Bedingungen kennengelernt hätten, dann hätten wir uns doch auch ineinander verliebt«, sagte er verzweifelter, als er es hatte sagen wollen. Wieder war es am anderen Ende still.

»Ich möchte dich nie wiedersehen«, sagte Stefanie fest und hängte ein. Als er ein viertes Mal wählte, ging sie nicht ran. Er ließ es minutenlang klingeln, wahrscheinlich hatte sie den Stecker gezogen. Er überlegte, sie auf dem Handy anzurufen, aber dafür würde sein Geld nicht reichen. Schon gar nicht, wenn sie mehrmals auflegen würde, und er brauchte das restliche Kleingeld noch für einen Fahrschein zurück.

Trotz der verfahrenen Situation hatte er nicht das Gefühl, dass alles verloren war. Sie hatte ihm geantwortet, dreimal den Hörer abgenommen. Es war nicht alles aus und vorbei, sie liebte ihn, und er müsste nur vor ihr stehen und sich erklären können, dann würde alles gut werden. Alles.

Er streifte eine Weile durch die Reihenhaussiedlung, bis er jemanden nach einer Bushaltestelle fragen konnte. Er hatte keine Ahnung, was hier fuhr und wie er zu Stefanie gelangen konnte. Der Busfahrer an der Endhaltestelle musterte ihn argwöhnisch wie die Frau vor der Telefonzelle zuvor. Auch er schien jeden zu kennen, der in dieser Siedlung ein- oder aussteigen durfte, und gab nur widerwillig Auskunft. Fröhlich setzte sich auf einen der Plätze, von dem aus der Busfahrer ihn nicht permanent beobachten konnte, und plötzlich fiel ihm ein, dass er ja ein stadtbekanntes Gesicht war, eines, das man seit heute Morgen vielleicht sogar suchte. Er sprang auf und wollte den Bus sofort verlassen, aber da schloss der Busfahrer die Türen und fuhr los. Fröhlich war gefangen, und an der nächsten Haltestelle würde der Busfahrer ihn der Polizei übergeben.

Doch bevor das geschah, wollte er noch mit Stefanie sprechen, dafür würde er den Busfahrer zur Not mit Gewalt zum Anhalten zwingen. Er stand auf und war schon dabei, sich an dem Gestänge über seinem Kopf vorwärtszuhangeln, als der Busfahrer auf die Bremsen stieg und in eine Haltebucht einfuhr. Dort stand nur eine junge Frau mit einem Kind, Polizei war nirgends zu sehen. Überhaupt schien der Busfahrer ihn nicht erkannt zu haben, denn er schwatzte selbstvergessen mit der jungen Frau und fragte, warum das Kind denn nicht in der Schule sei. »Mein Sohn ist krank, wir sind auf dem Weg zum Arzt«, hörte Fröhlich die Frau antworten. Er setzte sich wieder, blieb jedoch an jeder folgenden Haltestelle auf dem Sprung.

Er fuhr bis Weißensee, wo er in die Straßenbahn umstieg. Dort setzte er sich so hin, dass ihm die Leute nicht ins Gesicht sehen konnten. Wenn er Stefanie noch einmal sehen wollte, bevor sie ihn festnahmen, durfte er kein Risiko eingehen.

Als er die Straßenbahn am Alex verließ und zur U-Bahn wollte, zögerte er und entschied sich schließlich, den restlichen Weg zu Stefanies Wohnung lieber zu laufen. Im Bus und in der Tram hatte er zwar keine Panikattacke gehabt, aber die U-Bahn war etwas anderes.

Als er um kurz nach halb elf endlich bei Stefanie klingelte, öffnete sie nicht. Das konnte heißen, dass sie ihm nicht öffnen wollte oder auf Arbeit war. Er drückte noch zwei- oder dreimal auf die Klingel, dann machte er sich auf den langen Weg zurück ins Zentrum.

***

Maiendörfer hatte den Fernsehbeitrag mehr oder weniger ruhig angesehen, bis zu dem Moment, in dem Clemens Binder einfach behauptete, dass er sich von Fröhlich erpressen ließ. Dann platzte ihm der Kragen, und er begann zu schreien und zu toben, während ihn die Kollegen wie einen Alien anstarrten. Niemand hatte ihn je so gesehen, und nicht einmal Berger wollte verstehen, warum sich Maiendörfer davon so getroffen fühlte, es sei denn, an Binders Behauptung war etwas dran.

Das regte ihn noch mehr auf, Rautenberg versuchte, ihn zu bremsen, aber er war so in Fahrt, dass er Berger schließlich einen Opportunisten schimpfte, dessen Loyalität gegenüber seinen Kollegen nur von der öffentlichen Meinung bestimmt werde. Die ganze Abteilung hielt den Atem an, und er wusste sofort, dass er zu weit gegangen war und dass das so auch nicht der Wahrheit entsprach, aber ihm war in diesem Moment alles egal. Er würde sich dafür irgendwann entschuldigen müssen, nur nicht jetzt. Er starrte seinen Vorgesetzten nur wütend an, und als dieser nichts erwiderte, drehte er sich um und marschierte in sein Büro, um sich seine Jacke zu holen. Fünfundvierzig, der die ganze Zeit an seinem Rechner geblieben war und nichts von alldem mitbekommen hatte, fragte, was denn los war. Maiendörfer antwortete ihm nicht, sondern stürmte die Treppe hinunter, immer drei Stufen auf einmal.

Auf dem Parkplatz startete er seinen Wagen, ließ den Motor voller Wut aufheulen und fuhr mit durchdrehenden Reifen davon. Wohin, wusste er nicht, er wollte nur weg, aber als er auf der Straße des 17. Juni über dem Potsdamer Platz den Heißluftballon sah, der jetzt für »Die Welt« warb, früher aber in den Sat1-Farben geleuchtet hatte, kam ihm die Idee, ins Studio des Senders zu fahren und sich diesen Binder persönlich vorzuknöpfen.

Er setzte die Signalleuchte aufs Dach, schaltete die Sirene an und raste bis zum Sender. Dort schob er allen, die ihn aufhalten wollten, seinen Ausweis unter die Nase, bis er schließlich in den Studiobereich kam und in einem dunklen Gang stand, wo eine Menge Leute mit Walkie-Talkies herumlungerten. Am Ende des Flurs sah er grelle Scheinwerfer und einen Teil des Studios.

Dort angekommen, versperrte ihm eine Aufnahmeleiterin den

Weg und ließ ihn trotz seines Ausweises abblitzen. Er konnte Kerstin Mehnert zwar nicht sehen, aber über einen Lautsprecher hörte er, dass sie gerade im Studio war und dem Publikum erzählte, Fröhlich habe sie erpresst und bedroht. Und dass sie dies auch Maiendörfer erzählt, daraufhin aber nur eine Verwarnung wegen Verleumdung erhalten habe.

Maiendörfers Puls war wieder auf hundertachtzig, und er schrie die Aufnahmeleiterin an: »Sagen Sie Ihrem Chef, dass Hauptkommissar Maiendörfer hier ist und zu den Anschuldigungen persönlich Stellung nehmen wird!«

Erst jetzt begriff die Aufnahmeleiterin, wen sie da vor sich hatte. Sie riss die Augen auf, ging einen Schritt beiseite und sagte hinter vorgehaltener Hand etwas in ihr Walkie-Talkie. Dann kam sie zurück, fragte, ob er ein Handy dabeihabe, und als er dies bejahte, forderte sie ihn auf, es auszuschalten.

Er gehorchte und hörte über den Lautsprecher, dass der Moderator einen weiteren Gast begrüßte. Es war Tatjana Hempler, die Tochter von Klaus Hempler, den Binder in seinem ersten Beitrag über den Amoklauf ein »düsteres Monster« genannt hatte. Binder entschuldigte sich bei ihr, ohne dass sie ein Wort sagen konnte, und machte dann Maiendörfer dafür verantwortlich, dass die Öffentlichkeit ihren Vater so in den Schmutz getreten hatte.

»Ich habe diesen Kommissar kennengelernt«, hörte Maiendörfer Tatjana Hempler über Lautsprecher sagen. »Und obwohl ich ihm versichert habe, dass mein Vater weder eine Waffe besaß noch ein aufbrausender Mensch war, glaubte er mir nicht. Er wollte, dass mein Vater der Amokläufer war und dass nur …«

»Tatjana, ich höre gerade, dass Hauptkommissar Maiendörfer hier im Studio ist und zu den Vorwürfen gern selbst Stellung nehmen würde«, unterbrach sie der Moderator. »Wollen Sie noch etwas sagen?«

Hinter der Aufnahmeleiterin tauchte ein Mädel mit Puderquaste auf und steuerte auf Maiendörfers Nase zu. Instinktiv zuckte er zurück, aber sie ließ sich nicht abschütteln.

»Ich möchte nur noch ergänzen«, sagte Tatjana Hemplers Stimme über die Lautsprecher in den dunklen Gang hinein, »dass mein Vater ein sehr schüchterner, aber trotzdem liebevoller Mensch war und dass er das Leben liebte. Er wäre nie zu solch einer Tat fähig gewesen. Er hatte zum Beispiel ein Lieblingslied, das eigentlich alles sagt: ›What a wonderful world‹ von Louis Armstrong, das hat er fast immer vor sich hin gesummt, besonders wenn es mal nicht so gut für ihn lief ...«

Maiendörfer spürte, wie er mit einem Mal ganz ruhig wurde und der Raum um ihn herum zu schwimmen begann. Dann sah er ihn auch schon vor sich: den Mann hinter der Milchglasscheibe im Jobcenter, wie er dastand und summte und sein Magazin schnappen ließ ...

»Kommen Sie jetzt«, flüsterte ihm die Aufnahmeleiterin zu und zog ihn am Ärmel in Richtung Studio, während das Mädel mit der Puderquaste jetzt an seinen Haaren herumfummelte. Er stemmte die Füße in den Boden und riss sich von der Aufnahmeleiterin los. Er musste nicht mehr ins Fernsehstudio, musste Binder und der Öffentlichkeit nicht mehr die Meinung sagen, er musste jetzt sofort Rautenberg sprechen oder Berger, am besten beide.

Er rannte aus dem Sender, wo er auf den letzten Metern den Moderator über Lautsprecher höhnen hörte, dass »der Herr Hauptkommissar Maiendörfer wohl kalte Füße bekommen« habe. Es störte ihn nicht mehr. Noch im Gebäude schaltete er sein Handy wieder ein und sah sofort, dass Fünfundvierzig eine Nachricht hinterlassen hatte. Er hörte sie nicht ab, sondern versuchte nacheinander Rautenberg und Berger zu erreichen. Beider Handys waren ausgeschaltet.

»Die sind auf der Pressekonferenz«, sagte Fünfundvierzig, als Maiendörfer immerhin ihn erreicht hatte, und wollte dann wissen, was er von seiner Nachricht hielt.

»Hab ich noch nicht abgehört. Was gibt's?«

»Ich hab unsere Waffe gefunden.«

»Wo?« Maiendörfer hielt den Atem an, auch weil er sich offensichtlich auf dem Weg zum Ausgang verlaufen hatte und plötzlich wieder im Studio stand, wo ihn Binder erstaunt anglotzte. Er machte sofort kehrt und lief einen anderen Gang entlang.

»Rostocker Uni. Wie du es vermutet hast. Die Waffe ist einem Professor Zander, der gleichzeitig Chef der dortigen Kampftruppe war, 1990/91, genau weiß er es nicht, abhandengekommen. Da war

Manfred Göllnitz dort wissenschaftlicher Mitarbeiter. Sie hatten Büro an Büro.«

In Maiendörfer überschlugen sich die Gedanken, er durfte jetzt keinen Fehler machen, nicht noch einen. »Hast du das schon Rautenberg erzählt?«, fragte er und fand endlich einen Hinweis zum Ausgang.

»Konnte ich nicht. Er ist ja auf der Pressekonferenz, und danach muss er raus nach Buchholz. Dort wurde Fröhlich heute Morgen angeblich gesichtet.«

»Was macht Fröhlich in Buchholz?« Maiendörfer hatte es endlich zum Ausgang geschafft und atmete befreit durch.

»Weiß ich nicht, und da wird er auch nicht mehr sein«, sagte Fünfundvierzig zögernd, als beschäftigte ihn etwas anderes. So wie Maiendörfer, der sich gern diesen Göllnitz vorgeknöpft hätte, aber das durfte er ja nicht, er war aus dem Fall raus. So sagte er nur: »Hoffentlich baut Fröhlich keinen Scheiß.«

»Ja, hoffentlich«, erwiderte Fünfundvierzig seufzend. Dann entstand eine Pause, in der sie wohl beide warteten, dass der jeweils andere endlich vorschlug, was ihnen beiden gerade durch den Kopf ging. Sie würden eine Menge Ärger deswegen bekommen, besonders wenn sie falschlagen. Aber inzwischen hatte Tatjana Hempler ja verraten, dass ihr Vater immer gesummt habe, und der Mann hinter der Milchglasscheibe hatte gesummt, bevor sich der andere auf ihn gestürzt hatte, das wusste Maiendörfer genau. Die Frage war nur, ob ihm das jetzt noch jemand glauben würde. Berger? Rautenberg? Die Öffentlichkeit? Er hatte es zwar zu Protokoll gegeben, aber weil er diesem Summen selbst kaum Beachtung geschenkt hatte, würden sie es womöglich nur als weiteren Versuch von ihm werten, seinen »Partner Fröhlich« zu schützen.

»Bist du noch dran?«, fragte Fünfundvierzig.

»Ja«, sagte Maiendörfer und überlegte, wo er geparkt hatte.

»Ich meine, die sind alle so davon überzeugt, dass Fröhlich der Amokläufer ist«, flüsterte Fünfundvierzig, als würde ihn irgendjemand belauschen, »dass es sie überhaupt nicht mehr interessiert, wer die Waffe mit ins Jobcenter gebracht hat. Aber das wäre doch wirklich ein Beweis.«

»Also gut«, sagte Maiendörfer und entdeckte seinen Wagen, wild geparkt in einer Einfahrt. »Schaff mir diesen Göllnitz ran. Und falls wir uns irren, bleibt das unter uns, verstanden?«

»Klar, Chef«, erwiderte Fünfundvierzig erleichtert. »Göllnitz erwartet dich bereits im Vernehmungsraum drei.«

Ebenso wie Maiendörfer hatte Fünfundvierzig anscheinend nie an Fröhlichs Unschuld gezweifelt. Er hatte sich damit nur nicht so weit aus dem Fenster gelehnt, sondern still die Dinge getan, die getan werden mussten, um dies auch zu beweisen.

Ganz anders als er, der nur mit seinen widersprüchlichen Gefühlen gerungen und deshalb so viele Fehler begangen hatte. Aber jetzt würde er beweisen, dass Fröhlich unschuldig war, dass er nicht im Jobcenter geschossen hatte. Nur, warum hatte er dann Jan Kleinert getötet, schoss es Maiendörfer plötzlich durch den Kopf. Wenn er nicht der Amokläufer war, musste er doch an dessen Überleben interessiert sein. Und Fröhlich war auf der Flucht. Das war ein Eingeständnis seiner Schuld, was sonst?

Maiendörfer fuhr zum Präsidium und hatte es nun nicht mehr besonders eilig, Manfred Göllnitz zu befragen. Dass die Waffe aus Rostock kam und Göllnitz dort gearbeitet hatte, konnte auch alles ein großer Zufall sein. Jedenfalls war es noch lange kein Beweis, dass Göllnitz Hempler die Waffe gegeben hatte. Und was hatte Fröhlich jetzt vor? Wo konnte er hin? Seine Wohnung wurde überwacht. Maiendörfer ertappte sich dabei, wie er einem Mann an der Kreuzung hinterherschaute, der Fröhlich ähnlich sah. Er trug wie Fröhlich Jeans und Lederjacke und hatte kurzes lichtes Haar. Maiendörfer fuhr ihm sofort nach, aber als er ihm ins Gesicht schauen konnte, sah er, dass es nicht Fröhlich war.

Auch fiel Maiendörfer nun ein, dass Fröhlich seine Lederjacke im Krankenhaus zurückgelassen hatte. Überhaupt war das jetzt Rautenbergs Job, Fröhlich zu finden. Er würde jetzt nur noch Manfred Göllnitz vernehmen, danach hätte er endgültig seine Schuldigkeit getan. Mehr konnte er für Fröhlich nicht tun und wollte es auch nicht, er hatte sich seinetwegen genug blamiert. An Kalle, der in seinem Kabuff die Pressekonferenz verfolgte, kam er ungesehen vorbei und betrat dann erstaunt das leere Kommissariat.

»Wo sind die alle?«, fragte er Fünfundvierzig, der ihn sofort zum Vernehmungsraum drei führte.

»Die sind alle wegen Fröhlich unterwegs. Die in der Zentrale sind am Kollabieren, weil Tausende von Hinweisen auf ihn eingehen, aber bis jetzt waren es nur Verwechslungen.«

Sie schauten durch die Scheibe auf Manfred Göllnitz, der ziemlich nervös wirkte.

»Mit dem hast du leichtes Spiel«, sagte Fünfundvierzig. »Der ahnt, was wir von ihm wollen.«

»Da wäre ich mir nicht so sicher«, erwiderte Maiendörfer lahm. »Fröhlich hat Jan Kleinert umgebracht. Warum sollte er das tun, wenn er in ihm nicht den Zeugen sah, der seine Täterschaft beweisen konnte?«

»Fröhlich hat Kleinert nicht umgebracht«, widersprach Fünfundvierzig. »Kleinert hatte trotz der ganzen Maschinen, an denen er hing, einen Herzstillstand.«

»Was?«

»Der Obduktionsbericht kam grad rein, kurz nachdem du hier abgerauscht bist. Wo warst du eigentlich?«

Maiendörfer ignorierte die Frage, ihn interessierte etwas anderes. »Wissen das auch Berger und Rautenberg?«

»Klar, trotzdem sind sie davon überzeugt, dass Fröhlich der Amokläufer ist, jedenfalls haben sie das auf der Pressekonferenz gesagt. Und deine Psychologin vermutet, dass er jetzt noch einmal austickt.«

»Meine Psychologin?«

»Ich habe mich nur dafür interessiert, warum du Trudi angerufen hast«, grinste Fünfundvierzig und wurde sofort wieder ernst. »Und weil deine Psychologin das gesagt hat, deshalb dürfen die Kollegen auch schießen, falls Fröhlich sich nicht festnehmen lässt.«

»Das glaub ich nicht.«

»Hat Gruner gesagt, auf der Pressekonferenz.«

»Aber …« Maiendörfer fasste es nicht. Sie wollten Fröhlich erschießen?

»Wir brauchen einen Beweis«, sagte Fünfundvierzig und deutete auf Göllnitz. »Mach deine Sache gut. Wir täuschen uns nicht in Fröhlich.«

Als Maiendörfer zu Göllnitz hineinging, blickte der ihn scheel von unten an, als hätte er Angst vor ihm. Er entspannte sich erst, als sich Maiendörfer ihm gegenübersetzte und nun mit ihm auf einer Augenhöhe war. Maiendörfer schaltete das Aufnahmegerät ein und sagte: »Zeugenvernehmung von Manfred Göllnitz durch Hauptkommissar Maiendörfer zum Aktenzeichen M7–413/14 am 12.02.2014.«

Er wartete noch einen Moment, schaute Göllnitz nur an, dann legte er los.

»Sie sind also nach der Wende als Westimport an die Uni Rostock gegangen. Professor Zander, dessen wissenschaftlicher Mitarbeiter Sie waren und mit dem Sie Tür an Tür arbeiteten, vermisst seitdem seine Waffe, die er als Chef der Kampftruppen in den achtziger Jahren zur persönlichen Verfügung bekam. Können Sie zum Verbleib der Waffe etwas sagen?«

Manfred Göllnitz presste die Lippen zusammen, schien mit sich zu kämpfen. Dann gab er sich einen Ruck und erzählte: »Professor Zander stand damals kurz vor dem Rausschmiss aus der Uni, weil er bei der Stasi war. Ich hatte die Waffe mal bei ihm im Schreibtisch gesehen und dachte, er würde sich das Leben nehmen. Er hatte so etwas angedeutet. Das wollte ich nicht zulassen, er sollte sich nicht so einfach davonschleichen, sondern sehen, wie ihn seine Kollegen, die er jahrelang unterdrückt und bespitzelt hatte, verachten.« Göllnitz klang sachlich, jetzt machte er eine Pause und lächelte entschuldigend. »Damals war ich jedenfalls so drauf. Ich nahm also die Waffe, und da ich nicht wusste, wohin damit, behielt ich sie einfach. Ich meine, ich konnte doch schlecht auf den Markt gehen und sie verkaufen …«

»Sie hätten sie bei der Polizei abgeben oder wegwerfen können, in die Ostsee zur Not …«, sagte Maiendörfer, und Göllnitz nickte beschämt. »Warum haben Sie die Waffe Hempler gegeben?«

»Ich habe sie Hempler nicht gegeben.«

Maiendörfer hielt den Atem an: Was kam jetzt? Hatte er sie Fröhlich gegeben? Die beiden kannten sich vielleicht auch durch die Arbeitseinsätze.

»Hempler hat sie einfach behalten und mir nicht wieder zurückgegeben. Das müssen Sie mir glauben. Auch, dass ich nicht mal im Traum geahnt hab, was er damit vorhatte.«

Maiendörfer nickte, hauptsächlich vor Erleichterung: Damit war Fröhlich aus dem Spiel. Endgültig.

»Ich hatte mal bei irgendeinem Arbeitseinsatz auf die Zumseil geflucht und gesagt, dass ich sie am liebsten umbringen würde«, gestand Göllnitz zögernd. »Na, wie man so was eben sagt«, ergänzte er schnell, als er Maiendörfers Blick spürte. »Und ich hatte Klaus, also Hempler, auch von der Waffe erzählt, mit der ich damals manchmal in den Wald ging und auf Dosen schoss, auf die ich ›Zumseil‹ geschrieben hatte. Das würde die schlimmsten Aggressionen abbauen, habe ich Hempler gesagt, und das wollte er auch mal versuchen.«

»Sie haben auf die Dosen Frau Zumseils Namen geschrieben?«, fragte Maiendörfer.

Göllnitz nickte beschämt. »Am Anfang hat Klaus immer danebengeschossen, aber dann wurde er besser. Irgendwann kam uns aber so ein Förster auf die Spur, und wir mussten abhauen. Klaus hatte gerade die Waffe, als wir uns trennten …«

»Er hat Ihnen die Waffe nicht mehr zurückgegeben?«

Göllnitz schüttelte bestätigend den Kopf. »Hätte ich geahnt, dass er irgendwann damit loszieht, um die Zumseil wirklich zu erschießen, dann …« Göllnitz' Gesicht schien wirklich Reue auszudrücken.

»Woher hatten Sie die Munition? Von Tschernikow?«

»Nein, die habe ich in einem Waffengeschäft in Würzburg gekauft, als ich mal einen alten Freund besucht habe.«

»Und Hempler? Wo hatte er die Munition dafür her?«

»Als der Förster uns erwischte, war Klaus gerade dran mit Schießen. Wahrscheinlich hat er die Packung mitgenommen.«

Maiendörfer nickte, jetzt wollte er nur noch eins wissen: »Warum haben Sie am Wittenbergplatz den Verdacht auf Tschernikow gelenkt?«

»Weil ich dachte, dass Sie mich sonst als Mitwisser drankriegen.« Göllnitz schien jetzt darauf zu spekulieren, dass Maiendörfer ihm die Angst davor nahm.

Der schaltete jedoch nur das Aufnahmegerät ab und ging zur Tür. Er hatte, was er brauchte. Schließlich drehte er sich aber doch noch einmal um. »Weil Sie Angst um Ihre eigene Haut hatten, wird mein ehemaliger Freund und Partner nun verdächtigt, der Amokläufer zu sein, und durch die Stadt gejagt.«

»Ich hab es vorhin in den Nachrichten gehört. Hätten Sie mich nicht geholt, ich wäre von selbst gekommen.«

»Klar.« Maiendörfer nickte lahm und ließ Göllnitz allein.

»Und?«, rief Fünfundvierzig, als Maiendörfer zurück ins Büro kam. Maiendörfer hob beide Daumen und grinste. Fünfundvierzig reckte seine Faust in die Luft, zog sie zum Strike durch, dann wurden sie beide wieder ernst.

»Ist Rautenberg immer noch auf der Pressekonferenz?«, fragte Maiendörfer.

»Nee, die ist seit einer Viertelstunde zu Ende. Der ist jetzt draußen in Buchholz. Ich hab ihm gesagt, dass wir keine Ahnung haben, was Fröhlich in Buchholz wollte.«

Maiendörfer holte sein Handy vor und wählte Rautenbergs Nummer, doch bevor er noch Rautenbergs Frage verstand, hörte er die Sirene.

»Ist dir doch noch was zu Buchholz eingefallen?«, brüllte Rautenberg über das Geheul der Sirene hinweg.

»Nee, ich wollte dir nur sagen, dass …«

»Ich versteh dich nicht … später, ja? … Fröhlich ist am Alex gesehen worden … diesmal von einem Nachbarsjungen, der ihn wirklich kennt.«

Maiendörfer wollte etwas erwidern, aber da hatte Rautenberg schon aufgelegt. Fünfundvierzig beobachtete ihn neugierig.

»Fröhlich ist am Alex gesehen worden«, sagte Maiendörfer und griff seine Jacke. »Versuch Berger zu informieren, und er soll die Schießerlaubnis zurücknehmen. Fröhlich ist unschuldig!« Dann stürmte er wieder einmal die Treppen hinunter.

Bevor er in seinen Wagen stieg, wählte er Sannas Jacobsens Nummer.

»Wie geht es Ihnen?«, fragte sie, und er erkannte, dass dies nicht einfach eine höfliche Eröffnungsfrage war. Sie war bei der Pressekonferenz dabei gewesen und wusste, dass man ihm den Fall entzogen hatte.

Trotzdem ließ er die Frage unbeantwortet und fragte stattdessen, was er von ihr wissen wollte: »Warum haben Sie gesagt, dass

Fröhlich wieder austicken könnte? Meine Kollegen haben jetzt die Erlaubnis zu schießen, wenn er sich nicht festnehmen lässt. Aber Fröhlich ist unschuldig. Ich habe inzwischen den Beweis dafür.«

Sie schien für einen Moment den Atem anzuhalten, sie hatte wohl nicht damit gerechnet, dass er ihr Vorwürfe machen würde.

»Wirkliche Beweise?«, fragte sie, während er den Wagen startete und vom Parkplatz fuhr.

Also erzählte er ihr, was Göllnitz gestanden hatte, und von Tatjana Hemplers Bemerkung im Fernsehstudio über das Summen ihres Vaters. Da war er schon »Unter den Linden« und hielt nach Fröhlich Ausschau, während er nebenbei den Polizeifunk mithörte. Fröhlich sollte demnach jetzt in Köpenick sein, was Maiendörfer keinen Moment glaubte. Nur, was wollte sein ehemaliger Partner am Alex? Es war der am wenigsten geeignetste Platz zum Untertauchen.

»Mein Gott, dass ich darauf nicht gekommen bin«, sagte Sanna am anderen Ende.

»Auf was?«

»Auf das Summen. Sie haben mir davon erzählt, und ich bin nicht darauf eingegangen. Dabei hätte dies genau der Trigger sein können, um Fröhlichs Amnesie aufzubrechen.«

Maiendörfer fuhr gerade über die Friedrichstraße Richtung Alex, wo sich Busladungen von Touristen zu ihrer Tour sammelten. Fast tat ihm Sanna ein bisschen leid, auch er hatte dem Summen keinerlei Bedeutung zugemessen, und sein Fehler hatte den ihren nach sich gezogen.

»Wenn das hier alles vorbei ist«, hörte er sich plötzlich sagen, »dann würde ich gern mal bei mir zu Hause für Sie kochen.« Kaum waren die Worte heraus, schalt er sich gleich wieder einen Idioten. Jetzt musste sie annehmen, dass er ihre Burger schrecklich gefunden hatte.

»Okay«, sagte sie etwas gedehnt, und dann lächelte ihre Stimme wieder. »Ich freu mich drauf.«

Maiendörfer legte auf und hoffte, dass Trudi trotz des kleinen Patzers stolz auf ihn sein würde. Er passierte linker Hand den Dom und fuhr über die Spree, als er eine Werbetafel der »Weißen Flotte« auf der Brücke stehen sah und unwillkürlich an Stefanie Kleinert denken musste. Er hatte sie an der Jannowitzbrücke einen Ausflugsdampfer betreten und die Passagiere begrüßen sehen. Offensichtlich arbeitete sie für die Reederei als Ausflugsbegleitung, und Fröhlich hatte sich dort an sie rangemacht. Aber das konnte nicht stimmen, denn Fröhlich war nicht der Täter … Mit einem Mal wusste er, was sein Exkumpel am Alex wollte: Er wollte zu Stefanie, weil die glaubte, dass er ihren Bruder umgebracht hatte.

Er bremste scharf, hielt dem nach ihm kommenden Wagen in der rechten Spur seinen Ausweis hin, damit er ihn durchließ, und parkte auf dem Fußgängerstreifen rechts. Er hasste solche Aktionen und wurde entsprechend angestarrt, aber dieses Mal musste es sein. Mit erhobenem Ausweis und die linke Hand zur Abwehr ausgestreckt, sprang er zurück auf die Straße, um hinüber zur Anlegestelle zu gelangen.

***

Fröhlich drückte sich in einen Hauseingang in der Burgstraße und atmete heftig. Was hatte ihn nur geritten, durch sein Viertel zu marschieren und zu glauben, nur weil er eine andere Jacke anhatte, würde ihn niemand erkennen? Ausgerechnet diesem Jungen aus seinem Haus musste er in die Arme laufen, und nun hatte die geborgte Jacke einen riesigen Dreiangel im Ärmel und der Junge ein blaues Auge, weil er unbedingt Hilfssheriff hatte spielen müssen.

Er linste in die Burgstraße, wo keine Menschenseele zu sehen war, und schaute auf seine Uhr. Es war kurz vor elf Uhr, und wie sich Fröhlich erinnerte, begannen die Bootstouren immer zur vollen Stunde. Er glaubte zwar nicht, dass Stefanie nach allem, was geschehen war, überhaupt zur Arbeit gegangen war, aber wo sollte sie sonst sein, wenn sie nicht zu Hause war? Er atmete noch einmal tief durch und ging in Richtung Spree. Er war noch keine drei Meter gelaufen, da kreischte eine Straßenbahn um die Ecke. Sein erster Gedanke war, sich wieder in einen Hausflur zu flüchten, aber der Straßenbahnfahrer hatte ihn bestimmt schon gesehen, würde sich sicher seine Gedanken machen und seinen Dispatcher informieren. So zog Fröhlich nur den Kopf tiefer in den aufgestellten Kragen und bog schließlich links zur Anlegestelle ab. Gegenüber auf der Brücke zur Museumsinsel saß die Russin mit ihrem Akkordeon, die dort bei jedem Wetter saß und auch jetzt eine ihrer traurigen Weisen spielte. Es erinnerte ihn an das erste Gespräch mit Stefanie im Park des Krankenhauses, als sie voller Pathos Majakowski rezitiert und dann so schelmisch gelacht hatte. Das war der Moment, in dem er sich in sie verliebt hatte. Und es ihm so vorgekommen war, als könnte sein Leben doch noch eine Wendung zum Glücklichen nehmen. Darauf wollte er immer noch hoffen, aber die Voraussetzung dafür war, dass sie ihm glaubte. Dass er ihre Nähe nicht gesucht hatte, um ihren Bruder umzubringen. Dass er ihn auch nicht getötet hatte. Und vor allem, dass er sie liebte.

Er schaute vorsichtig über die Uferbalustrade, und sein Herz machte sofort einen erfreuten Hüpfer, als er nicht nur Stefanies Boot erkannte, sondern gleich darauf Stefanie selbst, die gerade vom Unterdeck heraufkam und an der Reling die Passagiere in Empfang nahm. Es waren mindestens fünfzehn Leute. Aber wenn er sich eine Karte kaufen und dort unten anstellen würde, würde sie ganz sicher nicht mit ihm reden, ihn vielleicht nicht einmal aufs Boot lassen. Nein, er musste sich etwas anderes überlegen, um an sie heranzukommen. Vielleicht war es das Beste, sie in einer der Pausen anzusprechen, aber dazu musste er erst einmal aufs Boot gelangen.

Er nahm die Ufertreppen, die in Stefanies Rücken lagen. Niemand bemerkte ihn, am Kiosk drängelten sich weitere Touristen, die noch Fahrkarten kauften, und der Kapitän war oben im Fahrerhäuschen. Fröhlich ging ganz nah an das Boot heran, konnte Stefanie die immer selbe Begrüßungsformel wiederholen hören und war mit einem Satz auf dem Dampfer. Ohne sich umzusehen, ging er sofort hinüber auf die andere Seite, wo er die Treppe zum Passagierraum hinunterstieg und in den kleinen vorgelagerten Raum mit Tresen kam. Dort stand ein junges Mädchen und säbelte mit einem riesigen Messer an einem Schinken herum. Sie bereitete offensichtlich für die Pause ein paar belegte Baguettes vor. Fröhlich sah auch Salat und ein großes Stück Käse, dann öffnete er die Tür zum Passierraum und stand direkt dem Kapitän gegenüber.

»Was wollen Sie hier?«, fragte der Kapitän über das Geschnatter der Passagiere hinweg.

»Stefanie sprechen«, erwiderte er fest, wusste aber, dass er schon verloren hatte.

»Sie ist nicht zu sprechen, nicht für Sie!« Der Kapitän machte einen Schritt auf ihn zu. »Verlassen Sie sofort das Boot, oder ich rufe die Polizei!«

Im Passagierraum wurde es augenblicklich still.

»Ich gehe erst, wenn ich Stefanie gesprochen habe«, erwiderte Fröhlich ganz ruhig, doch dann machte der Kapitän wieder einen Schritt auf ihn zu, wollte seinen Arm greifen, bekam aber nur den Ärmel zu fassen. Fröhlich drehte sich schnell weg, sah das junge Mädchen mit offenem Mund und mit dem Messer in der Hand ihn anstarren, und dann ging alles sehr schnell. Er hörte ein paar Passagiere aufkreischen, im nächsten Moment sah er schon das Messer in seiner eigenen Hand.

»Holen Sie sofort Stefanie!«

Der Kapitän war einen Schritt zurückgewichen und schüttelte langsam den Kopf. »Nein.«

Fröhlich überlegte, was er tun könnte, aber die Passagiere, die ihn durch die Scheiben mit offenen Mündern anglotzten, begannen ihn zu irritieren. Warum glotzen die so blöd, er wollte doch nur seine Freundin sprechen und mit ihr etwas klären. Plötzlich vernahm er von draußen Schritte, und wie der Kapitän und das junge Mädchen schaute auch er zur Tür. Noch bevor der Kapitän Stefanie warnen konnte, bekam Fröhlich sie am Arm zu packen und zog sie zu sich heran. Sie kreischte auf, und ihre Haare streiften sein Gesicht wie gestern in ihrer Küche, doch zu einem Kuss würde es vorerst nicht kommen. So entsetzt wie sie ihn anstarrte, würde sie ihn eher kratzen.

»Lassen Sie sie los!«, donnerte der Kapitän und machte wieder einen Schritt auf ihn zu. Fröhlich drückte Stefanie noch enger an sich, und weil dieser Idiot einen weiteren Schritt auf ihn zumachte, hielt er ihr das Messer an die Kehle, was den Kapitän sofort stoppte.

»Sei ganz ruhig«, flüsterte er Stefanie ins Ohr und hoffte, dass sein Atem in Ordnung war. »Ich will nur mit dir reden, aber der Dicke da wollte es nicht zulassen.«

»Was willst du denn jetzt noch reden?«, flüsterte Stefanie verzweifelt, und es tat ihm leid, ihr solche Angst einzujagen, aber wie hätte er sonst …

Fröhlich sah, wie mehrere Passagiere hektisch in ihre Mobiltelefone sprachen. Er würde nicht viel Zeit zum Reden haben, denn jeden Augenblick würde die Polizei hier sein. Deshalb warf er seine vorbereitete Rede, die er sich im Geiste immer wieder selbst aufgesagt hatte, über den Haufen und fragte stattdessen: »Wenn ich mich nur an dich herangemacht habe, um deinen Bruder zu töten, warum hast du es dann zugelassen?«

Sie starrte ihn mit großen Augen an.

»Mach keinen Unsinn, Norbert!«

Plötzlich stand da Maiendörfer in der Tür und richtete eine Pistole auf ihn. Fröhlich drückte Stefanie noch fester an sich und schrie ihr fast ins Ohr: »Sag es! Sag: ›Weil ich mich auch in dich verliebt habe.‹«

»Weil ich mich auch in dich verliebt habe«, flüsterte Stefanie tonlos, und Fröhlich musste plötzlich lachen. Er glaubte ihr kein Wort, das hatte sie nur aus Angst gesagt, trotzdem fand er es irgendwie erlösend. Er hatte sich lächerlich gemacht, wieder einmal vor einer Frau lächerlich gemacht, aber damit war es jetzt ein für alle Male vorbei.

Er schubste Stefanie einfach in Richtung Maiendörfer und setzte sich das Messer selbst an die Halsschlagader. »Du kriegst mich nicht, du nicht«, sagte er leise und sah Maiendörfer direkt in die Augen.

»Norbert, hör auf! Du bist nicht der Täter. Weder der Amokläufer noch überhaupt ein Mörder. Wir haben die Beweise, dass Hempler die Waffe mitgebracht hat und dass Jan Kleinert an Herzversagen gestorben ist.«

Fröhlich sah, dass Stefanie Maiendörfer erstaunt anstarrte, aber das war ihm jetzt egal. Sollte sie doch denken, was sie wollte. »Das willst du mir nur weismachen, weil du deinen Fall nicht mit einem Toten abschließen willst. Ich selbst habe mich gesehen, wie ich mit der Waffe in der Hand Hempler erledigt habe. Und ich habe Jans Blick gesehen und ...«, er schaute nun zu Stefanie hinüber, »... wie vorwurfsvoll und entsetzt dieser Blick war. Ich fall nicht auf dich rein, Christoph.«

»Norbert, du täuschst dich.«

Wieder musste Fröhlich aus irgendeinem Grund lachen, aber dann spürte er den kühlen Stahl an seinem Hals, der ihn auf seltsame

Weise beruhigte. Er hatte es in der Hand, seinem Leben selbst ein Ende zu bereiten, und das war doch immerhin etwas, dachte er, und eine große Traurigkeit überkam ihn, bis – ja, bis er plötzlich Maiendörfer summen hörte und noch dachte, was das für ein neuer Trick wäre, den kannte er nicht von früher, aber dann ist er plötzlich auf der siebten Etage des Jobcenters für die Buchstaben F–K und geht durch die Schwingtür, wo ihm dieser Hempler laut summend entgegenkommt. Und kaum hat der ihn gesehen, geht er zurück ins Büro, von wo man die Zumseil und die Bernhardt lachen hört und wo plötzlich ein Schuss fällt und ein Schrei ertönt und dann die Bernhardt an Fröhlich mit angstverzerrtem Gesicht vorbeistürzt und er sich gegen die Wand drückt, die ihn zum Gang hin abschirmt. Erst jetzt sieht er, dass da noch andere sind: ein älterer Mann und zwei jüngere, die ihn mit großen Augen anstarren. Gleich darauf wird die Bernhardt von einem Schuss niedergestreckt, während das Summen wieder einsetzt und näher kommt. Er selbst gibt den anderen ein Zeichen, sich ruhig zu verhalten, aber da springt der jüngere Mann schon auf, rennt zur Tür. Wieder fällt ein Schuss und gleich darauf noch zwei, die den älteren Mann und den zweiten jungen Mann treffen. Der wirft ihm, während er zusammensackt, einen vorwurfsvollen und gleichzeitig erstaunten Blick zu. Erst dann sieht Fröhlich auch den Kerl mit der Waffe, vielmehr seinen Rücken. Immer noch summend steigt er über den jungen Mann vor der Schwingtür hinweg und verlässt scheinbar die Etage. Er selbst weiß nicht, was er tun soll, aber dann bemerkt er, dass der junge Mann noch lebt, und läuft ins Büro, wo er per Telefon die Polizei oder irgendjemanden informieren will. Er hat schon den Hörer in der Hand, als er die Schwingtür schlagen hört und das Summen sich wieder nähert. Er drückt sich in die Ecke des Büros, wo kaum Platz ist und bereits die Zumseil liegt. Der Mann, der zuvor geschossen hat, kommt nun herein, setzt sich auf den Schreibtisch, beginnt mit seinem Magazin zu spielen, lässt es auf- und zuschnappen und summt und summt, dass es ihm in den Ohren dröhnt. Keine Sekunde länger kann er dieses Summen ertragen, und deshalb, weil ihm dieses Summen so auf die Nerven geht, wirft er sich auf ihn und kann ihm sogar die Waffe entreißen. Doch der Mann bleibt an ihm dran, und auf einmal ist es, als würden sie tanzen, sich umeinander drehen wie bei einem Walzer. Nur, es ist kein Tanz, es ist ein Ringen, ein Kräftemessen, ein Kampf auf Leben und Tod, und er fühlt die Waffe in seiner Hand und die Hand des anderen, die sich fest um seine schließt und auf seinen Finger am Abzug drückt. Er selbst versucht, dagegenzuhalten, versucht verzweifelt, seinen Zeigefinger vom Abzugshahn zu nehmen, wenigstens für einen Millimeter, solange noch die Mündung der Waffe hart gegen seine eigene Brust drückt. Doch dann fallen sie um, rollen über den Boden, und Fröhlich registriert für den Bruchteil einer Sekunde, dass sich die Lage der Waffe zwischen ihnen verändert hat. Dass die Mündung der Waffe nicht mehr auf ihn zielt, sondern auf den Mann, auch weil der nun nicht mehr auf seinen Zeigefinger drückt. Und so drückt er ab …

EPILOG

Als Norbert Fröhlich die Augen wieder aufschlug, hatte sich sein ganzes Leben verändert. Obwohl er nur einen Wimpernschlag, so schien es ihm jetzt, von seinem alten Leben entfernt war, würde er nie wieder in sein altes Leben zurückmüssen, würde er nie wieder der sein, der er einst gewesen war, und das wollte er auch nicht. Etwas war während des Wimpernschlags passiert. Was, daran konnte er sich heute gut erinnern, aber das brauchte er nicht, die Zeitungen waren voll davon, und Stefanie hatte alle Artikel ausgeschnitten und in einem Ordner abgeheftet. Für ihre Kinder, ihre Enkel und ihre Urenkel.

Jetzt waren sie auf dieser Feierstunde beim Bundestagspräsidenten, wo die Menschen, die im letzten Jahr Zivilcourage gezeigt hatten, ausgezeichnet wurden. Und Stefanie war bei ihm. In einem wunderschönen grünen Kleid saß sie neben ihm und war, so wie er es sich vorgestellt hatte, die schönste Frau im Raum.

Danksagung

Ich möchte meinen Erstlesern Franka Syniawa, Jonathan Beck, Esther Esche, Herwig Engelmann, Ruth Rehmet, Andy Steinbach, Sabine Selisko, Tine Schild, Ilka Teichmüller und Biggi Rauschenbach danken. Fürs Korrekturlesen, für die Ratschläge und für die Unterstützung zu diesem Buch. Dank auch für eure Freundschaft.

Ein besonderer Dank geht an: meine Agentin und Freundin Andrea Balonier – niemand glaubt an diesen Stoff so wie du – und an Christine Derrer, die dieses Buch erst möglich gemacht hat.